6.00   50¢

FOLIO PLUS

André Malraux

La condition humaine

Gallimard

à Eddy du Perron[1]

Les notes appelées par chiffres et regroupées en fin de volume sont d'Yves Ansel. Les notes d'André Malraux, appelées par astérisques, figurent en bas de page.

PREMIÈRE PARTIE

21 MARS 1927

Minuit et demi.

Tchen tenterait-il de lever la moustiquaire? Frapperait-il au travers? L'angoisse lui tordait l'estomac; il connaissait sa propre fermeté, mais n'était capable en cet instant que d'y songer avec hébétude, fasciné par ce tas de mousseline blanche qui tombait du plafond sur un corps moins visible qu'une ombre, et d'où sortait seulement ce pied à demi incliné par le sommeil, vivant quand même — de la chair d'homme. La seule lumière venait du building voisin : un grand rectangle d'électricité pâle, coupé par les barreaux de la fenêtre dont l'un rayait le lit juste au-dessous du pied comme pour en accentuer le volume et la vie. Quatre ou cinq klaxons grincèrent à la fois. Découvert? Combattre, combattre des ennemis qui se défendent, des ennemis éveillés!

La vague de vacarme retomba : quelque embarras[2] de voitures (il y avait encore des embarras de voitures, là-bas, dans le monde des hommes...). Il se retrouva en face de la tache molle de la mousseline et du rectangle de lumière, immobiles dans cette nuit où le temps n'existait plus.

9

Il se répétait que cet homme devait mourir. Bêtement : car il savait qu'il le tuerait. Pris ou non, exécuté ou non, peu importait. Rien n'existait que ce pied, cet homme qu'il devait frapper sans qu'il se défendît, — car, s'il se défendait, il appellerait.

Les paupières battantes, Tchen découvrait en lui, jusqu'à la nausée, non le combattant qu'il attendait, mais un sacrificateur. Et pas seulement aux dieux qu'il avait choisis : sous son sacrifice à la révolution grouillait un monde de profondeurs auprès de quoi cette nuit écrasée d'angoisse n'était que clarté. « Assassiner n'est pas seulement tuer... » Dans ses poches, ses mains hésitantes tenaient, la droite un rasoir fermé, la gauche un court poignard. Il les enfonçait le plus possible, comme si la nuit n'eût pas suffi à cacher ses gestes. Le rasoir était plus sûr, mais Tchen sentait qu'il ne pourrait jamais s'en servir; le poignard lui répugnait moins. Il lâcha le rasoir dont le dos pénétrait dans ses doigts crispés; le poignard était nu dans sa poche, sans gaine. Il le fit passer dans sa main droite, la gauche retombant sur la laine de son chandail et y restant collée. Il éleva légèrement le bras droit, stupéfait du silence qui continuait à l'entourer, comme si son geste eût dû déclencher quelque chute. Mais non, il ne se passait rien : c'était toujours à lui d'agir.

Ce pied vivait comme un animal endormi. Terminait-il un corps? « Est-ce que je deviens imbécile? » Il fallait voir ce corps. Le voir, voir cette tête; pour cela, entrer dans la lumière, laisser passer sur le lit son ombre trapue. Quelle était la résistance de la chair? Convulsivement, Tchen enfonça le poignard dans son bras gauche. La douleur (il n'était plus capable de songer que c'était *son* bras), l'idée du supplice certain si le dormeur s'éveillait le délivrèrent une seconde : le supplice valait mieux que cette atmosphère de folie. Il s'approcha : c'était bien l'homme qu'il avait vu, deux heures plus tôt, en pleine lumière. Le pied, qui touchait presque le pantalon de Tchen, tourna soudain comme une clef, revint à sa position dans la nuit tranquille. Peut-être le dormeur sentait-il une présence, mais pas assez pour s'éveiller... Tchen frissonna : un insecte courait sur sa peau. Non ; c'était le sang de son bras qui coulait goutte à goutte. Et toujours cette sensation de mal de mer.

Un seul geste, et l'homme serait mort. Le tuer n'était rien : c'était le toucher qui était impossible. Et il fallait frapper avec précision. Le dormeur, couché sur le dos, au milieu du lit à l'européenne, n'était habillé que d'un caleçon court, mais, sous la peau grasse, les côtes n'étaient pas visibles. Tchen devait prendre pour repères les pointes sombres des seins. Il savait combien il est difficile de frapper de haut en bas. Il tenait donc le poignard la lame en l'air, mais le sein gauche était le plus éloigné : à travers le filet de la moustiquaire, il eût dû frapper à longueur de bras, d'un mouvement courbe comme celui du swing[3]. Il changea la position du poignard : la lame horizontale. Toucher ce corps immobile était aussi difficile que frapper un cadavre, peut-être pour les mêmes raisons. Comme appelé par cette idée de cadavre, un râle s'éleva. Tchen ne pouvait plus même reculer, jambes et bras devenus complètement mous. Mais le râle s'ordonna : l'homme ne râlait pas, il ronflait. Il redevint vivant, vulnérable ; et, en même temps, Tchen se sentit bafoué. Le corps glissa d'un léger mouvement vers la droite. Allait-il s'éveiller maintenant ! D'un coup à traverser une planche, Tchen l'arrêta dans un bruit de mousseline

11

déchirée, mêlé à un choc sourd. Sensible jusqu'au bout de la lame, il sentit le corps rebondir vers lui, relancé par le sommier métallique. Il raidit rageusement son bras pour le maintenir : les jambes revenaient ensemble vers la poitrine, comme attachées; elles se détendirent d'un coup. Il eût fallu frapper de nouveau, mais comment retirer le poignard ? Le corps était toujours sur le côté, instable, et, malgré la convulsion qui venait de le secouer, Tchen avait l'impression de le tenir fixé au lit par son arme courte sur quoi pesait toute sa masse. Dans le grand trou de la moustiquaire, il le voyait fort bien : les paupières s'étaient ouvertes, — avait-il pu s'éveiller ? — les yeux étaient blancs. Le long du poignard le sang commençait à sourdre, noir dans cette fausse lumière. Dans son poids, le corps, prêt à retomber à droite ou à gauche, trouvait encore de la vie. Tchen ne pouvait lâcher le poignard. À travers l'arme, son bras raidi, son épaule douloureuse, un courant d'angoisse s'établissait entre le corps et lui jusqu'au fond de sa poitrine, jusqu'à son cœur convulsif, seule chose qui bougeât dans la pièce. Il était absolument immobile; le sang qui continuait à couler de son bras gauche lui semblait celui de l'homme couché; sans que rien de nouveau fût survenu, il eut soudain la certitude que cet homme était mort. Respirant à peine, il continuait à le maintenir sur le côté, dans la lumière immobile et trouble, dans la solitude de la chambre. Rien n'y indiquait le combat, pas même la déchirure de la mousseline qui semblait séparée en deux pans : il n'y avait que le silence et une ivresse écrasante où il sombrait, séparé du monde des vivants, accroché à son arme. Ses doigts étaient de plus en plus serrés, mais les muscles du bras se relâchaient et le bras tout entier commença à trembler par secousses, comme une corde. Ce n'était pas la peur, c'était une épouvante à la fois atroce et solennelle qu'il ne connaissait plus depuis son enfance : il était seul avec la mort, seul dans un lieu sans hommes, mollement écrasé à la fois par l'horreur et par le goût du sang.

Il parvint à ouvrir la main. Le corps s'inclina doucement sur le ventre : le manche du poignard ayant porté à faux, sur le drap une tache sombre commença à s'étendre, grandit comme un être vivant. Et à côté d'elle, grandissant comme elle, parut l'ombre de deux oreilles pointues.

La porte était proche, le balcon plus éloigné : mais c'était du balcon que venait l'ombre. Bien que Tchen ne crût pas aux génies, il était paralysé, incapable de se retourner. Il sursauta : un miaulement. À demi délivré, il osa regarder. C'était un chat de gouttière qui entrait par la fenêtre sur ses pattes silencieuses, les yeux fixés sur lui. Une rage forcenée secouait Tchen à mesure qu'avançait l'ombre ; rien de vivant ne devait se glisser dans la farouche région où il était jeté : ce qui l'avait vu tenir ce couteau l'empêchait de remonter chez les hommes. Il ouvrit le rasoir, fit un pas en avant : l'animal s'enfuit par le balcon. Tchen se trouva en face de Shanghaï.

Secouée par son angoisse, la nuit bouillonnait comme une énorme fumée noire pleine d'étincelles ; au rythme de sa respiration de moins en moins haletante elle s'immobilisa et, dans la déchirure des nuages, des étoiles s'établirent dans leur mouvement éternel qui l'envahit avec l'air plus frais du dehors. Une sirène s'éleva, puis se perdit dans cette poignante sérénité. Au-dessous, tout en bas, les lumières de minuit reflétées à travers une brume jaune par le macadam mouillé, par les raies pâles

13

des rails, palpitaient de la vie des hommes qui ne tuent pas. C'étaient là des millions de vies, et toutes maintenant rejetaient la sienne; mais qu'était leur condamnation misérable à côté de la mort qui se retirait de lui, qui semblait couler hors de son corps à longs traits, comme le sang de l'autre? Toute cette ombre immobile ou scintillante était la vie, comme le fleuve[4], comme la mer invisible au loin — la mer... Respirant enfin jusqu'au plus profond de sa poitrine, il lui sembla rejoindre cette vie avec une reconnaissance sans fond, — prêt à pleurer, aussi bouleversé que tout à l'heure. « Il faut filer... » Il demeurait, contemplant le mouvement des autos, des passants qui couraient sous ses pieds dans la rue illuminée, comme un aveugle guéri regarde, comme un affamé mange. Insatiable de vie, il eût voulu toucher ces corps. Au-delà du fleuve une sirène emplit tout l'horizon : la relève des ouvriers de nuit, à l'arsenal. Que les ouvriers imbéciles vinssent fabriquer les armes destinées à tuer ceux qui combattaient pour eux! Cette ville illuminée resterait-elle possédée comme un champ par son dictateur militaire[5], louée à mort, comme un troupeau, aux chefs de guerre et aux commerces d'Occidents[6]? Son geste meurtrier valait un long travail des arsenaux de Chine : l'insurrection imminente qui voulait donner Shanghaï aux troupes révolutionnaires ne possédait pas deux cents fusils. Qu'elle possédât les pistolets à crosse (presque trois cents) dont cet intermédiaire, le mort, venait de négocier la vente avec le gouvernement, et les insurgés, dont le premier acte devait être de désarmer la police pour armer leurs troupes, doublaient leurs chances. Mais, depuis dix minutes, Tchen n'y avait pas pensé une seule fois.

Et il n'avait pas encore pris le papier pour lequel il

14

avait tué cet homme. Les vêtements étaient accrochés au pied du lit, sous la moustiquaire. Il chercha dans les poches. Mouchoir, cigarettes... Pas de portefeuille. La chambre restait la même : moustiquaire, murs blancs, rectangle net de lumière ; le meurtre ne change donc rien... Il passa la main sous l'oreiller, fermant les yeux. Il sentit le portefeuille, très petit, comme un porte-monnaie. La légèreté de la tête, à travers l'oreiller, accrut encore son angoisse, lui fit rouvrir les yeux : pas de sang sur le traversin, et l'homme semblait à peine mort. Devrait-il donc le tuer à nouveau ? mais déjà son regard rencontrait les yeux blancs, le sang sur les draps. Pour fouiller le portefeuille, il recula dans la lumière : c'était celle d'un restaurant, plein du fracas des joueurs de mah-jong[7]. Il trouva le document, conserva le portefeuille, traversa la chambre presque en courant, ferma à double tour, mit la clef dans sa poche. À l'extrémité du couloir de l'hôtel — il s'efforçait de ralentir sa marche — pas d'ascenseur. Sonnerait-il ? Il descendit. À l'étage inférieur, celui du dancing, du bar et des billards, une dizaine de personnes attendaient la cabine qui arrivait. Il les y suivit. « — La dancing-girl en rouge est épatante ! » lui dit en anglais son voisin, Birman ou Siamois un peu saoul. Il eut envie, à la fois, de le gifler pour le faire taire, et de l'étreindre parce qu'il était vivant. Il bafouilla au lieu de répondre ; l'autre lui tapa sur l'épaule d'un air complice. « Il pense que je suis saoul aussi... » Mais l'interlocuteur ouvrait de nouveau la bouche. « — J'ignore les langues étrangères », dit Tchen en pékinois. L'autre se tut, regarda, intrigué, cet homme jeune sans col, mais en chandail de belle laine. Tchen était en face de la glace intérieure de la cabine. Le meurtre ne laissait aucune trace sur son visage... Ses traits plus mongols que chinois : pommettes aiguës, nez très écrasé mais avec une légère arête, comme un bec, n'avaient pas changé, n'exprimaient que la fatigue ; jusqu'à ses épaules solides, ses grosses lèvres de brave type, sur quoi rien d'étranger ne semblait peser ; seul son bras, gluant dès qu'il le pliait, et chaud... La cabine s'arrêta. Il sortit avec le groupe.

Une heure du matin.

Il acheta une bouteille d'eau minérale, et appela un taxi : une voiture fermée, où il lava son bras et le banda avec un mouchoir. Les rails déserts et les flaques des averses de l'après-midi luisaient faiblement. Le ciel lumineux s'y reflétait. Sans savoir pourquoi, Tchen le regarda : qu'il en avait été plus près, tout à l'heure, lorsqu'il avait découvert les étoiles ! Il s'en éloignait à mesure que son angoisse faiblissait, qu'il retrouvait les hommes... À l'extrémité de la rue, les automitrailleuses presque aussi grises que les flaques, la barre claire des baïonnettes portées par des ombres silencieuses : le poste, la fin de la concession française. Le taxi n'allait pas plus loin. Tchen montra son passeport faux d'électricien employé sur la concession. Le factionnaire regarda le papier avec indifférence (« Ce que je viens de faire ne se voit décidément pas ») et le laissa passer. Devant lui, perpendiculaire, l'avenue des Deux-Républiques[8], frontière de la ville chinoise.

Abandon et silence. Chargées de tous les bruits de la plus grande ville de Chine, des ondes grondantes se perdaient là comme, au fond d'un puits, des sons venus des profondeurs de la terre : tous ceux de la guerre, et les dernières secousses nerveuses d'une multitude qui ne veut pas dormir. Mais c'était au loin que vivaient les hommes; ici, rien ne restait du monde, qu'une nuit à laquelle Tchen s'accordait d'instinct comme à une amitié soudaine : ce monde nocturne, inquiet, ne s'opposait pas au meurtre. Monde d'où les hommes avaient disparu, monde éternel; le jour reviendrait-il jamais sur ces tuiles pourries, sur toutes ces ruelles au fond desquelles une lanterne éclairait un mur sans fenêtres, un nid de fils télégraphiques? Il y avait un monde du meurtre, et il y restait comme dans la chaleur. Aucune vie, aucune présence, aucun bruit proche, pas même le cri des petits marchands, pas même les chiens abandonnés.

Enfin, un magasin pouilleux : *Lou-You-Shuen et Hemmelrich, phonos*. Il fallait revenir parmi les hommes... Il attendit quelques minutes sans se délivrer tout à fait, heurta enfin un volet. La porte s'ouvrit presque aussitôt : un magasin plein de disques rangés avec soin, à vague aspect de bibliothèque municipale; puis l'arrière-boutique, grande, nue, et quatre camarades, en bras de chemise.

La porte refermée fit osciller la lampe : les visages disparurent, reparurent : à gauche, tout rond, Lou-You-Shuen; la tête de boxeur crevé d'Hemmelrich, tondu, nez cassé, épaules creusées. En arrière, dans l'ombre, Katow. À droite, Kyo Gisors; en passant au-dessus de sa tête, la lampe marqua fortement les coins tombants de sa bouche d'estampe japonaise; en s'éloignant elle déplaça les ombres et ce visage métis parut presque européen. Les oscillations de la lampe devinrent de plus en plus courtes : les deux visages de Kyo reparurent tour à tour, de moins en moins différents l'un de l'autre.

Tous regardaient Tchen avec une intensité idiote, mais ne disaient rien ; lui regarda les dalles criblées de graines de tournesol. Il pouvait renseigner ces hommes, mais il ne pourrait jamais s'expliquer. La résistance du corps au couteau l'obsédait, tellement plus grande que celle de son bras · Je n'aurais jamais cru que ce fût si dur...

— Ça y est, dit-il.

Il tendit l'ordre de livraison des armes. Son texte était long. Kyo le lisait :

— Oui, mais...

Tous attendaient. Kyo n'était ni impatient, ni irrité ; il n'avait pas bougé ; à peine son visage était-il contracté. Mais tous sentaient que ce qu'il découvrait le bouleversait. Il se décida :

— Les armes ne sont pas payées. *Payables à livraison*.

Tchen sentit la colère tomber sur lui, comme s'il eût été volé. Il s'était assuré que ce papier était celui qu'il cherchait, mais n'avait pas eu le temps de le lire. Il n'eût pu, d'ailleurs, rien y changer. Il tira le portefeuille de sa poche, le donna à Kyo : des photos, des reçus : aucune autre pièce.

— On peut s'arranger avec des hommes des sections de combat, je pense, dit Kyo.

— Pourvu que nous puissions grimper à bord, répondit Katow, ça ira.

Leur présence arrachait Tchen à sa terrible solitude, doucement, comme une plante que l'on tire de la terre où ses racines les plus fines la retiennent encore. Et en même temps que, peu à peu, il venait à eux, il semblait qu'il les découvrît — comme sa sœur la première fois qu'il était revenu d'une maison de

18

prostitution. Il y avait là la tension des salles de jeux à la fin de la nuit.

— Ça a bien marché? demanda Katow, posant enfin son disque et avançant dans la lumière.

Sans répondre, Tchen regarda cette bonne tête de Pierrot russe — petits yeux rigoleurs et nez en l'air — que même cette lumière ne pouvait rendre dramatique; lui, pourtant, savait ce qu'était la mort. Il se levait; il alla regarder le grillon endormi dans sa cage minuscule; Tchen pouvait avoir ses raisons de se taire. Celui-ci observait le mouvement de la lumière, qui lui permettait de ne pas penser: le cri tremblé du grillon éveillé par son arrivée se mêlait aux dernières vibrations de l'ombre sur les visages. Toujours cette obsession de la dureté de la chair; les paroles n'étaient bonnes qu'à troubler la familiarité avec la mort qui s'était établie dans son cœur.

— À quelle heure es-tu sorti de l'hôtel? demanda Kyo.

— Il y a vingt minutes.

Kyo regarda sa montre: minuit cinquante.

— Bien. Finissons ici, et filons.

— Je veux voir ton père, Kyo.

— Tu sais que CE sera sans doute pour demain?

— Tant mieux.

Tous savaient ce qu'était CE: l'arrivée des troupes révolutionnaires[9] aux dernières stations du chemin de fer, qui devait déterminer l'insurrection.

« Tant mieux », répéta Tchen. Comme toutes les sensations intenses, celle du danger, en se retirant, le laissait vide; il aspirait à le retrouver.

— Quand même: je veux le voir.

— Vas-y: il ne dort jamais avant l'aube.

— Vers quatre heures.

D'instinct, quand il s'agissait d'être compris,

19

Tchen se dirigeait vers Gisors. Que cette attitude fût douloureuse à Kyo — d'autant plus douloureuse que nulle vanité n'intervenait — il le savait, mais n'y pouvait rien : Kyo était un des organisateurs de l'insurrection, le comité central[10] avait confiance en lui ; lui, Tchen, aussi ; mais il ne tuerait jamais, sauf en combattant. Katow était plus près de lui, Katow condamné à cinq ans de bagne en 1905, lorsque, étudiant en médecine, il avait participé à l'attaque — puérile — de la prison d'Odessa[11]. Et pourtant...

Le Russe mangeait des petits bonbons au sucre, un à un, sans cesser de regarder Tchen ; et Tchen, tout à coup, comprit la gourmandise. Maintenant qu'il avait tué, il avait le droit d'avoir envie de n'importe quoi. Le droit. Même si c'était enfantin. Il tendit sa main carrée. Katow crut qu'il voulait partir et la serra. Tchen se leva. C'était peut-être aussi bien : il n'avait plus rien à faire là ; Kyo était prévenu, à lui d'agir. Et lui, Tchen, savait ce qu'il voulait faire maintenant. Il gagna la porte, revint pourtant :

— Passe-moi les bonbons.

Katow lui donna le sac. Il voulut en partager le contenu : pas de papier. Il emplit le creux de sa main, mordit à pleine bouche, et sortit.

— Ça n'a pas dû aller t't seul, dit Katow.

Réfugié en Suisse de 1905 à 1912, date de son retour clandestin en Russie, il parlait français presque sans accent, mais en avalant un certain nombre de voyelles, comme s'il eût voulu compenser ainsi la nécessité d'articuler rigoureusement lorsqu'il parlait chinois. Presque sous la lampe maintenant, son visage était peu éclairé. Kyo préférait cela : l'expression de naïveté ironique que les petits yeux et surtout le nez en l'air (moineau pince-sans-rire, disait Hemmelrich) donnaient au visage de Katow, était d'autant plus vive qu'elle s'opposait davantage à ses propres traits, et le gênait souvent.

— Finissons, dit-il. Tu as les disques, Lou?

Lou-You-Shuen, tout sourire et comme prêt à mille respectueux petits coups d'échine, disposa sur deux phonos les deux disques examinés par Katow. Il fallait les mettre en mouvement en même temps.

— Un, deux, trois, compta Kyo.

Le sifflet du premier disque couvrit le second: soudain s'arrêta — on entendit: *envoyer* — puis reprit. Encore un mot: *trente*. Sifflet de nouveau. Puis: *hommes*. Sifflet.

« Parfait », dit Kyo. Il arrêta le mouvement, et remit en marche le premier disque, seul: sifflet, silence, sifflet. Stop. Bon. Étiquette des disques de rebut.

Au second: *Troisième leçon. Courir, marcher, aller, venir, envoyer, recevoir. Un, deux, trois, quatre, cinq, six, sept, huit, neuf, dix, vingt, trente, quarante, cinquante, soixante, cent. J'ai vu courir dix hommes. Vingt femmes sont ici. Trente...*

Ces faux disques pour l'enseignement des langues étaient excellents: l'étiquette, imitée à merveille. Kyo était pourtant inquiet:

— Mon enregistrement était mauvais?

— Très bon, parfait.

Lou s'épanouissait en sourire, Hemmelrich semblait indifférent. À l'étage supérieur, un enfant cria de douleur.

Kyo ne comprenait plus:

— Alors, pourquoi l'a-t-on changé?

— On ne l'a pas changé, dit Lou. C'est lui-même. Il est rare que l'on reconnaisse sa propre voix, voyez-vous, lorsqu'on l'entend pour la première fois.

— Le phono déforme?

— Ce n'est pas cela, car chacun reconnaît sans peine la voix des autres. Mais on n'a pas l'habitude, voyez-vous, de s'entendre soi-même...

Lou était plein de la joie chinoise d'expliquer une chose à un esprit distingué qui l'ignore.

« Il en est de même dans notre langue... »

— Bon. On doit toujours venir chercher les disques cette nuit?

— Les bateaux partiront demain au lever du soleil pour Han-Kéou...

Les disques sifflets étaient expédiés par un bateau : les disques-textes par un autre. Ceux-ci étaient français ou anglais, suivant que la mission de la région était catholique ou protestante.

« Au jour », pensait Kyo. « Que de choses avant le jour... » Il se leva :

— Il faut des volontaires, pour les armes. Et quelques Européens, si possible.

Hemmelrich s'approcha de lui. L'enfant, là-haut, cria de nouveau.

— Il te répond, le gosse, dit Hemmelrich. Ça te suffit? Qu'est-ce que tu foutrais, toi, avec le gosse qui va crever et la femme qui gémit là-haut — pas trop fort, pour ne pas nous déranger...

La voix presque haineuse était bien celle de ce visage au nez cassé, aux yeux enfoncés que la lumière verticale remplaçait par deux taches noires.

— Chacun son travail, répondit Kyo. Les disques aussi sont nécessaires... Katow et moi, ça ira. Passons chercher des types (nous saurons en passant si nous attaquons demain ou non) et je...

— Ils peuvent dégotter le cadavre à l'hôtel, vois-tu bien, dit Katow.

— Pas avant l'aube. Tchen a fermé à clef. Il n'y a pas de rondes.

— L'interm'diaire avait p't-être pris un rend'-
vous?

— À cette heure-ci? Peu probable. Quoi qu'il
arrive, l'essentiel est de faire changer l'ancrage du
bateau : comme ça, s'ils essaient de l'atteindre, ils
perdront au moins trois heures avant de le retrouver.
Il est à la limite du port.

— Où veux-tu le faire passer?

— Dans le port même. Pas à quai naturellement.
Il y a des centaines de vapeurs. Trois heures perdues
au moins. Au moins.

— Le cap'taine se méfiera...

Le visage de Katow n'exprimait presque jamais ses
sentiments : la gaieté ironique y demeurait. Seul, en
cet instant, le ton de la voix traduisait son inquiétude — d'autant plus fortement.

— Je connais un spécialiste des affaires d'armes,
dit Kyo. Avec lui, le capitaine aura confiance. Nous
n'avons pas beaucoup d'argent, mais nous pouvons
payer une commission... Ie pense que nous sommes
d'accord : nous nous servons du papier pour monter
à bord, et nous nous arrangeons après?

Katow haussa les épaules, comme devant l'évidence. Il passa sa vareuse, dont il ne boutonnait
jamais le col, tendit à Kyo le veston de sport accroché à une chaise; tous deux serrèrent fortement la
main d'Hemmelrich. La pitié n'eût fait que l'humilier
davantage. Ils sortirent.

Ils abandonnèrent aussitôt l'avenue, entrèrent
dans la ville chinoise.

Des nuages très bas lourdement massés, arrachés
par places, ne laissaient plus paraître les dernières
étoiles que dans la profondeur de leurs déchirures.
Cette vie des nuages animait l'obscurité, tantôt plus
légère et tantôt intense, comme si d'immenses

23

ombres fussent venues parfois approfondir la nuit. Katow et Kyo portaient des chaussures de sport à semelles de crêpe, et n'entendaient leurs pas que lorsqu'ils glissaient sur la boue; du côté des concessions — l'ennemi — une lueur bordait les toits. Lentement empli du long cri d'une sirène, le vent, qui apportait la rumeur presque éteinte de la ville en état de siège et le sifflet des vedettes qui rejoignaient les bateaux de guerre, passa sur les ampoules misérables allumées au fond des impasses et des ruelles; autour d'elles, des murs en décomposition sortaient de l'ombre déserte, révélés avec toutes leurs taches par cette lumière que rien ne faisait vaciller et d'où semblait émaner une sordide éternité. Cachés par ces murs, un demi-million d'hommes : ceux des filatures, ceux qui travaillent seize heures par jour depuis l'enfance, le peuple de l'ulcère, de la scoliose, de la famine. Les verres qui protégeaient les ampoules se brouillèrent et, en quelques minutes, la grande pluie de Chine, furieuse, précipitée, prit possession de la ville.

« Un bon quartier », pensa Kyo. Depuis plus d'un mois que, de comité en comité, il préparait l'insurrection, il avait cessé de voir les rues : il ne marchait plus dans la boue, mais sur un plan. Le grattement des millions de petites vies quotidiennes disparaissait, écrasé par une autre vie. Les concessions, les quartiers riches, avec leurs grilles lavées par la pluie à l'extrémité des rues, n'existaient plus que comme des menaces, des barrières, de longs murs de prison sans fenêtres : ces quartiers atroces, au contraire — ceux où les troupes de choc étaient les plus nombreuses — palpitaient du frémissement d'une multitude à l'affût. Au tournant d'une ruelle, son regard tout à coup s'engouffra dans la profondeur des lumières d'une large rue ; bien que voilée par la pluie battante, elle conservait dans son esprit sa perspective, car il faudrait l'attaquer contre des fusils, des mitrailleuses, qui tireraient de toute sa profondeur. Après l'échec des émeutes de février, le comité central du parti communiste chinois avait chargé Kyo de la coordination des forces insurrectionnelles. Dans chacune de ces rues silencieuses où le profil des maisons disparaissait sous l'averse à l'odeur de fumée, le nombre des militants avait été doublé. Kyo avait demandé qu'on le portât de 2 000 à 5 000, la direction militaire y était parvenue dans le mois. Mais ils ne possédaient pas deux cents fusils. (Et il y avait trois cents revolvers à crosse, sur ce *Shan-Tung*[12] qui dormait d'un œil au milieu du fleuve clapotant.) Kyo avait organisé cent quatre-vingt-douze groupes de combat de vingt-cinq hommes environ, dont les chefs seuls étaient armés... Il examina au passage un garage populaire plein de vieux camions transformés en autobus. Tous les garages étaient « notés ». La direction militaire avait constitué un état-major, l'assemblée du parti avait élu un comité central ; dès le début de l'insurrection, il faudrait les maintenir en contact avec les groupes de choc. Kyo avait créé un détachement de liaison de cent vingt cyclistes ; aux premiers coups de feu, huit groupes devaient occuper les garages, s'emparer des autos. Les chefs de ces groupes avaient déjà visité les garages. Chacun des autres chefs, depuis dix jours, étudiait le quartier où il devait combattre. Combien de visiteurs, aujourd'hui même, avaient pénétré dans les bâtiments principaux, demandé à voir un ami que nul n'y connaissait, causé, offert le thé, avant de s'en aller ? Combien d'ouvriers, malgré l'averse battante, réparaient des toits ? Toutes les positions de

25

quelque valeur pour le combat de rues étaient reconnues ; les meilleures positions de tir, notées sur les plans, à la permanence des groupes de choc. Ce que Kyo savait de la vie souterraine de l'insurrection nourrissait ce qu'il en ignorait ; quelque chose qui le dépassait infiniment venait des grandes ailes déchiquetées de Tchapéï et de Pootung[13], couvertes d'usines et de misère, pour faire éclater les énormes ganglions du centre ; une invisible foule animait cette nuit de jugement dernier.

— Demain ? dit Kyo.

Katow hésita, arrêta le balancement de ses grandes mains. Non, la question ne s'adressait pas à lui. À personne.

Ils marchaient en silence. L'averse, peu à peu, se transformait en bruine ; le crépitement de la pluie sur les toits s'affaiblit, et la rue noire s'emplit du seul bruit saccadé des ruisseaux. Les muscles de leurs visages se détendirent ; découvrant alors la rue comme elle paraissait au regard — longue, noire, indifférente — Kyo la retrouva comme un passé.

— Où crois-tu que soit allé Tchen ? demanda-t-il. Il a dit qu'il n'irait chez mon père que vers quatre heures. Dormir ?

Il y avait dans sa question une admiration incrédule.

— Sais pas... Il ne se saoule pas...

Ils arrivaient à une boutique : *Shia, marchand de lampes*. Comme partout, les volets étaient posés. On ouvrit. Un affreux petit Chinois resta debout devant eux, mal éclairé par-derrière : de l'auréole de lumière qui entourait sa tête, son moindre mouvement faisait glisser un reflet huileux sur son gros nez criblé de boutons. Les verres de centaines de lampes-tempête accrochées reflétaient les flammes de deux lanternes allumées sur le comptoir et se perdaient dans l'obscurité, jusqu'au fond invisible du magasin.

— Alors ? dit Kyo.

Shia le regardait en se frottant les mains avec onction. Il se retourna sans rien dire, fouilla dans quelque cachette. Le crissement de son ongle retourné sur du fer-blanc fit grincer les dents de Katow ; mais déjà il revenait, les bretelles pendantes balancées à droite, à gauche... Il lut le papier qu'il apportait, la tête éclairée par-dessous, presque collée à l'une des lampes. C'était un rapport de l'organisation militaire chargée de la liaison avec les cheminots. Les renforts qui défendaient Shanghaï contre les révolutionnaires venaient de Nankin : les cheminots avaient décrété la grève : les gardes-blancs[14] et les soldats de l'armée gouvernementale fusillaient ceux qui refusaient de conduire les trains militaires.

— Un des cheminots arrêtés a fait dérailler le train qu'il conduisait, lut le Chinois. Mort. Trois autres trains militaires ont déraillé hier, les rails ayant été enlevés.

— Faire généraliser le sabotage et noter sur les mêmes rapports le moyen de réparer dans le plus bref délai, dit Kyo. Autre chose : pas de trains d'armes ?

— Non.

— Sait-on quand les nôtres seront à Tcheng-Tchéou * ?

— Je n'ai pas encore les nouvelles de minuit. Le délégué du Syndicat pense que ce sera cette nuit ou demain...

L'insurrection commencerait donc le lendemain ou le surlendemain. Il fallait attendre les ordres du Comité Central. Kyo avait soif. Ils sortirent.

* La dernière gare avant Shanghaï.

Ils n'étaient plus éloignés de l'endroit où ils devaient se séparer. Une nouvelle sirène de navire appela trois fois, par saccades, puis une fois encore, longuement. Il semblait que son cri s'épanouit dans cette nuit saturée d'eau; il retomba enfin, comme une fusée. « Commenceraient-ils à s'inquiéter, sur le *Shan-Tung*? » Absurde. Le capitaine n'attendait ses clients qu'à huit heures. Ils reprirent leur marche, prisonniers de ce bateau ancré là-bas dans l'eau verdâtre et froide avec ses caisses de pistolets. Il ne pleuvait plus.

— Pourvu que je trouve mon type, dit Kyo. Je serais tout de même plus tranquille si le *Shan-Tung* changeait d'ancrage.

Leurs routes n'étaient plus les mêmes; ils prirent rendez-vous, se séparèrent. Katow allait chercher les hommes.

Kyo atteignit enfin la porte à grilles des concessions. Deux tirailleurs annamites[15] et un sergent de la coloniale[16] vinrent examiner ses papiers : il avait son passeport français. Pour tenter le poste, un marchand chinois avait accroché des petits pâtés aux pointes des barbelés. (« Bon système pour empoisonner un poste, éventuellement », pensa Kyo.)

Le sergent rendit le passeport. Kyo trouva bientôt un taxi et donna l'adresse du *Black Cat*.

L'auto, que le chauffeur conduisait à toute vitesse, rencontra quelques patrouilles de volontaires européens. « Les troupes de huit nations[17] veillent ici », disaient les journaux. Peu importait : il n'entrait pas dans les intentions du Kuomintang d'attaquer les concessions. Boulevards déserts, ombres de petits marchands, leur boutique en forme de balance sur l'épaule... L'auto s'arrêta à l'entrée d'un jardin exigu, éclairé par l'enseigne lumineuse du *Black Cat*. En

28

passant devant le vestiaire, Kyo regarda l'heure : deux heures du matin. « Heureusement que tous les costumes sont admis ici. » Sous son veston de sport d'étoffe rugueuse, gris foncé, il portait un pull-over.

Le jazz était à bout de nerfs. Depuis cinq heures, il maintenait, non la gaieté, mais une ivresse sauvage à quoi chaque couple s'accrochait anxieusement. D'un coup il s'arrêta, et la foule se décomposa : au fond les clients, sur les côtés les danseuses professionnelles : Chinoises dans leur fourreau de soie brochée, Russes et métisses ; un ticket par danse, ou par conversation. Un vieillard à aspect de clergyman ahuri restait au milieu de la piste, esquissant du coude des gestes de canard. À cinquante-deux ans il avait pour la première fois découché et, terrorisé par sa femme, n'avait plus osé rentrer chez lui. Depuis huit mois, il passait ses nuits dans les boîtes, ignorait le blanchissage et changeait de linge chez les chemisiers chinois, entre deux paravents. Négociants en instance de ruine, danseuses et prostituées, ceux qui se savaient menacés — presque tous — maintenaient leur regard sur ce fantôme, comme si, seul, il les eût retenus au bord du néant. Ils iraient se coucher, assommés, à l'aube — lorsque la promenade du bourreau[18] recommencerait dans la cité chinoise... À cette heure, il n'y avait que les têtes coupées dans les cages noires, avec leurs cheveux qui ruisselaient de pluie.

— En talapoins[19], chère amie ! On les habillera en ta-la-poins !

La voix bouffonnante, inspirée de Polichinelle, semblait venir d'une colonne. Nasillarde mais amère, elle n'évoquait pas mal l'esprit du lieu, isolée dans un silence plein du cliquetis des verres au-dessus du clergyman ahuri : l'homme que Kyo cherchait était présent.

Il le découvrit, dès qu'il eut contourné la colonne au fond de la salle où, sur quelques rangs de profondeur, étaient disposées les tables que n'occupaient pas les danseuses. Au-dessus d'un pêle-mêle de dos et de gorges dans un tas de chiffons soyeux, un Polichinelle maigre et sans bosse, mais qui ressemblait à sa voix, tenait un discours bouffon à une Russe et à une métisse philippine assises à sa table. Debout, les coudes au corps, gesticulant des mains, il parlait avec tous les muscles de son visage en coupe-vent, gêné par le carré de soie noire, style Pieds-Nickelés[20], qui protégeait son œil droit meurtri sans doute. De quelque façon qu'il fût habillé — il portait un smoking, ce soir — le baron de Clappique avait l'air déguisé. Kyo était décidé à ne pas l'aborder là, à attendre qu'il sortît :

— Parfaitement, chère amie, parfaitement! Chang-Kaï-Shek entrera ici avec ses révolutionnaires et criera — en style classique, vous dis-je, clas-sique! ainsi que lorsqu'il prend des villes : Qu'on m'habille en talapoins ces négociants, en léopards ces militaires (comme lorsqu'ils s'asseyent sur des bancs fraîchement peints)! Semblables au dernier prince de la dynastie Leang[21], parfaitement mon bon, montons sur les jonques impériales, contemplons nos sujets vêtus, pour nous distraire, chacun de la couleur de sa profession, bleu, rouge, vert, avec des nattes et des pompons; pas un mot, chère amie, pas un mot, vous dis-je!

Et confidentiel :

« La seule musique permise sera celle du chapeau chinois.

— Et vous, que ferez-vous là-dedans?

Plaintif, sanglotant :

— Comment, chère amie, vous ne le devinez pas?

30

Je serai astrologue de la cour, je mourrai en allant cueillir la lune dans un étang, un soir que je serai saoul — ce soir ?

Scientifique :

« ... comme le poète Thou-Fou[22], dont les œuvres enchantent *certainement* — pas un mot, j'en suis sûr ! — vos journées inoccupées. De plus... »

La sirène d'un navire de guerre emplit la salle. Aussitôt un coup de cymbales furieux s'y mêla, et la danse recommença. Le baron s'était assis. À travers les tables et les couples, Kyo gagna une table libre, un peu en arrière de la sienne. La musique avait couvert tous les bruits ; mais maintenant qu'il s'était rapproché de Clappique, il entendait sa voix de nouveau. Le baron pelotait la Philippine, mais il continuait de parler au visage mince, tout en yeux, de la Russe :

— ... le malheur, chère amie, c'est qu'il n'y a plus de fantaisie. De temps en temps,

l'index pointé :

« ... un ministre européen envoie à sa femme un pp'etit colis postal, elle l'ouvre — pas un mot...

l'index sur la bouche :

« ... c'est la tête de son amant.

Éploré :

« On en parle encore trois ans après !

« Lamentable, chère amie, lamentable ! Regardez-moi. Vous voyez ma tête ? Voilà où mènent vingt ans de fantaisie héréditaire. Ça ressemble à la syphilis. — Pas un mot !

Plein d'autorité :

« Garçon ! du champagne pour ces deux dames, et pour moi...

de nouveau confidentiel :

« ... un pp'etit Martini

sévère :

« trrès sec. »

(En mettant tout au pire, avec cette police, j'ai une heure devant moi, pensa Kyo. Tout de même, ça va-t-il durer longtemps ?)

La Philippine riait, ou faisait semblant. La Russe, de tous ses yeux, cherchait à comprendre. Clappique gesticulait toujours, l'index vivant, raide dans l'autorité, appelant l'attention dans la confidence. Mais Kyo l'écoutait à peine : la chaleur l'engourdissait, et, avec elle, une préoccupation qui cette nuit avait rôdé sous sa marche s'épanouissait en une confuse fatigue ; ce disque, *sa* voix qu'il n'avait pas reconnue, tout à l'heure chez Hemmelrich. Il y songeait avec la même inquiétude complexe qu'il avait regardé, enfant, ses amygdales que le chirurgien venait de couper. Mais impossible de suivre sa pensée.

— ... bref, glapissait le baron clignant sa paupière découverte et se tournant vers la Russe, il avait un château en Hongrie du Nord.

— Vous êtes hongrois ?

— Point. Je suis français. (Je m'en fous d'ailleurs, chère amie, é-per-dument !) Mais ma mère était hongroise.

« Donc, mon pp'etit grand-père habitait un château par là, avec de grandes salles — trrès grandes — des confrères morts dessous, des sapins autour ; beaucoup de ssapins. Veuf. Il vivait seul avec un gi-gan-tes-que cor de chasse pendu à la cheminée. Passe un cirque. Avec une écuyère. Jolie...

Doctoral :

« Je dis : jo-lie.

Clignant à nouveau :

« ... Il l'enlève — pas difficile. La mène dans une des grandes chambres...

Commandant l'attention, la main levée :

« Pas un mot !... Elle vit là. Continue. S'ennuie. Toi aussi ma petite — il chatouilla la Philippine — mais patience... — Il ne rigolait pas non plus, d'ailleurs : il passait la moitié de l'après-midi à se faire faire les ongles des mains et des pieds par son barbier (il avait encore un barbier attaché au château), pendant que son secrétaire, fils de serf crasseux, lui lisait — lui relisait — à haute voix, l'histoire de la famille. Charmante occupation, chère amie, vie parfaite ! D'ailleurs, il était généralement saoul. Elle...

— Elle est devenue amoureuse du secrétaire ? demanda la Russe.

— Magnifique, cette petite, ma-gni-fi-que ! Chère amie, vous êtes magnifique. Perspicacité rre-marqua-ble !

Il lui embrassa la main.

« ... mais elle coucha avec le pédicure, n'estimant point autant que vous les choses de l'esprit. S'aperçut alors que le pp'etit grand-père la battait. Pas un mot, inutile : les voilà partis.

« Le plaqué, tout méchant, parcourt ses vastes salles (toujours avec les confrères dessous), se déclare bafoué par les deux turlupins[23] qui s'en démettaient les reins au chef-lieu, dans une auberge à la Gogol[24], avec un pot à eau ébréché et des berlines dans la cour. Il décroche le gi-gan-tes-que cor de chasse, ne parvient pas à souffler dedans et envoie l'intendant battre le rappel de ses paysans. (Il avait encore des droits, dans ce temps-là.) Il les arme : cinq fusils de chasse, deux pistolets. Mais, chère amie, ils étaient trop !

« Alors on déménage le château : voilà mes croquants en marche — imaginez, i-ma-gi-nez, vous dis-je ! — armés de fleurets, d'arquebuses, de

machines à rouet, que sais-je? de rapières et de colichemardes[25], grand-père en tête, vers le chef-lieu : la
vengeance poursuivant le crime. On les annonce.
Arrive le garde champêtre, avecque[26] des gen-
darmes. Tableau ma-gni-fi-que!

— Et donc?

— Rien. On leur a pris leurs armes. Le grand-père
est quand même venu à la ville, mais les coupables
avaient quitté en vitesse l'auberge Gogol, dans l'une
des berlines poussiéreuses. Il a remplacé l'écuyère
par une paysanne, le pédicure par un autre, et s'est
saoulé avec le secrétaire. De temps en temps, il travaillait à un de ses pp'etits testaments...

— À qui a-t-il laissé l'argent?

— Question sans intérêt, chère amie. Mais, quand
il est mort,

les yeux écarquillés :

« ... on a tout su, tout ce qu'il mijotait comme ça,
en se faisant gratter les pieds et lire les chroniques,
ivre-noble! On lui a obéi : on l'a enterré sous la cha-
pelle, dans un immense caveau, ddebout sur son
cheval tué, comme Attila[27]...

Le chahut du jazz cessa. Clappique continua,
beaucoup moins Polichinelle, comme si sa pitrerie
eût été adoucie par le silence :

« Quand Attila est mort, on l'a dressé sur son cheval cabré, au-dessus du Danube; le soleil couchant a
fait une telle ombre à travers la plaine que les cavaliers ont foutu le camp comme de la poussière, épouvantés... »

Il rêvassait, pris par ses rêves, l'alcool et le calme
soudain. Kyo savait quelles propositions il devait lui
faire, mais il le connaissait mal, si son père le
connaissait bien; et plus mal encore dans ce rôle. Il
l'écoutait avec impatience (dès qu'une table, devant

le baron, se trouverait libre, il s'y installerait et lui ferait signe de sortir; il ne voulait ni l'aborder, ni l'appeler ostensiblement) mais non sans curiosité. C'était la Russe qui parlait maintenant, d'une voix lente, éraillée — ivre peut-être d'insomnie :

— Mon arrière-grand-père avait aussi de belles terres... Nous sommes parties à cause des communistes, n'est-ce pas? Pour ne pas être avec tout le monde, pour être respectées; ici nous sommes deux par table, quatre par chambre! Quatre par chambre... Et il faut payer le loyer. Respectées... Si seulement l'alcool ne me rendait pas malade!...

Clappique regarda son verre : elle avait à peine bu. La Philippine, par contre... Tranquille, elle se chauffait comme un chat à la chaleur de la demi-ivresse. Inutile d'en tenir compte. Il se retourna vers la Russe :

— Vous n'avez pas d'argent?

Elle haussa les épaules. Il appela le garçon, paya avec un billet de cent dollars. La monnaie apportée, il prit dix dollars, donna le reste à la femme. Elle le regarda avec une précision lasse :

— Bien.

Elle se levait.

— Non, dit-il.

Il avait un air pitoyable de bon chien.

— Non. Ce soir, ça vous ennuierait.

Il lui tenait la main. Elle le regarda encore.

— Merci.

Elle hésita :

— Quand même... Si ça vous fait plaisir...

— Ça me fera plus de plaisir un jour que je n'aurai pas d'argent...

Polichinelle reparut :

— Ça ne tardera pas...

Il lui réunit les mains, les embrassa plusieurs fois...

Kyo, qui avait déjà payé, le rejoignit dans le couloir vide :

— Sortons ensemble, voulez-vous ?

Clappique le regarda, le reconnut :

— Vous ici ? C't'inouï ! Mais...

Ce bêlement fut arrêté par la levée de son index :

— Vous vous débauchez, jeunom !

— Ça va !...

Ils sortaient déjà. Bien que la pluie eût cessé, l'eau était aussi présente que l'air. Ils firent quelques pas sur le sable du jardin.

— Il y a dans le port, dit Kyo, un vapeur chargé d'armes...

Clappique s'était arrêté. Kyo, ayant fait un pas de plus, dut se retourner : le visage du baron était à peine visible, mais le grand chat lumineux, enseigne du *Black Cat*, l'entourait comme une auréole :

— Le *Shan-Tung*, dit-il.

L'obscurité, et sa position — à contre-lumière — lui permettaient de ne rien exprimer ; et il n'ajoutait rien.

— Il y a une proposition, reprit Kyo, à 30 dollars par revolver, du gouvernement. Il n'y a pas encore de réponse. Moi, j'ai acheteur à 35 dollars, plus 3 de commission pour vous. Livraison immédiate, dans le port. Où le capitaine voudra, mais dans le port. Qu'il quitte son ancrage tout de suite. On prendra livraison cette nuit, avec l'argent. D'accord avec son délégué : voici le contrat.

Il lui tendit le papier, alluma son briquet en le protégeant de la main.

« Il veut gratter[28] l'autre acheteur, pensait Clappique en regardant le contrat... *pièces détachées*... et

36

toucher 5 dollars par arme. C'est clair. Je m'en fous : il y en a 3 pour moi. »

— Ça va, dit-il à voix haute. Vous me laissez le contrat, bien entendu ?

— Oui. Vous connaissez le capitaine ?

— Mon bon, il y en a que je connais mieux, mais enfin je le connais.

— Il pourrait se méfier (plus encore, d'ailleurs, en aval où il est). Le gouvernement peut faire saisir les armes au lieu de payer, non ?

— Point !

Encore Polichinelle. Mais Kyo attendait la suite : de quoi le capitaine disposait-il, pour empêcher les siens (et non ceux du gouvernement) de s'emparer des armes ? Clappique continua d'une voix plus sourde :

— Ces objets sont envoyés par un fournisseur régulier. Je le connais.

Ironique :

— C'est-un-traître...

Voix singulière dans l'obscurité, quand ne la soutenait plus aucune expression du visage. Elle monta, comme s'il eût commandé un cocktail :

« Un véritable traître, trrès sec ! Car tout ceci passe par une légation qui... Pas un mot ! Je vais m'occuper de ça. Mais ça va d'abord me coûter un taxi sérieux : le bateau est loin... il me reste...

Il fouilla dans sa poche, en tira un seul billet, se retourna pour que l'enseigne l'éclairât.

« ... Dix dollars, mon bon ! Ça ne va pas. J'achèterai sans doute bientôt des peintures de votre oncle Kama pour Ferral, mais en attendant...

— Cinquante, ça ira ?

— C'est plus qu'il ne faut...

Kyo les lui donna.

— Vous me préviendrez chez moi dès que ce sera fini.

— Entendu.

— Dans une heure ?

— Plus tard, je pense. Mais dès que je pourrai.

Et du ton même dont la Russe avait dit : « Si seulement l'alcool ne me rendait pas malade... », presque de la même voix, comme si tous les êtres de ce lieu se fussent retrouvés au fond d'un même désespoir :

« Tout ça n'est pas drôle... »

Il s'éloigna, nez baissé, dos voûté, tête nue, les mains dans les poches du smoking, semblable à sa propre caricature.

Kyo appela un taxi et se fit conduire à la limite des concessions, à la première ruelle de la ville chinoise, où il avait donné rendez-vous à Katow.

Dix minutes après avoir quitté Kyo, Katow, ayant traversé des couloirs, dépassé des guichets, était arrivé à une pièce blanche, nue, bien éclairée par des lampes-tempête. Pas de fenêtre. Sous le bras du Chinois qui lui ouvrit la porte, cinq têtes penchées sur la table mais le regard sur lui, sur la haute silhouette connue de tous les groupes de choc : jambes écartées, bras ballants, vareuse non boutonnée du haut, nez en l'air, cheveux mal peignés. Ils maniaient des grenades de différents modèles. C'était un *tchon* — une des organisations de combat communistes que Kyo et lui avaient créées à Shanghaï.

— Combien d'hommes inscrits ? demanda-t-il.

— Cent trente-huit, répondit le plus jeune Chinois, un adolescent à la tête petite, à la pomme d'Adam très marquée et aux épaules tombantes, vêtu en ouvrier.

— Il me faut absolument douze hommes pour cette nuit.

38

« Absolument » passait dans toutes les langues que parlait Katow.

— Quand?

— Maintenant.

— Ici?

— Non : devant l'appontement Yen-Tang.

Le Chinois donna des instructions : un des hommes partit.

— Ils y seront avant trois heures, dit le chef.

Par ses joues creuses, son grand corps maigre, il semblait très faible; mais la résolution du ton, la fixité des muscles du visage témoignaient d'une volonté tout appuyée sur les nerfs.

— L'instruction? demanda Katow.

— Pour les grenades, ça ira. Tous les camarades connaissent maintenant nos modèles. Pour les revolvers — les Nagan et les Mauser[29] du moins — ça ira aussi. Je les fais travailler avec des cartouches vides, mais il faudrait pouvoir tirer au moins à blanc... Je n'ai pas le temps de les emmener jusqu'à la campagne...

Dans chacune des quarante chambres où se préparait l'insurrection, la même question était posée.

— Pas assez de poudre. Ça viendra peut-être; pour l'instant, n'en parlons plus. Les fusils?

— Ça va aussi. C'est la mitrailleuse qui m'inquiète, si on n'essaie pas un peu de tir.

Sa pomme d'Adam montait et descendait sous sa peau, à chacune de ses réponses. Il continua :

— Et puis, est-ce qu'il n'y aurait pas moyen d'avoir un peu plus d'armes? Sept fusils, treize revolvers, quarante-deux grenades chargées! Un homme sur deux n'a pas d'arme à feu.

— Nous irons les prendre à ceux qui les ont. Peut-être allons-nous avoir bientôt des revolvers. Si c'est

39

pour demain, combien d'hommes ne sauront pas se servir de leurs armes à feu, dans ta section?

L'homme réfléchit. L'attention lui donnait l'air absent. « Un intellectuel », pensa Katow.

— Quand nous aurons pris les fusils de la police?

— Absolument.

— Plus de la moitié.

— Et les grenades?

— Tous sauront s'en servir; et très bien. J'ai ici trente hommes parents de suppliciés de février... À moins pourtant...

Il hésita, termina sa phrase par un geste confus. Main déformée, mais fine.

— À moins?

— Que ces salauds n'emploient les tanks contre nous.

Les six hommes regardèrent Katow.

— Ça ne fait rien, répondit-il. Tu prends tes grenades, attachées par six, et tu les fous sous le tank. À la rigueur, vous pouvez creuser des fosses, au moins dans un sens. Vous avez des outils?

— Très peu. Mais je sais où en saisir.

— Fais saisir aussi des vélos: dès que ça commencera il faudrait que chaque section eût son agent de liaison, en plus de celui du centre.

— Tu es sûr que les tanks sauteront?

— Absolument. Mais ne t'en fais pas: les tanks ne quitteront pas le front. S'ils le quittent, je viendrai avec une équipe spéciale. C'est mon boulot.

— Si nous sommes surpris?

— Les tanks, ça se voit: nous avons des observateurs à côté. Prends toi-même un paquet de grenades, donnes-en un à chacun des trois ou quatre types de qui tu es sûr...

Tous les hommes de la section savaient que

40

Katow, condamné après l'affaire d'Odessa à la détention dans l'un des bagnes les moins durs, avait demandé à accompagner volontairement, pour les instruire, les malheureux envoyés aux mines de plomb. Ils avaient confiance en lui, mais ils restaient inquiets. Ils n'avaient peur ni des fusils, ni des mitrailleuses, mais ils avaient peur des tanks : ils se croyaient désarmés contre eux. Même dans cette chambre où n'étaient venus que des volontaires, presque tous parents de suppliciés, le tank héritait la puissance des démons.

— Si les tanks arrivent, ne vous en faites pas, nous serons là, reprit Katow.

Comment sortir sur cette parole vaine ? L'après-midi, il avait inspecté une quinzaine de sections, mais il n'avait pas rencontré la peur. Ces hommes-là n'étaient pas moins courageux que les autres, mais plus précis. Il savait qu'il ne les délivrerait pas de leur crainte, qu'à l'exception des spécialistes qu'il commandait, les formations révolutionnaires fuiraient devant les tanks. Il était probable que les tanks ne pourraient quitter le front ; mais s'ils atteignaient la ville, il serait impossible de les arrêter tous par des fosses, dans ces quartiers où se croisaient tant de ruelles.

— Les tanks ne quitteront absolument pas le front, dit-il.

— Comment faut-il attacher les grenades ? demanda le plus jeune Chinois.

Katow le lui enseigna. L'atmosphère devint un peu moins lourde, comme si cette manipulation eût été le gage d'une victoire. Katow en profita pour partir. La moitié des hommes ne sauraient pas se servir de leurs armes. Du moins pouvait-il compter sur ceux dont il avait formé les groupes de combat chargés de désarmer la police. Demain. Mais après-demain ? L'armée avançait, approchait d'heure en heure, comptait sur le soulèvement de la ville. Peut-être la dernière gare était-elle déjà prise. Quand Kyo serait de retour, sans doute l'apprendraient-ils dans l'un des centres d'informations. Le marchand de lampes n'avait pas été renseigné après dix heures.

Katow attendit dans la ruelle, sans cesser de marcher ; enfin Kyo arriva. Chacun fit connaître à l'autre ce qu'il avait fait. Ils reprirent leur marche dans la boue, sur leurs semelles de crêpe, au pas : Kyo petit et souple comme un chat japonais, Katow balançant ses épaules. Les troupes avançaient, fusils brillants de pluie, vers Shanghaï roussâtre au fond de la nuit... Leur avance n'était-elle pas arrêtée ?

La ruelle où ils marchaient, la première de la cité chinoise, était, à cause de la proximité des maisons européennes, celle des marchands d'animaux. Toutes les boutiques étaient closes : pas un animal dehors, et aucun cri ne troublait le silence, entre les appels de sirène et les dernières gouttes qui tombaient des toits à cornes dans les flaques. Les bêtes dormaient. Ils entrèrent, après avoir frappé, dans l'une des boutiques : celle d'un marchand de poissons vivants. Seule lumière, une bougie plantée dans un photophore[30] se reflétait faiblement dans les jarres phosphorescentes alignées comme celles d'Ali-Baba, et où dormaient, invisibles, les illustres cyprins[31] chinois.

— Demain ? demanda Kyo.

— Demain ; à une heure.

Au fond de la pièce, derrière un comptoir, dormait dans son coude replié un personnage indistinct. Il avait à peine levé la tête pour répondre. Ce magasin était l'une des quatre-vingts permanences du Kuomintang, par quoi se transmettaient les nouvelles.

— Officiel?

— Oui. L'armée est à Tcheng-Tchéou. Grève générale à midi.

Sans que rien changeât dans l'ombre, sans que le marchand assoupi au fond de son alvéole fît un geste, la surface phosphorescente de toutes les jarres commença à s'agiter faiblement; de molles vagues noires, concentriques, se levaient en silence : le son des voix éveillait les poissons. Une sirène, de nouveau, se perdit au loin.

Ils sortirent, reprirent leur marche. Encore l'avenue des Deux-Républiques.

Taxi. La voiture démarra à une allure de film. Katow, assis à gauche, se pencha, regarda le chauffeur avec attention.

— Il est nghien *. Dommage. Je voudrais absolument n'être pas tué avant demain soir. Du calme, mon petit!

— Clappique va donc faire venir le bateau, dit Kyo. Les camarades qui sont au magasin d'habillement du gouvernement peuvent nous fournir des costumes de flics...

— Inutile. J'en ai plus de quinze à la perm'nence.

— Prenons la vedette avec tes douze types.

— Ce serait mieux sans toi...

Kyo le regarda sans rien dire.

— C'est pas très dangereux, mais c'est pas non plus de tout repos, vois-tu bien. C'est plus dangereux que cette andouille de ch'ffeur qui est en train de reprendre de la vitesse. Et c'est pas le moment de te faire d'scendre.

— Toi non plus.

* En état de besoin (à propos des opiomanes). Littéralement : possédé par une habitude.

43

— C'est pas la même chose. Moi, on peut me remplacer, maintenant, tu comprends... J'aimerais mieux que tu t'occupes du camion qui attendra, et de la distribution.

Il hésitait, gêné, la main sur la poitrine. « Il faut le laisser se rendre compte », pensait-il. Kyo ne disait rien. La voiture continuait à filer entre des raies de lumière estompées par la brume. Qu'il fût plus utile que Katow n'était pas douteux : le Comité Central connaissait le détail de ce qu'il avait organisé, mais en fiches, et lui avait la ville dans la peau, avec ses points faibles comme des blessures. Aucun de ses camarades ne pouvait réagir aussi vite que lui, aussi sûrement.

Des lumières de plus en plus nombreuses... De nouveau, les camions blindés des concessions, puis, une fois de plus, l'ombre.

L'auto s'arrêta. Kyo en descendit.

— Je vais chercher les frusques, dit Katow ; je te ferai prendre quand tout sera prêt.

Kyo habitait avec son père une maison chinoise sans étage : quatre ailes autour d'un jardin. Il traversa la première, puis le jardin, et entra dans le hall : à droite et à gauche, sur les murs blancs, des peintures Song[32], des phénix bleu Chardin[33], au fond, un bouddha de la dynastie Weï[34], d'un style presque roman. Des divans nets, une table à opium. Derrière Kyo, les vitres nues comme celles d'un atelier. Son père, qui l'avait entendu, entra : depuis quelques années il souffrait d'insomnies, ne dormait plus que quelques heures à l'aube, et accueillait avec joie tout ce qui pouvait emplir sa nuit.

— Bonsoir, père. Tchen va venir te voir.

— Bien.

Les traits de Kyo n'étaient pas ceux de son père ; il

semblait pourtant qu'il eût suffi au sang japonais de sa mère d'adoucir le masque d'abbé ascétique du vieux Gisors — masque dont une robe de chambre en poil de chameau, cette nuit, accentuait le caractère — pour en faire le visage de samouraï de son fils.

— Il lui est arrivé quelque chose?

— Oui.

Tous deux s'assirent. Kyo n'avait pas sommeil. Il raconta le spectacle que Clappique venait de lui donner — sans parler des armes. Non qu'il se méfiât de son père; mais il exigeait d'être seul responsable de sa vie. Bien que le vieux professeur de sociologie de l'Université de Pékin, chassé par Tchang-Tso-Lin[35] à cause de son enseignement, eût formé le meilleur des cadres révolutionnaires de la Chine du Nord, il ne participait pas à l'action. Dès que Kyo entrait là, sa volonté se transformait donc en intelligence, ce qu'il n'aimait guère; et il s'intéressait aux êtres au lieu de s'intéresser aux forces. Parce que Kyo parlait de Clappique à son père qui le connaissait bien, le baron lui parut plus mystérieux que tout à l'heure, lorsqu'il le regardait.

— ... il a fini en me tapant de cinquante dollars...

— Il est désintéressé, Kyo...

— Mais il venait de dépenser cent dollars : je l'ai vu. La mythomanie est toujours une chose assez inquiétante.

Il voulait savoir jusqu'où il pouvait continuer d'employer Clappique. Son père, comme toujours, cherchait ce qu'il y avait en cet homme d'essentiel ou de singulier. Mais ce qu'un homme a de plus profond est rarement ce par quoi on peut le faire immédiatement agir, et Kyo pensait à ses pistolets :

— S'il a besoin de se croire riche, que ne tente-t-il de s'enrichir?

— Il a été le premier antiquaire de Pékin...

— Pourquoi dépense-t-il donc tout son argent en une nuit, sinon pour se donner l'illusion d'être riche?

Gisors cligna des yeux, rejeta en arrière ses cheveux blancs presque longs; sa voix d'homme âgé, malgré son timbre affaibli, prit la netteté d'une ligne:

— Sa mythomanie est un moyen de nier la vie, n'est-ce pas, de nier, et non pas d'oublier. Méfie-toi de la logique en ces matières...

Il étendit confusément la main; ses gestes étroits ne se dirigeaient presque jamais vers la droite ou la gauche, mais devant lui: ses mouvements, lorsqu'ils prolongeaient une phrase, ne semblaient pas écarter, mais saisir quelque chose.

« Tout se passe comme s'il avait voulu se démontrer que, bien qu'il ait vécu pendant deux heures comme un homme riche, la richesse n'existe pas. Parce qu'alors, *la pauvreté n'existe pas non plus*. Ce qui est l'essentiel. Rien n'existe: tout est rêve. N'oublie pas l'alcool, qui l'aide... »

Gisors sourit. Le sourire de ses lèvres aux coins abaissés, amincies déjà, l'exprimait avec plus de complexité que ses paroles. Depuis vingt ans il appliquait son intelligence à se faire aimer des hommes en les justifiant et ils lui étaient reconnaissants d'une bonté dont ils ne devinaient pas qu'elle prenait ses racines dans l'opium. On lui prêtait la patience des bouddhistes: c'était celle des intoxiqués.

— Aucun homme ne vit de nier la vie, répondit Kyo.

— On en vit mal... Il a besoin de vivre mal.

— Et il y est contraint.

— La part de la nécessité est faite par les courtages d'antiquités, les drogues peut-être, le trafic des armes... D'accord avec la police qu'il déteste sans doute, mais qui collabore à ces petits travaux comme une juste rétribution...

Peu importait : la police, elle, savait que les communistes n'avaient pas assez d'argent pour acheter des armes aux importateurs clandestins.

— Tout homme ressemble à sa douleur, dit Kyo : qu'est-ce qui le fait souffrir ?

— Sa douleur n'a pas plus d'importance, pas plus de sens, n'est-ce pas, ne touche rien de plus profond que son mensonge ou sa joie ; il n'a pas du tout de profondeur, et c'est peut-être ce qui le peint le mieux, car c'est rare. Il fait ce qu'il peut pour cela, mais il y fallait des dons... Lorsque tu n'es pas lié à un homme, Kyo, tu penses à lui pour prévoir ses actes. Les actes de Clappique...

Il montra l'aquarium où les cyprins noirs, mous et dentelés comme des oriflammes, montaient et descendaient au hasard.

« Les voilà. Il boit, mais il était fait pour l'opium : on se trompe aussi de vice ; beaucoup d'hommes ne rencontrent pas celui qui les sauverait. Dommage, car il est loin d'être sans valeur. Mais son domaine ne t'intéresse pas. »

C'était vrai. Si Kyo, ce soir, ne pensait pas au combat, il ne pouvait penser qu'à lui-même. La chaleur le pénétrait peu à peu, comme au *Black Cat* tout à l'heure ; et, de nouveau, l'obsession du disque l'envahit comme la légère chaleur du délassement envahissait ses jambes. Il rapporta son étonnement devant les disques, mais comme s'il se fût agi de l'un des enregistrements de voix qui avaient lieu dans les magasins anglais. Gisors l'écoutait, le menton anguleux caressé par la main gauche ; ses mains aux doigts minces étaient très belles. Il avait incliné la tête en avant, et ses cheveux tombèrent sur ses yeux, bien que son front fût dégarni. Il les rejeta d'un mouvement de tête, mais son regard resta perdu :

— Il m'est arrivé de me trouver à l'improviste devant une glace et de ne pas me reconnaître...

Son pouce frottait doucement les autres doigts de sa main droite comme s'il eût fait glisser une poudre de souvenirs. Il parlait pour lui, poursuivait une pensée qui supprimait son fils :

— C'est sans doute une question de moyens : nous entendons la voix des autres avec les oreilles.

— Et la nôtre ?

— Avec la gorge : car, les oreilles bouchées, tu entends ta voix. L'opium aussi est un monde que nous n'entendons pas avec nos oreilles...

Kyo se leva. À peine son père le vit-il.

— Je dois ressortir cette nuit.

— Puis-je t'être utile auprès de Clappique ?

— Non. Merci. Bonsoir.

— Bonsoir.

Couché pour tenter d'affaiblir sa fatigue, Kyo attendait. Il n'avait pas allumé; il ne bougeait pas. Ce n'était pas lui qui songeait à l'insurrection, c'était l'insurrection, vivante dans tant de cerveaux comme le sommeil dans tant d'autres, qui pesait sur lui au point qu'il n'était plus qu'inquiétude et attente. Moins de quatre cents fusils en tout. Victoire, — ou fusillade, avec quelques perfectionnements. Demain. Non : tout à l'heure. Question de rapidité : désarmer partout la police et, avec les cinq cents Mauser, armer les groupes de combat avant que les soldats du train blindé gouvernemental entrassent en action. L'insurrection devait commencer à une

48

heure — la grève générale, donc, a midi — et il fallait
que la plus grande partie des groupes de combat fût
armée avant cinq heures. La moitié de la police, cre-
vant de misère, passerait sans doute aux insurgés.
Restait l'autre. « La Chine soviétique », pensa-t-il.
Conquérir ici la dignité des siens. Et l'U.R.S.S. portée à 600 millions d'hommes. Victoire ou défaite, le
destin du monde, cette nuit, hésitait près d'ici. À
moins que le Kuomintang, Shanghaï prise, n'essayât
d'écraser ses alliés communistes... Il sursauta : la
porte du jardin s'ouvrait. Le souvenir recouvrit
l'inquiétude : sa femme? Il écoutait : la porte de la
maison se referma. May entra. Son manteau de cuir
bleu, d'une coupe presque militaire, accentuait ce
qu'il y avait de viril dans sa marche et même dans
son visage, — bouche large, nez court, pommettes
marquées des Allemandes du Nord.

— C'est bien pour tout à l'heure, Kyo?
— Oui.

Elle était médecin de l'un des hôpitaux chinois,
mais elle venait de la section des femmes révolutionnaires dont elle dirigeait l'hôpital clandestin :

— Toujours la même chose, tu sais : je quitte une
gosse de dix-huit ans qui a essayé de se suicider avec
une lame de rasoir de sûreté dans le palanquin[36] du
mariage. On la forçait à épouser une brute respectable... On l'a apportée avec sa robe rouge de mariée,
toute pleine de sang. La mère derrière, une petite
ombre rabougrie qui sanglotait, naturellement...
Quand je lui ai dit que la gosse ne mourrait pas, elle
m'a dit : « Pauvre petite! Elle avait pourtant eu
presque la chance de mourir... » La chance... Ça en
dit plus long que nos discours sur l'état des femmes
ici...

Allemande mais née à Shanghaï, docteur de Heidelberg[37] et de Paris, elle parlait le français sans accent. Elle jeta son béret sur le lit. Ses cheveux ondulés étaient rejetés en arrière, pour qu'il fût plus facile de les coiffer. Il eut envie de les caresser. Le front très dégagé, lui aussi, avait quelque chose de masculin, mais depuis qu'elle avait cessé de parler elle se féminisait — Kyo ne la quittait pas des yeux — à la fois parce que l'abandon de la volonté adoucissait ses traits, que la fatigue les détendait, et qu'elle était sans béret. Ce visage vivait par sa bouche sensuelle et par ses yeux très grands, transparents, et assez clairs pour que l'intensité du regard ne semblât pas être donnée par la prunelle, mais par l'ombre du front dans les orbites allongées.

Appelé par la lumière, un pékinois blanc entra en trottant. Elle l'appela d'une voix fatiguée :

— Chienvelu, chienmoussu, chientouffu !

Elle le saisit de la main gauche, l'éleva jusqu'à son visage en le caressant :

« Lapin, dit-elle, en souriant, lapin lapinovitch[38]...

— Il te ressemble, dit Kyo.

— N'est-ce pas ?

Elle regardait dans la glace la tête blanche collée contre la sienne, au-dessus des petites pattes rapprochées. L'amusante ressemblance venait de ses hautes pommettes germaniques. Bien qu'elle ne fût qu'à peine jolie, il pensa, en le modifiant, au salut d'Othello. « Ô ma chère guerrière[39]... »

Elle posa le chien, se leva. Le manteau à demi ouvert, en débraillé, indiquait maintenant les seins haut placés, qui faisaient penser à ses pommettes. Kyo lui raconta sa nuit.

— À l'hôpital, répondit-elle, ce soir, une trentaine de jeunes femmes de la propagande échappées aux troupes blanches[40]... Blessées. Il en arrive de plus en

50

plus. Elles disent que l'armée est tout près. Et qu'il y
a beaucoup de tués...

— Et la moitié des blessées mourront... La souffrance ne peut avoir de sens que quand elle ne mène
pas à la mort, et elle y mène presque toujours.

May réfléchit :

— Oui, dit-elle enfin. Et pourtant c'est peut-être
une idée masculine. Pour moi, pour une femme, la
souffrance — c'est étrange — fait plus penser à la vie
qu'à la mort... À cause des accouchements, peut-
être...

Elle réfléchit encore :

« Plus il y a de blessés, plus l'insurrection
approche, plus on couche.

— Bien entendu.

— Il faut que je te dise quelque chose qui va peut-
être un peu t'embêter...

Appuyé sur le coude, il l'interrogea du regard. Elle
était intelligente et brave, mais souvent maladroite.

— J'ai fini par coucher avec Lenglen, cet après-
midi.

Il haussa l'épaule, comme pour dire : « Ça te
regarde. » Mais son geste, l'expression tendue de son
visage, s'accordaient mal à cette indifférence. Elle le
regardait, exténuée, les pommettes accentuées par la
lumière verticale. Lui aussi regardait ses yeux sans
regard, tout en ombre et ne disait rien. Il se demandait si l'expression de sensualité de son visage ne
venait pas de ce que ces yeux noyés et le léger gonfle-
ment de ses lèvres accentuaient avec violence, par
contraste avec ses traits, sa féminité... elle s'assit sur
le lit, lui prit la main. Il allait la retirer, mais la
laissa. Elle sentit pourtant son mouvement :

— Ça te fait de la peine ?

— Je t'ai dit que tu étais libre... N'en demande pas
trop, ajouta-t-il avec amertume.

Le petit chien sauta sur le lit. Il retira sa main, pour le caresser peut-être.

« Tu es libre, répéta-t-il. Peu importe le reste.

— Enfin, je *devais* te le dire. Même pour moi.

— Oui.

Qu'elle dût le lui dire ne faisait question ni pour l'un, ni pour l'autre. Il voulut soudain se lever : couché ainsi, elle assise sur son lit, comme un malade veillé par elle... Mais pour quoi faire ? Tout était tellement vain... Il continuait pourtant à la regarder, à découvrir qu'elle pouvait le faire souffrir, mais que depuis des mois, qu'il la regardât ou non, il ne la voyait plus ; quelques expressions, parfois... Cet amour souvent crispé qui les unissait comme un enfant malade, ce sens commun de leur vie et de leur mort, cette entente charnelle entre eux, rien de tout cela n'existait en face de la fatalité qui décolore les formes dont nos regards sont saturés. « L'aimerais-je moins que je ne crois ? » pensa-t-il. Non. Même en ce moment, il était sûr que si elle mourait, il ne servirait plus sa cause avec espoir, mais avec désespoir, comme un mort lui-même. Rien, pourtant, ne prévalait contre la décoloration de ce visage enseveli au fond de leur vie commune comme dans la brume, comme dans la terre. Il se souvint d'un ami qui avait vu mourir l'intelligence de la femme qu'il aimait, paralysée pendant des mois ; il lui semblait voir mourir May ainsi, voir disparaître absurdement, comme un nuage qui se résorbe dans le ciel gris, la forme de son bonheur. Comme si elle fût morte deux fois, du temps, et de ce qu'elle lui disait.

Elle se leva, alla jusqu'à la fenêtre. Elle marchait avec netteté, malgré sa fatigue. Choisissant, par crainte et pudeur sentimentale mêlées, de ne plus parler de ce qu'elle venait de dire puisqu'il se taisait, désirant fuir cette conversation à laquelle elle sentait pourtant qu'ils n'échapperaient pas, elle essaya d'exprimer sa tendresse en disant n'importe quoi, et fit appel, d'instinct, à un animisme qu'il aimait : en face de la fenêtre, un des arbres de mars s'était épanoui pendant la nuit ; la lumière de la pièce éclairait ses feuilles encore recroquevillées, d'un vert tendre sur le fond obscur :

— Il a caché ses feuilles dans son tronc pendant le jour, dit-elle, et il les sort cette nuit pendant qu'on ne le voit pas.

Elle semblait parler pour elle-même, mais comment Kyo se fût-il mépris au ton de sa voix ?

— Tu aurais pu choisir un autre jour, dit-il pourtant entre ses dents.

Lui aussi se voyait dans la glace, appuyé sur son coude, — si japonais de masque entre ses draps blancs. « Si je n'étais pas métis... » Il faisait un effort intense pour repousser les pensées haineuses ou basses toutes prêtes à justifier et nourrir sa colère. Et il la regardait, la regardait, comme si ce visage eût dû retrouver, par la souffrance qu'il infligeait, toute la vie qu'il avait perdue.

— Mais, Kyo, c'est justement aujourd'hui que ça n'avait pas d'importance... et...

Elle allait ajouter : « Il en avait si envie. » En face de la mort, cela comptait si peu... Mais elle dit seulement :

— ... moi aussi, demain, je peux mourir...

Tant mieux, Kyo souffrait de la douleur la plus humiliante : celle qu'on se méprise d'éprouver. Réellement elle était libre de coucher avec qui elle voulait. D'où venait donc cette souffrance sur laquelle il ne se reconnaissait aucun droit, et qui se reconnaissait tant de droits sur lui ?

— Quand tu as compris que je... tenais à toi, Kyo, tu m'as demandé un jour, pas sérieusement — un peu tout de même — si je croyais que je viendrais avec toi au bagne, et je t'ai répondu que je n'en savais rien, que le difficile était sans doute d'y rester... Tu as pourtant pensé que oui, puisque tu as tenu à moi aussi. Pourquoi ne plus le croire maintenant ?

— Ce sont toujours les mêmes qui vont au bagne. Katow irait, même s'il n'aimait pas profondément. Il irait pour l'idée qu'il a de la vie, de lui-même... Ce n'est pas pour quelqu'un qu'on va au bagne.

— Kyo, comme ce sont des idées d'homme...

Il songeait.

— Et pourtant, dit-il, aimer ceux qui sont capables de faire cela, être aimé d'eux peut-être, qu'attendre de plus de l'amour ?... Quelle rage de leur demander encore des comptes ?... Même s'ils le font pour leur... morale...

— Ce n'est pas par morale, dit-elle lentement. Par morale, je n'en serais pas sûrement capable.

— Mais (lui aussi parlait lentement) cet amour ne t'empêchait pas de coucher avec ce type, alors que tu pensais — tu viens de le dire — que ça... m'embêterait ?

— Kyo, je vais te dire quelque chose de singulier, et qui est vrai pourtant... jusqu'il y a cinq minutes, je croyais que ça te serait égal. Peut-être ça m'arrangeait-il de le croire... Il y a des appels, surtout quand on est si près de la mort (c'est de celle des autres que j'ai l'habitude, Kyo...), qui n'ont rien à voir avec l'amour...

Pourtant, la jalousie existait, d'autant plus troublante que le désir sexuel qu'elle inspirait reposait sur la tendresse. Les yeux fermés, toujours appuyé sur son coude, il essayait — triste métier — de comprendre. Il n'entendait que la respiration oppressée de May, et le grattement des pattes du petit chien. Sa blessure venait, d'abord (il y aurait, hélas! des ensuite) de ce qu'il prêtait à l'homme qui venait de coucher avec May (je ne peux pourtant pas l'appeler son amant!) du mépris pour elle. C'était un des anciens camarades de May, il le connaissait à peine. Mais il connaissait la misogynie fondamentale de presque tous les hommes. « L'idée qu'ayant couché avec elle, parce qu'il a couché avec elle, il peut penser d'elle : "Cette petite poule" me donne envie de l'assommer. Ne serait-on jamais jaloux que de ce qu'on suppose que suppose l'autre? Triste humanité... » Pour May la sexualité n'engageait rien. Il fallait que ce type le sût. Qu'il couchât avec elle, soit, mais ne s'imaginât pas la posséder. « Je deviens navrant... » Mais il n'y pouvait rien, et là n'était pas l'essentiel, il le savait. L'essentiel, ce qui le troublait jusqu'à l'angoisse, c'est qu'il était tout à coup séparé d'elle, non par la haine — bien qu'il y eût de la haine en lui — non par la jalousie (ou bien la jalousie était-elle précisément cela?); par un sentiment sans nom, aussi destructeur que le temps ou la mort : il ne la retrouvait pas. Il avait rouvert les yeux; quel être humain était ce corps sportif et familier, ce profil perdu : un œil long, partant de la tempe, enfoncé entre le front dégagé et la pommette. Celle qui venait de coucher? Mais n'était-ce pas aussi celle qui supportait ses faiblesses, ses douleurs, ses irritations, celle qui avait soigné avec lui ses camarades blessés, veillé avec lui ses amis morts... La douceur de sa voix, encore dans l'air... On n'oublie pas ce qu'on veut. Pourtant ce corps reprenait le mystère poignant de l'être connu transformé tout à coup, — du muet, de l'aveugle, du fou. Et c'était une femme. Pas une espèce d'homme. Autre chose...

Elle lui échappait complètement. Et, à cause de cela peut-être, l'appel enragé d'un contact intense avec elle l'aveuglait, quel qu'il fût, épouvante, cris, coups. Il se leva, s'approcha d'elle. Il savait qu'il était dans un état de crise, que demain peut-être il ne comprendrait plus rien à ce qu'il éprouvait, mais il était en face d'elle comme d'une agonie ; et comme vers une agonie, l'instinct le jetait vers elle : toucher, palper, retenir ceux qui vous quittent, s'accrocher à eux... Avec quelle angoisse elle le regardait, arrêté à deux pas d'elle... La révélation de ce qu'il voulait tomba enfin sur lui ; coucher avec elle, se réfugier là contre ce vertige dans lequel il la perdait tout entière ; ils n'avaient pas à se connaître quand ils employaient toutes leurs forces à serrer leurs bras sur leurs corps.

Elle se retourna d'un coup ; on venait de sonner. Trop tôt pour Katow. L'insurrection était-elle connue ? Ce qu'ils avaient dit, éprouvé, aimé, haï, sombrait brutalement. On sonna de nouveau. Il prit son revolver sous l'oreiller, traversa le jardin, alla ouvrir en pyjama : ce n'était pas Katow, c'était Clappique, toujours en smoking. Ils restèrent dans le jardin.

— Eh bien ?

— Avant tout, que je vous rende votre document : le voici. Tout va bien. Le bateau est parti. Il va s'ancrer à la hauteur du consulat de France. Presque de l'autre côté de la rivière.

— Difficultés ?

— Pas un mot. Vieille confiance : sinon, on se demande comment on ferait. En ces affaires, jeunom, la confiance est d'autant plus grande qu'elle a moins lieu de l'être...

56

Allusion?

Clappique alluma une cigarette. Kyo ne vit que la tache du carré de soie noire sur le visage confus. Il alla chercher son portefeuille — May attendait — revint, paya la commission convenue. Le baron mit les billets dans sa poche, en boule, sans les compter.

— La bonté porte bonheur, dit-il. Mon bon, l'histoire de ma nuit est une re-mar-qua-ble histoire morale : elle a commencé par l'aumône, et s'achève par la fortune. Pas un mot !

L'index levé, il se pencha à l'oreille de Kyo :

— Fantômas[41] vous salue ! », se retourna et partit. Comme si Kyo eût craint de rentrer, il le regardait s'en aller, smoking cahotant le long du mur blanc. « Assez Fantômas, en effet, avec ce costume. A-t-il deviné, ou supposé, ou... » Trêve de pittoresque : Kyo entendit une toux et la reconnut d'autant plus vite qu'il l'attendait : Katow. Chacun se hâtait, cette nuit.

Kyo devinait sa vareuse plus qu'il ne la voyait ; au-dessus, dans l'ombre, un nez au vent... Surtout, il sentait le balancement de ses mains. Il marcha vers lui.

— Eh bien ? demanda-t-il, comme il l'avait demandé à Clappique.

— Ça va. Le bateau ?

— En face du consulat de France. Loin du quai. Dans une demi-heure.

— La v'dette et les hommes sont à quatre cents mètres de là. Allons-y.

— Les costumes ?

— Pas besoin de t'en faire. Les bonshommes sont absolument prêts.

Kyo rentra, s'habilla en un instant : pantalon, chandail. Des espadrilles (il aurait peut-être à grimper). Il était prêt. May lui tendit les lèvres. L'esprit de Kyo voulait l'embrasser; sa bouche, non, comme si, indépendante, elle eût gardé rancune. Il l'embrassa enfin, mal. Elle le regarda avec tristesse, les paupières affaissées; ses yeux pleins d'ombre devenaient puissamment expressifs, dès que l'expression venait des muscles. Il partit.

Il marchait à côté de Katow, une fois de plus. Il ne pouvait pourtant se délivrer d'elle. « Tout à l'heure, elle me semblait une folle ou une aveugle. Je ne la connais pas. Je ne la connais que dans la mesure où je l'aime, que dans le sens où je l'aime. On ne possède d'un être que ce qu'on change en lui, dit mon père... Et après? » Il s'enfonçait en lui-même comme dans cette ruelle de plus en plus noire, où même les isolateurs du télégraphe ne luisaient plus sur le ciel. Il y retrouvait l'angoisse, et se souvint des disques : « On entend la voix des autres avec ses oreilles, la sienne avec la gorge. » Oui. Sa vie aussi, on l'entend avec la gorge, et celle des autres?... Il y avait d'abord la solitude, la solitude immuable derrière la multitude mortelle comme la grande nuit primitive derrière cette nuit dense et basse sous quoi guettait la ville déserte, pleine d'espoir et de haine. « Mais moi, pour moi, pour la gorge, que suis-je? Une espèce d'affirmation absolue, d'affirmation de fou : une intensité plus grande que celle de tout le reste. Pour les autres, je suis ce que j'ai fait. » Pour May seule, il n'était pas ce qu'il avait fait; pour lui seul, elle était tout autre chose que sa biographie. L'étreinte par laquelle l'amour maintient les êtres collés l'un à l'autre contre la solitude, ce n'était pas à l'homme qu'elle apportait son aide; c'était au fou, au monstre incomparable, préférable à tout, que tout être est pour soi-même et qu'il choie dans son cœur. Depuis que sa mère était morte, May était le seul être pour qui il ne fût pas Kyo Gisors, mais la plus étroite complicité. « Une complicité consentie, conquise, choisie », pensa-t-il, extraordinairement d'accord avec la nuit, comme si sa pensée n'eût plus été faite pour la lumière. « Les hommes ne sont pas mes semblables, ils sont ceux qui me regardent et me jugent; mes semblables, ce sont ceux qui m'aiment et ne me regardent pas, qui m'aiment contre tout, qui m'aiment contre la déchéance, contre la bassesse, contre la trahison, moi et non ce que j'ai fait ou ferai, qui m'aimeraient tant que je m'aimerais moi-même — jusqu'au suicide, compris... Avec elle seule j'ai en commun cet amour déchiré ou non, comme d'autres ont, ensemble, des enfants malades et qui peuvent mourir... » Ce n'était certes pas le bonheur, c'était quelque chose de primitif qui s'accordait aux ténèbres et faisait monter en lui une chaleur qui finissait dans une étreinte immobile, comme d'une joue contre une joue — la seule chose en lui qui fût aussi forte que la mort.

Sur les toits, il y avait déjà des ombres à leur poste.

4 heures du matin.

Le vieux Gisors chiffonna le morceau de papier mal déchiré sur lequel Tchen avait écrit son nom au crayon, et le mit dans la poche de sa robe de chambre. Il était impatient de revoir son ancien élève. Son regard revint à son interlocuteur présent, très vieux Chinois à tête de mandarin de la Compagnie des Indes[42], vêtu de la robe, qui se dirigeait vers la porte, à petits pas, l'index levé, et parlait anglais : « Il est bon qu'existent la soumission absolue de la femme, le concubinage et l'institution des courtisanes. Je continuerai la publication de mes articles. C'est parce que nos ancêtres ont pensé ainsi qu'existent ces belles peintures (il montrait du regard le phénix bleu, sans bouger le visage, comme s'il lui eût fait de l'œil) dont vous êtes fier, et moi aussi. La femme est soumise à l'homme comme l'homme est soumis à l'État; et servir l'homme est moins dur que servir l'État. Vivons-nous pour nous ? Nous ne sommes rien. Nous vivons pour l'État dans le présent, pour l'ordre des morts à travers la durée des siècles... »

Allait-il enfin partir ? Cet homme cramponné à son passé, même aujourd'hui (les sirènes des navires de guerre ne suffisaient-elles pas à emplir la nuit...), en face de la Chine rongée par le sang comme ses bronzes à sacrifices, prenait la poésie de certains fous. L'ordre ! Des foules de squelettes en robes brodées, perdus au fond du temps par assemblées immobiles : en face, Tchen, les deux cent mille ouvriers des filatures, la foule écrasante des coolies. La soumission des femmes ? Chaque soir, May rapportait des suicides de fiancées... Le vieillard partit : « L'ordre, monsieur Gisors !... » après un dernier salut sautillant de la tête et des épaules.

Dès qu'il eut entendu la porte se refermer, Gisors appela Tchen et revint avec lui dans la salle aux phénix.

Quand Tchen commença à marcher, il passait devant lui, de trois quarts, Gisors assis sur l'un des divans se souvenait d'un épervier de bronze égyptien dont Kyo avait conservé la photo par sympathie

60

pour Tchen, « à cause de la ressemblance ». C'était vrai, malgré ce que les grosses lèvres semblaient exprimer de bonté. « En somme, un épervier converti par François d'Assise[43] », pensa-t-il.

Tchen s'arrêta devant lui :

— C'est moi qui ai tué Tang-Yen-Ta, dit-il.

Il avait vu dans le regard de Gisors quelque chose de presque tendre. Il méprisait la tendresse, et surtout en avait peur. Sa tête enfoncée entre ses épaules et que la marche inclinait en avant, l'arête courbe de son nez accentuaient la ressemblance avec l'épervier, malgré son corps trapu; et même ses yeux minces, presque sans cils, faisaient penser à un oiseau.

— C'est de cela que tu voulais me parler?

— Oui.

— Kyo le sait?

— Oui.

Gisors réfléchissait. Puisqu'il ne voulait pas répondre par des préjugés, il ne pouvait qu'approuver. Il avait pourtant quelque peine à le faire. « Je vieillis », pensa-t-il.

Tchen renonça à marcher.

— Je suis extraordinairement seul, dit-il, regardant enfin Gisors en face.

Celui-ci était troublé. Que Tchen s'accrochât à lui ne l'étonnait pas : il avait été des années son maître au sens chinois du mot — un peu moins que son père, plus que sa mère; depuis que ceux-ci étaient morts, Gisors était sans doute le seul homme dont Tchen eût besoin. Ce qu'il ne comprenait pas, c'était que Tchen, qui avait sans doute revu les siens cette nuit, puisqu'il venait de revoir Kyo, semblât si loin d'eux.

— Mais les autres? demanda-t-il.

Tchen les revit, dans l'arrière-boutique du marchand de disques, plongeant dans l'ombre ou en sortant suivant le balancement de la lampe, tandis que chantait le grillon.

— Ils ne savent pas.

— Que c'est toi?

— Cela, ils le savent : aucune importance.

Il se tut encore. Gisors se gardait de questionner. Tchen reprit enfin :

— ... Que c'est la première fois.

Gisors eut soudain l'impression de comprendre; Tchen le sentit :

— Nong. Vous ne comprenez pas.

Il parlait français avec accentuation de gorge sur les mots d'une seule syllabe nasale, dont le mélange avec certains idiotismes qu'il tenait de Kyo surprenait. Son bras droit, instinctivement, s'était tendu le long de sa hanche : il sentait de nouveau le corps frappé que le sommier élastique renvoyait contre le couteau. Cela ne signifiait rien. Il recommencerait. Mais, en attendant, il souhaitait un refuge. Cette affection profonde qui n'a besoin de rien expliquer, Gisors ne la portait qu'à Kyo. Tchen le savait. Comment s'expliquer?

— Vous n'avez jamais tué personne, n'est-ce pas?

Cela semblait évident à Tchen, mais il se défiait de telles évidences, aujourd'hui. Pourtant, il lui sembla tout à coup que quelque chose manquait à Gisors. Il releva les yeux. Celui-ci le regardait de bas en haut, ses cheveux blancs semblant plus longs à cause du mouvement en arrière de sa tête, intrigué par son absence de gestes. Elle venait de sa blessure, dont Tchen ne lui avait rien dit; non qu'il en souffrît (un copain infirmier l'avait désinfectée et bandée) mais elle le gênait. Comme toujours lorsqu'il réfléchissait,

62

Gisors roulait entre ses doigts une invisible cigarette :

— Peut-être que...

Il s'arrêta, ses yeux clairs fixes dans son masque de
Templier[44] rasé. Tchen attendait. Gisors reprit,
presque brutalement :

« Je ne crois pas qu'il suffise du souvenir d'un
meurtre pour te bouleverser ainsi. »

« On voit bien qu'il ne connaît pas ce dont il
parle », tenta de penser Tchen ; mais Gisors avait
touché juste. Tchen s'assit, regarda ses pieds :

— Nong, dit-il, je ne crois pas, moi non plus, que
le souvenir suffise. Il y a autre chose, l'essentiel. Je
voudrais savoir quoi.

Était-ce pour savoir cela qu'il était venu ?

— La première femme avec qui tu as couché était
une prostituée, naturellement ? demanda doucement
Gisors.

— Je suis chinois, répondit Tchen avec rancune.

« Non », pensa Gisors. Sauf, peut-être, par sa
sexualité. Tchen n'était pas chinois. Les émigrés de
tous pays dont regorgeait Shanghaï avaient montré à
Gisors combien l'homme se sépare de sa nation de
façon nationale, mais Tchen n'appartenait plus à la
Chine, même par la façon dont il l'avait quittée : une
liberté totale, quasi inhumaine, le livrait totalement
aux idées.

— Qu'as-tu éprouvé, après ? demanda Gisors.

Tchen crispa ses doigts.

— De l'orgueil.

— D'être un homme ?

— De ne pas être une femme.

Sa voix n'exprimait plus la rancune, mais un
mépris complexe.

— Je pense que vous voulez dire, reprit-il, que j'ai
dû me sentir... séparé ?

Gisors se gardait de répondre.

« ... Oui. Terriblement. Et vous avez raison de parler de femmes. Peut-être méprise-t-ong beaucoup celui qu'on tue. Mais moins que les autres.

Gisors cherchait, n'était pas sûr de comprendre :

— Que ceux qui ne tuent pas ?

— Que ceux qui ne tuent pas : les puceaux.

Il marchait de nouveau. Les deux derniers mots étaient tombés comme une charge jetée à bas, et le silence s'élargissait autour d'eux ; Gisors commençait à éprouver, non sans tristesse, la séparation dont Tchen parlait. Mais il se demandait s'il n'y avait pas en Tchen une part de comédie, — au moins de complaisance. Il était loin d'ignorer ce que de telles comédies peuvent porter de mortel. Il se souvint soudain que Tchen lui avait dit avoir horreur de la chasse.

— Tu n'as pas eu horreur du sang ?

— Si. Mais pas *seulement* horreur. »

Il se retourna d'un coup, et, considérant le phénix, mais aussi directement que s'il eût regardé Gisors dans les yeux, il demanda :

« Alors ? Les femmes, je sais ce qu'on en fait, quand elles veulent continuer à vous posséder : on vit avec elles. Et la mort, alors ? »

Plus amèrement encore, mais sans cesser de regarder le phénix :

« Un collage ? »

La pente de l'intelligence de Gisors l'inclinait toujours à venir en aide à ses interlocuteurs ; et il avait de l'affection pour Tchen. Mais il commençait à voir clair : l'action dans les groupes de choc ne suffisait plus au jeune homme, le terrorisme devenait pour lui une fascination. Roulant toujours sa cigarette imaginaire, la tête aussi inclinée en avant que s'il eût

64

regardé le tapis, le nez mince battu par sa mèche blanche, il dit, s'efforçant de donner à sa voix le ton du détachement :

— Tu penses que tu n'en sortiras plus... et c'est contre cette... angoisse-là que tu viens te... défendre auprès de moi.

Silence.

— Une angoisse, nong, dit enfin Tchen, entre ses dents. Une fatalité ?

Silence encore. Gisors sentait qu'aucun geste n'était possible, qu'il ne pouvait pas lui prendre la main, comme il faisait jadis. Il se décida à son tour, dit avec lassitude, comme s'il eût acquis soudain l'habitude de l'angoisse :

— Alors, il faut la penser, et la pousser à l'extrême. Et si tu veux vivre avec elle...

— Je serai bientôt tué.

N'est-ce pas cela surtout qu'il veut ? se demandait Gisors. Il n'aspire à aucune gloire, à aucun bonheur. Capable de vaincre, mais non de vivre dans sa victoire, que peut-il appeler, sinon la mort ? Sans doute veut-il lui donner le sens que d'autres donnent à la vie. Mourir le plus haut possible. Âme d'ambitieux, assez lucide, assez séparé des hommes ou assez malade pour mépriser tous les objets de son ambition, et son ambition même ?

— Si tu veux vivre avec cette... fatalité, il n'y a qu'une ressource : c'est de la transmettre.

— Qui en serait digne ? demanda Tchen, toujours entre ses dents.

L'air devenait de plus en plus pesant, comme si tout ce que ces phrases appelaient de meurtre eût été là. Gisors ne pouvait plus rien dire : chaque mot eût pris un son faux, frivole, imbécile.

— Merci, dit Tchen.

Il s'inclina devant lui, de tout le buste, à la chinoise (ce qu'il ne faisait jamais) comme s'il eût préféré ne pas le toucher, et partit.

Gisors retourna s'asseoir, recommença à rouler sa cigarette. Pour la première fois, il se trouvait en face non du combat, mais du sang. Et, comme toujours, il pensait à Kyo. Kyo eût trouvé irrespirable cet univers où se mouvait Tchen... Était-ce bien sûr ? Tchen aussi détestait la chasse. Tchen aussi avait horreur du sang, — avant. À cette profondeur, que savait-il de son fils ? Lorsque son amour ne pouvait jouer aucun rôle, lorsqu'il ne pouvait se référer à beaucoup de souvenirs, il savait bien qu'il cessait de connaître Kyo. Un intense désir de le revoir le bouleversa — celui qu'on a de revoir une dernière fois ses morts. Il savait qu'il était parti.

Où ? La présence de Tchen animait encore la pièce. Celui-là s'était jeté dans le monde du meurtre, et n'en sortirait plus : avec son acharnement, il entrait dans la vie terroriste comme dans une prison. Avant dix ans, il serait pris — torturé ou tué ; jusque-là, il vivrait comme un obsédé résolu, dans le monde de la décision et de la mort. Ses idées l'avaient fait vivre ; maintenant, elles allaient le tuer.

Que Kyo fît tuer, c'était son rôle. Et sinon, peu importait : ce que faisait Kyo était bien fait. Mais Gisors était épouvanté par cette sensation soudaine, cette certitude de la fatalité du meurtre, d'une intoxication aussi terrible que la sienne l'était peu. Il sentit combien il avait mal apporté à Tchen l'aide que celui-ci lui demandait, combien le meurtre est solitaire — combien, par cette angoisse, Kyo s'éloignait de lui. Pour la première fois, la phrase qu'il avait si souvent répétée : « Il n'y a pas de connaissance des êtres », s'accrocha dans son esprit au visage de son fils.

Tchen, le connaissait-il ? Il ne croyait guère que les souvenirs permissent de comprendre les hommes. La première éducation de Tchen avait été religieuse ; quand Gisors avait commencé de s'intéresser à cet adolescent orphelin — ses parents tués au pillage de Kalgan[45] — silencieusement insolent, Tchen venait du collège luthérien[46], où il avait été l'élève d'un intellectuel phtisique venu tard au pastorat, qui s'efforçait avec patience, à cinquante ans, de vaincre par la charité une inquiétude religieuse intense. Obsédé par la honte du corps qui tourmentait saint Augustin[47], du corps déchu dans lequel il faut vivre avec le Christ, — par l'horreur de la civilisation rituelle de la Chine qui l'entourait et rendait plus impérieux encore l'appel de la véritable vie religieuse, — ce pasteur avait élaboré avec son angoisse l'image de Luther dont il entretenait parfois Gisors : « Il n'y a de vie qu'en Dieu ; mais l'homme, par le péché, est à tel point déchu, si irrémédiablement souillé, qu'atteindre Dieu est une sorte de sacrilège. D'où le Christ, d'où sa crucifixion éternelle. » Restait la Grâce, c'est-à-dire l'amour illimité ou la terreur, selon la force ou la faiblesse de l'espoir ; et cette terreur était un nouveau péché. Restait aussi la charité ; mais la charité ne suffit pas toujours à épuiser l'angoisse.

Le pasteur s'était attaché à Tchen. Il ne soupçonnait pas que l'oncle chargé de Tchen ne l'avait envoyé aux missionnaires que pour qu'il apprît l'anglais et le français, et l'avait mis en garde contre leur enseignement, contre l'idée de l'enfer surtout, dont se méfiait ce confucianiste[48]. L'enfant, qui rencontrait le Christ et non Satan ni Dieu — l'expérience du pasteur lui avait enseigné que les hommes ne se convertissent jamais qu'à des médiateurs —

s'abandonnait à l'amour avec la rigueur qu'il portait en tout. Mais il éprouvait assez le respect du maître — la seule chose que la Chine lui eût fortement inculquée — pour que, malgré l'amour enseigné, il rencontrât l'angoisse du pasteur et que lui apparût un enfer plus terrible et plus convaincant que celui contre quoi on avait tenté de le prémunir.

L'oncle revint. Épouvanté par le neveu qu'il retrouvait, il manifesta une satisfaction délicate, envoya de petits arbres de jade et de cristal au directeur, au pasteur, à quelques autres : huit jours plus tard, il rappelait Tchen chez lui et, la semaine suivante, l'envoyait à l'Université de Pékin.

Gisors, roulant toujours sa cigarette entre ses genoux, la bouche entrouverte, s'efforçait de se souvenir de l'adolescent d'alors. Comment le séparer, l'isoler de celui qu'il était devenu ? « Je pense à son esprit religieux parce que Kyo n'en a jamais eu, et qu'en ce moment toute différence profonde entre eux me délivre... Pourquoi ai-je l'impression de le connaître mieux que mon fils ? » C'est qu'il voyait beaucoup mieux en quoi il l'avait modifié : cette modification capitale, son œuvre, était précise, limitable, et il ne connaissait rien, chez les êtres, mieux que ce qu'il leur avait apporté. Dès qu'il avait observé Tchen, il avait compris que cet adolescent ne pouvait vivre d'une idéologie qui ne se transformât pas immédiatement en actes. Privé de charité, il ne pouvait être amené par la vie religieuse qu'à la contemplation ou à la vie intérieure ; mais il haïssait la contemplation, et n'eût rêvé que d'un apostolat dont le rejetait précisément son absence de charité. Pour vivre, il fallait donc d'abord qu'il échappât à son christianisme. (De demi-confidences, il semblait que la connaissance des prostituées et des étudiants eût fait disparaître le seul péché toujours plus fort que la volonté de Tchen, la masturbation, et avec lui, un sentiment toujours répété d'angoisse et de déchéance.) Quand, au christianisme, son nouveau maître avait opposé non des arguments, mais d'autres formes de grandeur, la foi avait coulé entre les doigts de Tchen, peu à peu, sans crise. Détaché par elle de la Chine, habitué par elle à se séparer du monde, au lieu de se soumettre à lui, il avait compris à travers Gisors que tout s'était passé comme si cette période de sa vie n'eût été qu'une initiation au sens héroïque : que faire d'une âme, s'il n'y a ni Dieu ni Christ ?

Ici Gisors retrouvait son fils, indifférent au christianisme mais à qui l'éducation japonaise (Kyo avait vécu au Japon de sa huitième à sa dix-septième année) avait imposé aussi la conviction que les idées ne devaient pas être pensées, mais vécues. Kyo avait choisi l'action, d'une façon grave et préméditée, comme d'autres choisissent les armes ou la mer : il avait quitté son père, vécu à Canton, à Tientsin[49], de la vie des manœuvres et des coolies-pousse[50], pour organiser les syndicats, Tchen — l'oncle pris comme otage et n'ayant pu payer sa rançon, exécuté à la prise de Swatéou[51] — s'était trouvé sans argent, nanti de diplômes sans valeur, en face de ses vingt-quatre ans et de la Chine. Chauffeur de camion tant que les pistes du Nord avaient été dangereuses, puis aide-chimiste, puis rien. Tout le précipitait à l'action politique : l'espoir d'un monde différent, la possibilité de manger quoique misérablement (il était naturellement austère, peut-être par orgueil), la satisfaction de ses haines, de sa pensée, de son caractère. Elle donnait un sens à sa solitude. Mais, chez Kyo, tout était plus simple. Le sens héroïque lui avait été

donné comme une discipline, non comme une justification de la vie. Il n'était pas inquiet. Sa vie avait
un sens, et il le connaissait : donner à chacun de ces
hommes que la famine, en ce moment même, faisait
mourir comme une peste lente, la possession de sa
propre dignité. Il était des leurs : ils avaient les
mêmes ennemis. Métis, hors-caste, dédaigné des
Blancs et plus encore des Blanches, Kyo n'avait pas
tenté de les séduire : il avait cherché les siens et les
avait trouvés. « Il n'y a pas de dignité possible, pas
de vie réelle pour un homme qui travaille douze
heures par jour sans savoir pour quoi il travaille. » Il
fallait que ce travail prît un sens, devînt une patrie.
Les questions individuelles ne se posaient pour Kyo
que dans sa vie privée.

« Et pourtant, si Kyo entrait et s'il me disait,
comme Tchen tout à l'heure : « C'est moi qui ai tué
Tang-Yen-Ta », s'il le disait je penserais « je le
savais ». Tout ce qu'il y a de possible en lui résonne
en moi avec tant de force que, quoi qu'il me dise, je
penserais « je le savais... ». Il regarda par la fenêtre
la nuit immobile et indifférente. « Mais si je le savais
vraiment, et pas de cette façon incertaine et épouvantable, je le sauverais. » Douloureuse affirmation,
dont il ne croyait rien.

Dès le départ de Kyo, sa pensée n'avait plus servi
qu'à justifier l'action de son fils, cette action alors
infime qui commençait quelque part (souvent, pendant trois mois, il ne savait même pas où) dans la
Chine centrale ou les provinces du Sud. Si les étudiants inquiets sentaient que cette intelligence
venait à leur aide avec tant de chaleur et de pénétration, ce n'était pas, comme le croyaient alors les sub-
tils de Pékin, qu'il s'amusât à jouer par procuration
des vies dont le séparait son âge ; c'était que, dans

tous ces drames semblables, il retrouvait celui de son fils. Lorsqu'il montrait à ses étudiants, presque tous petits-bourgeois, qu'ils étaient contraints de se lier ou aux chefs militaires, ou au prolétariat, lorsqu'il disait à ceux qui avaient choisi : « Le marxisme n'est pas une doctrine, c'est une volonté, c'est, pour le prolétariat et les siens — vous — la volonté de se connaître, de se sentir comme tels, de vaincre comme tels; vous ne devez pas être marxistes pour avoir raison, mais pour vaincre sans vous trahir », il parlait à Kyo, il le défendait. Et, s'il savait que ce n'était pas l'âme rigoureuse de Kyo qui lui répondait lorsque après ces cours il trouvait, selon la coutume chinoise, sa chambre encombrée de fleurs blanches par les étudiants, du moins savait-il que ces mains qui se préparaient à tuer en lui apportant des camélias serreraient demain celles de son fils, qui aurait besoin d'elles. C'est pourquoi la force du caractère l'attirait à ce point, pourquoi il s'était attaché à Tchen. Mais, lorsqu'il s'était attaché à lui, avait-il prévu cette nuit pluvieuse où le jeune homme, parlant du sang à peine caillé, viendrait lui dire : « Je n'en ai pas seulement horreur... » ?

Il se leva, ouvrit le tiroir de la table basse où il rangeait son plateau à opium, au-dessus d'une collection de petits cactus. Sous le plateau, une photo : Kyo. Il la tira, la regarda sans rien penser de précis, sombrant âprement dans la certitude que, là où il était, personne ne connaissait plus personne et que la présence même de Kyo, qu'il avait tant souhaitée tout à l'heure, n'eût rien changé, n'eût rendu que plus désespérée leur séparation, comme celle des amis qu'on étreint en rêve et qui sont morts depuis des années. Il gardait la photo entre ses doigts; elle était tiède comme une main. Il la laissa retomber dans le tiroir, tira le plateau, éteignit l'électricité et alluma la lampe.

Deux pipes. Jadis, dès que son avidité commençait à s'assouvir, il regardait les êtres avec bienveillance, et le monde comme une infinité de possibles. Maintenant, au plus profond de lui-même, les possibles ne trouvaient pas de place : il avait soixante ans, et ses souvenirs étaient pleins de tombes. Son sens si pur de l'art chinois, de ces peintures bleuâtres qu'éclairait à peine sa lampe, de toute la civilisation de suggestion dont la Chine l'entourait, dont, trente ans plus tôt, il avait su si finement profiter, — son sens du bonheur — n'était plus qu'une mince couverture sous quoi s'éveillaient, comme des chiens anxieux qui s'agitent à la fin du sommeil, l'angoisse et l'obsession de la mort.

Sa pensée rôdait pourtant autour des hommes, avec une âpre passion que l'âge n'avait pas éteinte. Qu'il y eût en tout être, et en lui d'abord, un paranoïaque, il en était assuré depuis longtemps. Il avait cru, jadis, — temps révolus... — qu'il se rêvait héros. Non. Cette force, cette furieuse imagination souterraine qui était en lui-même (deviendrais-je fou, avait-il pensé, elle seule resterait de moi...) était prête à prendre toutes les formes, ainsi que la lumière. Comme Kyo, et presque pour les mêmes raisons, il songea aux disques dont celui-ci lui avait parlé ; et presque de la même façon, car les modes de pensée de Kyo étaient nés des siens. De même que Kyo n'avait pas reconnu sa propre voix parce qu'il l'avait entendue avec la gorge, de même la conscience que lui, Gisors, prenait de lui-même, était sans doute irréductible à celle qu'il pouvait prendre d'un autre être, parce qu'elle n'était pas acquise par les mêmes moyens. Elle ne devait rien

72

aux sens. Il se sentait pénétrer, avec sa conscience intruse, dans un domaine qui lui appartenait plus que tout autre, posséder avec angoisse une solitude interdite où nul ne le rejoindrait jamais. Une seconde, il eut la sensation que c'était *cela* qui devait échapper à la mort... Ses mains, qui préparaient une nouvelle boulette, tremblaient légèrement. Cette solitude totale, même l'amour qu'il avait pour Kyo ne l'en délivrait pas. Mais s'il ne savait pas se fuir dans un autre être, il savait se délivrer : il y avait l'opium.

Cinq boulettes. Depuis des années il s'en tenait là, non sans peine, non sans douleur parfois. Il gratta le fourneau de sa pipe ; l'ombre de sa main fila du mur au plafond. Il repoussa la lampe de quelques centimètres ; les contours de l'ombre se perdirent. Les objets aussi se perdaient : sans changer de forme, ils cessaient d'être distincts de lui, le rejoignaient au fond d'un monde familier où une bienveillante indifférence mêlait toutes choses — un monde plus vrai que l'autre parce que plus constant, plus semblable à lui-même ; sûr comme une amitié, toujours indulgent et toujours retrouvé : formes, souvenirs, idées, tout plongeait lentement vers un univers délivré. Il se souvint d'un après-midi de septembre où le gris parfait du ciel rendait laiteuse l'eau d'un lac, dans les failles de vastes champs de nénuphars ; depuis les cornes vermoulues d'un pavillon abandonné jusqu'à l'horizon magnifique et morne, ne lui parvenait plus qu'un monde pénétré d'une mélancolie solennelle. Sans agiter sa sonnette, un bonze s'était accoudé à la rampe du pavillon, abandonnant son sanctuaire à la poussière, au parfum des bois odorants qui brûlaient ; les paysans qui recueillaient les graines de nénuphars passaient en barque, sans le moindre son ; près des dernières fleurs, deux longs plis d'eau naquirent du gouvernail, allèrent se perdre avec nonchalance dans l'eau grise. Elles se perdaient maintenant en lui-même, ramassant dans leur éventail tout l'accablement du monde, un accablement sans amertume, amené par l'opium à une pureté suprême. Les yeux fermés, porté par de grandes ailes immobiles, Gisors contemplait sa solitude : une désolation qui rejoignait le divin en même temps que s'élargissait jusqu'à l'infini ce sillage de sérénité qui recouvrait doucement les profondeurs de la mort.

4 heures et demie du matin.

Habillés déjà en soldats du Gouvernement, ciré sur le dos, les hommes descendaient un à un dans la grande vedette balancée par les remous du Yang-Tsé.

— Deux des marins sont du parti. Il faudra les interroger : ils doivent savoir où sont les armes », dit Kyo à Katow. À l'exception des bottes, l'uniforme modifiait peu l'aspect de celui-ci. Sa vareuse militaire était aussi mal boutonnée que l'autre. Mais la casquette neuve et dont il n'avait pas l'habitude, dignement posée sur son crâne, lui donnait l'air idiot. « Surprenant ensemble d'une casquette d'officier chinois et d'un nez pareil ! » pensa Kyo. Il faisait nuit...

— Mets le capuchon de ton ciré, dit-il pourtant.

La vedette se détacha du quai, prit enfin son élan dans la nuit. Elle disparut bientôt derrière une jonque. Des croiseurs, les faisceaux des projecteurs ramenés à toute volée du ciel sur le port confus se croisaient comme des sabres.

À l'avant, Katow ne quittait pas du regard le *Shan-Tung* qui semblait s'approcher peu à peu. En même temps que l'envahissait l'odeur d'eau croupie, de poisson et de fumée du port (il était presque au ras de l'eau) qui remplaçait peu à peu celle de charbon du débarcadère, le souvenir qu'appelait en lui l'approche de chaque combat prenait une fois de plus possession de son esprit. Sur le front de Lithuanie[52], son bataillon avait été pris par les blancs. Les hommes désarmés se tenaient à l'alignement dans l'immense plaine de neige à peine visible au ras de l'aube verdâtre. « Que les communistes sortent des rangs ! » La mort, ils le savaient. Les deux tiers du bataillon avaient avancé. « Ôtez vos tuniques. » « Creusez la fosse. » Ils avaient creusé. Lentement, car le sol était gelé. Les gardes blancs, un revolver de chaque main (les pelles pouvaient devenir des armes), inquiets et impatients, attendaient, à droite et à gauche, — le centre vide à cause des mitrailleuses dirigées vers les prisonniers. Le silence était sans limites, aussi vaste que cette neige à perte de vue. Seuls les morceaux de terre gelée retombaient avec un bruit sec de plus en plus précipité : malgré la mort, les hommes se dépêchaient pour se réchauffer. Plusieurs avaient commencé à éternuer. « Ça va. Halte ! » Ils s'étaient retournés. Derrière eux, au-delà de leurs camarades, femmes, enfants et vieillards du village étaient massés, à peine habillés, enveloppés dans des couvertures, mobilisés pour assister à l'exemple, agitant la tête comme s'ils se fussent efforcés de ne pas regarder, mais fascinés par l'angoisse. « Ôtez vos pantalons ! » Car les uniformes étaient

75

rares. Les condamnés hésitaient à cause des femmes. « Ôtez vos pantalons ! » Les blessures avaient apparu, une à une, bandées avec des loques : les mitrailleuses avaient tiré très bas et presque tous étaient blessés aux jambes. Beaucoup pliaient leurs pantalons, bien qu'ils eussent jeté leur capote. Ils s'étaient alignés de nouveau, au bord de la fosse cette fois, face aux mitrailleuses, clairs sur la neige : chair et chemises. Saisis par le froid, ils éternuaient sans arrêt, les uns après les autres, et ces éternuements étaient si intensément humains, dans cette aube d'exécution, que les mitrailleurs, au lieu de tirer, avaient attendu — attendu que la vie fût moins indiscrète. Ils s'étaient enfin décidés. Le lendemain soir, les rouges reprenaient le village : dix-sept mal mitraillés, dont Katow, avaient été sauvés. Ces ombres claires sur la neige verdâtre de l'aube, transparentes, secouées d'éternuements convulsifs en face des mitrailleuses, étaient là dans la pluie et la nuit chinoise, en face de l'ombre du *Shan-Tung*.

La vedette avançait toujours : le roulis était assez fort pour que la silhouette basse et trouble du vapeur semblât se balancer lentement sur le fleuve ; à peine éclairée elle ne se distinguait que par une masse plus sombre sur le ciel couvert. Sans nul doute, le *Shan-Tung* était gardé. Le projecteur d'un croiseur atteignit la vedette, la suivit un instant, l'abandonna. Elle avait décrit une courbe profonde et venait sur le vapeur par l'arrière, dérivant légèrement sur sa droite, comme si elle se fût dirigée vers le bateau voisin. Tous les hommes portaient le ciré des marins, capuchon rabattu sur leur uniforme. Par ordre de la direction du port, les échelles de coupée de tous les bateaux étaient descendues ; Katow regarda celle du *Shan-Tung* à travers ses jumelles cachées par son

ciré : elle s'arrêtait à un mètre de l'eau, à peine éclairée par trois ampoules. Si le capitaine demandait
l'argent, qu'ils n'avaient pas, avant de les autoriser à
monter à bord, les hommes devraient sauter un à un
de la vedette ; il serait difficile de la maintenir sous
l'échelle de coupée. Si l'on tentait, du bateau, de la
remonter, Katow pourrait tirer sur ceux qui manœu-
vraient le cordage : sous les poulies, rien ne protégeait. Mais le bateau se mettrait en état de défense.

La vedette vira de 90 degrés, arriva sur le *Shan-
Tung*. Le courant, puissant à cette heure, la prenait
par le travers ; le vapeur très haut maintenant (ils
étaient au pied) semblait partir à toute vitesse dans
la nuit comme un vaisseau fantôme. Le chauffeur fit
donner au moteur de la vedette toute sa force : le
Shan-Tung sembla ralentir, s'immobiliser, reculer.
Ils approchaient de l'échelle de coupée. Katow la saisit au passage ; d'un rétablissement, il se trouva sur
le barreau.

— Le document ? demanda l'homme de coupée.

Katow le donna. L'homme le transmit, resta à sa
place revolver au poing. Il fallait donc que le capitaine reconnût son propre document ; c'était probable, puisqu'il l'avait reconnu lorsque Clappique le
lui avait communiqué. Pourtant... Sous la coupée, la
vedette sombre montait et descendait avec le fleuve.

Le messager revint : « Vous pouvez monter. »
Katow ne bougea pas ; l'un de ses hommes, qui portait des galons de lieutenant (le seul qui parlât
anglais), quitta la vedette, monta et suivit le matelot
messager, qui le conduisit au capitaine.

Celui-ci, un Norvégien tondu aux joues coupero-
sées, l'attendait dans sa cabine, derrière son bureau.
Le messager sortit.

— Nous venons saisir les armes, dit le lieutenant
en anglais.

Le capitaine le regarda sans répondre, stupéfait. Les généraux avaient toujours payé les armes; la vente de celles-ci avait été négociée clandestinement, jusqu'à l'envoi de l'intermédiaire Tang-Yen-Ta, par l'attaché d'un consulat, contre une juste rétribution. S'ils ne tenaient plus leurs engagements à l'égard des importateurs clandestins, qui les ravitaillerait? Mais, puisqu'il n'avait affaire qu'au gouvernement de Shanghaï, il pouvait essayer de sauver ses armes.

— *Well!* Voici la clef.

Il fouilla dans la poche intérieure de son veston, calmement, en tira d'un coup son revolver — à la hauteur de la poitrine du lieutenant, dont il n'était séparé que par la table. Au même instant, il entendit derrière lui: «Haut les mains!» Katow, par la fenêtre ouverte sur la coursive, le tenait en joue. Le capitaine ne comprenait plus, car celui-là était un Blanc: mais il n'y avait pas à insister pour l'instant. Les caisses d'armes ne valaient pas sa vie. «Un voyage à passer aux profits et pertes.» Il verrait ce qu'il pourrait tenter avec son équipage. Il posa son revolver, que prit le lieutenant.

Katow entra et le fouilla: il n'avait pas d'autre arme.

— 'bsolument pas la peine d'avoir tant de revolvers à bord pour n'en porter qu'un sur soi », dit-il en anglais. Six de ses hommes entraient derrière lui, un à un, en silence. La démarche lourde, l'air costaud, le nez en l'air de Katow, ses cheveux blonds clairs étaient d'un Russe. Écossais? Mais cet accent...

— Vous n'êtes pas du gouvernement, n'est-ce pas?

— T'occupe pas.

On apportait le second, dûment ficelé par la tête et par les pieds, surpris pendant son sommeil. Les hommes ligotèrent le capitaine. Deux d'entre eux restèrent pour le garder. Les autres descendirent avec Katow. Les hommes d'équipage du parti leur montrèrent où les armes étaient cachées; la seule précaution des importateurs de Macao[53] avait été d'écrire « *Pièces détachées* » sur les caisses. Le déménagement commença. L'échelle de coupée abaissée, il fut aisé, car les caisses étaient petites. La dernière caisse dans la vedette, Katow alla démolir le poste de T.S.F., puis passa chez le capitaine.

— Si vous êtes trop pressé de descendre à terre, je vous préviens que vous serez 'bsolument d'scendu au premier tournant de rue. Bonsoir.

Pure vantardise, mais à quoi les cordes qui entraient dans les bras des prisonniers donnaient de la force.

Les révolutionnaires, accompagnés des deux hommes de l'équipage qui les avaient renseignés, regagnèrent la vedette : elle se détacha de la coupée, fila vers le quai, sans détour cette fois. Chahutés par le roulis, les hommes changeaient de costumes, ravis mais anxieux : jusqu'à la berge, rien n'était sûr.

Là les attendait un camion, Kyo assis à côté du chauffeur.

— Alors?

— Rien. Une affaire pour d'butants.

Le transbordement terminé, le camion partit, emportant Kyo, Katow et quatre hommes, dont l'un avait conservé son uniforme. Les autres se dispersèrent.

Il roulait à travers les rues de la ville chinoise avec un grondement qu'écrasait à chaque cahot un tintamarre de fer-blanc : les côtés, près des grillages, étaient garnis de touques[54] à pétrole. Il s'arrêtait à chaque *tchon* important : boutique, cave, appartement. Une caisse était descendue; fixée au côté, une note chiffrée de Kyo déterminait la répartition des armes, dont quelques-unes devaient être distribuées aux organisations de combat secondaire. À peine si le camion s'arrêtait cinq minutes. Mais il devait visiter plus de vingt permanences.

Ils n'avaient à craindre que la trahison : ce camion bruyant, conduit par un chauffeur en uniforme de l'armée gouvernementale, n'éveillait nulle méfiance. Ils rencontrèrent une patrouille. « Je deviens le laitier qui fait sa tournée », pensa Kyo.

Le jour se levait.

DEUXIÈME PARTIE

22 MARS

11 heures du matin.

« Ça va mal », pensa Ferral. Son auto — la seule Voisin[55] de Shanghaï, car le Président de la Chambre de Commerce française ne pouvait employer une voiture américaine — filait le long du quai. À droite, sous les oriflammes verticales couvertes de caractères : « *Plus que douze heures de travail par jour.* » « *Plus de travail des enfants au-dessous de huit ans* », des milliers d'ouvriers des filatures étaient debout, accroupis, couchés sur le trottoir dans un désordre tendu. L'auto dépassa un groupe de femmes, réunies sous la bannière « *Droit de s'asseoir pour les ouvrières* ». L'arsenal même était vide : les métallurgistes étaient en grève. À gauche, des milliers de mariniers en loques bleues, sans bannières, attendaient accroupis le long du fleuve. La foule des manifestants se perdait, du côté du quai, jusqu'au fond des rues perpendiculaires ; du côté du fleuve, elle s'accrochait aux appontements, cachait la limite de l'eau. La voiture quitta le quai, s'engagea dans l'avenue des Deux-Républiques. À peine avançait-elle encore, encastrée maintenant dans le mouvement de la foule chinoise qui crevait de toutes les rues vers le refuge de la concession française. Comme un cheval de course en dépasse un autre de la tête, du col, du poitrail, la foule « remontait » l'auto, lentement, constamment. Brouettes à une roue avec des têtes de bébé qui pendaient entre des bols, charrettes de Pékin[56], pousse-pousse, petits chevaux poilus, voitures à bras, camions chargés de soixante personnes, matelas monstrueux peuplés de tout un mobilier, hérissés de pieds de table, géants protégeant de leur bras tendu au bout duquel pendait une cage à merle, des femmes petites au dos couvert d'enfants... Le chauffeur put enfin tourner, s'engager dans des rues encombrées encore, mais où le vacarme du klaxon chassait la foule à quelques mètres en avant de l'auto. Il arriva aux vastes bâtiments de la police française.

Ferral gravit l'escalier presque en courant.

En dépit de ses cheveux rejetés en arrière, de son costume chiné, de sa chemise de soie grise, son visage gardait quelque chose de 1900, de sa jeunesse. Il souriait des gens « qui se déguisent en capitaines d'industrie[57] », ce qui lui permettait de se déguiser en diplomate : il n'avait renoncé qu'au monocle. Les moustaches tombantes, presque grises, qui semblaient prolonger la ligne tombante de la bouche, donnaient au profil une expression de fine brutalité ; la force était dans l'accord du nez busqué et du menton presque en galoche, mal rasé ce matin : les employés des services de distribution d'eau étaient en grève, et l'eau calcaire apportée par les coolies dissolvait mal le savon. Il disparut au milieu des saluts.

Au fond du bureau de Martial, le directeur de la

police, un indicateur chinois, hercule paterne, demandait :

— C'est tout, monsieur le Chef ?

— Travaillez aussi à désorganiser le syndicat, répondait Martial, de dos. Et faites-moi le plaisir d'en finir avec ce travail d'andouille ! Vous mériteriez qu'on vous foute à la porte : la moitié de vos hommes crèvent de complicité ! Je ne vous paie pas pour entretenir des quarts-de-révolutionnaires qui n'osent pas dire franchement ce qu'ils sont : la police n'est pas une usine à fournir des alibis. Tous les agents qui traficotent avec le Kuomintang, foutez-les-moi à la porte, et que je n'aie pas à vous le redire ! Et tâchez de comprendre, au lieu de me regarder d'un air idiot ! Si je ne connaissais pas mieux la psychologie de mes bonshommes que vous celle des vôtres, ce serait du propre !

— Monsieur le...

— Réglé. Entendu. Classé. Foutez-moi le camp, et plus vite que ça. Bonjour, monsieur Ferral.

Il venait de se retourner : une gueule militaire, moins significative que ses épaules.

— Bonjour, Martial. Alors ?

— Pour garder la voie ferrée, le gouvernement est obligé d'immobiliser des milliers d'hommes. On ne tient pas contre un pays tout entier, vous savez, à moins de disposer d'une police comme la nôtre. La seule chose sur quoi le gouvernement puisse compter, c'est le train blindé, avec ses instructeurs russes-blancs. Ça, c'est sérieux.

— Une minorité comporte encore une majorité d'imbéciles. Enfin, soit.

— Tout dépend du front. Ici, ils vont essayer de se révolter. Il va peut-être leur en cuire : car ils sont à peine armés.

Ferral ne pouvait qu'écouter et attendre, ce qu'il détestait le plus au monde. Les pourparlers engagés par les chefs des groupes anglo-saxons et japonais, par lui, par certains consulats, avec les intermédiaires dont regorgeaient les grands hôtels des concessions, demeuraient sans conclusion. Cet après-midi, peut-être...

Shanghaï aux mains de l'armée révolutionnaire, il faudrait que le Kuomintang choisît enfin entre la démocratie et le communisme. Les démocraties sont toujours de bons clients. Et une société peut faire des bénéfices sans s'appuyer sur des Traités[58]. Par contre, la ville soviétisée, le Consortium Franco-Asiatique — et, avec lui, tout le commerce français de Shanghaï — s'écroulait; Ferral pensait que les puissances abandonneraient leurs nationaux, comme l'Angleterre l'avait fait à Han-Kéou[59]. Son but immédiat était que la ville ne fût pas prise avant l'arrivée de l'armée, que les communistes ne pussent rien faire seuls.

— Combien de troupes, Martial, en plus du train blindé?

— Deux mille hommes de police et une brigade d'infanterie, monsieur Ferral.

— Et de révolutionnaires capables de faire autre chose que bavarder?

— Armés, quelques centaines à peine... Pour les autres je ne crois pas que ce soit la peine d'en parler. Comme ici il n'y a pas de service militaire, ils ne savent pas se servir d'un fusil, ne l'oubliez pas. Ces gars-là, en février, étaient deux ou trois mille si l'on compte les communistes... ils sont sans doute un peu plus nombreux maintenant.

Mais, en février, l'armée du gouvernement n'était pas détruite.

— Combien les suivront ? reprit Martial. Mais tout ça, voyez-vous, monsieur Ferral, ça ne nous avance pas beaucoup. Il faudrait connaître la psychologie des chefs... Celle des hommes, je la connais un peu. Le Chinois, voyez-vous...

Parfois — rarement — Ferral regardait le directeur comme il le faisait en ce moment ; ce qui suffisait à le faire taire. Expression moins de mépris, d'irritation, que de jugement : Ferral ne disait pas, de sa voix cassante et un peu mécanique : « Ça va durer longtemps ? », mais il l'exprimait. Il ne pouvait supporter que Martial attribuât à sa perspicacité les renseignements de ses indicateurs.

Si Martial l'eût osé, il eût répondu : « Qu'est-ce que ça peut vous faire ? » Il était dominé par Ferral et ses rapports avec lui avaient été établis par des ordres auxquels il ne pouvait que se soumettre ; l'autorité intérieure de Ferral était beaucoup plus intense que la sienne ; mais il ne pouvait supporter cette insolente indifférence, cette façon de le réduire à l'état de machine, de le nier dès qu'il voulait parler en tant qu'individu et non transmettre des renseignements. Les parlementaires en mission lui avaient parlé de l'action de Ferral, avant sa chute, aux Comités de la Chambre. Des qualités qui donnaient à ses discours leur netteté et leur force, il faisait en séance un tel emploi que ses collègues le détestaient chaque année davantage : il avait un talent unique pour leur refuser l'existence. Alors qu'un Jaurès, un Briand[60], leur conféraient une vie personnelle dont ils étaient souvent bien privés, leur donnaient l'illusion de faire appel à chacun d'eux, de vouloir les convaincre, de les entraîner dans une complicité où les eût réunis une commune expérience de la vie et des hommes, Ferral dressait une architecture de faits, et terminait par : « En face de telles conditions, il serait donc, messieurs, *de toute évidence* absurde... » Il contraignait ou payait. Ça n'avait pas changé, constatait Martial.

— Et du côté de Han-Kéou ? demanda Ferral.

— Nous avons reçu des informations cette nuit. Il y a là 220 000 sans-travail, de quoi faire une nouvelle armée rouge...

Depuis des semaines, les stocks de trois des Compagnies que Ferral contrôlait pourrissaient à côté du quai somptueux : les coolies refusaient tout transport.

— Quelles nouvelles des rapports des communistes et de Chang-Kaï-Shek ?

— Voici son dernier discours, répondit Martial. Moi, vous savez, je ne crois guère aux discours...

— J'y crois. À ceux-ci, du moins. Peu importe.

La sonnerie du téléphone. Martial prit le récepteur.

— C'est pour vous, monsieur Ferral.

Ferral s'assit sur la table.

— Allô ? Allô oui.

— ...

— Il vous tend une perche pour vous assommer avec. Il est hostile à l'intervention, c'est acquis. Il ne s'agit que de savoir s'il vaut mieux l'attaquer comme pédéraste ou affirmer qu'il est payé. C'est tout.

— ...

— Étant bien entendu qu'il n'est ni l'un ni l'autre. Au surplus, je n'aime pas qu'un de mes collaborateurs me croie capable d'attaquer un homme sur une tare sexuelle qu'il présenterait réellement. Me prenez-vous pour un moraliste ? Au revoir.

Martial n'osait rien lui demander. Que Ferral ne le mît pas au courant de ses projets, ne lui dise pas ce

86

qu'il attendait de ses conciliabules avec les membres les plus actifs de la Chambre de commerce internationale, avec les chefs des grandes associations de commerçants chinois, lui paraissait à la fois insultant et frivole. Pourtant, s'il est vexant pour un directeur de la police de ne pas savoir ce qu'il fait, il l'est plus encore de perdre son poste. Or Ferral, né dans la République comme dans une réunion de famille, la mémoire chargée des visages bienveillants de vieux messieurs qui étaient Renan[61], Berthelot[62], Victor Hugo, fils d'un jurisconsulte illustre, agrégé d'histoire à vingt-sept ans, directeur à vingt-neuf de la première histoire collective de la France, député très jeune (servi par l'époque qui avait fait Poincaré, Barthou[63], ministres avant quarante ans), président du Consortium Franco-Asiatique, Ferral, malgré sa chute politique, possédait à Shanghaï une puissance et un prestige plus grands que ceux du consul général de France, dont il était, de plus, l'ami. Le directeur était donc respectueusement cordial. Il tendit le discours.

J'ai dépensé 18 millions de piastres en tout, et pris six provinces, en cinq mois. Que les mécontents cherchent, s'il leur plaît, un autre général en chef qui dépense aussi peu et fasse autant que moi...

— De toute évidence, la question d'argent serait résolue par la prise de Shanghaï, dit Ferral, les douanes[64] lui donneraient 7 millions de piastres par mois, à peu près ce qu'il faut pour combler le déficit de l'armée...

— Oui. Mais on dit que Moscou a donné aux commissaires politiques l'ordre de faire battre leurs propres troupes devant Shanghaï. L'insurrection ici pourrait alors mal finir...

— Pourquoi ces ordres ?

— Pour faire battre Chang-Kaï-Shek, détruire son prestige, et le remplacer par un général communiste à qui reviendrait alors l'honneur de la prise de Shanghaï. Il est presque certain que la campagne contre Shanghaï a été entreprise sans l'assentiment du Comité Central de Han-Kéou. Les mêmes informateurs affirment que l'état-major rouge proteste contre ce système...

Ferral était intéressé, quoique sceptique. Il continua la lecture du discours :

Déserté par bon nombre de ses membres, très incomplet, le Comité Central exécutif de Han-Kéou entend néanmoins être l'autorité suprême du Parti Kuomintang... Je sais que Sun-Yat-Sen a admis les communistes pour être des auxiliaires du Parti. Je n'ai rien fait contre eux, et j'ai souvent admiré leur allant. Mais maintenant, au lieu de se contenter d'être des auxiliaires, ils se posent en maîtres, prétendent gouverner le Parti avec violence et insolence. Je les avertis que je m'opposerai à ces prétentions excessives, qui dépassent ce qui a été stipulé lors de leur admission...

Employer Chang-Kaï-Shek devenait possible. Le gouvernement présent ne *signifiait* rien, que par sa force (il la perdait par la défaite de son armée) et par la peur que les communistes de l'armée révolutionnaire inspiraient à la bourgeoisie. Très peu d'hommes avaient intérêt à son maintien. Derrière Chang, il y avait une armée victorieuse, et toute la petite bourgeoisie chinoise.

— Rien autre ? demanda-t-il à haute voix.

— Rien, monsieur Ferral.

— Merci.

Il descendit l'escalier, rencontra au milieu une Minerve[65] châtain en tailleur de sport, au superbe masque immobile. C'était une Russe du Caucase qui passait pour être à l'occasion la maîtresse de Martial. « Je voudrais bien savoir la tête que tu fais quand tu jouis, toi », pensa-t-il.

— Pardon, Madame.

Il la dépassa en s'inclinant, monta dans son auto qui commença à s'enfoncer dans la foule, à contre-courant cette fois. Le klaxon hurlait en vain, impuissant contre la force de l'exode, contre le bouillonnement millénaire que soulèvent devant elles les invasions. Petits marchands semblables à des balances, avec leurs deux plateaux au vent et leurs fléaux affolés, carrioles, brouettes dignes des empereurs Tang[66], infirmes, cages, Ferral avançait à contresens de tous les yeux que l'angoisse faisait regarder en dedans : si sa vie lézardée devait s'effondrer, que ce fût donc dans ce vacarme, dans ces désespoirs ahuris qui venaient battre les vitres de son auto ! De même que blessé il eût médité le sens de sa vie, menacé dans ses entreprises il méditait sur elles et sentait de reste où il était vulnérable. Il avait trop peu choisi ce combat ; il avait été contraint à entreprendre ses affaires chinoises pour donner des débouchés nouveaux à sa production d'Indochine[67]. Il jouait ici une partie d'attente : il visait la France. Et il ne pouvait plus attendre longtemps.

Sa plus grande faiblesse venait de l'absence d'État. Le développement d'affaires aussi vastes était inséparable des gouvernements. Depuis sa jeunesse — encore au Parlement il avait été président de la Société d'Énergie électrique et d'Appareils, qui fabriquait le matériel électrique de l'État français ; il avait ensuite organisé la transformation du port de Buenos Aires — toujours il avait travaillé pour eux. Intègre, de cette intégrité orgueilleuse qui refuse les commissions et reçoit les commandes, il avait attendu des colonies d'Asie l'argent dont il avait besoin après sa chute : car il ne voulait pas jouer à nouveau, mais changer les règles du jeu. Appuyé sur la situation personnelle de son frère, supérieure à sa fonction de directeur du Mouvement Général des Fonds[68]; demeuré à la tête d'un des puissants groupes financiers français, Ferral avait fait accepter au Gouvernement Général de l'Indochine[69] — ses adversaires mêmes n'étaient pas fâchés de lui fournir les moyens de quitter la France — l'exécution de 400 millions de travaux publics. La République ne pouvait refuser au frère de l'un de ses plus hauts fonctionnaires l'exécution de ce programme civilisateur; ce fut une exécution rigoureuse, qui surprit dans ce pays où la combine même règne avec nonchalance. Ferral savait agir. Un bienfait n'est jamais perdu : le groupe passa à l'industrialisation de l'Indochine. Peu à peu apparurent : deux établissements de crédit (foncier et agricole); quatre sociétés de culture : hévéas, cultures tropicales, cotonnières, sucreries, contrôlant la transformation immédiate de leurs matières premières en produits manufacturés; trois sociétés minières : charbonnages, phosphates, mines d'or et une annexe « exploitation des salines »; cinq sociétés industrielles : éclairage et énergie, électricité, verreries, papeteries, imprimeries; trois sociétés de transports : chalandage, remorquage, tramways. — Au centre, la Société de Travaux publics, reine de ce peuple d'efforts, de haine et de papier, mère ou sage-femme de presque toutes ces sociétés sœurs occupées à vivre de profitables incestes, sut se faire adjuger la construction du chemin de fer du Centre-Annam dont le tracé — qui l'eût cru? — traversa la plus grande partie des concessions du groupe Ferral. « Ça n'allait pas mal », disait le vice-président du conseil d'administration à Ferral qui se taisait, occupé à déposer ses millions en escalier pour y monter et surveiller Paris.

Même avec le projet d'une nouvelle société chinoise dans chaque poche, il ne pensait qu'à Paris. Rentrer en France assez fort pour acheter l'agence Havas[70] ou traiter avec elle; reprendre le jeu politique, et, parvenu prudemment au ministère, jouer l'union du ministère et d'une opinion publique achetée, contre le Parlement. Là était le pouvoir. Mais il ne s'agissait plus aujourd'hui de ses rêves : la prolifération de ses entreprises indochinoises avait engagé tout entier le groupe Ferral dans la pénétration commerciale du bassin du Yang-Tsé, Chan-Kaï-Shek marchait sur Shanghaï avec l'armée révolutionnaire, la foule de plus en plus dense collait à ses portières. Pas une des sociétés possédées ou contrôlées en Chine par le Consortium Franco-Asiatique qui ne fût atteinte : celles de constructions navales, à Hong-Kong, par l'insécurité de la navigation; toutes les autres : travaux publics, constructions, électricité, assurances, banques, par la guerre et la menace communiste. Ce qu'elles importaient demeurait dans leurs entrepôts de Hong-Kong ou de Shanghaï : ce qu'elles exportaient dans ceux de Han-Kéou, parfois sur le quai.

L'auto s'arrêta. Le silence — la foule chinoise est d'ordinaire une des plus bruyantes — annonçait une fin du monde. Un coup de canon. L'armée révolutionnaire, si près? Non : c'était le canon de midi. La foule s'écarta; l'auto ne démarra pas. Ferral saisit le tube acoustique. Pas de réponse : il n'avait plus de chauffeur, plus de valet.

Il restait immobile, stupéfait, dans cette auto immobile que la foule contournait pesamment. Le boutiquier le plus proche sortit, portant sur l'épaule un énorme volet; il se retourna, faillit briser la vitre de l'auto; il fermait son magasin. À droite, à gauche, en face, d'autres boutiquiers, d'autres artisans sortirent, volet couvert de caractères sur l'épaule : la grève générale commençait.

Ce n'était plus la grève de Hong-Kong[71], déclenchée lentement, épique et morne : c'était une manœuvre d'armée. Aussi loin qu'il pût voir, plus un magasin n'était ouvert. Il fallait partir au plus tôt; il descendit, appela un pousse. Le coolie ne lui répondit pas : il courait à grandes enjambées vers sa remise, presque seul maintenant sur la chaussée avec l'auto abandonnée : la foule venait de refluer vers les maisons. « Ils craignent des mitrailleuses », pensa Ferral. Les enfants, cessant de jouer, filaient entre les jambes, à travers l'activité pullulante des trottoirs. Silence plein de vies à la fois lointaines et très proches, comme celui d'une forêt saturée d'insectes; l'appel d'un croiseur monta puis se perdit. Ferral marchait vers sa maison aussi vite qu'il le pouvait, mains dans les poches, épaules et menton en avant. Deux sirènes reprirent ensemble, une octave plus haut, le cri de celle qui venait de s'éteindre, comme si quelque animal énorme enveloppé dans ce silence eût annoncé ainsi son approche. La ville entière était à l'affût.

1 heure après-midi.

— Moins cinq, dit Tchen.

Les hommes de son groupe attendaient. C'étaient

92

tous des ouvriers des filatures, vêtus de toile bleue ; il portait leur costume. Tous rasés, tous maigres, — tous vigoureux : avant Tchen, la mort avait fait sa sélection. Deux tenaient des fusils sous le bras, le canon vers la terre. Sept portaient des revolvers du *Shan-Tung* ; un, une grenade ; quelques autres en cachaient dans leurs poches. Une trentaine tenaient des couteaux, des casse-tête, des baïonnettes ; huit ou dix, sans aucune arme, restaient accroupis près de tas de chiffons, de touques à pétrole, de rouleaux de fil de fer. Un adolescent examinait comme des graines, de gros clous à tête large qu'il tirait d'un sac : « Sûrement plus hauts que les fers des chevaux... » La cour des Miracles, mais sous l'uniforme de la haine et de la décision.

Il n'était pas des leurs. Malgré le meurtre, malgré sa présence. S'il mourait aujourd'hui, il mourrait seul. Pour eux, tout était simple : ils allaient à la conquête de leur pain et de leur dignité. Pour lui... sauf de leur douleur et de leur combat commun, il ne savait pas même leur parler. Du moins savait-il que le plus fort des liens est le combat. Et le combat était là.

Ils se levèrent, sacs sur le dos, touques à la main, fil de fer sous le bras. Il ne pleuvait pas encore ; la tristesse de cette rue vide qu'un chien traversa en deux bonds, comme si quelque instinct l'eût prévenu de ce qui se préparait, était aussi profonde que le silence. Cinq coups de fusil partirent, dans une rue proche : trois ensemble, un autre, un autre encore. « Ça commence », dit Tchen. Le silence revint, mais il semblait qu'il ne fût plus le même. Un bruit de sabots de chevaux l'emplit, précipité, de plus en plus proche. Et, comme après un tonnerre prolongé le déchirement vertical de la foudre, toujours sans

93

qu'ils vissent rien, un tumulte emplit d'un coup la rue, fait de cris emmêlés, de coups de fusil, de hennissements furieux, de chutes; puis, pendant que les clameurs retombées s'étouffaient lourdement sous l'indestructible silence, monta un cri de chien qui hurle à la mort, coupé net : un homme égorgé.

Au pas de course, ils gagnèrent en quelques minutes une rue plus importante. Tous les magasins étaient clos. À terre, trois corps; au-dessus, criblé de fils télégraphiques, le ciel inquiet que traversaient des fumées noires; à l'extrémité de la rue, une vingtaine de cavaliers (il y avait très peu de cavalerie à Shanghaï) tournaient en hésitant sans voir les insurgés collés au mur avec leurs instruments, le regard fixé sur le manège hésitant des chevaux. Tchen ne pouvait songer à les attaquer : ses hommes étaient trop mal armés. Les cavaliers tournèrent à droite, atteignirent enfin le poste; les sentinelles pénétrèrent tranquillement derrière Tchen.

Les agents jouaient aux cartes, fusils et Mauser au râtelier. Le sous-officier qui les commandait ouvrit une fenêtre, cria dans une cour très sombre :

— Vous tous qui m'écoutez, vous êtes témoins de la violence qui nous est faite. Vous voyez que nous sommes injustement contraints de céder à la force!

Il allait refermer la fenêtre; Tchen la maintint ouverte, regarda : personne dans la cour. Mais la face était sauve, et la citation de théâtre avait été faite au bon moment. Tchen connaissait ses compatriotes : puisque celui-là « prenait le rôle », il n'agirait pas. Il distribua les armes. Les émeutiers partirent, tous armés cette fois : inutile d'occuper les petits postes de police désarmés. Les policiers hésitèrent. Trois se levèrent et voulurent les suivre. (Peut-être pillerait-on...) Tchen eut peine à se débar-

rasser d'eux. Les autres ramassèrent les cartes et
recommencèrent à jouer.

— S'ils sont vainqueurs, dit l'un, peut-être serons-
nous payés ce mois-ci?

— Peut-être... répondit le sous-officier. Il distribua les cartes.

— Mais s'ils sont battus, peut-être dira-t-on que
nous avons trahi?

— Qu'aurions-nous pu faire? Nous avons cédé à
la force. Nous sommes tous témoins que nous
n'avons pas trahi.

Ils réfléchissaient, le cou rentré, cormorans écrasés par la pensée.

— Nous ne sommes pas responsables, dit l'un.

Tous approuvèrent. Ils se levèrent pourtant et
allèrent poursuivre leur jeu dans une boutique voisine, dont le propriétaire n'osa pas les chasser. Un
tas d'uniformes resta seul au milieu du poste.

Joyeux et méfiant, Tchen marchait vers l'un des
postes centraux : « Tout va bien, pensait-il, mais
ceux-ci sont presque aussi pauvres que nous... » Les
Russes blancs et les soldats du train blindé, eux, se
battraient. Les officiers aussi. Des détonations lointaines, sourdes comme si le ciel bas les eût affaiblies,
battaient l'air vers le centre de la ville.

À un carrefour, la troupe — tous les hommes
armés maintenant, même les porteurs de touques —
hésita un instant, chercha du regard. Des croiseurs
et des paquebots qui ne pouvaient décharger leurs
marchandises, montaient les masses obliques de
fumée que le vent lourd dissipait dans le sens de la
course des insurgés, comme si le ciel eût participé à
l'insurrection. Le nouveau poste était un ancien
hôtel de briques rouges, à un étage; deux sentinelles,

une de chaque côté de la porte, baïonnette au canon. Tchen savait que la police spéciale était alertée depuis trois jours, et ses hommes brisés par ce guet perpétuel. Il y avait ici des officiers, une cinquantaine de mauseristes[72] de la police, bien payés, et dix soldats. Vivre, vivre au moins les huit prochains jours! Tchen s'était arrêté au coin de la rue. Les armes se trouvaient sans doute aux râteliers du rez-de-chaussée, dans la pièce de droite, le corps de garde, qui précédait le bureau d'un officier; Tchen et deux de ses hommes s'y étaient introduits plusieurs fois durant la semaine. Il choisit dix hommes sans fusils, fit cacher les revolvers dans les blouses, et avança avec eux. Le coin de la rue dépassé, les sentinelles les regardèrent s'approcher; se défiant de tous, elles ne se défiaient plus; des délégations venaient souvent s'entretenir avec l'officier d'ordinaire pour lui apporter des pourboires, opération qui demandait beaucoup de garanties et de personnes.

— Pour le lieutenant Shuei-Toun, dit Tchen.

Pendant que huit hommes passaient, les deux derniers, comme poussés par la légère bousculade, se glissaient entre les sentinelles et le mur. Dès que les premiers furent dans le couloir les sentinelles sentirent contre leurs côtes le canon des revolvers. Elles se laissèrent désarmer : mieux payées que leurs misérables collègues, elles ne l'étaient pas assez pour risquer leur vie. Quatre hommes de Tchen qui ne s'étaient pas joints au premier groupe, et semblaient passer dans la rue, les emmenèrent le long du mur. Rien n'avait été visible des fenêtres.

Du couloir, Tchen vit les râteliers garnis de leurs fusils. Il n'y avait dans le corps de garde que six policiers armés de pistolets automatiques, et ces armes étaient à leur côté, dans les gaines fermées. Il se jeta devant les râteliers, le revolver en avant.

Si les policiers eussent été résolus, l'attaque échouait. Malgré sa connaissance des lieux, Tchen n'avait pas eu le temps de désigner à chacun de ses hommes celui qu'il devait menacer ; un ou deux policiers eussent pu tirer. Mais tous levèrent les mains. Aussitôt, désarmés. Un nouveau groupe des hommes de Tchen entrait. Une nouvelle distribution d'armes commença.

« En ce moment, pensa Tchen, deux cents groupes, dans la ville, agissent comme nous. S'ils ont autant de chance... » À peine prenait-il le troisième fusil qu'il entendit venir de l'escalier le bruit d'une course précipitée : quelqu'un montait en courant. Il sortit. À l'instant où il franchissait la porte, un coup de feu partit du premier étage. Mais plus rien déjà. L'un des officiers, en descendant, avait vu les insurgés, tiré de l'escalier, et regagné aussitôt le palier.

Le combat allait commencer.

Une porte, au milieu du palier du premier étage, commandait les marches. Envoyer un parlementaire, à l'asiatique ? Tout le bon sens chinois qu'il trouvait en lui, Tchen le haïssait. Tenter de prendre l'escalier d'assaut ? Les policiers possédaient sans doute des grenades à main. Les instructions du comité militaire, transmises par Kyo à tous les groupes, étaient, en cas d'échec partiel, de mettre le feu, de prendre position dans les maisons voisines et de demander de l'aide aux équipes spéciales.

— Allumez !

Les hommes aux touques essayèrent de lancer l'essence à la volée, mais les ouvertures étroites ne laissaient jaillir que de petits jets dérisoires. Ils durent la faire couler lentement, sur les meubles, le long des murs. Tchen regarda par la fenêtre : en face, des magasins fermés, des fenêtres étroites qui commandaient la sortie du poste ; au-dessus, les toits pourris et gondolés des maisons chinoises, et le calme infini du ciel gris que ne rayait plus aucune fumée, du ciel intime et bas sur la rue vide. Tout combat était absurde, rien n'existait en face de la vie ; il se ressaisit juste à temps pour voir dégringoler carreaux et croisées, dans un vacarme cristallin mêlé au bruit d'un feu de salve : on tirait sur eux du dehors.

Seconde salve. Ils étaient maintenant entre les policiers, prêts et maîtres de l'étage, et les nouveaux assaillants qu'ils ne voyaient pas, dans cette pièce où l'essence ruisselait. Tous les hommes de Tchen étaient à plat ventre, les prisonniers ficelés dans un coin. Qu'une grenade éclatât, ils flambaient. Un des hommes couchés grogna, désignant une direction du doigt ; un franc-tireur sur un toit ; et à l'extrême gauche de la fenêtre, se glissant une épaule en arrière dans le champ de vision, surgissaient prudemment d'autres irréguliers. C'étaient des insurgés, des leurs.

« Ces idiots tirent avant d'avoir envoyé un éclaireur », pensa Tchen. Il avait dans sa poche le drapeau bleu du Kuomintang. Il l'en tira, se précipita dans le couloir. À l'instant où il sortait, il reçut sur les reins un coup à la fois furieux et enveloppé, en même temps qu'un formidable fracas le pénétrait jusqu'au ventre. Il rejeta les bras en arrière, à toute volée, pour se retenir, et se retrouva par terre, à demi assommé. Pas un bruit ; puis, un objet de métal tomba et, aussitôt, des gémissements entrèrent dans le couloir avec la fumée. Il se releva : il n'était pas blessé. Titubant, il referma à demi la porte ouverte par l'incompréhensible explosion, tendit son drapeau au-dehors, du bras gauche, par l'espace libre : une balle dans la main ne l'eût pas surpris. Mais non ; on criait de joie. La fumée qui sortait lentement par la fenêtre l'empêchait de voir les insurgés de gauche ; mais ceux de droite l'appelaient.

Une seconde explosion faillit de nouveau le renverser. Des fenêtres du premier étage, les policiers assiégés lançaient des grenades (comment pouvaient-ils ouvrir leurs fenêtres sans être atteints de la rue ?). La première, celle qui l'avait jeté à terre, avait éclaté devant la maison, et les éclats avaient pénétré par la porte ouverte et la fenêtre en miettes, comme si elle eût explosé dans le corps de garde même ; terrifiés par l'explosion, ceux de ses hommes qui n'avaient pas été tués avaient sauté dehors, mal protégés par la fumée. Sous le tir des policiers des fenêtres, deux étaient tombés au milieu de la rue, les genoux à la poitrine, comme des lapins boulés ; un autre, la face dans une tache rouge, semblait saigner du nez. Les irréguliers, eux, avaient reconnu des leurs ; mais le geste de ceux d'entre eux qui appelaient Tchen avait fait comprendre aux officiers que quelqu'un allait sortir, et ils avaient lancé leur seconde grenade. Elle avait éclaté dans la rue, à la gauche de Tchen : le mur l'avait protégé.

Du couloir, il examina le corps de garde. La fumée redescendait du plafond, d'un mouvement courbe et lent. Il y avait des corps par terre : des gémissements emplissaient la pièce, au ras du sol, comme des jappements. Dans un coin, un des prisonniers, une jambe arrachée, hurlait aux siens : « Ne tirez plus ! » Ses cris haletants semblaient trouer la fumée qui continuait au-dessus de la souffrance sa courbe indifférente, comme une fatalité visible. Cet homme qui hurlait, la jambe arrachée, ne pouvait rester *ficelé*, c'était impossible. Pourtant une nouvelle grenade n'allait-elle pas éclater d'un instant à l'autre? « Ça ne me regarde pas, pensa Tchen, c'est un ennemi. » Mais avec un trou de chair au lieu de jambe, mais ficelé. Le sentiment qu'il éprouvait était beaucoup plus fort que la pitié : il était lui-même cet homme ligoté. « Si la grenade éclate dehors, je me jetterai à plat ventre; si elle roule ici, il faudra que je la rejette aussitôt. Une chance sur vingt de m'en tirer. Qu'est-ce que je fous là? Qu'est-ce que je fous là? » Tué, peu importait. Son angoisse était d'être blessé au ventre; elle lui était pourtant moins intolérable que la vue de cet être torturé et ficelé, que cette impuissance humaine dans la douleur. Il alla vers l'homme, son couteau à la main, pour couper ses cordes. Le prisonnier crut qu'il venait le tuer; il voulut hurler davantage : sa voix faiblit, devint sifflement. Tchen le palpait de sa main gauche à quoi collaient les vêtements pleins de sang gluant, incapable pourtant de détacher son regard de la fenêtre brisée par où pouvait tomber la grenade. Il sentit enfin les cordes, glissa le couteau au-dessous, trancha. L'homme ne criait plus : il était mort ou évanoui. Tchen, le regard toujours fixé sur la fenêtre déchiquetée, revint au couloir. Le changement d'odeur le surprit; comme s'il eût seulement commencé à entendre, il comprit que les gémissements des blessés s'étaient changés, eux aussi, en hurlements : dans la pièce, les débris imprégnés d'essence, allumés par les grenades, commençaient à brûler.

Pas d'eau. Avant la prise du poste par les insurgés, les blessés (maintenant les prisonniers ne comptaient plus : il ne pensait qu'aux siens) seraient carbonisés... Sortir, sortir! D'abord réfléchir, pour faire ensuite le moins de gestes possible. Bien qu'il frissonnât, son esprit fasciné par la fuite n'était pas sans lucidité : il fallait aller à gauche où un porche l'abriterait. Il ouvrit la porte de la main droite, la gauche faisant le signe du silence. Les ennemis, au-dessus, ne pouvaient pas le voir; seule, l'attitude des insurgés eût pu les renseigner. Il sentait tous les regards des siens fixés sur cette porte ouverte, sur sa silhouette trapue, bleue sur le fond sombre du couloir. Il commença à se défiler à gauche, collé contre le mur, les bras en croix, le revolver dans la main droite. Avançant pas à pas, il regardait les fenêtres, au-dessus de lui : l'une était protégée par une plaque de blindage disposée en auvent. En vain les insurgés tiraient sur les fenêtres : les grenades étaient lancées par-dessous cet auvent. « S'ils essaient de lancer, je dois voir la grenade et sans doute le bras, pensa Tchen, avançant toujours. Si je la vois, il faut que je l'attrape comme un paquet, et que je la relance le plus loin possible... » Il ne cessait pas sa marche de crabe. « Je ne pourrai pas la lancer assez loin; je vais recevoir une poignée d'éclats dans le ventre... » Il avançait toujours. L'intense odeur de brûlé, et l'absence soudaine d'appui derrière lui (il ne se retournait pas) lui firent comprendre qu'il passait devant la fenêtre du rez-de-chaussée. « Si j'attrape la grenade, je la lance dans le corps de garde avant qu'elle n'éclate. Avec l'épaisseur du mur, en dépassant la fenêtre, je suis sauvé. » Qu'importait que le corps de garde ne fût pas vide, que s'y trouvât cet homme même dont il avait tranché les cordes, — et ses propres blessés. Il ne voyait pas les insurgés, même dans les trous de la fumée, car il ne pouvait quitter l'auvent des yeux : mais il sentait toujours les regards qui le cherchaient, lui : malgré le tir contre les fenêtres, qui gênait les policiers, il était stupéfait qu'ils ne comprissent pas que quelque chose se passait. Il pensa soudain qu'ils possédaient peu de grenades et qu'ils observaient avant de les lancer ; aussitôt, comme si cette idée fût née de quelque ombre, une tête apparut sous l'auvent, — cachée aux insurgés, mais pas à lui. Frénétiquement, quittant son attitude de danseur de corde, il tira au jugé, bondit en avant, atteignit son porche. Une salve partit des fenêtres, une grenade explosa à l'endroit qu'il venait de quitter : le policier qu'il avait manqué en tirant, avait hésité avant de passer sous l'auvent la main qui tenait la grenade, craignant une seconde balle. Tchen avait reçu un coup dans le bras gauche : quelque déplacement d'air, à quoi la blessure qu'il s'était faite avec le poignard, avant de tuer Tang-Yen-Ta, était sensible. Elle saignait de nouveau, mais il ne souffrait pas. Serrant davantage le pansement avec un mouchoir, il rejoignit les insurgés par les cours.

Ceux qui dirigeaient l'attaque étaient réunis dans un passage très sombre.

— Vous ne pouviez pas envoyer des éclaireurs, non ?

Le chef du *tchon*, grand Chinois rasé aux manches trop courtes, regarda cette ombre qui s'approchait, haussa lentement les sourcils, résigné.

— J'ai fait téléphoner, répondit-il simplement. Nous attendons maintenant un camion blindé.

— Où en sont les autres sections ?

— Nous avons pris la moitié des postes.

— Pas plus ?

— C'est déjà très bien.

Toutes ces fusillades éloignées, c'étaient les leurs qui convergeaient vers la gare du Nord.

Tchen soufflait, comme s'il fût sorti de l'eau au milieu du vent. Il s'adossa au mur, dont l'angle les protégeait tous, retrouvant peu à peu sa respiration, pensant au prisonnier dont il avait coupé les liens. « Je n'avais qu'à laisser ce type. Pourquoi être allé couper ses cordes, ce qui ne pouvait rien changer ? » Maintenant encore, eût-il pu ne pas voir cet homme qui se débattait, ficelé, la jambe arrachée ? À cause de sa blessure, il pensa à Tang-Yen-Ta! Qu'il avait été idiot toute cette nuit, toute cette matinée ! Rien n'était plus simple que de tuer.

Dans le poste, les débris brûlaient toujours, les blessés hurlaient toujours devant l'approche des flammes ; leur clameur répétée, constante, résonnait dans ce passage bas, rendue extraordinairement proche par l'éloignement des détonations, des sirènes, de tous les bruits de guerre perdus dans l'air morne. Un son lointain de ferrailles se rapprocha, les couvrit ; le camion arrivait. Il avait été blindé pendant la nuit, fort mal : toutes les plaques jouaient. Sur un coup de frein, le tintamarre cessa, et on entendit de nouveau les cris.

Tchen, qui seul avait pénétré dans le poste, exposa la situation au chef de l'équipe de secours. C'était un ancien cadet de Whampoo[73] ; à son équipe de jeunes bourgeois, Tchen eût préféré l'un des groupes de Katow. Si, devant ces compagnons morts au milieu de la rue, genoux au ventre, il ne parvenait pas à se lier totalement à ses hommes, il savait qu'en tous temps il haïssait la bourgeoisie chinoise ; le prolétariat était du moins la forme de son espoir.

L'officier connaissait son métier. « Rien à tirer du camion, dit-il, il n'a même pas de toit. Il suffit qu'ils lancent une grenade dedans pour que tout saute ; mais j'apporte aussi des grenades. » Les hommes de

Tchen qui en portaient étaient dans le corps de garde, morts? et ceux du second groupe n'avaient pas pu s'en procurer.

— Essayons par en haut.

— D'accord, dit Tchen.

L'officier le regarda avec irritation : il ne lui avait pas demandé son avis; mais ne dit rien. Tous deux — lui, militaire malgré son costume civil, avec ses cheveux en brosse, sa courte moustache, sa vareuse ajustée par sa ceinture à revolver, et Tchen, trapu et bleu — examinèrent le poste. À droite de la porte la fumée des flammes qui s'approchaient des corps de leurs camarades blessés sortait avec une régularité mécanique, ordonnée comme les cris que leur constance eût rendus enfantins sans leur timbre atroce. À gauche, rien. Les fenêtres du premier étage étaient voilées. De temps à autre, un assaillant tirait encore sur l'une des fenêtres, et quelques débris allaient grossir sur le trottoir une haute poussière de plâtras, d'écharches, de baguettes, où des morceaux de verre brillaient malgré le jour terne. Le poste ne tirait plus que lorsque l'un des insurgés quittait sa cachette.

— Où en sont les autres sections? demanda Tchen, de nouveau.

— Presque tous les postes sont pris. Le principal, par surprise, à une heure et demie. Nous avons saisi là huit cents fusils. Nous pouvons déjà envoyer des renforts contre ceux qui résistent : vous êtes la troisième équipe que nous secourons. Eux ne reçoivent plus leurs renforts; nous bloquons les casernes, la gare du Sud, l'arsenal. Mais il faut en finir ici : nous avons besoin du plus d'hommes possible pour l'assaut. Et il restera le train blindé.

L'idée des deux cents groupes qui agissaient

comme le sien exaltait et troublait Tchen à la fois. Malgré la fusillade que le vent mou apportait de toute la ville, la violence lui donnait la sensation d'une action solitaire.

Un homme tira du camion une bicyclette, partit. Tchen le reconnut au moment où il sautait en selle : Ma, l'un des principaux agitateurs. Il partait rendre compte de la situation au Comité Militaire. Typographe, ayant voué toute sa vie, depuis douze ans, à créer partout des Unions d'ouvriers imprimeurs, avec l'espoir de grouper tous les typographes chinois ; poursuivi, condamné à mort, évadé, organisant toujours. Des cris de joie : en même temps que Tchen, les hommes l'avaient reconnu et l'acclamaient. Il les regarda. Le monde qu'ils préparaient ensemble le condamnait, lui, Tchen, autant que celui de leurs ennemis. Que ferait-il dans l'usine future embusqué derrière leurs cottes bleues ?

L'officier distribua des grenades, et dix hommes allèrent par les toits prendre position sur celui du poste. Il s'agissait d'employer contre les policiers leur propre tactique, de faire entrer les explosifs par les fenêtres : elles commandaient la rue, mais non le toit, et une seule était protégée par un auvent. Les insurgés avancèrent de toit en toit, minces sur le ciel. Le poste ne modifiait pas son tir. Comme si les mourants seuls eussent deviné cette approche, les cris tout à coup changèrent, devinrent des gémissements. À peine les entendait-on encore. C'était maintenant des cris étranglés de demi-muets. Les silhouettes atteignirent la crête du toit incliné du poste, descendirent peu à peu : Tchen les vit moins bien dès qu'elles ne se découpèrent plus sur le ciel. Un hurlement guttural de femme qui accouche traversa les gémissements qui reprirent comme un écho, puis s'arrêtèrent.

Malgré le bruit, l'absence soudaine des cris donna l'impression d'un féroce silence : les flammes avaient-elles atteint les blessés ? Tchen et l'officier se regardèrent, fermèrent les yeux pour mieux écouter. Rien. Chacun, rouvrant les yeux, rencontra le regard silencieux de l'autre.

L'un des hommes, accroché à une chimère vernissée du toit, avança son bras libre au-dessus de la rue, lança sa grenade vers la fenêtre du premier étage qu'il surplombait : trop bas. Elle éclata sur le trottoir. Il en lança une seconde : elle pénétra dans la pièce où se trouvaient les blessés. Des cris jaillirent de la fenêtre atteinte ; non ! plus les cris de tout à l'heure, mais un hurlement saccadé à la mort, le sursaut d'une souffrance pas encore épuisée. L'homme lança sa troisième grenade et manqua de nouveau la fenêtre.

C'était un des hommes amenés par le camion. Il s'était habilement rejeté en arrière, de crainte des éclats. Il s'inclina de nouveau, le bras levé terminé par une quatrième grenade. Derrière lui un des hommes de Tchen descendait. Le bras ne s'abaissa pas : tout le corps fut fauché comme une énorme boule. Une explosion intense retentit sur le trottoir ; malgré la fumée, une tache de sang d'un mètre apparut sur le mur. La fumée s'écarta. Le mur était constellé de sang et de chair. Le second insurgé, manquant son appui et glissant de tout son poids le long du toit, en avait arraché le premier. Tous deux étaient tombés sur leurs propres grenades, dont la cuiller était dégagée.

De l'autre côté du toit, à gauche, des hommes des deux groupes — bourgeois kuomintang et ouvriers communistes — arrivaient avec prudence. Devant la chute ils s'étaient arrêtés : maintenant, ils recommençaient à descendre très lentement. La répression de février avait été faite de trop de tortures pour que l'insurrection manquât d'hommes résolus. À droite, d'autres hommes approchaient. « Faites la chaîne ! » cria Tchen, du bas. Tout près du poste, des insurgés répétèrent le cri. Les hommes se prirent par la main, le plus élevé entourant fortement de son bras gauche une grosse et solide chimère de faîte du toit. Le lancement des grenades reprit. Les assiégés ne pouvaient riposter.

En cinq minutes, trois grenades entrèrent à travers deux fenêtres visées ; une autre fit sauter l'auvent. Seule, celle du milieu n'était pas atteinte. « Au milieu ! » cria le cadet. Tchen le regarda. Cet homme éprouvait à commander la joie d'un sport parfait. À peine se protégeait-il. Il était brave, sans aucun doute, mais il n'était pas lié à ses hommes. Tchen était lié aux siens, mais pas assez.

Pas assez.

Il quitta le cadet, traversa la rue hors du champ de tir des assiégés. Il gagna le toit. L'homme qui s'accrochait au faîte faiblissait : il le remplaça. Son bras blessé replié sur cette chimère de ciment et de plâtre, tenant de sa main droite celle du premier homme de la chaîne, il n'échappait pas à sa solitude. Le poids de trois hommes qui glissaient était suspendu à son bras, passait à travers sa poitrine comme une barre. Les grenades éclataient à l'intérieur du poste, qui ne tirait plus. « Nous sommes protégés par le grenier, pensa-t-il, mais pas pour longtemps. Le toit sautera. » Malgré l'intimité de la mort, malgré ce poids fraternel qui l'écartelait, il n'était pas des leurs. « Est-ce que le sang même est vain ? »

Le cadet, là-bas, le regardait sans comprendre. Un

des hommes, monté derrière Tchen, lui offrit de le remplacer.

— Bien. Je lancerai moi-même.

Il lui passa cette chaîne de corps. Dans ses muscles exténués, montait un désespoir sans limites. Son visage de chouette aux yeux minces était tendu, absolument immobile; il sentit avec stupéfaction une larme couler le long de son nez. « Nervosité », pensa-t-il. Il tira une grenade de sa poche, commença à descendre en s'accrochant aux bras des hommes de la chaîne. Mais après la violence de l'effort qu'il avait dû faire pour soutenir la chaîne, ses bras lui semblaient mous, lui obéissaient mal. La chaîne prenait appui sur le décor qui terminait le toit sur les côtés. De là, il était presque impossible d'atteindre la fenêtre du milieu. Arrivé au ras du toit, Tchen quitta le bras du lanceur, se suspendit à sa jambe, puis à la gouttière, descendit par le tuyau vertical : trop éloigné de la fenêtre pour la toucher, il était assez proche pour lancer. Ses camarades ne bougeaient plus. Au-dessus du rez-de-chaussée, une saillie lui permit de s'arrêter. Souffrir si peu de sa blessure l'étonnait. Tenant de la main gauche l'un des crampons qui maintenaient la gouttière, il soupesa sa première grenade, dégoupillée : « Si elle tombe dans la rue, sous moi, je suis mort. » Il la lança aussi fort que le lui permit sa position : elle entra, éclata à l'intérieur.

En bas, la fusillade reprenait.

Par la porte du poste restée ouverte, les policiers chassés de la dernière chambre, tirant au hasard, se jetaient dehors dans une bousculade d'aveugles épouvantés. Des toits, des porches, des fenêtres, les insurgés tiraient. L'un après l'autre les corps tombèrent, nombreux près de la porte, puis de plus en plus dispersés.

Le feu cessa. Tchen descendit, toujours pendu à sa gouttière : il ne voyait pas ses pieds, et sauta sur un corps.

Le cadet entrait dans le poste. Il le suivit, tirant de sa poche la grenade qu'il n'avait pas lancée. À chaque pas, il prenait plus violemment conscience que les plaintes des blessés avaient cessé. Dans le corps de garde, rien que des morts. Les blessés étaient carbonisés. Au premier étage, des morts encore, quelques blessés.

— Maintenant, à la gare du Sud, dit l'officier. Prenons tous les fusils : d'autres groupes en auront besoin.

Les armes furent portées dans le camion; quand toutes furent rassemblées, les hommes se hissèrent sur la voiture, debout, serrés, assis sur le capot, collés aux marchepieds, accrochés à l'arrière. Ceux qui restaient partirent par la ruelle, au pas gymnastique. La grande tache de sang abandonnée semblait inexplicable, au milieu de la rue déserte; au coin, le camion disparaissait, hérissé d'hommes, avec son tintamarre de fer-blanc, vers la gare du Sud et les casernes.

Il dut bientôt s'arrêter : la rue était barrée par quatre chevaux tués, et trois cadavres déjà désarmés. C'étaient ceux des cavaliers que Tchen avait vus au début de la journée : la première auto blindée était arrivée à temps. Par terre, des vitres brisées, mais personne qu'un vieux Chinois à la barbe en pinceau, qui gémissait. Il parla distinctement dès que Tchen s'approcha :

— C'est une chose injuste et très triste ! Quatre ! Quatre ! hélas !

— Trois seulement, dit Tchen.

— Quatre, hélas !

Tchen regarda de nouveau : il n'y avait que trois cadavres, un sur le côté comme jeté à la volée, deux sur le ventre, entre les maisons mortes aussi, sous le ciel pesant.

— Je parle des chevaux, dit le vieux, avec mépris et crainte : Tchen tenait son revolver.

— Moi, des hommes. L'un des chevaux t'appartenait ?

Sans doute les avait-on réquisitionnés ce matin.

— Non. Mais j'étais cocher. Les bêtes, ça me connaît. Quatre tués ! Et pour rien !

Le chauffeur intervint :

— Pour rien ?

— Ne perdons pas de temps, dit Tchen.

Aidé de deux hommes, il déplaça les chevaux. Le camion passa. À l'extrémité de la rue, Tchen, assis sur l'un des marchepieds, regarda en arrière : le vieux cocher était toujours parmi les cadavres, gémissant sans doute, noir dans la rue grise.

5 heures.

« *La gare du Sud est tombée.* »

Ferral raccrocha le récepteur. Pendant qu'il donnait des rendez-vous (une partie de la Chambre de Commerce Internationale était hostile à toute intervention, mais il disposait du plus grand journal de Shanghaï), les progrès de l'insurrection l'atteignaient l'un après l'autre. Il avait voulu téléphoner seul. Il revint vers son studio, où Martial qui venait d'arriver discutait avec l'envoyé de Chang-Kaï-Shek : celui-ci n'avait accepté de rencontrer le chef de la police ni à

110

la Sûreté, ni chez lui. Avant même d'ouvrir la porte, Ferral entendit, malgré la fusillade :

— Moi, vous comprenez, je représente ici quoi ? Les intérêts français...

— Mais quel appui puis-je promettre ? répondait le Chinois sur un ton d'insistance nonchalante. M. le Consul Général lui-même me dit d'attendre de vous les précisi-ons. Parce que vous connaissez très bien notre pays, et ses hommes.

Le téléphone du studio sonna.

— *Le Conseil Municipal est tombé*, dit Martial.

Et, changeant de ton :

— Je ne dis pas que je n'aie pas une certaine expérience psychologique de ce pays, et des hommes en général. Psychologie et action, voilà mon métier ; et sur quoi...

— Mais si des individus aussi dangereux pour votre pays que pour le nôtre, dangereux pour la paix de la civilisati-on, se réfugient, comme toujours, sur la concessi-on ? La police internati-onale...

« Nous y voilà, pensa Ferral qui entrait. Il veut savoir si Martial, en cas de rupture, laisserait les chefs communistes se réfugier chez nous. »

— ... nous a promis toute sa bienveillance... Que fera la police française ?

— On s'arrangera. Faites seulement attention à ceci : pas d'histoires avec des femmes blanches, sauf les Russes. J'ai là-dessus des instructions très fermes. Mais, je vous l'ai dit : rien d'officiel. Rien d'officiel.

Dans le studio moderne — aux murs, des Picasso de la période rose[74], et une esquisse érotique de Fragonard[75] — les interlocuteurs debout se tenaient des deux côtés d'une très grande Kwannyn[76] en pierre noire, de la dynastie Tang, achetée sur les conseils de Clappique et que Gisors croyait fausse. Le Chinois, un jeune colonel au nez courbe, en civil, boutonné du haut en bas, regardait Martial et souriait, la tête penchée en arrière.

— Je vous remercie au nom de mon parti... Les communistes sont fort traîtres : ils nous trahissent, nous leurs fidèles alli-és. Il a été entendu que nous collaboreri-ons ensemble, et que la questi-on soci-ale serait posée quand la Chine serait unifi-ée. Et déjà ils la posent. Ils ne respectent pas notre contrat. Ils ne veulent pas faire la Chine, mais les Soviets[77] de l'armée ne sont pas morts pour les Soviets, mais pour la Chine. Les communistes sont capables de tout. Et c'est pourquoi je dois vous demander, monsieur le Directeur, si la police française verrait objecti-on à songer à la sûreté personnelle du Général.

Il était clair qu'il avait demandé le même service à la police internationale.

— Volontiers, répondit Martial. Envoyez-moi le chef de votre police. C'est toujours König ?

— Toujours. Dites-moi, monsieur le Directeur : avez-vous étudi-é l'histoirc romaine ?

— Naturellement.

« À l'école du soir », pensa Ferral.

Le téléphone, de nouveau. Martial prit le récepteur.

— *Les ponts sont pris*, dit-il en le reposant. Dans un quart d'heure, l'insurrection occupera la cité chinoise.

— Mon avis, reprit le Chinois comme s'il n'eût pas entendu, est que la corrupti-on des mœurs perdit l'Empire romain. Ne croyez-vous pas qu'une organi-sati-on technique de la prostituti-on, une organi-sati-on occidentale, comme celle de la police, pour-

112

rait venir à bout des chefs du Han-Kéou, qui ne valent pas ceux de l'Empire romain ?

— C'est une idée... mais je ne crois pas qu'elle soit applicable. Il faudrait y réfléchir beaucoup...

— Les Européens ne comprennent jamais de la Chine que ce qui leur ressemble.

Un silence. Ferral s'amusait. Le Chinois l'intriguait : cette tête rejetée en arrière, presque dédaigneuse, et, en même temps, cette gêne... « Han-Kéou submergée sous les trains de prostituées... pensa-t-il. Et il connaît les communistes ! Et qu'il ait certaine connaissance de l'économie politique n'est pas exclu ! Étonnant !... » Des soviets peut-être se préparaient dans la ville, et celui-là rêvait aux astucieux enseignements de l'Empire romain. Gisors a raison, ils cherchent toujours des trucs. »

Encore le téléphone :

— *Les casernes sont bloquées*, dit Martial. Les renforts du Gouvernement n'arrivent plus.

— La gare du Nord ? demanda Ferral.

— Pas prise encore.

— Donc, le Gouvernement peut ramener des troupes du front ?

— Peut-être, monsieur, dit le Chinois ; ses troupes et ses tanks se replient sur Nankin. Il peut en envoyer ici. Le train blindé peut encore combattre sérieusement.

— Oui, autour du train et de la gare, ça tiendra, reprit Martial. Tout ce qui est pris est organisé au fur et à mesure ; l'insurrection a sûrement des cadres russes ou européens ; les employés révolutionnaires de chaque administration guident les insurgés. Il y a un comité militaire qui dirige tout. La police entière est désarmée maintenant. Les rouges ont des points de rassemblement, d'où les troupes sont dirigées contre les casernes.

— Les Chinois ont un grand sens de l'organisation, dit l'officier.

— Comment Chang-Kaï-Shek est-il protégé ?

— Son auto est toujours précédée de celle de sa garde personnelle. Et nous avons nos indicateurs.
Ferral comprit enfin la raison de ce port dédaigneux de la tête, qui commençait à l'agacer (au début, il lui semblait toujours que l'officier, par-dessus la tête de Martial, regardait son esquisse érotique) : une taie sur l'œil droit l'obligeait à regarder de haut en bas.

— Suffit pas, répondit Martial. Il faut arranger ça. Le plus tôt sera le mieux. Maintenant, je dois filer : il est question d'élire le Comité exécutif qui prendra le gouvernement en main. Là, je pourrais peut-être quelque chose. Question aussi de l'élection du préfet, ce qui n'est pas rien...

Ferral et l'officier restaient seuls.

— Donc, monsieur, dit le Chinois, la tête en arrière, nous pouvons dès maintenant compter sur vous ?

— Liou-Ti-Yu attend, répondit-il.
Chef de l'association des banquiers shanghaïens, président honoraire de la Chambre de Commerce chinoise, lié à tous les chefs de ghildes[78], celui-là pouvait agir dans cette cité chinoise que commençaient sans doute à occuper les sections insurgées mieux encore que Ferral dans les concessions. L'officier s'inclina et prit congé. Ferral monta au premier étage. Dans un coin d'un bureau moderne orné partout de sculptures des hautes époques chinoises, en costume de toile blanche sur un chandail blanc comme ses cheveux en brosse, sans col, les mains collées aux tubes nickelés de son fauteuil, Liou-Ti-Yu, en effet, attendait. Tout le visage était dans la bouche et dans les mâchoires : une énergique vieille grenouille.

Ferral ne s'assit pas :

— Vous êtes résolu à en finir avec les communistes. » Il n'interrogeait pas, il affirmait. « Nous aussi, de toute évidence. » Il commença à marcher de long en large, l'épaule en avant. « Chang-Kaï-Shek est prêt à la rupture. »

Ferral n'avait jamais rencontré la méfiance sur le visage d'un Chinois. Celui-ci le croyait-il ? Il lui tendit une boîte de cigarettes. Cette boîte, depuis qu'il avait décidé de ne plus fumer, était toujours ouverte sur son bureau, comme pour affirmer la force de son caractère.

« Il faut aider Chang-Kaï-Shek. C'est pour vous une question de vie ou de mort. Il n'est pas question que la situation actuelle se maintienne. À l'arrière de l'armée, dans les campagnes, les communistes commencent à organiser les Unions paysannes[79]. Le premier décret des Unions sera la dépossession des prêteurs (Ferral ne disait pas : des usuriers). L'énorme majorité de vos capitaux est dans les campagnes, le plus clair des dépôts de vos banques est garanti par les terres. Les soviets paysans...

— Les communistes n'oseront pas faire de soviets en Chine.

— Ne jouons pas sur les mots, monsieur Liou. Unions ou soviets, les organisations communistes vont nationaliser la terre, et déclarer les créances illégales. Ces deux mesures suppriment l'essentiel des garanties au nom desquelles les crédits étrangers vous ont été accordés. Plus d'un milliard, en comptant mes amis japonais et américains. Il n'est pas question de garantir cette somme par un commerce paralysé. Et, même sans parler de nos crédits, ces décrets suffisent à faire sauter toutes les banques chinoises. De toute évidence.

115

— Le Kuomintang ne laissera pas faire.

— Il n'y a pas de Kuomintang. Il y a les bleus et les rouges. Ils se sont entendus jusqu'ici, mal, parce que Chang-Kaï-Shek n'avait pas d'argent. Shanghaï prise, demain, Chang-Kaï-Shek peut presque payer son armée avec les douanes. Pas tout à fait. Il compte sur nous. Les communistes ont prêché partout la reprise des terres. On dit qu'ils s'efforcent de la retarder : trop tard. Les paysans ont entendu leurs discours, et ils ne sont pas membres de leur parti. Ils feront ce qu'ils voudront.

— Rien ne peut arrêter les paysans, que la force. Je l'ai déjà dit à M. le Consul Général de Grande-Bretagne.

Retrouvant presque le ton de sa voix dans celui de son interlocuteur, Ferral eut l'impression qu'il le gagnait.

— Ils ont essayé déjà de reprendre des terres. Chang-Kaï-Shek est résolu à ne pas les laisser faire. Il a donné l'ordre de ne toucher à aucune des terres qui appartiennent à des officiers ou à des parents d'officiers. Il faut...

— Nous sommes tous parents d'officiers. Liou sourit. Y a-t-il une seule terre en Chine dont le propriétaire ne soit parent d'officier ?...

Ferral connaissait le cousinage chinois.

Encore le téléphone.

— *L'arsenal est bloqué*, dit Ferral. Tous les établissements gouvernementaux sont pris. L'armée révolutionnaire sera à Shanghaï demain. Il faut que la question soit résolue *maintenant*. Comprenez-moi bien. À la suite de la propagande communiste, de nombreuses terres ont été prises à leurs propriétaires; Chang-Kaï-Shek doit l'accepter ou donner l'ordre de faire fusiller ceux qui les ont prises. Le

116

gouvernement rouge de Han-Kéou ne peut accepter un tel ordre.

— Il temporisera.

— Vous savez ce que sont devenues les actions des sociétés anglaises après la prise de la concession anglaise de Han-Kéou. Vous savez ce que deviendra votre situation lorsque des terres, quelles qu'elles soient, auront été légalement arrachées à leurs possesseurs. Chang-Kaï-Shek, lui, sait et dit qu'il est obligé de rompre *maintenant*. Voulez-vous l'y aider, oui ou non?

Liou cracha, la tête dans les épaules. Il ferma les yeux, les rouvrit, regarda Ferral avec l'œil plissé du vieil usurier de n'importe quel lieu sur la terre :

— Combien?

— Cinquante millions de dollars.

Il cracha de nouveau :

— Pour nous seuls?

— Oui.

Il referma les yeux. Au-dessus du bruit déchiré de la fusillade, de minute en minute, le train blindé tirait.

Si les amis de Liou se décidaient, il faudrait encore lutter; s'ils ne se décidaient pas, le communisme triompherait sans doute en Chine. « Voici un des instants où le destin du monde tourne... », pensa Ferral avec un orgueil où il y avait de l'exaltation et de l'indifférence. Il ne quittait pas son interlocuteur du regard. Le vieillard, les yeux fermés, semblait dormir : mais, sur le dos de ses mains, ses veines bleues, cordées, frémissaient comme des nerfs. « Il faudrait aussi un argument individuel », pensa Ferral.

— Chang-Kaï-Shek, dit-il, ne peut pas laisser dépouiller ses officiers. Et les communistes sont décidés à l'assassiner. Il le sait.

On le disait depuis quelques jours, mais Ferral en doutait.

— De combien de temps disposons-nous? demanda Liou. Et aussitôt, un œil fermé, l'autre ouvert, roublard à droite, honteux à gauche :

— Êtes-vous sûr qu'il ne prendra pas l'argent sans exécuter ses promesses?

— Il y a aussi *notre* argent, et ce n'est pas de promesses qu'il s'agit. Il *ne peut pas faire* autrement. Et comprenez-moi bien : ce n'est pas parce que vous le payez qu'il doit détruire les communistes : c'est parce qu'il doit détruire les communistes que vous le payez.

— Je vais réunir mes amis.

Ferral connaissait l'usage chinois, et l'influence de celui qui parle.

— Quel sera votre conseil?

— Chang-Kaï-Shek peut être battu par les gens de Han-Kéou. Il y a là-bas deux cent mille sans-travail.

— Si nous ne l'aidons pas il le sera sûrement.

— Cinquante millions... C'est... beaucoup...

Il regarda enfin Ferral en face.

— Moins que vous ne serez obligé de donner à un gouvernement communiste.

Le téléphone.

· *Le train blindé est isolé*, reprit Ferral. Même si le gouvernement veut envoyer des troupes du front, il ne peut plus rien faire.

Il tendit la main.

Liou la serra, quitta la pièce. De la vaste fenêtre pleine de lambeaux de nuages, Ferral regarda l'auto s'éloigner, le moteur couvrant un moment les salves. Même vainqueur, l'état de ses entreprises l'obligerait peut-être à demander l'aide du gouvernement français qui la refusait si souvent, qui venait de la

118

refuser à la Banque Industrielle de Chine; mais, aujourd'hui, il était de ceux à travers qui se jouait le sort de Shanghaï. Toutes les forces économiques, presque tous les consulats jouaient le même jeu que lui : Liou paierait. Le train blindé tirait toujours. Oui, pour la première fois, il y avait une organisation de l'autre côté. Les hommes qui la dirigeaient, il eût aimé à les connaître. À les faire fusiller aussi.

Le soir de guerre se perdait dans la nuit. Au ras du sol s'allumaient des lumières, et le fleuve invisible appelait à lui, comme toujours, le peu de vie qui restait dans la ville. Il venait de Han-Kéou, ce fleuve. Liou avait raison, et Ferral le savait : là était le danger. Là se formait l'armée rouge. Là les communistes dominaient. Depuis que les troupes révolutionnaires, comme un chasse-neige, rejetaient les Nordistes, toute la gauche rêvait de cette terre promise : la patrie de la Révolution était dans l'ombre verdâtre de ces fonderies, de ces arsenaux, avant même qu'elle ne les eût pris; maintenant, elle les possédait et ces marcheurs misérables qui se perdaient dans la brume gluante où les lanternes devenaient de plus en plus nombreuses avançaient tous dans le sens du fleuve, comme si tous fussent aussi venus de Han-Kéou avec leurs gueules de défaites, présages chassés vers lui par la nuit menaçante.

Onze heures. Depuis le départ de Liou, avant et après le dîner, des chefs de ghildes, des banquiers, des directeurs de Compagnies d'assurances et de transports fluviaux, des importateurs, des chefs de filature. Tous dépendaient en quelque mesure du groupe Ferral ou de l'un des groupes étrangers qui avaient lié leur politique à celle du Consortium Franco-Asiatique : Ferral ne comptait pas que sur

Liou. Cœur vivant de la Chine, Shanghaï palpitait du passage de tout ce qui la faisait vivre ; jusque du fond des campagnes — la plupart des propriétaires terriens dépendaient des banques — les vaisseaux sanguins confluaient comme les canaux vers la ville capitale où se jouait le destin chinois. La fusillade continuait. Maintenant, il fallait attendre.

À côté, Valérie était couchée. Ferral se souvenait d'un de ses amis, infirme intelligent, à qui il avait envié des maîtresses. Un jour qu'à son sujet il interrogeait Valérie : « Il n'y a rien de plus prenant chez un homme que l'union de la force et de la faiblesse », lui avait-elle dit. Professant qu'aucun être ne s'explique par sa vie, il retenait cette phrase plus que tout ce qu'elle lui avait confié de la sienne.

Il savait pourtant qu'elle n'avait pas de tendresse pour lui. Il devinait qu'il flattait sa vanité, et qu'elle attendait de son abandon de plus précieux hommages ; et ne devinait pas qu'elle en attendait surtout l'apparition soudaine de la part d'enfance de cet homme impérieux : qu'elle était sa maîtresse pour qu'il finît par l'aimer. Elle ignorait, elle, que la nature de Ferral, et son combat présent, l'enfermaient dans l'érotisme, non dans l'amour.

Cette grande couturière riche n'était pas vénale (pas encore, du moins). Elle affirmait que l'érotisme de beaucoup de femmes consistait à se mettre nues devant un homme choisi, et ne jouait pleinement qu'une fois. C'était pourtant la troisième fois qu'elle couchait avec lui. Il sentait en elle un orgueil semblable au sien. « Les hommes ont des voyages, les femmes ont des amants », avait-elle dit la veille. Lui plaisait-il, comme à beaucoup de femmes, par le contraste entre sa dureté et les prévenances qu'il lui montrait ? Il n'ignorait pas qu'il engageait dans ce jeu son sentiment le plus violent, l'orgueil. Ce n'était pas sans danger avec une partenaire qui disait : « Aucun homme ne peut parler des femmes, cher, parce qu'aucun homme ne comprend que tout nouveau maquillage, toute nouvelle robe, tout nouvel amant, proposent une nouvelle âme... », avec le sourire nécessaire.

Il entra dans la chambre. Couchée, les cheveux dans le creux du bras très rond, elle le regarda en souriant.

Le sourire lui donnait la vie à la fois intense et abandonnée que donne le plaisir. Au repos, l'expression de Valérie était d'une tristesse tendre, et Ferral se souvenait que la première fois qu'il l'avait vue il avait dit qu'elle avait un visage brouillé, le visage qui convenait à ce que ses yeux gris avaient de doux. Mais que la coquetterie entrât en jeu, et le sourire qui entrouvrait sa bouche en arc, plus aux commissures qu'au milieu, s'accordant d'une façon imprévue à ses cheveux courts ondulés par masses et à ses yeux alors moins tendres, lui donnait, malgré la fine régularité de ses traits, l'expression complexe du chat à l'abandon. Ferral aimait les animaux, comme tous ceux dont l'orgueil est trop grand pour s'accommoder des hommes : les chats surtout.

Il se déshabillait dans la salle de bains. L'ampoule était brisée, et les objets de toilette semblaient rougeâtres, éclairés par les incendies. Il regarda par la fenêtre : dans l'avenue, une foule en mouvement, millions de poissons sous le tremblement d'une eau noire ; il lui sembla soudain que l'âme de cette foule l'avait abandonnée comme la pensée des dormeurs qui rêvent, et qu'elle brûlait avec une énergie joyeuse dans ces flammes drues qui illuminaient les limites des bâtiments.

Quand il revint, Valérie rêvait et ne souriait plus. Ne voulait-il qu'être aimé de la femme au sourire dont cette femme sans sourire le séparait comme une étrangère? Le train blindé tirait de minute en minute, comme pour un triomphe : il était encore aux mains des gouvernementaux, avec la caserne, l'arsenal et l'église russe.

— Cher, demanda-t-elle, avez-vous revu M. de Clappique?

Toute la colonie française de Shanghaï connaissait Clappique. Valérie l'avait rencontré à un dîner l'avant-veille : sa fantaisie l'enchantait.

— Oui. Je l'ai chargé d'acheter pour moi quelques lavis de Kama.

— On en trouve chez les antiquaires?

— Pas question. Mais Kama revient d'Europe; il passera ici dans une quinzaine. Clappique était fatigué, il n'a raconté que deux jolies histoires : celle d'un voleur chinois qui fut acquitté pour s'être introduit par un trou en forme de lyre dans le Mont-de-Piété[80] qu'il cambriolait, et celle-ci : Illustre-Vertu, depuis vingt ans, élève des lapins. D'un côté de la douane intérieure, sa maison, de l'autre, ses cabanes. Les douaniers, remplacés une fois de plus, oublient de prévenir leurs successeurs de son passage quotidien. Il arrive, son panier plein d'herbe sous le bras. « Hep là-bas! Montrez votre panier. » Sous l'herbe, des montres, des chaînes, des lampes électriques, des appareils photographiques. « C'est ce que vous donnez à manger à vos lapins? Oui, monsieur le directeur des douanes. Et (menaçant à l'égard desdits lapins) s'ils n'aiment pas ça, ils n'auront rien d'autre.

— Oh! dit-elle, c'est une histoire scientifique; maintenant je comprends tout. Les lapins-sonnettes,

122

les lapins-tambours, vous savez, tous ces jolis petits bestiaux qui vivent si bien dans la lune et les endroits comme ça, et si mal dans les chambres d'enfants, voilà d'où ils viennent... C'est encore une navrante injustice cette triste histoire d'Illustre-Vertu. Et les journaux révolutionnaires vont beaucoup protester, je pense, car en vérité, soyez sûr que ces lapins mangeaient ces choses.

— Vous avez lu *Alice au Pays des Merveilles*, chérie?

Le ton quasi ironique dont il l'appelait chérie irritait Valérie.

— Comment en doutez-vous? Je le sais par cœur.

— Votre sourire me fait penser au fantôme du chat qui ne se matérialisait jamais, et dont on ne voyait qu'un ravissant sourire de chat, flottant dans l'air. Ah! pourquoi l'intelligence des femmes veut-elle toujours choisir un autre objet que le sien?

— Quel est le sien, cher?

— Le charme et la compréhension, de toute évidence.

Elle réfléchit.

— Ce que les hommes appellent ainsi, c'est la soumission de l'esprit. Vous ne reconnaissez chez une femme que l'intelligence qui vous approuve. C'est si, si reposant...

— Se donner, pour une femme, posséder, pour un homme, sont les deux seuls moyens que les êtres aient de comprendre quoi que ce soit...

— Ne croyez-vous pas, cher, que les femmes ne se donnent jamais (ou presque) et que les hommes ne possèdent rien? C'est un jeu : « Je crois que je la possède, donc elle croit qu'elle est possédée... » Oui? Vraiment? Ce que je vais dire est très mal, mais croyez-vous que ce n'est pas l'histoire du bouchon qui se croyait tellement plus important que la bouteille ?

La liberté des mœurs, chez une femme, alléchait Ferral, mais la liberté de l'esprit l'irritait. Il se sentit avide de faire renaître le sentiment qui lui donnait, croyait-il, prise sur une femme : la honte chrétienne, la reconnaissance pour la honte subie. Si elle ne le devina pas, elle devina qu'il se séparait d'elle, et, sensible par ailleurs à son désir, amusée à l'idée qu'elle pouvait le ressaisir à volonté, elle le regarda, la bouche entrouverte (puisqu'il aimait son sourire...), le regard offert, assurée que, comme presque tous les hommes, il prendrait le plaisir qu'elle avait à le séduire pour celui d'un abandon.

Il la rejoignit au lit. Les caresses donnaient à Valérie une expression fermée qu'il voulut voir se transformer. Il appelait l'autre expression avec trop de passion pour ne pas espérer que la volupté la fixerait sur le visage de Valérie, croyant qu'il détruisait un masque, et que ce qu'elle avait de plus profond, de plus secret, était nécessairement ce qu'il préférait en elle : il n'avait jamais couché avec elle que dans l'ombre. Mais à peine, de la main, écartait-il doucement ses jambes qu'elle éteignit. Il ralluma.

Il avait cherché l'interrupteur à tâtons, et elle crut à une méprise ; elle éteignit à nouveau. Il ralluma aussitôt. Les nerfs très sensibles, elle se sentit, à la fois, tout près du rire et de la colère ; mais elle rencontra son regard. Il avait écarté l'interrupteur, et elle fut certaine qu'il attendait le plus clair de son plaisir de la transformation sensuelle de ses traits. Elle savait qu'elle n'était vraiment dominée par sa sexualité qu'au début d'une liaison, et dans la surprise ; lorsqu'elle sentit qu'elle ne retrouvait pas l'interrupteur, la tiédeur qu'elle connaissait la saisit, monta le long du torse jusqu'aux pointes de ses seins, jusqu'à ses lèvres dont elle devina, au regard de Ferral, qu'elles se gonflaient insensiblement. Elle choisit cette tiédeur et, le serrant contre elle, plongea à longues pulsations loin d'une grève où elle savait que serait rejetée tout à l'heure, avec elle-même, la résolution de ne pas lui pardonner.

Valérie dormait. La régulière respiration et le délassement du sommeil gonflaient ses lèvres avec douceur, et aussi avec l'expression perdue que lui donnait la jouissance. « Un être humain, pensa Ferral, une vie individuelle, isolée, unique, comme la mienne... » Il s'imagina elle, habitant son corps, éprouvant à sa place cette jouissance qu'il ne pouvait ressentir que comme une humiliation. « C'est idiot ; elle se sent en fonction de son sexe comme moi en fonction du mien, ni plus ni moins. Elle se sent comme un nœud de désirs, de tristesse, d'orgueil, comme une destinée... De toute évidence. » Mais pas en ce moment : le sommeil et ses lèvres la livraient à une sensualité parfaite, comme si elle eût accepté de n'être plus un être vivant et libre, mais seulement cette expression de reconnaissance d'une conquête physique. Le grand silence de la nuit chinoise, avec son odeur de camphre et de feuilles, endormi lui aussi jusqu'au Pacifique, la recouvrait, hors du temps : pas un navire n'appelait ; plus un coup de fusil. Elle n'entraînait pas dans son sommeil des souvenirs et des espoirs qu'il ne posséderait jamais : elle n'était rien que l'autre pôle de son propre plaisir. Jamais elle n'avait vécu : elle n'avait jamais été une petite fille.

Le canon, de nouveau : le train blindé recommençait à tirer.

Le lendemain, 4 heures.

D'un magasin d'horloger transformé en permanence, Kyo observait le train blindé. À 200 mètres en avant et en arrière les révolutionnaires avaient fait sauter les rails, arraché le passage à niveau. Du train qui barrait la rue, — immobile, mort — Kyo ne voyait que wagons, l'un fermé comme un wagon à bestiaux, l'autre écrasé, comme sous un réservoir à pétrole, sous sa tourelle d'où sortait un canon de petit calibre. Pas d'hommes : ni les assiégés cachés derrière leurs guichets fermés à bloc, ni les assaillants, défilés[81] dans les maisons qui dominaient la voie. Derrière Kyo, vers l'église russe, vers l'Imprimerie Commerciale, les salves ne cessaient pas. Les soldats disposés à se laisser désarmer étaient hors de cause ; les autres allaient mourir. Toutes les sections insurgées étaient armées maintenant ; les troupes gouvernementales, leur front crevé, fuyaient vers Nankin par les trains sabotés et les fondrières boueuses des routes, dans le vent pluvieux. L'armée du Kuomintang atteindrait Shanghaï dans quelques heures : de moment en moment, arrivaient les estafettes.

Tchen entra, toujours vêtu en ouvrier, s'assit à côté de Kyo, regarda le train. Ses hommes étaient de garde derrière une barricade, à cent mètres de là, mais ne devaient pas attaquer.

Le canon du train, de profil, bougeait. Comme des nuages très bas, des pans de fumée, dernière vie de l'incendie éteint, glissaient devant lui.

126

— Je ne crois pas qu'ils aient encore beaucoup de munitions, dit Tchen.

Le canon sortait de la tourelle comme un télescope d'un observatoire, et bougeait avec une mobilité prudente; malgré les blindages, l'hésitation de ce mouvement le faisait paraître fragile.

— Dès que nos propres canons seront là... dit Kyo.

Celui qu'ils regardaient cessa de bouger, tira. En réponse, une salve crépita contre le blindage. Une éclaircie apparut dans le ciel gris et blanc, juste au-dessus du train. Un courrier apporta quelques documents à Kyo.

— Nous ne sommes pas en majorité au comité, dit celui-ci.

L'assemblée des délégués réunie clandestinement par le parti Kuomintang, avant l'insurrection, avait élu un comité central de 26 membres dont 15 communistes; mais ce comité venait d'élire à son tour le Comité exécutif qui allait organiser le gouvernement municipal. Là était l'efficacité; là, les communistes n'étaient plus en majorité.

Un second courrier, en uniforme, entra, s'arrêta dans le cadre de la porte.

— L'arsenal est pris.

— Les tanks? demanda Kyo.

— Partis pour Nankin[82].

— Tu viens de l'armée?

C'était un soldat de la 1re Division, celle qui comprenait le plus grand nombre de communistes. Kyo l'interrogea. L'homme était amer: on se demandait à quoi servait l'Internationale. Tout était donné à la bourgeoisie du Kuomintang; les parents des soldats, paysans presque tous, étaient contraints à verser la lourde cotisation du fonds de guerre, alors que

127

la bourgeoisie n'était imposée qu'avec modération. S'ils voulaient prendre les terres, les ordres supérieurs le leur interdisaient. La prise de Shanghaï allait changer tout cela, pensaient les soldats communistes ; lui, le messager, n'en était pas très sûr. Il donnait de mauvais arguments, mais il était facile d'en tirer de meilleurs. La garde rouge, répondait Kyo, les milices ouvrières, allaient être créées à Shanghaï ; il y avait à Han-Kéou plus de 200 000 sans-travail. Tous deux, de minute en minute, s'arrêtaient, écoutaient.

— Han-Kéou, dit l'homme, je sais bien, il y a Han-Kéou...

Leurs voix assourdies paraissaient rester près d'eux, retenues par l'air frémissant qui semblait attendre lui aussi le canon. Tous deux pensaient à Han-Kéou, « la ville la plus industrialisée de toute la Chine ». Là-bas, on organisait une nouvelle armée rouge ; à cette heure même les sections ouvrières, là-bas, apprenaient à manœuvrer les fusils...

Jambes écartées, poings aux genoux, bouche ouverte, Tchen regardait les courriers, et ne disait rien.

— Tout va dépendre du préfet de Shanghaï, reprit Kyo. S'il est des nôtres, peu importe la majorité. S'il est de droite...

Tchen regarda l'heure. Dans ce magasin d'horloger, trente pendules au moins, remontées ou arrêtées, indiquaient des heures différentes. Des salves précipitées se rejoignirent en avalanche. Tchen hésita à regarder au-dehors ; il ne pouvait détacher ses yeux de cet univers de mouvements d'horlogerie impassibles dans la Révolution. Le mouvement des courriers qui partaient le délivra : il se décida enfin à regarder sa propre montre.

— Quatre heures. On peut savoir...

Il fit fonctionner le téléphone de campagne, reposa rageusement le récepteur, se tourna vers Kyo :

— Le préfet est de droite.

— Étendre d'abord la Révolution, et ensuite l'approfondir... répondit Kyo, plus comme une question que comme une réponse. La ligne de l'Internationale semble être de laisser ici le pouvoir à la bourgeoisie. Provisoirement... Nous serons volés. J'ai vu des courriers du front : tout mouvement ouvrier est interdit à l'arrière. Chang-Kaï-Shek a fait tirer sur les grévistes, en prenant quelques précautions.

Un rayon de soleil entra. Là-haut, la tache bleue de l'éclaircie s'agrandissait. La rue s'emplit de soleil. Malgré les salves, le train blindé, dans cette lumière, semblait abandonné. Il tira de nouveau. Kyo et Tchen l'observaient avec moins d'attention maintenant : peut-être l'ennemi était-il plus près d'eux, chez eux. Très inquiet, Kyo regardait confusément le trottoir, qui brillait sous le soleil provisoire. Une grande ombre s'y allongea. Il leva la tête : Katow.

— Avant quinze jours, reprit-il, le gouvernement Kuomintang interdira nos sections d'assaut. Je viens de voir des officiers bleus, envoyés du front pour nous sonder, nous insinuer astucieusement que les armes seraient mieux chez eux que chez nous. Désarmer la garde ouvrière : ils auront la police, le Comité, le Préfet, l'armée et les armes. Et nous aurons fait l'insurrection pour ça. Nous devons quitter le Kuomintang, isoler le parti communiste, et si possible lui donner le pouvoir. Il ne s'agit pas de jouer aux échecs, mais de penser sérieusement au prolétariat, dans tout ça. Que lui conseillons-nous ?

Tchen regardait ses pieds fins et sales, nus dans des socques.

— Les ouvriers *ont raisong* de faire grève. Nous leur ordonnons de cesser la grève. Les paysans veulent prendre les terres. Ils ont raisong. Nous le leur interdisons.

Son accent ne soulignait pas les mots les plus longs.

— Nos mots d'ordre sont ceux des bleus, reprit Kyo, avec un peu plus de promesses. Mais les bleus donnent aux bourgeois ce qu'ils leur promettent, et nous ne donnons pas aux ouvriers ce que nous promettons aux ouvriers.

— Assez, dit Tchen sans même lever les yeux. D'abord, il faut tuer Chang-Kaï-Shek.

Katow écoutait en silence.

— C'est du f'tur, dit-il enfin. Présentement, on tue des nôtres. Oui. Et pourtant, Kyo, je ne suis pas sûr d'être de ton avis, vois-tu bien. Au d'but de la Révolution, quand j'étais encore socialiste rév'lutionnaire, nous étions tous contre la tactique de Lénine en Ukraine, Antonov, commissaire là-bas, avait arrêté les prop'taires des mines et leur avait collé dix ans de travaux forcés pour sab'tage. Sans jugement. De sa propre autor'té de Commissaire à la Tchéka[83], Lénine l'a fél'cité ; nous avons tous pro'sté. C'étaient de vrais exploiteurs, les prop'taires t'sais, et plusieurs d'entre nous étaient allés dans les mines, comme condamnés ; c'est pourquoi nous pensions qu'il fallait être part'culièrement justes avec eux, pour l'exemple. Pourtant, si nous les avions remis en liberté, le prol'tariat n'aurait rien compris. Lénine avait raison. La justice était de notre côté, mais Lénine avait raison. Et nous étions aussi contre les pouvoirs extraord'naires de la Tchéka. Il faut faire

130

attention. Le mot d'ordre actuel est bon : étendre la Rév'lution, et ensuite l'approfondir. Lénine n'a pas dit tout de suite : « Tout le pouvoir aux Soviets. »

— Mais il n'a jamais dit : Le pouvoir aux menche-viks[84] ! Aucune situation ne peut nous contraindre à donner nos armes aux bleus. Aucune ! Parce qu'alors, c'est que la Révolution est perdue, et il n'y a qu'à...

Un officier du Kuomintang entrait, petit, raide, presque japonais. Saluts.

— L'armée sera ici dans une demi-heure, dit-il. Nous manquons d'armes. Combien pouvez-vous nous en remettre ?

Tchen marchait de long en large. Katow attendait.

— Les milices ouvrières doivent rester armées, dit Kyo.

— Ma demande est faite d'accord avec le gouvernement de Han-Kéou, répondit l'officier.

Kyo et Tchen sourirent.

— Je vous prie de vous renseigner, reprit-il.

Kyo manœuvra le téléphone.

— Même si l'ordre..., commença Tchen, en rogne.

— Ça va ! cria Kyo.

Il écoutait. Katow saisit le second récepteur. Ils raccrochèrent.

— Bien, dit Kyo. Mais les hommes sont encore en ligne.

— L'artillerie sera là bientôt, dit l'officier. Nous en finirons avec ces choses...

Il montra le train blindé, échoué dans le soleil.

« ... nous-mêmes. Pouvez-vous remettre des armes aux troupes demain soir ? Nous en avons un urgent besoin. Nous continuons à marcher sur Nankin.

— Je doute qu'il soit possible de récupérer plus de la moitié des armes.

« — Pourquoi ?

— Tous les communistes n'accepteront pas de remettre les leurs.

— Même sur l'ordre de Han-Kéou ?

— Même sur l'ordre de Moscou. Du moins, immédiatement. »

Ils sentaient l'exaspération de l'officier, bien que celui-ci ne la manifestât pas.

— Voyez ce que vous pouvez faire, dit-il. J'enverrai quelqu'un vers sept heures.

Il sortit.

— Es-tu d'avis de remettre les armes ? demanda Kyo à Katow.

— J'essaie de comprendre. Il faut, avant tout, aller à Han-Kéou, vois-tu bien. Que veut l'Intern'tionale ? D'abord se servir de l'armée du Kuomintang pour un'fier la Chine. D'velopper, ensuite par la prop'gande et le reste, cette Rév'lution qui doit d'elle-même se transformer de Rév'lotion dém'cratique en Rév'lution socialiste.

— Il faut tuer Chang-Kaï-Shek, dit Tchen.

— Chang-Kaï-Shek ne nous laissera plus aller jusque-là, répondit Kyo. Il ne le peut pas. Il ne peut se maintenir ici qu'en s'appuyant sur les douanes et les contributions de la bourgeoisie, et la bourgeoisie ne paiera pas pour rien : il faudra qu'il lui rende sa monnaie en communistes zigouillés.

— Tout ça, dit Tchen, est parler pour ne rien dire.

— Fous-nous la paix, dit Katow. Tu ne penses pas que tu vas essayer de tuer Chang-Kaï-Shek sans l'accord du Com'té Central, ou du moins du dél'gué de l'Intern'tionale ?

Une rumeur lointaine emplissait peu à peu le silence.

— Tu vas aller à Han-Kéou ? demanda Tchen à Kyo.

— Bien entendu.

Tchen marchait de long en large dans la pièce, sous tous les balanciers de réveils et de coucous qui continuaient à battre leur mesure.

— Ce que j'ai dit est très simple, reprit-il enfin. L'essentiel. La seule chose à faire Préviens-les.

— Tu attendras ?

Kyo savait que si Tchen, au lieu de lui répondre, hésitait, ce n'était pas que Katow l'eût convaincu. C'était qu'aucun des ordres présents de l'Internationale ne satisfaisait la passion profonde qui l'avait fait révolutionnaire ; si, par discipline, il les acceptait, il ne pourrait plus agir. Kyo regardait, sous les horloges, ce corps hostile qui avait fait à la Révolution le sacrifice de lui-même et des autres, et que la Révolution allait peut-être rejeter à sa solitude avec ses souvenirs d'assassinats. À la fois des siens et contre lui, il ne pouvait plus ni le rejoindre, ni se détacher de lui. Sous la fraternité des armes, à l'instant même où il regardait ce train blindé que peut-être ils attaqueraient ensemble, il sentait la rupture possible comme il eût senti la menace de la crise chez un ami épileptique ou fou, au moment de sa plus grande lucidité.

Tchen avait repris sa marche ; il secoua la tête comme pour protester, dit enfin : « Bong », en haussant les épaules, comme s'il eût répondu ainsi pour satisfaire en Kyo quelque désir enfantin.

La rumeur revint, plus forte, mais si confuse qu'ils durent écouter très attentivement pour distinguer ce dont elle était faite. Il semblait qu'elle montât de la terre.

— Non, dit Kyo, ce sont des cris.

Ils approchaient, et devenaient plus précis.

— Prendrait-on l'église russe ?... demanda Katow.

133

Beaucoup de gouvernementaux étaient retranchés là. Mais les cris approchaient comme s'ils fussent venus de la banlieue vers le centre. De plus en plus forts. Impossible de distinguer les paroles, Katow jeta un coup d'œil vers le train blindé.

— Leur arriverait-il des renforts?

Les cris, toujours sans paroles, devenaient de plus en plus proches, comme si quelque nouvelle capitale eût été transmise de foule en foule. Luttant avec eux, un autre bruit se fit place, devint enfin distinct: l'ébranlement régulier du sol sous les pas.

— L'armée, dit Katow. Ce sont les nôtres.

Sans doute. Les cris étaient des acclamations. Impossible encore de les distinguer des hurlements de peur; Kyo avait entendu s'approcher ainsi ceux de la foule chassée par l'inondation. Le martèlement des pas se changea en clapotement, puis reprit: les soldats s'étaient arrêtés et repartaient dans une autre direction.

— On les a prévenus que le train blindé est ici, dit Kyo.

Ceux du train entendaient sans doute les cris plus mal qu'eux, mais beaucoup mieux le martèlement transmis par la résonance des blindages.

Un vacarme formidable les surprit tous trois: par chaque pièce, chaque mitrailleuse, chaque fusil, le train tirait. Katow avait fait partie d'un des trains blindés de Sibérie; son imagination lui faisait suivre l'agonie de celui-ci. Les officiers avaient commandé le feu à volonté. Que pouvaient-ils faire dans leurs tourelles, le téléphone d'une main, le revolver de l'autre? Chaque soldat devinait sans doute ce qu'était ce martèlement. Se préparaient-ils à mourir ensemble, ou à se jeter les uns sur les autres, dans cet énorme sous-marin qui ne remonterait jamais?

Le train même entrait dans une transe furieuse. Tirant toujours de partout, ébranlé par sa frénésie même, il semblait vouloir s'arracher de ses rails, comme si la rage désespérée des hommes qu'il abritait eût passé dans cette armure prisonnière et qui se débattait elle aussi. Ce qui, dans ce déchaînement, fascinait Katow, ce n'était pas la mortelle saoulerie dans laquelle sombraient les hommes du train, c'était le frémissement des rails qui maintenaient tous ces hurlements ainsi qu'une camisole de force : il fit un geste du bras en avant, pour se prouver que lui n'était pas paralysé. Trente secondes, le fracas cessa. Au-dessus de l'ébranlement sourd des pas et du tic-tac de toutes les horloges de la boutique, s'établit un grondement de lourde ferraille : l'artillerie de l'armée révolutionnaire.

Derrière chaque blindage, un homme du train écoutait ce bruit comme la voix même de la mort.

TROISIÈME PARTIE

29 MARS

Han-Kéou était toute proche : le mouvement des sampans couvrait presque le fleuve. Les cheminées de l'arsenal se dégagèrent peu à peu d'une colline, presque invisibles sous leur énorme fumée : à travers une lumière bleuâtre de soir de printemps, la ville apparut enfin avec toutes ses banques à colonnes dans les trous d'un premier plan net et noir : les vaisseaux de guerre de l'Occident. Depuis six jours Kyo remontait le fleuve, sans nouvelles de Shanghaï.

Au pied du bateau, une vedette étrangère siffla. Les papiers de Kyo étaient en règle, et il avait l'habitude de l'action clandestine. Il gagna seulement l'avant, par prudence.

— Que veulent-ils ? demanda-t-il à un mécanicien.

— Ils veulent savoir si nous avons du riz ou du charbon. Défense d'en apporter.

— Au nom de quoi ?

— Un prétexte. Si nous apportons du charbon, on ne nous dit rien, mais on s'arrange pour désarmer le bateau au port. Impossible de ravitailler la ville.

Là-bas, des cheminées, des élévateurs, des réservoirs : les alliés de la Révolution. Mais Shanghaï avait enseigné à Kyo ce qu'est un port actif. Celui

137

qu'il voyait n'était plein que de jonques — et de tor-
pilleurs. Il saisit ses jumelles : un vapeur de commerce, deux, trois. Quelques autres... Le sien accos-
tait, du côté de Ou-Chang ; il devrait prendre le
transbordeur pour aller à Han-Kéou.

Il descendit. Sur le quai, un officier surveillait le
débarquement.

— Pourquoi si peu de bateaux ? demanda Kyo.

— Les Compagnies ont fait tout filer : elles ont
peur de la réquisition.

Chacun, à Shanghaï, croyait la réquisition faite
depuis longtemps.

— Quand part le transbordeur ?

— Toutes les demi-heures.

Il lui fallait attendre vingt minutes. Il marcha au
hasard. Les lampes à pétrole s'allumaient au fond
des boutiques ; çà et là, quelques silhouettes d'arbres
et de cornes de maisons montaient sur le ciel de
l'ouest où demeurait une lumière sans source qui
semblait émaner de la douceur même de l'air et
rejoindre très haut l'apaisement de la nuit. Malgré
les soldats et les Unions ouvrières, au fond
d'échoppes, les médecins aux crapauds-enseignes,
les marchands d'herbes et de monstres, les écrivains
publics, les jeteurs de sorts, les astrologues, les
diseurs de bonne aventure continuaient leurs
métiers lunaires dans la lumière trouble où dispa-
raissaient les taches de sang. Les ombres se perdaient sur le sol plus qu'elles ne s'y allongeaient, bai-
gnées d'une phosphorescence bleuâtre ; le dernier
éclat de ce soir unique qui se passait très loin, quelque part dans les mondes, et dont seul un reflet
venait baigner la terre, luisait faiblement au fond
d'une arche énorme que surmontait une pagode rongée de lierre déjà noir. Au-delà, un bataillon se per-

138

dait dans la nuit accumulée en brouillard au ras du fleuve, au-delà d'un chahut de clochettes, de phono-graphes, et criblé de toute une illumination. Kyo descendit, lui aussi, jusqu'à un chantier de blocs énormes : ceux des murailles, rasées en signe de libé-ration de la Chine. Le transbordeur était tout près.

Encore un quart d'heure sur le fleuve, à voir la ville monter dans le soir. Enfin, Han-Kéou.

Des pousses attendaient sur le quai, mais l'anxiété de Kyo était trop grande pour qu'il pût rester immo-bile. Il préféra marcher : la concession britannique que l'Angleterre avait abandonnée en janvier, les grandes banques mondiales fermées, mais pas occupées... « Étrange sensation que l'angoisse : on sent au rythme de son cœur qu'on respire mal, comme si l'on respirait avec le cœur... » Au coin d'une rue, dans la trouée d'un grand jardin plein d'arbres en fleurs, gris dans la brume du soir, appa-rurent les cheminées des manufactures de l'Ouest. Aucune fumée. De toutes celles qu'il voyait, seules celles de l'Arsenal étaient en activité. Était-il possible que Han-Kéou, la ville dont les communistes du monde entier attendaient le salut de la Chine, fût en grève ? L'Arsenal travaillait ; du moins pouvait-on compter sur l'armée rouge ? Il n'osait plus courir. Si Han-Kéou n'était pas ce que chacun croyait qu'elle était, tous les siens, à Shanghaï, étaient condamnés à mort. Et May. Et lui-même.

Enfin, la Délégation de l'Internationale.

La villa tout entière était éclairée. Kyo savait qu'à l'étage le plus élevé travaillait Borodine[85] ; au rez-de-chaussée, l'imprimerie marchait à plein avec son fra-cas d'énorme ventilateur en mauvais état.

Un garde examina Kyo, vêtu d'un chandail gris à

gros col. Déjà, le croyant japonais, il lui indiquait du doigt le planton chargé de conduire les étrangers, quand son regard rencontra les papiers que Kyo lui tendait ; à travers l'entrée encombrée il le conduisit donc à la section de l'Internationale chargée de Shanghaï. Du secrétaire qui le reçut, Kyo savait seulement qu'il avait organisé les premières insurrections de Finlande ; un camarade, la main tendue pardessus son bureau, tandis qu'il se nommait : Vologuine. Gras plutôt comme une femme mûre que comme un homme ; cela tenait-il à la finesse des traits à la fois busqués et poupins, légèrement levantins malgré le teint très clair, ou aux longues mèches presque grises, coupées pour être rejetées en arrière mais qui retombaient sur ses joues comme des bandeaux raides ?

— Nous faisons fausse route à Shanghaï, dit Kyo.

Aussitôt mécontent de ce qu'il venait de dire : sa pensée allait plus vite que lui. Pourtant, sa phrase disait ce qu'il eût dit bientôt : si Han-Kéou ne pouvait apporter le secours que les sections en attendaient, rendre les armes était un suicide.

Vologuine, tassé dans son fauteuil, enfonça ses mains dans les manches kaki de son uniforme.

— Encore !... marmonna-t-il.

— D'abord, que se passe-t-il ici ?

— Continue : en quoi faisons-nous fausse route à Shanghaï ?

— Mais pourquoi, pourquoi les manufactures, ici, ne travaillent-elles pas ?

— Attends. Quels camarades protestent ?

— Ceux des groupes de combat. Les terroristes, aussi.

— Terroristes, on s'en fout. Les autres...

Il regarda Kyo :

« Qu'est-ce qu'ils veulent ?

— Sortir du Kuomintang. Organiser un Parti Communiste indépendant. Donner le pouvoir aux Unions. Et surtout, ne pas rendre les armes. Avant tout.

— Toujours la même chose. »

Vologuine se leva, regarda par la fenêtre vers le fleuve et les collines, sans la moindre expression; une intensité fixe semblable à celle d'un somnambule donnait seule vie à ce visage figé. Il était petit, et son dos aussi gras que son ventre le faisait paraître presque bossu.

— Je vais te dire. Suppose que nous sortions du Kuomintang. Que faisons-nous ?

— D'abord, une milice pour chaque union de travail, pour chaque syndicat.

— Avec quelles armes ? Ici l'arsenal est entre les mains des généraux. Chang-Kaï-Shek tient maintenant celui de Shanghaï. Et nous sommes coupés de la Mongolie : donc, pas d'armes russes.

— À Shanghaï, nous l'avons pris, l'arsenal.

— Avec l'armée révolutionnaire derrière vous. Pas devant. Qui armerons-nous ici ? Dix mille ouvriers, peut-être. En plus du noyau communiste de l'« armée de fer » : encore dix mille. Dix balles chacun ! Contre eux, plus de 75 000 hommes, rien qu'ici. Sans parler, enfin... de Chang-Kaï-Shek, ni des autres. Trop heureux de faire alliance contre nous, à la première mesure réellement communiste. Et avec quoi ravitaillerons-nous nos troupes ?

— Les fonderies, les manufactures ?

— Les matières premières n'arrivent plus.

Immobile, profil perdu dans les mèches, devant la fenêtre, sur la nuit qui montait, Vologuine continuait :

— Han-Kéou n'est pas la capitale des travailleurs, c'est la capitale des sans-travail.

« Il n'y a pas d'armes ; c'est tant mieux peut-être. Il y a des moments où je pense : si nous les armions, ils tireraient sur nous. Et pourtant, il y a tous ceux qui travaillent quinze heures par jour sans présenter de revendications, parce que « notre révolution est menacée... »

Kyo sombrait, comme en rêve, toujours plus bas.

— Le pouvoir n'est pas à nous, continuait Vologuine, il est aux généraux du "Kuomintang de gauche", comme ils disent. Ils n'accepteraient pas plus les Soviets que ne les accepte Chang-Kaï-Shek. C'est sûr. Nous pouvons nous servir d'eux, c'est tout. En faisant très attention. »

Si Han-Kéou était seulement un décor ensanglanté... Kyo n'osait penser plus loin. « Il faut que je voie Possoz, en sortant », se disait-il. C'était le seul camarade, à Han-Kéou, en qui il eût confiance. « Il faut que je voie Possoz... »

Vologuine était beaucoup plus mal à l'aise qu'il ne le laissait paraître. La discipline du Parti sortait furieusement renforcée de la lutte contre les trotskistes[86]. Vologuine était là pour faire exécuter les décisions prises par des camarades plus qualifiés, mieux informés que lui — et que Kyo. En Russie, il n'eût pas discuté. Mais il n'avait pas oublié encore la lourde patience avec laquelle les bolcheviks enseignaient inlassablement leur vérité à des foules illettrées — les discours de Lénine, ces spirales opiniâtres par lesquelles il revenait six fois sur le même point, un étage plus haut chaque fois. La structure du Parti chinois était loin d'avoir la force de celle du Parti russe ; et les exposés de la situation, les instructions, même les ordres, se perdaient souvent sur le long chemin de Moscou à Shanghaï.

— ... Inutile d'ouvrir la bouche avec cet air, enfin... abruti, dit-il. Le monde croit Han-Kéou communiste, tant mieux. Ça fait honneur à notre propagande. Ce n'est pas une raison pour que ce soit vrai.

— Quelles sont les dernières instructions?

— Renforcer le noyau communiste de l'armée de fer[87]. Nous pouvons peser dans l'un des plateaux de la balance. Nous ne sommes pas une force par nous-mêmes. Les généraux qui combattent avec nous, ici, haïssent autant les Soviets et les communistes que Chang-Kaï-Shek. Je le sais, je le vois, enfin... tous les jours. Tout mot d'ordre communiste les jettera sur nous. Et sans doute les mènera à une alliance avec Chang. La seule chose que nous puissions faire est de démolir Chang en nous servant d'eux. Puis Feng-Yu-Shiang[88] de la même façon, s'il le faut. Comme nous avons démoli, enfin, les généraux que nous avons combattus jusqu'ici en nous servant de Chang. Parce que la propagande nous apporte autant d'hommes que la victoire leur en apporte, à eux. Nous montons avec eux. C'est pourquoi gagner du temps est l'essentiel. La Révolution ne peut pas se maintenir, enfin, sous sa forme démocratique. Par sa nature même, elle doit devenir socialiste. Il faut la laisser faire. Il s'agit de l'accoucher. Et pas de la faire avorter.

— Oui. Mais il y a dans le marxisme le sens d'une fatalité, et l'exaltation d'une volonté. Chaque fois que la fatalité passe avant la volonté, je me méfie.

— Un mot d'ordre purement communiste, aujourd'hui, amènerait l'union, enfin, immédiate, de tous les généraux contre nous : 200 000 hommes contre 20 000. C'est pourquoi il faut vous arranger à Shanghaï avec Chang-Kaï-Shek. S'il n'y a pas moyen, rendez les armes.

143

— À ce compte, il ne fallait pas tenter la Révolution d'octobre : combien étaient les bolcheviks ?

— Le mot d'ordre « la paix » nous a donné les masses.

— Il y a d'autres mots d'ordre.

— Prématurés. Et lesquels ?

— Suppression totale, immédiate, des fermages et des créances. La révolution paysanne, sans combines ni réticences.

Les six jours passés à remonter le fleuve avaient confirmé Kyo dans sa pensée : dans ces villes de glaise, fixées aux confluents depuis des millénaires, les pauvres suivraient aussi bien le paysan que l'ouvrier.

— Le paysan suit toujours, dit Vologuine. Ou l'ouvrier, ou le bourgeois. Mais il suit.

— Pardon. Un mouvement paysan ne *dure* qu'en s'accrochant aux villes, et la paysannerie seule ne peut donner qu'une jacquerie[89], c'est entendu. Mais il ne s'agit pas de la séparer du prolétariat : la suppression des créances est un mot d'ordre de combat, le seul qui puisse mobiliser les paysans.

— Enfin, le partage de terres, dit Vologuine.

— Plus concrètement : beaucoup de paysans très pauvres sont propriétaires, mais travaillent pour l'usurier. Tous le savent. D'autre part il faut, à Shanghaï, entraîner au plus vite les gardes des Unions ouvrières. Ne les laisser désarmer sous aucun prétexte. En faire *notre force*, en face de Chang-Kaï-Shek.

— Dès que ce mot d'ordre sera connu, nous serons écrasés.

— Alors, nous le serons de toute façon. Les mots d'ordre communistes font leur chemin, même quand nous les abandonnons. Il suffit de discours pour que

144

les paysans veuillent les terres, il ne suffira pas de discours pour qu'ils ne les veuillent plus. Ou nous devons accepter de participer à la répression avec les troupes de Chang-Kaï-Shek, ça te va ? nous compromettre *définitivement*, ou ils devront nous écraser, qu'ils le veuillent ou non.

— Le Parti est d'accord qu'il faudra, enfin, rompre. Mais pas si tôt.

— Alors, s'il s'agit avant tout de ruser, ne rendez pas les armes. Les rendre, c'est livrer les copains.

— S'ils suivent les instructions, Chang ne bougera pas.

— Qu'ils les suivent ou non n'y changera rien. Le Comité, Katow, moi-même, avons organisé la garde ouvrière. Si vous voulez la dissoudre, tout le prolétariat de Shanghaï croira à la trahison.

— Donc, laissez-la désarmer.

— Les Unions ouvrières s'organisent partout d'elles-mêmes dans les quartiers pauvres. Allez-vous interdire les syndicats au nom de l'Internationale ?

Vologuine était retourné à la fenêtre. Il inclina sur sa poitrine sa tête qui s'encadra d'un double menton. La nuit venait, pleine d'étoiles encore pâles.

— Rompre, dit-il, est une défaite certaine. Moscou ne tolérera pas que nous sortions du Kuomintang maintenant. Et le Parti communiste chinois est plus favorable encore à l'entente que Moscou.

— En haut seulement : en bas, les camarades ne rendront pas toutes les armes, même si vous l'ordonnez. Vous vous sacrifierez, sans donner la tranquillité à Chang-Kaï-Shek. Borodine peut le dire à Moscou.

C'était le seul espoir de Kyo. Un homme comme Vologuine ne pouvait être convaincu. Tout au plus, transmettrait-il...

— Moscou le sait : l'ordre de rendre les armes a été donné avant-hier.

Atterré, Kyo ne répondit pas tout de suite.

— Et les sections les ont remises ?

— La moitié, à peine...

L'avant-veille, tandis qu'il réfléchissait ou dormait, sur le bateau... Il savait, lui aussi, que Moscou maintiendrait sa ligne. La situation donna soudain une confuse valeur au projet de Tchen :

— Autre chose, — peut-être la même : Tchen-Ta-Eul, de chez nous, veut exécuter Chang.

— Ah ! c'est pour ça !

— Quoi ?

— Il a fait passer un mot, pour demander à me voir quand tu serais là.

Il prit un message sur la table. Kyo n'avait pas remarqué encore ses mains ecclésiastiques. « Pourquoi ne l'a-t-il pas fait monter tout de suite ? » se demanda-t-il.

— ... Question grave... (Vologuine lisait le message.) Ils disent tous : question grave...

— Il est ici ?

— Il ne devait pas venir ? Tous les mêmes. Ils changent presque toujours d'avis. Il est ici depuis, enfin, deux ou trois heures : ton bateau a été beaucoup arrêté.

Il téléphona qu'on fît venir Tchen. Il n'aimait pas les entretiens avec les terroristes, qu'il jugeait bornés, orgueilleux et dépourvus de sens politique.

— Ça allait encore plus mal à Leningrad, dit-il, quand Youdenitch[90] était devant la ville, et on s'en est tiré tout de même...

Tchen entra, en chandail lui aussi, passa devant Kyo, s'assit en face de Vologuine. Le bruit de l'imprimerie emplissait seul le silence. Dans la grande fenêtre perpendiculaire au bureau, la nuit maintenant complète séparait les deux hommes de profil. Tchen, coudes sur le bureau, menton dans ses mains, tenace, tendu, ne bougeait pas. « L'extrême densité d'un homme prend quelque chose d'inhumain, pensa Kyo en le regardant. Est-ce parce que nous nous sentons facilement en contact par nos faiblesses?... » La surprise passée, il jugeait inévitable que Tchen fût là. De l'autre côté de la nuit criblée d'étoiles, Vologuine, debout, mèches dans la figure, mains grasses croisées sur la poitrine, attendait aussi.

— Il t'a dit? demanda Tchen, montrant Kyo de la tête.

— Tu sais ce que l'Internationale pense des actes terroristes, répondit Vologuine. Je ne vais pas te faire, enfin, un discours là-dessus!

— Le cas présent est particulier. Chang-Kaï-Shek *seul* est assez populaire et assez fort pour maintenir la bourgeoisie unie contre nous. Vous opposez-vous à cette exécution, oui ou nong?

Il était toujours immobile, accoudé au bureau, le menton dans les mains. Kyo savait que la discussion était vaine pour Tchen, bien qu'il fût venu. La destruction seule le mettait d'accord avec lui-même.

— L'Internationale n'a pas à approuver ce projet. Vologuine parlait sur le ton de l'évidence. « Pourtant, de ton point de vue même... » Tchen ne bougeait toujours pas. « ... Le moment, enfin, est-il bien choisi?

— Vous préférez attendre que Chang ait fait assassiner les nôtres?

— Il fera des décrets et rien de plus. Son fils est à Moscou, ne l'oublie pas. Enfin, des officiers russes de Gallen [91] n'ont pas pu quitter son état-major. Ils

147

seront torturés s'il est tué. Ni Gallen ni l'état-major rouge ne l'admettront...

« La question a donc été discutée ici même », pensa Kyo. Il y avait dans cette discussion il ne savait quoi de peu convaincant, qui le troublait : il jugeait Vologuine singulièrement plus ferme lorsqu'il ordonnait de rendre les armes que lorsqu'il parlait du meurtre de Chang-Kaï-Shek.

— Si les officiers russes sont torturés, dit Tchen, ils le serong. Moi aussi, je le serai. Pas d'intérêt. Les milliongs de Chinois valent bien quinze officiers russes. Bong. Et Chang abandonnera son fils.

— Qu'en sais-tu ?

— Et toi ?

— Sans doute aime-t-il son fils moins que lui-même, dit Kyo. Et s'il ne tente pas de nous écraser il est perdu. S'il n'enraye pas l'action paysanne, ses propres officiers le quitteront. Je crains donc qu'il n'abandonne le gosse, après quelques promesses des consuls européens ou d'autres plaisanteries. Et toute la petite bourgeoisie que tu veux rallier, Vologuine, le suivra le lendemain du jour où il nous aura désarmés : elle sera du côté de la force. Je la connais.

— Pas évident. Et il n'y pas que Shanghaï.

— Tu dis que vous crevez de faim. Shanghaï perdue, qui vous ravitaillera ? Feng-Yu-Shiang vous sépare de la Mongolie, et il vous trahira si nous sommes écrasés. Donc, rien par le Yang-Tsé, rien de la Russie. Croyez-vous que les paysans à qui vous promettez le programme du Kuomintang (25 % de réduction de fermage, sans blague, non mais sans blague !) mourront de faim pour nourrir l'armée rouge ? Vous vous mettrez entre les mains du Kuo-mintang plus encore que vous ne l'êtes. Tenter la lutte contre Chang maintenant, avec de vrais mots

148

d'ordre révolutionnaires, en s'appuyant sur la paysannerie et le prolétariat de Shanghaï, c'est chanceux, mais ce n'est pas impossible : la première division est communiste presque tout entière, à commencer par son général, et combattra avec nous. Et tu dis que nous avons conservé la moitié des armes. Ne pas la tenter, c'est attendre avec tranquillité notre égorgement.

Cette discussion commençait à exaspérer Vologuine, malgré son attitude de distraction paterne. Mais il n'ignorait pas la force, à Shanghaï, de la tendance que Kyo défendait devant lui.

— Le Kuomintang est là. Nous ne l'avons pas fait. Il est là. Et plus fort que nous, provisoirement. Nous pouvons le conquérir par la base en y introduisant tous les éléments communistes dont nous disposons. Ses membres sont, en immense majorité, extrémistes.

— Tu sais aussi bien que moi que le nombre n'est rien dans une démocratie contre l'appareil dirigeant.

— Nous démontrons que le Kuomintang peut être employé en l'employant. Non en discutant. Nous n'avons cessé de l'employer depuis deux ans. Chaque mois, chaque jour.

— Tant que vous avez accepté ses buts; pas une fois quand il s'est agi pour lui d'accepter les vôtres. Vous l'avez amené à accepter les cadeaux dont il brûlait d'envie : officiers, volontaires, argent, propagande. Les soviets de soldats, les Unions paysannes, c'est une autre affaire.

— Et l'exclusion des éléments anticommunistes ?

— Chang-Kaï-Shek ne possédait pas Shanghaï.

— Avant un mois, nous aurons obtenu du Comité Central du Kuomintang sa mise hors la loi.

— Quand il nous aura écrasés. Qu'est-ce que ça

peut foutre à ces généraux du Comité Central qu'on tue ou pas les militants communistes ? Autant de gagné ! Est-ce que tu ne crois pas, vraiment, que l'obsession des fatalités économiques empêche le Parti communiste chinois, et peut-être Moscou, de voir la nécessité élémentaire que nous avons sous le nez ?

— C'est de l'opportunisme.

— Ça va ! À ton compte, Lénine ne devait pas prendre le partage des terres comme mot d'ordre (il figurait d'ailleurs au programme des socialistes-révolutionnaires, qui n'ont pas été foutus de l'appliquer, beaucoup plus qu'à celui des bolcheviks). Le partage des terres, c'était la constitution de la petite propriété ; il aurait donc dû faire, non le partage, mais la collectivisation immédiate, les sovkhozes. Comme il a réussi, vous savez voir que c'était de la tactique. Pour nous aussi il ne s'agit que de tactique ! Vous êtes en train de perdre le contrôle des masses...

— T'images-tu que Lénine, enfin, l'ait gardé de février à octobre ?

— Il l'a perdu *par instants*. Mais il a toujours été dans leur sens. Vous, vos mots d'ordre sont à contre-courant. Il ne s'agit pas d'un crochet, mais de directions qui iront toujours s'éloignant davantage. Pour agir sur les masses comme vous prétendez le faire, il faudrait être au pouvoir. Ce n'est pas le cas.

— Il ne s'agit pas de tout ça, dit Tchen.

Il se leva.

— Vous n'enrayerez pas l'action paysanne, reprit Kyo. Présentement, nous, communistes, donnons aux masses des instructions qu'elles ne peuvent considérer que comme des trahisons. Croyez-vous qu'elles comprendront vos mots d'ordre d'attente ?

Pour la première fois, une ombre de passion glissa dans la voix de Vologuine :

— Même coolie du port de Shanghaï, je penserais que l'obéissance au Parti est la seule attitude logique, enfin, d'un militant communiste. Et que toutes les armes doivent être rendues.

Tchen se leva :

— Ce n'est pas par obéissance qu'on se fait tuer. Ni qu'on tue. Sauf les lâches.

Vologuine haussa les épaules.

— Il ne faut pas considérer l'assassinat, enfin, comme la voie principale de la vérité politique !

Tchen sortait.

— Nous proposerons à la première réunion du Comité Central le partage immédiat des terres, dit Kyo en tendant la main à Vologuine, la destruction des créances.

— Le Comité ne les votera pas, répondit Vologuine, souriant.

Tchen, ombre trapue sur le trottoir, attendait. Kyo le rejoignit, après avoir obtenu l'adresse de son ami Possoz : il était chargé de la direction du port.

— Écoute... dit Tchen.

Transmis par la terre, le frémissement des machines de l'imprimerie, régulier, maîtrisé comme celui d'un moteur de navire, les pénétrait des pieds à la tête : dans la ville endormie, la délégation veillait de toutes ses fenêtres illuminées, que traversaient des bustes noirs. Ils marchèrent, leurs deux ombres semblables devant eux : même taille, même effet du col de chandail. Les paillotes aperçues dans la perspective des rues, avec leurs silhouettes de purgatoire, se perdaient au fond de la nuit calme et presque solennelle, dans l'odeur du poisson et des graisses brûlées; Kyo ne pouvait se délivrer de cet ébranlement de machines transmis à ses muscles par le sol — comme si ces machines à fabriquer la vérité eussent rejoint en lui les hésitations et les affirmations de Vologuine. Pendant la remontée du fleuve, il n'avait cessé d'éprouver combien son information était faible, combien il lui était difficile de fonder son action, s'il n'acceptait plus d'obéir purement et simplement aux instructions de l'Internationale. Mais l'Internationale se trompait. Gagner du temps n'était plus possible. La propagande communiste avait atteint les masses comme une inondation, parce qu'elle était la leur. Quelle que fût la prudence de Moscou, elle ne s'arrêterait plus ; Chang le savait et devait dès maintenant écraser les communistes. Là était la seule certitude. Peut-être la Révolution eût-elle pu être conduite autrement ; mais c'était trop tard. Les paysans communistes prendraient les terres, les ouvriers communistes exigeraient un autre régime de travail, les soldats communistes ne combattraient plus que sachant pourquoi, que Moscou le voulût ou non. Moscou et les capitales d'Occident ennemies pouvaient organiser là-bas dans la nuit leurs passions opposées et tenter d'en faire un monde. La Révolution avait poussé sa grossesse à son terme : il fallait maintenant qu'elle accouchât ou mourût. En même temps que le rapprochait de Tchen la camaraderie nocturne, une grande dépendance pénétrait Kyo, l'angoisse de n'être qu'un homme, que lui-même ; il se souvint des musulmans chinois qu'il avait vus, par des nuits pareilles, prosternés dans les steppes de lavande brûlée, hurler ces chants qui déchirent depuis des millénaires l'homme qui souffre et qui sait qu'il mourra. Qu'était-il venu faire à Han-Kéou ? Mettre le Komintern au courant de la situation de Shanghaï. Le Komintern était aussi résolu qu'il l'était devenu. Ce qu'il avait entendu c'était, bien plus que les arguments de Vologuine, le silence des usines, l'angoisse de la ville qui mourait chamarrée de gloire révolutionnaire, mais n'en mourait pas moins. On pouvait léguer ce cadavre à la prochaine vague insurrectionnelle, au lieu de le laisser se liquéfier dans les astuces. Sans doute étaient-ils tous condamnés : l'essentiel était que ce ne fût pas en vain. Il était certain que Tchen, lui aussi, se liait en cet instant à lui d'une amitié de prisonniers :

— Ne pas savoir !... dit celui-ci. S'il s'agit de tuer Chang-Kaï-Shek, je sais. Pour ce Vologuine, c'est pareil, je pense ; mais lui, au lieu d'être le meurtre, c'est l'obéissance. Quand on vit comme nous, il faut une certitude. Appliquer les ordres, pour lui, c'est sûr, je pense, comme tuer pour moi. Il faut que quelque chose soit sûr. Il faut.

Il se tut.

« Rêves-tu beaucoup ? reprit-il.

— Non. Ou du moins ai-je peu de souvenirs de mes rêves.

— Je rêve presque chaque nuit. Il y a aussi la distractiong, la rêverie. L'ombre d'un chat, par terre... Dans le meurtre, le difficile n'est pas de tuer. C'est de ne pas déchoir. D'être plus fort que... ce qui se passe en soi à ce moment-là. »

Amertume ? Impossible d'en juger au ton de la voix, et Kyo ne voyait pas son visage. Dans la solitude de la rue, le fracas étouffé d'une auto lointaine se perdit avec le vent dont la retombée abandonna parmi les odeurs camphrées de la nuit le parfum des vergers.

— S'il n'y avait que ça... Nong. Les rêves c'est pire. Des bêtes.

Tchen répéta :

« Des bêtes... Des pieuvres, surtout. Et je me souviens toujours. »

Kyo, malgré les grands espaces de la nuit, se sentit près de lui comme dans une chambre fermée.

— Il y a longtemps que ça dure?

— Très. Aussi loin que je remonte. Depuis quelque temps, c'est moins fréquent. Et je ne me souviens que de... ces choses. Je déteste me souvenir, en général. Et ça ne m'arrive pas : ma vie n'est pas dans le passé, elle est devant moi.

Silence.

« ... La seule chose dont j'aie peur — peur — c'est de m'endormir. Et je m'endors tous les jours. »

Dix heures sonnèrent. Des gens se disputaient, à brefs glapissements chinois, au fond de la nuit.

« ... Ou de devenir fou. Ces pieuvres, la nuit et le jour, toute une vie... Et on ne se tue jamais, quand on est fou, paraît-il... Jamais.

— Tes rêves n'ont pas changé?

Tchen comprit à quoi Kyo faisait allusion.

— Je te le dirai après... Chang. »

Kyo avait admis une fois pour toutes qu'il jouait sa propre vie, et vivait parmi des hommes qui savaient que la leur était chaque jour menacée : le courage ne l'étonnait pas. Mais c'était la première fois qu'il rencontrait la fascination de la mort, dans cet ami à peine visible qui parlait d'une voix de distrait, — comme si ces paroles eussent été suscitées par la même force de la nuit que sa propre angoisse, par l'intimité toute-puissante de l'anxiété, du silence et de la fatigue... Cependant, sa voix venait de changer.

— Tu y penses avec... avec inquiétude?

— Nong. Avec...

Il hésita :

« Je cherche un mot plus fort que joie. Il n'y a pas de mot. Même en chinois. Un... apaisement total. Une sorte de... comment dites-vous? de... je ne sais pas. Il n'y a qu'une chose qui soit encore plus profonde. Plus loin de l'homme, plus près de... Tu connais l'opium?

— Guère.

— Alors, je peux mal t'expliquer. Plus près de ce que vous appelez... extase. Oui. Mais épais. Profong. Pas léger. Une extase vers... vers le bas.

— Et c'est une idée qui te donne ça?

— Oui : ma propre mort. »

Toujours cette voix de distrait. « Il se tuera », pensa Kyo. Il avait assez écouté son père pour savoir que celui qui cherche aussi âprement l'absolu ne le trouve que dans la sensation. Soif d'absolu, soif d'immortalité, donc peur de mourir : Tchen eût dû être lâche; mais il sentait, comme tout mystique, que son absolu ne pouvait être saisi que dans l'instant. D'où sans doute son dédain de tout ce qui ne tendait pas à l'instant qui le lierait à lui-même dans une possession vertigineuse. De cette forme humaine que Kyo ne voyait même pas, émanait une force aveugle et qui la dominait, l'informe matière dont se fait la fatalité. Ce camarade maintenant silencieux rêvassant à ses familières visions d'épouvante avait quelque chose de fou, mais aussi quelque chose de sacré — ce qu'a toujours de sacré la présence de l'inhumain. Peut-être ne tuerait-il Chang que pour se tuer lui-même. Cherchant à revoir dans l'obscurité ce visage aigu aux bonnes lèvres, Kyo sentait tressaillir en lui-même l'angoisse primordiale, celle qui jetait à la fois Tchen aux pieuvres du sommeil et à la mort.

— Mon père pense, dit lentement Kyo, que le fond de l'homme est l'angoisse, la conscience de sa propre fatalité, d'où naissent toutes les peurs, même celle de la mort... mais que l'opium délivre de cela, et que là est son sens.

— On trouve toujours l'épouvante en soi. Il suffit de chercher assez profond : heureusement, on peut agir ; si Moscou m'approuve, ça m'est égal ; si Moscou me désapprouve, le plus simple est de n'en rien savoir. Je vais partir. Tu veux rester ?

— Je veux avant tout voir Possoz. Et tu ne pourras pas partir : tu n'as pas le visa.

— Je vais partir. Sûrement.

— Comment ?

— Je ne sais pas. Mais je vais partir. Certainement je partirai.

En effet, Kyo sentait que la volonté de Tchen jouait en l'occurrence un très petit rôle. Si la destinée vivait quelque part, elle était là, cette nuit, à son côté.

— Tu trouves important que ce soit *toi* qui organises l'attentat contre Chang ?

— Nong... Et pourtant, je ne voudrais pas le laisser faire par un autre.

— Parce que tu n'aurais pas confiance ?

— Parce que je n'aime pas que les femmes que j'aime soient baisées par les autres.

La phrase fit jaillir en Kyo toute la souffrance qu'il avait oubliée : il se sentit d'un coup séparé de Tchen. Ils étaient arrivés au fleuve. Tchen coupa la corde de l'un des canots amarrés, et quitta la rive. Déjà Kyo ne le voyait plus, mais il entendait le clapotement des rames qui dominait à intervalles réguliers le léger ressac de l'eau contre les berges. Il connaissait des terroristes. Ils ne se posaient pas de questions, ils faisaient partie d'un groupe : insectes meurtriers, ils vivaient de leur lien à un étroit guêpier. Mais Tchen... Continuant à penser sans changer de pas, Kyo se dirigeait vers la Direction du Port. « Son bateau sera arrêté au départ... »

Il arriva à de grands bâtiments gardés par l'armée, presque vides en comparaison de ceux du Komintern. Dans les couloirs, les soldats dormaient ou jouaient aux trente-six bêtes[92]. Il trouva sans peine son ami. Bonne tête en pomme, couperose de vigneron, moustaches grises à la gauloise — en costume kaki — Possoz était un ancien ouvrier anarchiste-syndicaliste de La Chaux-de-Fonds[93] parti en Russie après la guerre et devenu bolchevik. Kyo l'avait connu à Pékin et avait confiance en lui. Ils se serrèrent tranquillement la main : à Han-Kéou, tout revenant était le plus normal des visiteurs.

— Les déchargeurs sont là, disait un soldat.

— Fais-les venir.

Le soldat sortit. Possoz se tourna vers Kyo :

— Tu remarques que je ne fous rien, mon p'tit gars ? On a prévu la direction du port pour trois cents bateaux : il n'y en a pas dix...

Le port dormait sous les fenêtres ouvertes : pas de sirènes, rien que le constant ressac de l'eau contre les berges et les pilotis. Une grande lueur blafarde passa sur les murs de la pièce : les phares des canonnières lointaines venaient de balayer le fleuve. Un bruit de pas.

Possoz tira son revolver de sa gaine, le posa sur son bureau.

— Ils ont attaqué la garde rouge à coups de barre de fer, dit-il à Kyo.

— La garde rouge est armée.

— Le danger n'était pas qu'ils assomment les gardes, mon p'tit gars, c'était que les gardes passent de leur côté.

La lumière du phare revint, porta sur le mur blanc du fond leurs ombres énormes, retourna à la nuit à l'instant même où les déchargeurs entraient : quatre, cinq, six, sept. En bleus de travail, l'un le torse nu. Menottes. Des visages différents, peu visibles dans l'ombre; mais, en commun, une belle haine. Avec eux, deux gardes chinois, pistolet Nagan au côté. Les déchargeurs restaient agglutinés. La haine, mais aussi la peur.

— Les gardes rouges sont des ouvriers, dit Possoz en chinois.

Silence.

— S'ils sont gardes, c'est pour la Révolution, pas pour eux.

— Et pour manger! dit un des déchargeurs.

— Il est juste que les rations aillent à ceux qui combattent. Que voulez-vous en faire? Les jouer aux trente-six bêtes?

— Les donner à tous.

— Il n'y en a déjà pas pour quelques-uns. Le Gouvernement est décidé à la plus grande indulgence à l'égard des prolétaires, même quand ils se trompent. Si partout la garde rouge était tuée, les généraux et les étrangers reprendraient le pouvoir comme avant, voyons, vous le savez bien. Alors, quoi? C'est ça que vous voulez?

— Avant, on mangeait.

— Non, dit Kyo aux ouvriers: avant on ne mangeait pas. Je le sais, j'ai été docker. Et crever pour crever, autant que ce soit pour devenir des hommes.

Le blanc de tous ces yeux où s'accrochait la faible lumière s'agrandit imperceptiblement: ils cherchaient à voir mieux ce type à l'allure japonaise, en chandail, qui parlait avec l'accent des provinces du Nord, et qui prétendait avoir été coolie.

— Des promesses, répondit l'un d'eux à mi-voix.

— Oui, dit un autre. Nous avons surtout le droit de nous mettre en grève et de crever de faim. Mon frère est à l'armée. Pourquoi a-t-on chassé de sa division ceux qui ont demandé la formation des Unions de soldats?

Le ton montait.

— Croyez-vous que la Révolution russe se soit faite en un jour? demanda Possoz.

— Les Russes ont fait ce qu'ils ont voulu!

Inutile de discuter : il s'agissait seulement de savoir quelle était la profondeur de la révolte.

— L'attaque de la garde rouge est un acte contre-révolutionnaire, passible de la peine de mort. Vous le savez.

Un temps.

— Si l'on vous faisait remettre en liberté, que feriez-vous?

Ils se regardèrent; l'ombre ne permettait pas de voir l'expression des visages. Malgré les pistolets, les menottes, Kyo sentait se préparer l'atmosphère de marchandage chinois qu'il avait si souvent rencontrée dans la révolution.

— Avec du travail? demanda l'un des prisonniers.

— Quand il y en aura.

— Alors, *en attendant*, si la garde rouge nous empêche de manger, nous attaquerons la garde rouge. Je n'avais pas mangé depuis trois jours. Pas du tout.

— Est-ce vrai qu'on mange en prison? demanda l'un de ceux qui n'avaient rien dit.

— Tu vas bien voir.

Possoz sonna sans rien ajouter, et les miliciens emmenèrent les prisonniers.

— C'est bien ça qu'est embêtant, reprit-il, en français cette fois : ils commencent à croire que dans la prison on les nourrit comme des coqs en pâte.

— Pourquoi n'as-tu pas davantage essayé de les convaincre, puisque tu les avais fait monter?

159

Possoz haussa les épaules avec accablement.

— Mon p'tit gars, je les fais monter parce que j'espère toujours qu'ils me diront autre chose. Et pourtant il y a les autres, les gars qui travaillent des quinze, seize heures par jour sans présenter une seule revendication, et qui le feront jusqu'à ce que nous soyons tranquilles, comme que comme[94]...

L'expression suisse surprit Kyo. Possoz sourit et ses dents, comme les yeux des déchargeurs tout à l'heure, brillèrent dans la lumière trouble, sous la barre confuse des moustaches.

— Tu as de la chance d'avoir conservé des dents pareilles avec la vie qu'on mène en campagne.

— Non, mon p'tit gars, pas du tout : c'est un appareil que je me suis fait mettre à Chang-Cha[95]. Les dentistes n'ont pas l'air touchés par la révolution. Et toi ? Tu es délégué ? Qu'est-ce que tu fous ici ?

Kyo le lui expliqua, sans parler de Tchen. Possoz l'écoutait, de plus en plus inquiet.

— Tout ça, mon p'tit gars, c'est bien possible, et c'est encore bien plus dommage. J'ai travaillé dans les montres quinze ans : je sais ce que c'est que des rouages qui dépendent les uns des autres. Si on n'a pas confiance dans le Komintern, faut pas être du Parti.

— La moitié du Komintern pense que nous devons faire les Soviets.

— Il y a une ligne générale qui nous dirige, faut la suivre.

— Et rendre les armes ! Une ligne qui nous mène à tirer sur le prolétariat est nécessairement mauvaise. Quand les paysans prennent les terres, les généraux s'arrangent maintenant pour compromettre quelques troupes communistes dans la répression. Oui ou non, accepterais-tu de tirer sur les paysans ?

160

— Mon p'tit gars, on n'est pas parfait : je tirerais en l'air, et probable que c'est ce que font les copains. J'aime mieux que ça n'arrive pas. Mais ce n'est pas la chose principale.

— Comprends, mon vieux : c'est comme si je voyais un type en train de te viser, là et qu'on discute du danger des balles de revolver... Chang-Kaï-Shek ne peut pas ne pas nous massacrer. Et ce sera pareil ensuite avec les généraux d'ici, nos « alliés » ! Et ils seront logiques. Nous nous ferons tous massacrer, sans même maintenir la dignité du Parti, que nous menons tous les jours au bordel avec un tas de généraux, comme si c'était sa place...

— Si chacun agit à son goût, tout est foutu. Si le Komintern réussit, on criera : Bravo ! et on n'aura tout de même pas tort. Mais si nous lui tirons dans les jambes, il ratera sûrement, et l'essentiel est qu'il réussisse... Et qu'on ait fait tirer des communistes sur les paysans, je sais bien qu'on le dit mais en es-tu sûr, ce qui s'appelle sûr ? Tu ne l'as pas vu toi-même, et, malgré tout, — je sais bien que tu ne le fais pas exprès, mais quand même... — ça arrange ta théorie, de le croire...

— Qu'on puisse le dire parmi nous suffirait. Ce n'est pas le moment d'entreprendre des enquêtes de six mois.

Pourquoi discuter ? Ce n'était pas Possoz que Kyo voulait convaincre, mais ceux de Shanghaï ; et sans doute étaient-ils déjà convaincus maintenant, comme lui avait été confirmé dans sa décision par Han-Kéou même, par la scène à laquelle il venait d'assister. Il n'avait plus qu'un désir : partir.

Un sous-officier chinois entra, tous les traits du visage en longueur et le corps légèrement courbé en avant, comme les personnages d'ivoire qui épousent la courbe des défenses.

161

— On a pris un homme embarqué clandestinement.

Kyo attendait.

— Il prétend avoir reçu de vous l'autorisation de quitter Han-Kéou. C'est un marchand, Dong-Tioun.

Kyo retrouva sa respiration.

— Donné aucune autorisation, dit Possoz. Me regarde pas. Envoyez à la Police.

Les riches arrêtés se réclamaient de quelque fonctionnaire : ils parvenaient parfois à le voir seul, et lui proposaient de l'argent. C'était plus sage que de se laisser fusiller sans rien tenter.

— Attendez !

Possoz tira une liste de son sous-main, murmura des noms.

— Ça va. Il est même là-dessus. Il était signalé. Que la police se débrouille avec lui !

Le sous-officier sortit. La liste, une feuille de cahier, restait sur le buvard. Kyo pensait toujours à Tchen.

— C'est la liste des gens signalés, dit Possoz, qui vit que le regard de Kyo restait fixé au papier. Les derniers sont signalés par téléphone, avant le départ des bateaux — quand les bateaux partent...

Kyo tendit la main. Quatorze noms. Tchen n'était pas signalé. Il était impossible que Vologuine n'eût pas compris qu'il allait tenter de quitter Han-Kéou au plus tôt. Et, même à tout hasard, signaler son départ comme possible eût été de simple prudence. « Le Komintern ne veut pas prendre la responsabilité de faire tuer Chang-Kaï-Shek, pensa Kyo ; mais peut-être accepterait-il sans désespoir que ce malheur arrivât... Est-ce pour cela que les réponses de Vologuine semblaient si incertaines ?... » Il rendit la liste.

« Je partirai », avait dit Tchen. Son arrivée imprévue, les réticences de Vologuine, la liste, Kyo comprenait tout cela : mais chacun des gestes de Tchen le rapprochait à nouveau du meurtre, et les choses mêmes semblaient entraînées par son destin. Des éphémères bruissaient autour de la petite lampe. « Peut-être Tchen est-il un éphémère qui sécrète sa propre lumière, celle à laquelle il va se détruire... Peut-être l'homme même... » Ne voit-on jamais que la fatalité des autres ? N'était-ce pas comme un éphémère que lui-même voulait maintenant repartir pour Shanghaï au plus tôt, maintenir les sections à tout prix ? L'officier revint, ce qui lui permit de quitter Possoz.

Il retrouva la paix nocturne. Pas une sirène, rien que le bruit de l'eau. Le long des berges, près des réverbères crépitants d'insectes, des coolies dormaient en des attitudes de pestiférés. Çà et là, sur les trottoirs, de petites affiches rouges, rondes comme des plaques d'égout ; un seul caractère y figurait : FAIM. Comme tout à l'heure avec Tchen, il sentit que cette nuit même, dans toute la Chine, et à travers l'Ouest jusqu'à la moitié de l'Europe, des hommes hésitaient comme lui, déchirés par le même tourment entre leur discipline et le massacre des leurs. Ces déchargeurs qui protestaient ne comprenaient pas. Mais, même en comprenant, comment choisir le sacrifice, ici, dans cette ville dont l'Occident attendait le destin de quatre cents millions d'hommes et peut-être le sien, et qui dormait au bord du fleuve d'un sommeil inquiet d'affamé — dans l'impuissance, dans la misère, dans la haine ?

QUATRIÈME PARTIE

11 AVRIL

Midi et demi.

Presque seul dans la salle de bar du petit hôtel Grosvenor — noyer poli, bouteilles, nickel, drapeaux, — Clappique faisait tourner un cendrier sur son index tendu. Le comte Chpilewski, qu'il attendait, entra. Clappique froissa un papier sur lequel il venait de faire à chacun de ses amis un cadeau imaginaire :

— Ce p'petit village ensoleillé voit-il prospérer vos affaires, mon bon ?

— Guère. Mais elles iront bien à la fin du mois. Je place des comestibles. Chez les Européens seulement, nat'rellement.

Le nez courbe et mince de Chpilewski, son front chauve, ses cheveux gris en arrière et ses pommettes hautes, malgré ses vêtements blancs très simples, lui donnaient toujours l'air déguisé en aigle. Le monocle accentuait la caricature.

— La question, voyez-vous, mon cher ami, serait nat'rellement de trouver une vingtaine de mille francs. Avec cette somme, on peut se faire une place très honorable dans l'alimentation.

— Dans mes bras, mon bon! Vous voulez une p'petite place, non, une place *honorable* dans l'alimentation? Bravo...

— Je ne vous savais pas tant de... chose... préjugés.

Clappique regardait l'aigle du coin de l'œil : ancien champion de sabre de Cracovie, section des officiers subalternes.

— Moi? Rentrer sous terre! J'en éclate! Figurez-vous que si j'avais ces argents je les emploierais à imiter un haut fonctionnaire hollandais de Sumatra[96] qui passait tous les ans, en rentrant caresser ses tulipes, devant la côte d'Arabie; mon bon, ça lui mit dans l'idée (il faut dire que ça se passait vers 1860) d'aller barboter les trésors de La Mecque. Il paraît qu'ils sont considérables, et tout dorés, dans de grandes caves noires où depuis toujours les jettent les pèlerins. Moi, c'est dans cette cave que je voudrais vivre... Enfin, mon tulipiste[97] fait un héritage et va aux Antilles recruter un équipage de forbans pour conquérir La Mecque par surprise, avec des tas d'armes modernes, des fusils à deux balles, des baïonnettes à dévissoirs[98], que sais-je? Les embarque — pas un mot! les emmène par là...

Il posa l'index sur ses lèvres, jouissant de la curiosité du Polonais, qui ressemblait à une complicité.

— Bon! Ils se révoltent, le zigouillent méticuleusement et vont se livrer avec le bateau à une piraterie sans fantaisie, dans une mer quelconque. C'est une histoire vraie; de plus, morale. Mais, disais-je, si vous comptez sur moi pour trouver les vingt mille balles, folie, folie vous dis-je! Voulez-vous que je voie des types, ou quoi que ce soit de ce genre? je le ferai. D'autre part, puisque pour chaque combine, je dois payer votre sacrée police, j'aime mieux que ce soit vous qu'un autre. Mais, les types, pendant que les maisons flambent, l'opium et la coco les intéressent comme ça :

Il recommença à faire tourner le cendrier.

— Je vous en parle, dit Chpilewski, parce que, si je veux réussir, je dois nat'rellement en parler à chacun. J'aurais dû, au moins... attendre. Mais je voulais seulement vous rendre service, quand je vous ai prié de venir m'offrir cet alcool (c'est une contrefaçon). Voici : Quittez Shanghaï demain.

— Ah! ah! ah! dit Clappique, montant la gamme. Comme un écho, la trompe d'une auto, dehors, sonna en arpège. Parce que?

— Parce que, Ma police, comme vous dites, a du bon. Allez-vous-en.

Clappique savait qu'il ne pouvait insister. Une seconde, il se demanda s'il n'y avait pas là une manœuvre, pour obtenir les vingt mille francs peut-être? Ô folie!

— Et il faudrait que je file demain?

Il regardait ce bar, ses shakers, sa barre nickelée, comme de vieilles choses amicales.

— Au plus tard. Mais vous ne partirez pas. Je le vois. Du moins vous aurai-je prévenu.

Une reconnaissance hésitante (combattue moins par la méfiance que par le caractère du conseil qui lui était donné, par l'ignorance de ce qui le menaçait) pénétrait Clappique.

— Aurais-je plus de chance que je ne le croyais? reprit le Polonais; il lui prit le bras : Partez. Il y a une histoire de bateau...

— Mais je n'y suis pour rien!

— Partez.

— Pouvez-vous me dire si le père Gisors est visé?

— Je ne crois pas. Le petit Gisors, plutôt. Partez.

167

Le Polonais était décidément renseigné. Clappique posa sa main sur la sienne.

— Je regrette vivement de n'avoir pas ces argents pour vous payer votre épicerie, mon bon : vous me sauvez peut-être... Mais j'ai encore quelques épaves, deux ou trois statues : prenez-les.

— Non...

— Pourquoi ?

— Non.

— Ah !... Pas un mot ? Soit. J'aimerais pourtant savoir pourquoi vous ne voulez pas prendre mes statues.

Chpilewski le regarda.

— Quand on a vécu comme moi, comment pourrait-on faire ce... chose... métier, si on ne... compensait pas quelquefois ?

— Je doute qu'il existe beaucoup de métiers qui n'obligent pas à compenser...

— Oui. Par exemple, vous n'imaginez pas à quel point les magasins sont mal gardés...

Quel rapport ? faillit demander Clappique. Mais il jugeait d'expérience que les phrases enchaînées ainsi sont toujours intéressantes. Et il voulait absolument rendre service à son interlocuteur, ne fût-ce qu'en le laissant parler. Il était pourtant gêné jusqu'au malaise :

— Vous surveillez les magasins ?

Pour lui, la police était un mélange de combines et de chantage, un corps chargé de lever des impôts clandestins sur l'opium et les maisons de jeu. Les policiers auxquels il avait affaire (et particulièrement Chpilewski) étaient toujours des adversaires à demi complices. Mais il avait dégoût et peur de la délation. Chpilewski répondait :

— Surveiller ? Non, pas tout à fait. Chose... Le contraire.

168

— Tiens! Reprises individuelles?

— C'est seulement pour les jouets, comprenez-vous. Je n'ai plus assez d'argent pour acheter des jouets à mon petit garçon. C'est très pénible. D'autant plus qu'à la vérité, je n'aime ce gosse que quand je lui fais... chose... plaisir. Et je ne sais pas lui faire plaisir autrement. C'est très difficile.

— Mais voyons, prenez donc mes statues. Pas tout, si vous voulez.

— Je vous en prie, je vous en prie... Donc je vais dans les magasins, et je dis... (Il rejeta la tête en arrière, crispa les muscles de son front et de sa joue gauche autour de son monocle, sans ironie.) « Je suis inventeur. Inventeur et constructeur, nat'rellement. Je viens voir vos modèles. » On me laisse regarder. J'en prends un, jamais davantage. Quelquefois on me surveille, mais c'est rare.

— Et si vous étiez découvert?

Il tira son portefeuille de sa poche et l'entrouvrit devant Clappique, sur sa carte de policier. Il le referma et fit de la main le geste le plus vague.

— J'ai parfois l'argent... Je pourrais aussi être chassé... Mais tout arrive...

Très étonné, Clappique se découvrait tout à coup homme de sérieux et de poids. Comme il ne se jugeait jamais responsable de lui-même, il en fut surpris.

« Il faut que je prévienne le jeune Gisors », pensa-t-il.

Une heure.

En avance, Tchen marchait le long du quai, une serviette sous le bras, croisant un à un les Européens dont il connaissait les visages ; à cette heure, presque tous allaient boire, se rencontrer, au bar du Shang-haï-Club ou des hôtels voisins. Une main se posa doucement sur son épaule, par-derrière. Il sursauta, tâta la poche intérieure où était caché son revolver.

— Il y a bien longtemps que nous ne nous sommes rencontrés, Tchen... Voulez-vous...

Il se retourna : c'était le pasteur Smithson, son premier maître. Il reconnut aussitôt son beau visage d'Américain un peu sioux, si ravagé maintenant.

— ... que nous fassions route ensemble ?

— Oui.

Tchen préférait, pour plus de sûreté et d'ironie, marcher en compagnie d'un Blanc : il avait une bombe dans sa serviette. Le veston correct qu'il portait ce matin lui donnait l'impression que sa pensée même était gênée ; la présence d'un compagnon complétait ce déguisement, — et, par une obscure superstition, il ne voulait pas blesser le pasteur. Il avait compté les voitures pendant une minute, ce matin, pour savoir (pair ou impair) s'il réussirait : réponse favorable. Il était exaspéré contre lui-même. Autant causer avec Smithson, se délivrer par là de son irritation.

Elle n'échappait pas au pasteur, mais il se méprit :

— Vous souffrez, Tchen ?

— Nong.

Il gardait de l'affection à son ancien maître, mais non sans rancune.

Le vieillard passa son bras sous le sien.

— Je prie pour vous chaque jour, Tchen. Qu'avez-vous trouvé à la place de la foi que vous avez quittée ?

Il le regardait avec une affection profonde, qui pourtant n'avait rien de paternel, comme s'il se fût offert. Tchen hésita :

— ... Je ne suis pas de ceux dont s'occupe le bonheur...

— Il n'y a pas que le bonheur, Tchen, il y a la paix, — et parfois l'amour...

— Nong. Pas pour moi.

— Pour tous...

Le pasteur ferma les yeux, et Tchen eut l'impression de tenir sous son bras celui d'un aveugle.

— Je ne cherche pas la paix. Je cherche... le contraire.

Smithson le regarda, sans cesser de marcher :

— Prenez garde à l'orgueil.

— Qui vous dit que je n'aie pas trouvé ma foi ?

— Quelle foi politique rendra compte de la souffrance du monde ?

— La souffrance, j'aime mieux la diminuer que d'en rendre compte. Le tong de votre voix est plein de... d'humanité. Je n'aime pas l'humanité qui est faite de la contemplation de la souffrance.

— Êtes-vous sûr qu'il y en ait une autre, Tchen ?

— Difficile à expliquer... Il y en a une autre, du moins, qui n'est pas faite *que d'elle*...

— Quelle foi politique détruira la mort...

Le ton du pasteur n'était pas d'interrogation ; de tristesse, plutôt. Tchen se souvint de son entretien avec Gisors, qu'il n'avait pas revu. Gisors avait mis son intelligence à son service, non à celui de Dieu.

— Je vous ai dit que je ne cherchais pas la paix.

— La paix...

Le pasteur se tut. Ils marchaient.

— Mon pauvre petit, reprit-il enfin, chacun de nous ne connaît que sa propre douleur. » Son bras serrait celui de Tchen. « Croyez-vous que toute vie réellement religieuse ne soit pas une conversion de chaque jour?... »

Tous deux regardaient le trottoir, semblaient n'être plus en contact que par leurs bras « ... de chaque jour... », répéta le pasteur avec une force lasse, comme si ses paroles n'eussent été que l'écho d'une obsession. Tchen ne répondait pas. Cet homme parlait de lui-même et disait la vérité. Comme lui, celui-là vivait sa pensée; il était autre chose qu'une loque avide. Sous le bras gauche, la serviette et la bombe; sous le bras droit, ce bras serré : « ... une conversion de chaque jour... » Cette confidence à ton de secret donnait au pasteur une profondeur soudaine et pathétique. Si près du meurtre, Tchen s'accordait à toute angoisse.

— Chaque nuit, Tchen, je prierai pour que Dieu vous délivre de l'orgueil. (Je prie surtout la nuit : elle est favorable à la prière.) S'Il vous accorde l'humilité vous serez sauvé. Maintenant, je trouve et je suis votre regard, que je ne pouvais rencontrer tout à l'heure...

C'était avec sa souffrance, non avec ses paroles, que Tchen était entré en communion : cette dernière phrase, cette phrase de pêcheur qui croit sentir le poisson, appelait en lui une colère qui montait péniblement, sans chasser tout à fait une furtive pitié.

— Écoutez bien, dit-il. Dans deux heures, je tuerai.

Il fixa son regard dans les yeux de son compagnon

cette fois. Sans raison, il éleva vers son visage sa main droite qui tremblait, la crispa au revers de son veston correct :

— Vous trouvez toujours mon regard?

Non. Il était seul. Encore seul. Sa main quitta son veston, s'accrocha au revers de celui du pasteur comme s'il eût voulu le secouer : celui-ci posa la main sur la sienne. Ils restaient ainsi, au milieu du trottoir, immobiles, comme prêts à lutter; un passant s'arrêta. C'était un Blanc, et il crut à une altercation.

— C'est un atroce mensonge, dit le pasteur à mi-voix.

Le bras de Tchen retomba. Il ne pouvait même pas rire. « Un mensonge! » cria-t-il au passant. Celui-ci haussa les épaules et s'éloigna. Tchen se retourna tout d'une pièce et partit presque en courant.

Il trouva enfin ses deux compagnons à plus d'un kilomètre. « Beaucoup de face » avec leurs chapeaux fendus, leurs vêtements d'employés choisis pour justifier leurs serviettes dont l'une contenait une bombe, et la seconde des grenades. Souen — nez busqué, Chinois de type peau-rouge — songeait, ne regardait rien; Peï... à quel point ce visage semblait adolescent! Les lunettes rondes d'écaille en accentuaient peut-être la jeunesse. Ils partirent, atteignirent l'avenue des Deux-Républiques; toutes boutiques ouvertes, elle reprenait vie sous le ciel trouble.

L'auto de Chang-Kaï-Shek arriverait dans l'avenue par une étroite rue perpendiculaire. Elle ralentirait pour tourner. Il fallait la voir venir, et lancer la bombe lorsqu'elle ralentirait. Elle passait chaque jour entre une heure et une heure et quart : le général déjeunait à l'européenne. Il fallait donc que celui qui surveillerait la petite rue, dès qu'il verrait l'auto, fît signe aux deux autres. La présence d'un marchand d'antiquités, dont le magasin s'ouvrait juste en face de la rue, l'aiderait; à moins que l'homme n'appartînt à la police. Tchen voulait surveiller lui-même. Il plaça Peï dans l'avenue, tout près de l'endroit où l'auto terminerait sa courbe avant de reprendre de la vitesse; Souen, un peu plus loin. Lui, Tchen, préviendrait et lancerait la première bombe. Si l'auto ne s'arrêtait pas, atteinte ou non, les deux autres lanceraient leurs bombes à leur tour. Si elle s'arrêtait, ils viendraient vers elle : la rue était trop étroite pour qu'elle tournât. Là était l'échec possible : manqués, les gardes debout sur le marchepied ouvriraient le feu pour empêcher quiconque d'approcher.

Tchen et ses compagnons devaient maintenant se séparer. Il y avait sûrement des mouchards dans la foule, sur tout le chemin suivi par l'auto. D'un petit bar chinois, Peï allait guetter le geste de Tchen; de plus loin, Souen attendrait que Peï sortît. Peut-être l'un au moins des trois serait-il tué, Tchen sans doute. Ils n'osaient rien se dire. Ils se séparèrent sans même se serrer la main.

Tchen entra chez l'antiquaire et demanda à voir des petits bronzes de fouilles. Le marchand tira d'un tiroir une trop grosse poignée de petites boîtes de satin violet, posa sur la table sa main hérissée de cubes, et commença à les y disposer. Ce n'était pas un Shanghaïen, mais un Chinois du Nord ou du Turkestan : ses moustaches et sa barbe rares mais floues, ses yeux bridés étaient d'un musulman de basse classe, et aussi sa bouche obséquieuse; mais non son visage sans arêtes, de bouc à nez plat. Celui qui dénoncerait un homme trouvé sur le passage du général avec une bombe recevrait une grosse somme d'argent et beaucoup de considération parmi les siens. Et ce bourgeois riche était peut-être un partisan sincère de Chang-Kaï-Shek.

— Y a-t-il longtemps que vous êtes à Shanghaï? » demanda-t-il à Tchen. Que pouvait être ce singulier client? Sa gêne, son absence de curiosité pour les objets exposés, l'inquiétaient. Ce jeune homme n'avait peut-être pas l'habitude de porter des habits européens. Les grosses lèvres de Tchen, malgré son profil aigu, le rendaient sympathique. Le fils de quelque riche paysan de l'intérieur? Mais les gros fermiers ne collectionnaient pas les bronzes anciens. Achetait-il pour un Européen? Ce n'était pas un boy, ni un courrier — et, s'il était amateur, il regardait les objets qu'on lui montrait avec bien peu d'amour : il semblait qu'il songeât à autre chose.

Car déjà Tchen surveillait la rue. De cette boutique il pouvait voir à deux cents mètres. Pendant combien de temps verrait-il l'auto? Mais comment calculer sous la curiosité de cet imbécile? Avant tout, il fallait répondre. Rester silencieux comme il l'avait fait jusque-là était stupide :

— Je vivais dans l'intérieur, dit-il. J'en ai été chassé par la guerre.

L'autre allait questionner à nouveau. Tchen sentait qu'il l'inquiétait. Le marchand se demandait maintenant s'il n'était pas un voleur venu examiner son magasin pour le piller aux prochains désordres; pourtant, ce jeune homme ne souhaitait pas voir les plus belles pièces. Seulement des bronzes ou des fibules de renards, et d'un prix modéré. Les Japonais aiment les renards, mais ce client n'était pas japonais. Il fallait continuer à l'interroger adroitement.

— Sans doute habitez-vous le Houpé[99]? La vie est devenue bien difficile, dit-on, dans les provinces du Centre.

Tchen se demanda s'il ne jouerait pas le demi-sourd. Il n'osa pas, de crainte de sembler plus étrange encore.

— Je ne l'habite plus », répondit-il seulement. Son ton, la structure de ses phrases, avaient, même en chinois, quelque chose de bref : il exprimait directement sa pensée, sans employer les tournures d'usage. Mais il pensa au marchandage.

— Combien ? demanda-t-il en indiquant du doigt une des fibules à tête de renard qu'on trouve en grand nombre dans les tombeaux.

— Quinze dollars.

— Huit me semblerait un bon prix...

— Pour une pièce de cette qualité ? Comment pouvez-vous croire ?... Songez que je l'ai payée dix... Fixez mon bénéfice vous-même.

Au lieu de répondre, Tchen regardait Peï assis devant une petite table dans son bar ouvert, un jeu de lumières sur les verres de ses lunettes ; celui-ci ne le voyait sans doute pas, à cause de la vitre du magasin d'antiquités. Mais il le verrait sortir.

— Je ne saurais payer plus de neuf, dit-il enfin comme s'il eût exprimé la conclusion d'une méditation. Encore me priverais-je beaucoup.

Les formules, en ce domaine, étaient rituelles et il les employait sans peine.

— C'est ma première affaire aujourd'hui, répondit l'antiquaire. Peut-être dois-je accepter cette petite perte d'un dollar, car la conclusion de la première affaire engagée est d'un présage favorable...

La rue déserte. Un pousse, au loin, la traversa. Un autre. Deux hommes sortirent. Un chien. Un vélo. Les hommes tournèrent à droite ; le pousse avait traversé. La rue déserte de nouveau ; seul, le chien...

— Ne donneriez-vous pas, cependant, 9 dollars 1/2 ?

176

— Pour exprimer la sympathie que vous m'inspirez.

Autre renard, en porcelaine. Nouveau marchandage. Tchen, depuis son achat, inspirait davantage confiance. Il avait acquis le droit de réfléchir : il cherchait le prix qu'il offrirait, celui qui correspondait subtilement à la qualité de l'objet ; sa respectable méditation ne devait point être troublée. « L'auto, dans cette rue, avance à 40 à l'heure, plus d'un kilomètre en deux minutes. Je la verrai pendant un peu moins d'une minute. C'est peu. Il faut que Peï ne quitte plus des yeux cette porte... » Aucune auto ne passait. Quelques vélos... Il marchanda une boucle de ceinture en jade, n'accepta pas le prix du marchand, dit qu'il fallait réfléchir. Un des commis apporta du thé. Tchen acheta une petite tête de renard en cristal, dont le marchand ne demandait que trois dollars. La méfiance du boutiquier n'avait pourtant pas disparu tout à fait.

— J'ai d'autres très belles pièces, très authentiques, avec de très jolis renards. Mais ce sont des pièces de grande valeur, et je ne les conserve pas dans mon magasin. Nous pourrions convenir d'un rendez-vous...

Tchen ne disait rien.

« ... à la rigueur, j'enverrais un de mes commis les chercher...

— Je ne m'intéresse pas aux pièces de grande valeur. Je ne suis pas, malheureusement, assez riche.

Ce n'était donc pas un voleur ; il ne demandait pas même à les voir. L'antiquaire montrait à nouveau la boucle de ceinture en jade, avec une délicatesse de manieur de momies ; mais, malgré les paroles qui passaient une à une entre ses lèvres de velours gélatineux, malgré ses yeux concupiscents, son client restait indifférent, lointain... C'était lui, pourtant, qui avait choisi cette boucle. Le marchandage est une collaboration, comme l'amour; le marchand faisait l'amour avec une planche. Pourquoi donc cet homme achetait-il ? Soudain, il devina : c'était un de ces pauvres jeunes gens qui se laissent puérilement séduire par les prostituées japonaises de Tchapeï. Elles ont un culte pour les renards. Ce client achetait ceux-ci pour quelque serveuse ou fausse geisha; s'ils lui étaient si indifférents, c'est qu'il ne les achetait pas pour lui. (Tchen ne cessait d'imaginer l'arrivée de l'auto, la rapidité avec laquelle il devrait ouvrir sa serviette, en tirer la bombe, la jeter.) Mais les geishas n'aiment pas les objets de fouilles... Peut-être font-elles exception lorsqu'il s'agit de petits renards ? Le jeune homme avait acheté aussi un objet de cristal et un de porcelaine...

Ouvertes ou fermées, les boîtes minuscules étaient étalées sur la table. Les deux commis regardaient, accoudés. L'un, très jeune, s'était appuyé sur la serviette de Tchen; comme il se balançait d'une jambe sur l'autre, il l'attirait hors de la table. La bombe était dans la partie droite, à trois centimètres du bord.

Tchen ne pouvait bouger. Enfin il étendit le bras, ramena la serviette à lui, sans la moindre difficulté. Aucun de ces hommes n'avait senti la mort, ni l'attentat manqué; rien, une serviette qu'un commis balance et que son propriétaire rapproche de lui... Et soudain, tout sembla extraordinairement facile à Tchen. Les choses, les actes même n'existaient pas; tous étaient des songes qui nous étreignent parce que nous leur en donnons la force, mais que nous pouvons aussi bien nier... À cet instant il entendit la trompe d'une auto : Chang-Kaï-Shek.

178

Il prit sa serviette comme une arme, paya, jeta les petits paquets dans sa poche, sortit.

Le marchand le suivait, la boucle de ceinture qu'il avait refusé d'acheter à la main :

— Ce sont là des pièces de jade qu'aiment tout particulièrement les dames japonaises.

Cet imbécile allait-il foutre le camp !

— Je reviendrai.

Quel marchand ne connaît la formule ? L'auto approchait beaucoup plus vite qu'à l'ordinaire, sembla-t-il à Tchen, précédée de la Ford de la garde.

— Allez-vous-en !

Plongeant sur eux, l'auto secouait sur les caniveaux les deux détectives accrochés à ses marche-pieds. La Ford passa. Tchen, arrêté, ouvrit sa serviette, posa sa main sur la bombe enveloppée dans un journal. Le marchand glissa en souriant la boucle de ceinture dans la poche vide de la serviette ouverte. C'était la plus éloignée de lui. Il barrait ainsi les deux bras de Tchen :

— Vous paierez ce que vous voudrez.

— Allez-vous-en !

Stupéfait par ce cri, l'antiquaire regarda Tchen, la bouche ouverte lui aussi.

— Ne seriez-vous pas un peu souffrant ? » Tchen ne voyait plus rien, mou comme s'il allait s'évanouir : l'auto passait.

Il n'avait pu se dégager à temps du geste de l'antiquaire.

« Ce client va se trouver mal », pensa celui-ci. Il s'efforça de le soutenir. D'un coup, Tchen rabattit les deux bras tendus devant lui et partit en avant. La douleur arrêta le marchand. Tchen courait presque.

— Ma plaque ! cria le marchand. Ma plaque !

Elle était toujours dans la serviette. Tchen ne

comprenait pas. Chacun de ses muscles, le plus fin
de ses nerfs, attendaient une détonation qui empli-
rait la rue, se perdrait lourdement sous le ciel bas.
Rien. L'auto avait tourné, avait même sans doute
maintenant dépassé Souen. Et ce marchand abruti
restait là. Il n'y avait pas de danger, puisque tout
était manqué. Qu'avaient fait les autres? Tchen
commença à courir. « Au voleur! » cria l'antiquaire.
Des marchands parurent. Tchen comprit. De rage, il
eut envie de s'enfuir avec cette plaque, de la lancer
n'importe où. Mais de nouveaux badauds s'approchaient. Il la jeta à la figure de l'antiquaire et s'aperçut qu'il n'avait pas refermé sa serviette. Depuis le
passage de l'auto, elle était restée ouverte, sous les
yeux de ce crétin et des passants, la bombe visible,
même plus protégée par le papier qui avait glissé. Il
referma enfin la serviette avec prudence (il faillit la
rabattre à toute volée); il luttait de toute sa force
contre ses nerfs. Le marchand regagnait au plus vite
son magasin. Tchen reprit sa course.
— Eh bien? dit-il à Peï dès qu'il le rejoignit.
— Et toi?
Ils se regardèrent haletants, chacun voulant
d'abord entendre l'autre. Souen, qui s'approchait, les
voyait ainsi empêtrés dans une immobilité pleine
d'hésitations et de velléités, de profil sur des maisons
floues; la lumière très forte malgré les nuages détachait le profil d'épervier bonasse de Tchen et la tête
rondouillarde de Peï, isolait ces deux personnages
aux mains tremblantes, plantés sur leurs ombres
courtes de début d'après-midi parmi les passants
affairés et inquiets. Tous trois portaient toujours les
serviettes : il était sage de ne pas rester là trop longtemps. Les restaurants n'étaient pas sûrs. Et ils ne
s'étaient que trop réunis et séparés dans cette rue,
déjà. Pourquoi? Il ne s'était rien passé...

180

— Chez Hemmelrich, dit pourtant Tchen.

Ils s'engagèrent dans les ruelles.

— Qu'est-il arrivé? demanda Souen.

Tchen le lui expliqua. Peï, lui, avait été troublé lorsqu'il avait vu que Tchen ne quittait pas seul le magasin de l'antiquaire. Il s'était dirigé vers son poste, à quelques mètres du coin. L'usage, à Shanghaï, est de conduire à gauche; l'auto tournait d'ordinaire au plus court, et Peï s'était placé sur le trottoir de gauche, pour lancer sa bombe de près. Or, l'auto allait vite; il n'y avait pas de voitures à ce moment dans l'avenue des Deux-Républiques. Le chauffeur avait tourné au plus large; il avait donc longé l'autre trottoir, et Peï s'était trouvé séparé de lui par un pousse.

— Tant pis pour le pousse! dit Tchen. Il y a des milliers d'autres coolies qui ne peuvent vivre que de la mort de Chang-Kaï-Shek.

— J'aurais manqué mon coup.

Souen, lui, n'avait pas lancé ses grenades parce que l'abstention de ses camarades lui avait fait supposer que le général n'était pas dans la voiture.

Ils avançaient en silence entre les murs que le ciel jaunâtre et chargé de brume rendait blêmes, dans une solitude misérable criblée de détritus et de fils télégraphiques.

— Les bombes sont intactes, dit Tchen à mi-voix. Nous recommencerons tout à l'heure.

Mais ses deux compagnons étaient écrasés; ceux qui ont manqué leur suicide le tentent rarement à nouveau. La tension de leurs nerfs, qui avait été extrême, devenait trop faible. À mesure qu'ils avançaient, l'ahurissement faisait place en eux au désespoir.

— C'est ma faute, dit Souen.

Peï répéta :

— C'est ma faute.

— Assez », dit Tchen, excédé. Il réfléchissait, en poursuivant cette marche misérable. Il ne fallait pas recommencer de la même façon. Ce plan était mauvais, mais il était difficile d'en imaginer un autre. Il avait pensé que... Ils arrivaient chez Hemmelrich.

Du fond de sa boutique, Hemmelrich entendait une voix qui parlait en chinois, deux autres qui répondaient. Leur timbre, leur rythme inquiet, l'avaient rendu attentif. « Déjà hier, pensa-t-il, j'ai vu se balader par ici deux types qui avaient des gueules à souffrir d'hémorroïdes tenaces, et qui n'étaient sûrement pas là pour leur plaisir... » Il lui était difficile d'entendre distinctement : au-dessus, l'enfant criait sans cesse. Mais les voix se turent et de courtes ombres, sur le trottoir, montrèrent que trois corps étaient là. La police ?... Hemmelrich se leva, pensa au peu de crainte qu'inspireraient à des agresseurs son nez plat et ses épaules en avant de boxeur crevé, et marcha vers la porte. Avant que sa main eût atteint sa poche, il avait reconnu Tchen ; il la lui tendit au lieu de tirer son revolver.

— Allons dans l'arrière-boutique, dit Tchen.

Tous trois passèrent devant Hemmelrich. Il les examinait. Une serviette chacun, non pas tenue négligemment, mais serrée par les muscles crispés du bras.

— Voici, dit Tchen dès que la porte fut refermée : peux-tu nous donner l'hospitalité quelques heures ? À nous et à ce qu'il y a dans nos serviettes ?

— Des bombes ?

— Oui.

— Non.

Le gosse, là-haut, continuait à crier. Ses cris les plus douloureux étaient devenus des sanglots, et parfois de petits gloussements, comme s'il eût crié pour s'amuser — d'autant plus poignants. Disques, chaises, grillon, étaient à tel point les mêmes que lorsque Tchen était venu là après le meurtre de Tang-Yen-Ta, que Hemmelrich et lui se souvinrent ensemble de cette soirée. Il ne dit rien, mais Hemmelrich le devina :

— Les bombes, reprit-il, je ne peux pas en ce moment. S'ils trouvent des bombes ici, ils tueront la femme et le gosse.

— Bong. Allons chez Shia. » C'était le marchand de lampes qu'avait visité Kyo, la veille de l'insurrection. « À cette heure, il n'y a que le garçon.

— Comprends-moi, Tchen : le gosse est très malade, et la mère n'est pas brillante...

Il regardait Tchen, les mains tremblantes :

— Tu ne peux pas savoir, Tchen, tu ne peux pas savoir le bonheur que tu as d'être libre !...

— Si, je le sais.

Les trois Chinois sortirent.

« Bon Dieu de bon Dieu de bon Dieu ! pensait Hemmelrich, est-ce que je ne serai jamais à sa place ? » Il jurait en lui-même avec calme, comme au ralenti. Et il remontait lentement vers sa chambre. Sa Chinoise était assise, le regard fixé sur le lit et ne se détourna pas.

— La dame a été gentille aujourd'hui, dit l'enfant : elle ne m'a presque pas fait mal...

La dame, c'était May. Hemmelrich se souvenait : « Mastoïdite... Mon pauvre vieux, il faudra briser l'os... » Ce gosse, presque un bébé, n'avait encore de la vie que ce qu'il en fallait pour souffrir. Il faudrait « lui expliquer ». Lui expliquer quoi ? Qu'il était pro-

fitable de se faire casser les os de la face pour ne pas
mourir, pour être récompensé par une vie aussi pré-
cieuse et délicate que celle de son père ? « Putain de
jeunesse ! » avait-il dit pendant vingt ans. Combien
de temps encore avant de dire « Putain de vieillesse ! » et de passer à ce malheureux gosse ces deux
parfaites expressions de la vie ? Le mois précédent,
le chat s'était démis la patte, et il avait fallu le tenir
pendant que le vétérinaire chinois replaçait le
membre, et que la bête hurlait et se débattait ; elle ne
comprenait rien ; il sentait qu'elle se croyait torturée.
Et le chat n'était pas un enfant, ne disait pas : « Il ne
m'a presque pas fait mal... » Il redescendit. L'odeur
des cadavres sur lesquels s'acharnaient sans doute
les chiens, tout près, dans les ruelles, entrait dans le
magasin avec un soleil confus. « Ce n'est pas la souffrance qui manque », pensa-t-il.

Il ne se pardonnait pas son refus. Comme un
homme torturé qui a livré des secrets, il savait qu'il
agirait encore comme il avait agi, mais il ne se le
pardonnait pas. Il avait trahi sa jeunesse, trahi ses
désirs et ses rêves. Comment ne pas les trahir ?
« L'important ce serait de vouloir ce qu'on peut... » Il
ne voulait pas ce qu'il ne pouvait pas : donner asile à
Tchen et sortir avec lui. Compenser par n'importe
quelle violence, par les bombes, cette vie atroce qui
l'empoisonnait depuis qu'il était né, qui empoison-
nerait de même ses enfants. Ses enfants surtout. Sa
souffrance, il lui était possible de l'accepter : il avait
l'habitude... Pas celle des gosses. « Il est devenu très
intelligent depuis qu'il est malade », avait dit May.
Comme par hasard...

Sortir avec Tchen, prendre une des bombes
cachées dans les serviettes, la lancer. C'était le bon
sens. Et même la seule chose qui, dans sa vie

actuelle, eût un sens. Trente-sept ans. Encore trente ans à vivre, peut-être. À vivre comment ? Ces disques en dépôt dont il partageait la misère avec Lou-You-Shuen, dont ni l'un ni l'autre ne pouvaient vivre, et, quand il serait vieux... Trente-sept ans ; aussi loin que remonte le souvenir, disent les gens ; son souvenir n'avait pas à remonter : d'un bout à l'autre, il n'était que misère.

Mauvais élève à l'école : absent un jour sur deux — sa mère, pour se saouler tranquille, lui faisait faire son travail. L'usine : manœuvre. Mauvais esprit ; au régiment, toujours en tôle. Et la guerre. Gazé. Pour qui, pour quoi ? Pour son pays ? Il n'était pas Belge, il était misérable. Mais à la guerre on mangeait sans trop travailler. Puis démobilisé, venu enfin en Indochine, en pont. « Le climat ne permet guère ici les professions manuelles... » Mais il permettait de crever de dysenterie, très particulièrement aux gens connus pour leur mauvais esprit. Il avait échoué à Shanghaï. Les bombes, bon Dieu, les bombes !

Il y avait sa femme : rien autre ne lui avait été donné par la vie. Elle avait été vendue douze dollars. Abandonnée par l'acheteur à qui elle ne plaisait plus, elle était venue chez lui avec terreur, pour manger, pour dormir ; mais au début elle ne dormait pas, attendant de lui la méchanceté des Européens dont on lui avait toujours parlé. Il avait été bon pour elle. Remontant peu à peu du fond de son effroi, elle l'avait soigné lorsqu'il avait été malade, avait travaillé pour lui, supporté ses crises de haine impuissante. Elle s'était accrochée à lui d'un amour de chien aveugle et martyrisé, soupçonnant qu'il était un autre chien aveugle et martyrisé. Et maintenant, il y avait le gosse. Que pouvait-il pour lui ? À peine le nourrir. Il ne gardait de force que pour la douleur qu'il pouvait infliger, il existait plus de douleur au monde que d'étoiles au ciel, mais la pire de toutes, il pouvait l'imposer à cette femme : l'abandonner en mourant. Comme ce Russe affamé, presque son voisin, qui, devenu manœuvre, s'était suicidé un jour de trop grande misère, et dont la femme folle de rage avait giflé le cadavre qui l'abandonnait, avec quatre gosses dans les coins de la chambre, l'un demandant : « Pourquoi vous battez-vous ? »... Sa femme, son gosse, il les empêchait de mourir. Ce n'était rien. Moins que rien. S'il avait possédé de l'argent, s'il avait pu le leur laisser, il eût été libre de se faire tuer. Comme si l'univers ne l'eût pas traité, tout le long de sa vie, à coups de pied dans le ventre, il le spoliait de la seule dignité qu'il possédât, qu'il pût posséder — sa mort. Respirant avec la révolte de toute chose vivante, malgré l'habitude, l'odeur des cadavres que chaque bouffée de vent faisait glisser sur le soleil immobile, il s'en pénétrait avec une horreur satisfaite, obsédé par Tchen comme par un ami en agonie, et cherchant, — comme si ça avait de l'importance, — ce qui dominait en lui de la honte, de la fraternité ou d'une atroce envie.

De nouveau, Tchen et ses compagnons avaient quitté l'avenue : les cours et les ruelles étaient peu surveillées, l'auto du général n'y passait pas. « Il faut changer de plan », pensait Tchen, tête baissée, en regardant ses souliers bien-pensants qui avançaient sous ses yeux, l'un après l'autre. Accrocher l'auto de Chang-Kaï-Shek avec une autre auto conduite en sens inverse ? Mais toute auto pouvait être réquisitionnée par l'armée. Tenter d'employer le fanion d'une légation pour protéger la voiture dont ils se serviraient était incertain, car la police connaissait les chauffeurs des ministres étrangers. Barrer la route avec une charrette? Chang-Kaï-Shek était toujours précédé de la Ford de sa garde personnelle. Devant un arrêt suspect, gardes et policiers des marchepieds tireraient sur quiconque tenterait de s'approcher. Tchen écouta : depuis quelques instants, ses compagnons parlaient.

— Beaucoup de généraux abandonneront Chang-Kaï-Shek s'ils savent qu'ils risquent réellement d'être assassinés, disait Peï. Il n'y a de foi que chez nous.

— Oui, dit Souen, on fait de bons terroristes avec les fils des suppliciés.

— Et quant aux généraux qui resteront, ajouta Peï, même s'ils doivent faire la Chine contre nous, ils la feront peut-être grande, parce qu'ils la feront sur leur propre sang.

— Non! dirent à la fois Tchen et Souen.

Ni l'un ni l'autre n'ignoraient combien était élevé le nombre des nationalistes parmi les communistes, parmi les intellectuels surtout. Peï écrivait dans des revues vite interdites des contes d'une amertume douloureusement satisfaite d'elle-même, et des articles dont le dernier commençait par : « L'impérialisme étant gêné, la Chine songe à solliciter sa bienveillance une fois de plus, et à lui demander de remplacer par un anneau de nickel l'anneau d'or qu'il lui a rivé dans le nez... » Il préparait d'autre part une idéologie du terrorisme. Pour lui, le communisme était seulement le vrai moyen de faire revivre la Chine.

— Je ne veux pas faire la Chine, dit Souen, je veux faire les miens avec ou sans elle. Les pauvres. C'est pour eux que j'accepte de mourir, de tuer. Pour eux seulement...

C'est Tchen qui répondit.

— Tant que nous essaierons de lancer la bombe,

ça ira mal. Trop de chances d'échec. Et il faut en finir aujourd'hui.

— S'y prendre autrement n'est pas plus facile, dit Peï.

— Il y a un moyen.

Les nuages bas et lourds avançaient dans le sens de leur marche, au-dessous du jour jaunâtre, avec un mouvement incertain et pourtant impérieux de destinées. Tchen avait fermé les yeux pour réfléchir, mais marchait toujours ; ses camarades attendaient, regardant ce profil courbe qui avançait comme à l'ordinaire le long des murs.

— Il y a un moyen. Et je crois qu'il n'y en a qu'un : il ne faut pas lancer la bombe ; il faut se jeter sous l'auto avec elle.

La marche continuait à travers les cours défoncées où les enfants ne jouaient plus. Tous trois réfléchissaient.

Ils arrivèrent. Le commis les introduisit dans l'arrière-boutique. Ils restaient debout au milieu des lampes, serviettes sous le bras ; ils finirent par les poser, prudemment. Souen et Peï s'accroupirent à la chinoise.

— Pourquoi ris-tu, Tchen ?

Il ne riait pas, il souriait, bien loin de l'ironie que lui prêtait l'inquiétude de Peï : stupéfait, il découvrait l'euphorie. Il savait quelle gêne troublait ses camarades, malgré leur courage : lancer les bombes, même de la façon la plus dangereuse, c'était l'aventure ; la résolution de mourir, c'était autre chose ; le contraire, peut-être. Il commença à marcher de long en large. L'arrière-boutique n'était éclairée que par le jour qui pénétrait à travers le magasin. Le ciel étant gris, il régnait là une lumière plombée comme celle qui précède les orages ; dans cette brume sale brillaient sur les panses des lampes-tempête des effets de lumière, points d'interrogation renversés et parallèles. L'ombre de Tchen, trop confuse pour être une silhouette, avançait au-dessus des yeux inquiets des autres.

— Kyo a raison : ce qui nous manque le plus c'est le sens du hara-kiri. Mais le Japonais qui se tue risque de devenir un dieu, ce qui est le commencement de la saloperie. Nong : il faut que le sang retombe sur les hommes — et qu'il y reste.

— J'aime mieux tenter de réussir, dit Souen, — de réussir — plusieurs attentats que de décider que je n'en tenterai qu'un parce qu'après je serai mort !

Pourtant, au-dessous des mots de Tchen, vibrant de leur timbre plus que de leur sens, — sa voix avait pris une intensité extrême — un courant attirait Souen.

— Il faut que je me jette sous l'auto, répondit Tchen.

Le cou immobile, ils le suivaient du regard, tandis qu'il s'éloignait et revenait; lui ne les regardait plus. Il trébucha sur une des lampes posées par terre, se rattrapa au mur : la lampe tomba, se cassa en tintant. Son ombre redressée se détachait confusément au-dessus de leurs têtes sur les derniers rangs des lampes; Souen commençait à comprendre ce que Tchen attendait de lui; pourtant, méfiance de lui-même, ou défense contre ce qu'il prévoyait :

— Qu'est-ce que tu veux ?

Tchen s'aperçut qu'il ne le savait pas. Il lui semblait lutter, non contre Souen, mais contre sa pensée qui le fuyait. Enfin :

— Que cela ne soit pas perdu.

— Tu veux que nous prenions l'engagement de t'imiter ? C'est bien cela ?

— Ce n'est pas une promesse que j'attends. C'est un besoin.

Les reflets s'effaçaient sur les lampes. Le jour baissait dans la pièce sans fenêtre : sans doute les nuages s'amassaient-ils dehors. Tchen se souvint de Gisors : « Près de la mort, une telle passion aspire à se transmettre... » Soudain, il comprit. Souen aussi comprenait :

— Tu veux faire du terrorisme une espèce de religion ?

Les mots étaient creux, absurdes, trop faibles pour exprimer ce que Tchen voulait d'eux.

— Pas une religion. Le sens de la vie. La...

Il faisait de la main le geste convulsif de pétrir, et sa pensée semblait haleter comme une respiration.

« ... La possession complète de soi-même.

Et, pétrissant toujours :

« Serré, serré, comme cette main serre l'autre — (il la serrait de toute sa force), ce n'est pas assez, comme... »

Il ramassa l'un des morceaux de verre de la lampe cassée. Un large éclat triangulaire, plein de reflets. D'un coup, il l'enfonça dans sa cuisse. Sa voix saccadée était pénétrée d'une certitude sauvage, mais il semblait bien plus posséder son exaltation qu'être possédé par elle. Pas fou du tout. À peine si les deux autres le voyaient encore, et pourtant, il emplissait la pièce. Souen commença à avoir peur :

— Je suis moins intelligent que toi, Tchen, mais pour moi... pour moi, non. J'ai vu mon père pendu par les mains, battu à coups de rotin sur le ventre, pour qu'il avouât où son maître avait caché l'argent qu'il ne possédait pas. C'est pour les nôtres que je combats, pas pour moi.

— Pour les nôtres, tu ne peux pas faire mieux que

190

décider de mourir. L'efficacité d'aucun homme ne peut être comparée à celle de l'homme qui a choisi cela. Si nous l'avions décidé, nous n'aurions pas manqué Chang-Kaï-Shek tout à l'heure.

— Toi, tu as peut-être besoin de ça. Je ne sais pas... » Il se débattait. « Si j'étais d'accord, comprends-tu, il me semblerait que je ne me fais pas tuer pour tous, mais...

— Mais?

Presque complètement assombri, le mauvais jour de l'après-midi restait là sans disparaître tout à fait, éternel.

— Pour toi.

Une forte odeur de pétrole rappela à Tchen les touques d'essence de l'incendie du poste, le premier jour de l'insurrection. Mais tout plongeait dans le passé, même Souen, puisqu'il ne voulait pas le suivre. Pourtant, la seule volonté que sa pensée présente ne transformât pas en néant, c'était de créer ces Juges condamnés, cette race de vengeurs. Cette naissance se faisait en lui, comme toutes les naissances, en le déchirant et en l'exaltant — sans qu'il en fût le maître. Il ne pouvait plus supporter aucune présence.

— Toi qui écris, dit-il à Peï, tu expliqueras.

Peï essuyait ses lunettes. Tchen releva son pantalon, banda sa cuisse avec un mouchoir sans laver la blessure — pour quoi faire? elle n'aurait pas le temps de s'infecter — avant de sortir. « On fait toujours la même chose », se dit-il, troublé, pensant au couteau qu'il s'était enfoncé dans le bras.

— Je partirai seul, dit-il. Et je suffirai seul, ce soir.

— J'organiserai quand même quelque chose, répondit Souen.

— Ce sera trop tard.

Devant la boutique Peï suivit Tchen. Celui-ci s'aperçut que l'adolescent, lunettes à la main — tellement plus humain, ce visage de gosse, sans verres sur les yeux — pleurait en silence.

— Où vas-tu?

— Je viens.

Tchen s'arrêta. Il l'avait toujours cru de l'avis de Souen; il lui montra du doigt celui-ci resté devant la porte.

— J'irai avec toi, reprit Peï.

Il s'efforçait de parler le moins possible, la voix faussée, la pomme d'Adam secouée de sanglots silencieux.

— Non. Aujourd'hui, témoigne.

Il crispa ses doigts dans les bras de Peï.

— Témoigne, répéta-t-il.

Il s'écarta. Peï resta sur le trottoir, la bouche ouverte, essuyant toujours ses verres de lunettes, comique. Jamais il n'eût cru qu'on pût être si seul.

3 heures.

Clappique avait pensé trouver Kyo chez lui. Mais non : dans la grande pièce au tapis jonché de croquis que ramassait un disciple en kimono, Gisors causait avec son beau-frère, le peintre Kama.

— Bonjour, mon bon! Dans mes bras!

Il s'assit tranquillement.

— Dommage que votre fils ne soit pas là.

— Voulez-vous l'attendre?

— Essayons. J'ai diablement besoin de le voir. Qu'est-ce que ce nouveau ppetit caquetusse, sous la

192

table à opium? La collection devient digne de respect. Ravissant, cher ami, rra-vis-sant! Il faut que j'en achète un. Où l'avez-vous trouvé?

— C'est un présent. Il m'a été envoyé peu avant une heure.

Clappique lisait les caractères chinois tracés sur le tuteur plat de la plante; un gros: Fidélité; trois petits, une signature: Tchen-Ta-Eul.

— Tchen-Ta-Eul... Tchen... Connais pas. Dommage. C'est un garçon qui se connaît en cactus.

Il se souvint que, le lendemain, il devait être parti. Il fallait trouver l'argent du départ, et non acheter des cactus. Impossible de vendre rapidement des objets d'art dans la ville occupée militairement. Ses amis étaient pauvres. Et Ferral ne se laissait taper sous aucun prétexte. Il l'avait chargé d'acheter pour lui des lavis de Kama, lorsque le peintre japonais arriverait. Quelques dizaines de dollars de commission...

— Kyo devrait être là, dit Gisors. Il avait beaucoup de rendez-vous aujourd'hui, n'est-ce pas...

— Il ferait peut-être mieux de les manquer, grogna Clappique.

Il n'osa rien ajouter. Il ignorait ce que Gisors connaissait de l'activité de Kyo. Mais l'absence de toute question l'humilia:

— Vous savez que c'est très sérieux.

— Tout ce qui touche Kyo est sérieux pour moi.

— Vous n'avez pas l'idée sur les moyens de gagner ou de trouver immédiatement quatre ou cinq cents dollars?

Gisors sourit tristement. Clappique le savait pauvre; et ses œuvres d'art, même s'il eût accepté de les vendre...

« Gagnons donc nos quelques sols[100] », pensa le

baron. Il s'approcha, regarda les lavis épars sur le divan. Bien qu'assez fin pour ne pas juger de l'art japonais traditionnel en fonction de ses rapports avec Cézanne ou Picasso, il le détestait aujourd'hui : le goût de la sérénité est faible chez les hommes traqués. Feux perdus dans la montagne, rues de villages que dissolvait la pluie, vols d'échassiers sur la neige, tout ce monde où la mélancolie préparait au bonheur. Clappique imaginait, hélas! sans peine, les paradis à la porte desquels il devait rester, mais s'irritait de leur existence.

— La plus belle femme du monde, dit-il, nue, excitée, mais avec une ceinture de chasteté. Pour Ferral, pas pour moi. Rentrez sous terre!

Il en choisit quatre, dicta l'adresse au disciple.

— Parce que vous pensez à notre art, dit Gisors; celui-ci ne sert pas à la même chose.

— Pourquoi peignez-vous, Kama-San?

En kimono comme son disciple, un effet de lumière sur son crâne chauve, le vieux maître regardait Clappique avec curiosité.

Le disciple laissa le croquis, traduisit, répondit :

— Le maître dit : d'abord, pour ma femme, parce que je l'aime...

— Je ne dis pas pour qui, mais pour quoi?

— Le maître dit qu'il est difficile de vous expliquer. Il dit : « Quand je suis allé en Europe, j'ai vu les musées. Plus vos peintres font des pommes, et même des lignes qui ne représentent pas des choses, plus ils parlent d'eux. Pour moi, c'est le monde qui compte. »

Kama dit une phrase de plus; à peine une expression de douceur passa-t-elle sur son visage d'indulgente vieille dame.

— Le maître dit : « La peinture, chez nous, ce serait, chez vous, la charité. »

Un second disciple, cuisinier, apporta des bols de saké, puis se retira. Kama parla de nouveau.

— Le maître dit que s'il ne peignait plus, il lui semblerait qu'il est devenu aveugle. Et plus qu'aveugle : seul.

— Minute! dit le baron, un œil ouvert, l'autre fermé, l'index pointé. Si un médecin vous disait . « Vous êtes atteint d'une maladie incurable, et vous mourrez dans trois mois », peindriez-vous encore?

— Le maître dit que s'il savait qu'il va mourir, il pense qu'il peindrait mieux, mais pas autrement.

— Pourquoi mieux? demanda Gisors.

Il ne cessait de penser à Kyo. Ce qu'avait dit Clappique en entrant suffisait à l'inquiéter : aujourd'hui, la sérénité était presque une insulte.

Kama répondit. Gisors traduisit lui-même :

— Il dit : « Il y a deux sourires — celui de ma femme et celui de ma fille — dont je penserais alors que je ne les verrais plus jamais, et j'aimerais davantage la tristesse. Le monde est comme les caractères de notre écriture. Ce que le signe est à la fleur, la fleur elle-même, celle-ci (il montra l'un des lavis) l'est à quelque chose. Tout est signe. Aller du signe à la chose signifiée, c'est approfondir le monde, c'est aller vers Dieu. Il pense que l'approche de la mort... Attendez... »

Il interrogea de nouveau Kama, reprit sa traduction :

« Oui, c'est ça. Il pense que l'approche de la mort lui permettrait peut-être de mettre en toutes choses assez de ferveur, de tristesse, pour que toutes les formes qu'il peindrait devinssent des signes compréhensibles, pour que ce qu'elles signifient — ce qu'elles cachent aussi — se révélât. »

Clappique éprouvait la sensation de souffrir en

face d'un être qui nie la douleur. Il écoutait avec attention, ne quittant pas du regard le visage d'ascète indulgent de Kama, tandis que Gisors traduisait; coudes au corps, mains jointes. Clappique, dès que son visage exprimait l'intelligence, prenait l'aspect d'un singe triste et frileux.

— Peut-être ne posez-vous pas très bien la question, dit Gisors.

Il dit en japonais une phrase très courte. Kama avait jusque-là répondu presque tout de suite. Il réfléchit.

— Quelle question venez-vous de lui poser? demanda Clappique à mi-voix.

— Ce qu'il ferait si le médecin condamnait sa femme.

— Le maître dit qu'il ne croirait pas le médecin.

Le disciple-cuisinier revint et emporta les bols sur un plateau. Son costume européen, son sourire, ses gestes que la joie rendait extravagants, jusqu'à sa déférence, tout en lui semblait étrange, même à Gisors. Kama dit, à mi-voix, une phrase que l'autre disciple ne traduisit pas.

— Au Japon, ces jeunes gens ne boivent jamais de vin, dit Gisors. Il est blessé que ce disciple soit ivre.

Son regard se perdît : la porte extérieure s'ouvrait. Un bruit de pas. Mais ce n'était pas Kyo. Le regard redevint précis, se posa avec fermeté sur celui de Kama :

— Et si elle était morte?

Eût-il poursuivi ce dialogue avec un Européen? Mais le vieux peintre appartenait à un autre univers. Avant de répondre, il eut un long sourire triste, non des lèvres, mais des paupières :

— On peut communier même avec la mort... C'est le plus difficile, mais peut-être est-ce le sens de la vie...

196

Il prenait congé, regagnait sa chambre, suivi du disciple. Clappique s'assit.

— Pas un mot!... Remarquable, mon bon, rremarquable! Il est parti comme un fantôme bien élevé. Savez-vous que les jeunes fantômes sont fort mal élevés et que les vieux ont le plus grand mal à leur enseigner à faire peur aux gens, car lesdits jeunes ignorent toutes langues, et ne savent dire que : Zipzip... Ce dont...

Il s'arrêta : le heurtoir, de nouveau. Dans le silence, commencèrent à tinter des notes de guitare; elles s'organisèrent bientôt en une chute lente qui s'épanouit en descendant, jusqu'aux plus graves longuement maintenues et perdues enfin dans une sérénité solennelle.

— Qu'est-ce à, mais qu'est-ce à dire?

— Il joue du shamisen[101]. Toujours, lorsque quelque chose l'a troublé : hors du Japon, c'est sa défense... Il m'a dit, en revenant d'Europe : « Je sais maintenant que je peux retrouver n'importe où mon silence intérieur... »

— Chiqué?

Clappique avait posé distraitement sa question : il écoutait. À cette heure où sa vie était peut-être en danger (bien que rarement il s'intéressât assez à luimême pour se sentir réellement menacé) ces notes si pures et qui faisaient refluer en lui, avec l'amour de la musique dont avait vécu sa jeunesse, cette jeunesse même et tout le bonheur détruit avec elle, le troublaient aussi.

Le bruit d'un pas, une fois de plus : déjà Kyo entrait.

Il emmena Clappique dans sa chambre. Divan, chaise, bureau, murs blancs, une austérité préméditée. Il y faisait chaud; Kyo jeta son veston sur le divan, resta en pull-over.

— Voici, dit Clappique. On vient de me donner un p'petit tuyau dont vous auriez tort de ne pas tenir le plus grand compte : si nous n'avons pas filé d'ici demain soir, nous sommes morts.

— De quelle origine, ce tuyau ? Police ?

— Bravo. Inutile de vous dire que je ne puis vous en raconter plus long. Mais c'est sérieux. L'histoire du bateau est connue. Tenez-vous tranquille, et filez avant quarante-huit heures.

Kyo allait dire : elle n'est plus un délit puisque nous avons triomphé. Il se tut. Il s'attendait trop à la répression du mouvement ouvrier pour être surpris. Il s'agissait de la rupture, ce que Clappique ne pouvait deviner ; et si celui-ci était poursuivi, c'était que le *Shan-Tung* ayant été pris par les communistes, on le croyait lié à eux.

— Que pensez-vous faire ? reprit Clappique.

— Réfléchir, d'abord.

— Pénétrante idée ! Et vous avez des sols pour filer ?

Kyo haussa les épaules en souriant.

— Je n'ai pas l'intention de filer.

— Votre renseignement n'en est pas moins de la plus grande importance pour moi, reprit-il après un instant.

— Pas l'intention de filer ! Vous préférez vous faire zigouiller ?

— Peut-être. Mais vous voulez partir, vous ?

— Pourquoi resterais-je ?

— Combien vous faut-il ?

— Trois cents, quatre cents...

— Peut-être pourrai-je vous en donner une partie. J'aimerais vous aider. Ne croyez pas que j'imagine payer ainsi le service que vous me rendez...

Clappique sourit tristement. Il ne se méprenait pas à la délicatesse de Kyo, mais il y était sensible.

— Où serez-vous ce soir? reprit Kyo.

— Où vous voudrez.

— Non.

— Disons donc au *Black Cat*. Il faut que je cherche mes p'petits argents de diverses manières.

— Ça va : la boîte est sur le territoire des concessions; donc, pas de police chinoise. Et le kidnappage * y est moins à craindre même qu'ici : trop de gens... J'y passerai entre onze et onze et demie. Mais pas plus tard. J'ai ensuite un rendez-vous...

Clappique détourna son regard.

« ... que je suis résolu à ne pas manquer. Vous êtes sûr que le *Cat* ne sera pas fermé?

— Folie! Ce sera plein d'officiers de Chang-Kaï-Shek; leurs uniformes glorieux se noueront dans les danses aux corps des filles perdues. En gracieuses guirlandes, vous dis-je! Je vous attendrai donc en contemplant avec attention ce spectacle nécessaire, jusque vers onze heures et demie.

— Croyez-vous que vous puissiez être renseigné davantage, ce soir?

— J'essaierai.

— Vous me rendriez peut-être grand service. Plus grand service que vous ne pouvez le penser. Suis-je désigné nommément?

— Oui.

— Et mon père?

— Non. Je l'aurais prévenu. Il n'était pour rien dans l'affaire du *Shan-Tung*.

Kyo savait que ce n'était pas au *Shan-Tung* qu'il fallait penser, mais à la répression. May? Son rôle était trop peu important pour qu'il y eût lieu d'interroger Clappique. Quant à ses compagnons, s'il était menacé, tous l'étaient.

* Terme shanghaïen : de l'anglais *kidnapped*, enlevé.

— Merci.

Ils revinrent ensemble. Dans la pièce aux phénix, May disait à Gisors :

— C'est très difficile : si l'Union des femmes accorde le divorce aux femmes maltraitées, les maris quittent l'Union révolutionnaire ; et si nous ne le leur accordons pas, elles perdent toute confiance en nous. Elles n'ont pas tort...

— Pour organiser, dit Kyo, je crains qu'il ne soit trop tôt ou trop tard.

Clappique partait, sans écouter.

— Soyez, comme à l'ordinaire, munificent, dit-il à Gisors : donnez-moi votre caquetusse.

— J'ai de l'affection pour le garçon qui me l'a envoyé... N'importe quel autre, volontiers...

C'était un petit cactus hirsute.

— Tant pis.

— À bientôt.

— À bien... Non. Peut-être. Au revoir, mon bon. Le seul homme de Shanghaï qui n'existe pas — pas un mot : qui n'existe absolument pas ! — vous salue.

Il sortit.

May et Gisors regardaient Kyo avec angoisse ; il expliqua aussitôt :

— Il a appris de la police que je suis visé ; il me conseille de ne pas bouger d'ici, sauf pour filer avant deux jours. D'autre part, la répression est imminente. Et les dernières troupes de la 1re division ont quitté la ville.

C'était la seule division sur laquelle pussent compter les communistes. Chang-Kaï-Shek le savait : il avait ordonné à son général de rejoindre le front avec ses troupes. Celui-ci avait proposé au Comité central communiste d'arrêter Chang-Kaï-Shek. On lui avait conseillé de temporiser, de se faire passer pour malade; il s'était vite trouvé en face d'un ultimatum. Et, n'osant pas combattre sans l'accord du Parti, il avait quitté la ville, tentant seulement d'y laisser quelques troupes. Elles venaient de partir à leur tour.

— Elles ne sont pas loin encore, reprit Kyo; et même la division peut revenir si nous tenons la ville assez longtemps.

La porte se rouvrit, un nez passa, une voix caverneuse dit : « Le baron de Clappique n'existe pas. »

La porte se referma.

— Rien de Han-Kéou? demanda Kyo.

— Rien.

Depuis son retour, il organisait clandestinement des groupes de combat contre Chang-Kaï-Shek, comme il en avait organisé contre les Nordistes. Le Komintern avait repoussé tous les mots d'ordre d'opposition, mais accepté le maintien des groupes communistes de choc; des nouveaux groupes de militants, Kyo et ses camarades voulaient faire les organisateurs des masses qui chaque jour maintenant se dirigeaient vers les Unions; mais les discours officiels du Parti communiste chinois, toute la propagande d'union avec le Kuomintang, les paralysaient. Seul, le Comité militaire s'était joint à eux; toutes les armes n'avaient pas été rendues, mais Chang-Kaï-Shek exigeait ce jour même la remise des armes qui n'avaient pas encore été rendues. Un dernier appel du Comité militaire avait été télégraphié à Han-Kéou.

Le vieux Gisors — au courant cette fois — était inquiet. Comme Kyo, il était sûr que Chang-Kaï-Shek tenterait d'écraser les communistes; comme Kyo, il pensait que le meurtre du général eût touché la réaction là où elle était le plus vulnérable. Mais il détestait le caractère de complot de leur action présente. La mort de Chang-Kaï-Shek, la prise même du gouvernement de Shanghaï, ne menaient qu'à l'aventure. Avec quelques-uns des membres du Komintern, il souhaitait le retour à Canton de l'armée de fer et de la fraction communiste du Kuomintang : là, appuyés sur une ville révolutionnaire, sur un arsenal actif et approvisionné, les rouges pourraient s'établir et attendre le moment propice à une nouvelle campagne du Nord que préparait profondément la réaction imminente. Les généraux de Han-Kéou, avides de terres à conquérir, ne l'étaient guère du sud de la Chine où les Unions fidèles à ceux qui représentaient la mémoire de Sun-Yat-Sen les eussent contraints à une constante et peu fructueuse guérilla. Au lieu de devoir combattre les Nordistes, puis Chang-Kaï-Shek, l'armée rouge eût ainsi laissé à celui-ci le soin de combattre ceux-là ; quel que fût l'ennemi qu'elle rencontrât ensuite à Canton, elle ne l'eût rencontré qu'affaibli. « Les ânes sont trop fascinés par leur carotte, disait Gisors des généraux, pour nous mordre en ce moment si nous ne nous plaçons pas entre elle et eux... » Mais la majorité du Parti communiste chinois, et peut-être Moscou, jugeaient ce point de vue « liquidateur ».

Kyo pensait, comme son père, que la meilleure politique était celle du retour à Canton. Il eût voulu de plus préparer par une propagande intense l'émigration en masse des ouvriers — ils ne possédaient rien — de Shanghaï à Canton. C'était très difficile, non impossible : les débouchés des provinces du Sud étant assurés, les masses ouvrières eussent apporté à Canton une industrialisation rapide. Tactique dangereuse pour Shanghaï : les ouvriers des filatures sont plus ou moins qualifiés, et instruire de nou-

veaux ouvriers était former de nouveaux révolutionnaires, à moins d'élever les salaires, « hypothèse
exclue, eût dit Ferral, en raison de l'état actuel des
industries chinoises ». Vider Shanghaï au profit de
Canton, comme Hong-Kong en 1925... Hong-Kong
est à cinq heures de Canton, et Shanghaï à cinq
jours : difficile entreprise, plus difficile peut-être que
de se laisser tuer, mais moins imbécile.

Depuis son retour de Han-Kéou, il était convaincu
que la réaction se préparait ; même si Clappique ne
l'eût pas prévenu, il eût considéré la situation, en cas
d'attaque des communistes par l'armée de Chang-
Kaï-Shek, comme si désespérée que tout événement,
même le meurtre du général (quelles qu'en fussent
les conséquences) en fût devenu favorable. Les
Unions, si on les armait, pouvaient à la rigueur tenter de combattre une armée désorganisée.

Encore la sonnette. Kyo courut à la porte : c'était
enfin le courrier qui apportait la réponse de Han-
Kéou. Son père et May le regardèrent revenir, sans
rien dire.

— Ordre d'enterrer les armes, dit-il.

Le message, déchiré, était devenu une boule dans
le creux de sa main. Il reprit les morceaux de papier,
les développa sur la table à opium, les rapprocha,
haussa les épaules devant sa puérilité : c'était bien
l'ordre de cacher ou d'enterrer les armes.

— Il faut que j'aille tout de suite là-bas.

Là-bas, c'était le Comité central. Il devait donc
quitter les concessions. Gisors savait qu'il ne pouvait
rien dire. Peut-être son fils allait-il à la mort ; ce
n'était pas la première fois. Il n'avait qu'à souffrir et
se taire. Il prenait fort au sérieux le renseignement
de Clappique : celui-ci avait sauvé, à Pékin, en le pré-
venant que le corps de cadets dont il faisait partie

allait être massacré, l'Allemand qui dirigeait maintenant la police de Chang-Kaï-Shek, König. Gisors ne connaissait pas Chpilewski. Comme le regard de Kyo rencontrait le sien, il essaya de sourire; Kyo aussi, et leurs regards ne se séparèrent pas : tous deux savaient qu'ils mentaient, et que ce mensonge était peut-être leur plus affectueuse communion.

Kyo retourna dans sa chambre, où il avait laissé son veston. May passait son manteau.

— Où vas-tu?

— Avec toi, Kyo.

— Pour quoi faire?

Elle ne répondit pas.

— Il est plus facile de nous reconnaître ensemble que séparés, dit-il.

— Mais non, pourquoi? Si tu es signalé, c'est la même chose...

— Tu ne serviras à rien.

— À quoi servirai-je, ici, pendant ce temps? Les hommes ne savent pas ce que c'est que d'attendre...

Il fit quelques pas, s'arrêta, se retourna vers elle :

— Écoute, May : lorsque ta liberté a été en jeu, je l'ai reconnue.

Elle comprit à quoi il faisait allusion et eut peur : elle l'avait oublié. En effet, il ajoutait, d'un ton plus sourd :

— ... et tu as su la prendre. Il s'agit maintenant de la mienne.

— Mais, Kyo, quel rapport ça a-t-il?

— Reconnaître la liberté d'un autre, c'est lui donner raison contre sa propre souffrance, je le sais d'expérience.

— Suis-je « un autre », Kyo?

Il se tut, de nouveau. Oui, en ce moment, elle était un autre. Quelque chose entre eux avait été changé.

204

— Alors, reprit-elle, parce que j'ai... enfin, à cause de cela, nous ne pouvons plus même être en danger ensemble?... Réfléchis, Kyo : on dirait presque que tu te venges...

— Ne plus le pouvoir, et le chercher quand c'est inutile, ça fait deux.

— Mais si tu m'en voulais tellement que cela, tu n'avais qu'à prendre une maîtresse... Et puis, non! pourquoi est-ce que je dis cela, ce n'est pas vrai, je n'ai pas pris un amant! et tu sais bien que tu peux coucher avec qui tu veux...

— Tu me suffis, répondit-il amèrement.

Son regard étonna May : tous les sentiments s'y mêlaient. Et — le plus troublant de tous — sur son visage, l'inquiétante expression d'une volupté ignorée de lui-même.

— En ce moment, reprit-il, ce n'est pas de coucher que j'ai envie. Je ne dis pas que tu aies tort; je dis que je veux partir seul. La liberté que tu me reconnais, c'est la tienne. La liberté de faire ce qu'il *te* plaît. La liberté n'est pas un échange, c'est la liberté.

— C'est un abandon...

Silence.

— Pourquoi des êtres qui s'aiment sont-ils en face de la mort, Kyo, si ce n'est pour la risquer ensemble?

Elle devina qu'il allait partir sans discuter, et se plaça devant la porte.

— Il ne fallait pas me donner cette liberté, dit-elle, si elle doit nous séparer maintenant.

— Tu ne l'as pas demandée.

— Tu me l'avais d'abord reconnue.

« Il ne fallait pas me croire », pensa-t-il. C'était vrai, il la lui avait toujours reconnue. Mais qu'elle discutât en ce moment sur des droits la séparait de lui davantage.

— Il y a des droits qu'on ne donne, dit-elle amèrement, que pour qu'ils ne soient pas employés.

— Ne les aurais-je reconnus que pour que tu puisses t'y accrocher en ce moment, ce ne serait pas si mal...

Cette seconde les séparait plus que la mort : paupières, bouche, tempes, la place de toutes les tendresses est visible sur le visage d'une morte, et ces pommettes hautes et ces longues paupières n'appartenaient plus qu'à un monde étranger. Les blessures du plus profond amour suffisent à faire une assez belle haine. Reculait-elle, si près de la mort, au seuil de ce monde d'hostilité qu'elle découvrait ? Elle dit :

— Je ne m'accroche à rien, Kyo, disons que j'ai tort, que j'ai eu tort, ce que tu voudras, mais maintenant, en ce moment, tout de suite, je veux partir avec toi. Je te le demande.

Il se taisait.

— Si tu ne m'aimais pas, reprit-elle, ça te serait bien égal de me laisser partir avec toi... Alors ? Pourquoi nous faire souffrir ?

« Comme si c'était le moment », ajouta-t-elle avec lassitude.

Kyo sentait grouiller en lui quelques démons familiers qui le dégoûtaient passablement. Il avait envie de la frapper, et précisément dans son amour. Elle avait raison : s'il ne l'avait pas aimée, que lui eût importé qu'elle mourût ? Peut-être était-ce qu'elle le contraignît à comprendre cela, en ce moment, qui l'opposait le plus à elle.

Avait-elle envie de pleurer ? Elle avait fermé les yeux, et le frémissement de ses épaules, constant, silencieux, semblait, en opposition avec son masque immobile, l'expression même de la détresse humaine. Ce n'était plus seulement sa volonté qui les

séparait, mais la douleur. Et, le spectacle de la douleur rapprochant autant que la douleur sépare, il
était de nouveau jeté vers elle par ce visage dont les
sourcils montaient peu à peu, — comme lorsqu'elle
avait l'air émerveillée... Au-dessus des yeux fermés,
le mouvement du front s'arrêta et ce visage tendu
dont les paupières restaient baissées devint tout à
coup un visage de morte.

La plupart des expressions de May lui étaient trop
familières pour avoir prise sur lui. Mais il n'avait
jamais vu ce masque mortuaire, — la douleur, et non
le sommeil, sur des yeux fermés, — et la mort était si
près que cette illusion prenait la force d'une préfigu-
ration sinistre. Elle rouvrit les yeux sans le regarder :
son regard restait perdu sur le mur blanc de la
chambre ; sans qu'un seul de ses muscles bougeât,
une larme coula le long de son nez, resta suspendue
au coin de sa bouche, trahissant par sa vie sourde,
poignante comme la douleur des bêtes, ce masque
aussi inhumain, aussi mort que tout à l'heure.

— Rouvre les yeux.

Elle le regarda.

— Ils sont ouverts...

— J'ai eu l'impression que tu étais morte.

— Eh bien ?

Elle haussa les épaules et continua, d'une voix
pleine de la plus triste fatigue :

— Moi, si je meurs, je trouve que tu peux mourir...

Il comprenait maintenant quel vrai sentiment le
poussait : il voulait la consoler. Mais il ne pouvait la
consoler qu'en acceptant qu'elle partît avec lui. Elle
avait refermé les yeux. Il la prit dans ses bras,
l'embrassa sur les paupières. Quand ils se séparèrent :

— Nous partons? demanda-t-elle.

— Non.

Trop loyale pour cacher son instinct, elle revenait à ses désirs avec une opiniâtreté de chat, qui souvent agaçait Kyo. Elle s'était écartée de la porte, mais il s'aperçut qu'il avait eu envie de passer seulement tant qu'il avait été sûr qu'il ne passerait pas.

— May, allons-nous nous quitter par surprise?

— Ai-je vécu comme une femme qu'on protège...

Ils restaient l'un en face de l'autre, ne sachant plus que dire et n'acceptant pas le silence, sachant tous deux que cet instant, l'un des plus graves de leur vie, était pourri par le temps qui passait : la place de Kyo n'était pas là, mais au Comité, et sous tout ce qu'il pensait l'impatience était embusquée.

Elle lui montra la porte du visage.

Il la regarda, prit sa tête entre ses deux mains, la serrant doucement sans l'embrasser, comme s'il eût pu mettre dans cette étreinte du visage ce qu'ont de tendresse et de violence mêlées tous les gestes virils de l'amour. Enfin ses mains s'écartèrent.

Les deux portes se refermèrent. May continuait à écouter, comme si elle eût attendu que se fermât à son tour une troisième porte qui n'existait pas, — la bouche ouverte et molle, saoule de chagrin, découvrant que, si elle lui avait fait signe de partir seul, c'était parce qu'elle pensait faire ainsi le dernier, le seul geste qui pût le décider à l'emmener.

À peine Kyo avait-il fait cent pas qu'il rencontra Katow.

— Tchen n'est pas là?

Il montrait du doigt la maison de Kyo.

— Non.

— Tu ne sais 'bsolument pas où il est?

208

— Non. Pourquoi ?

Katow était calme, mais ce visage de migraine...

— Il y a plusieurs autos de Chang-Kaï-Shek. Tchen ne le sait pas. Ou la police est prévenue ou elle se m'fie. S'il ne le sait pas, il va se faire prendre et lancer ses bombes pour rien. Je cours après lui depuis longtemps, vois-tu. Les bombes devaient être lancées à une heure. Rien n'a été fait : nous le saurions.

— Il devait aller avenue des Deux-Républiques. Le plus sage serait de passer chez Hemmelrich.

Katow y partit aussitôt.

— Tu as ton cyanure ? lui demanda Kyo au moment où il se retournait.

— Oui.

Tous deux, et plusieurs autres chefs révolutionnaires, portaient du cyanure dans la boucle plate de leur ceinture, qui s'ouvrait comme une boîte.

La séparation n'avait pas délivré Kyo. Au contraire : May était plus forte dans cette rue déserte, — ayant accepté — qu'en face de lui, s'opposant à lui. Il entra dans la ville chinoise, non sans s'en apercevoir, mais avec indifférence. « Ai-je vécu comme une femme qu'on protège ?... » De quel droit exerçait-il sa pitoyable protection sur la femme qui avait accepté même qu'il partît ? Au nom de quoi la quittait-il ? Était-il sûr qu'il n'y eût pas là de vengeance ? Sans doute May était-elle encore assise sur le lit, écrasée par une peine qui se passait de psychologie...

Il revint sur ses pas en courant.

La pièce aux phénix était vide : son père sorti, May toujours dans la chambre. Avant d'ouvrir il s'arrêta, écrasé par la fraternité de la mort, découvrant combien, devant cette communion, la chair restait dérisoire malgré son emportement. Il comprenait maintenant qu'accepter d'entraîner l'être qu'on aime dans la mort est peut-être la forme totale de l'amour, celle qui ne peut pas être dépassée.

Il ouvrit.

Elle jeta précipitamment son manteau sur ses épaules, et le suivit sans rien dire.

3 heures et demie.

Depuis longtemps, Hemmelrich regardait ses disques sans acheteurs. On frappa selon le signal convenu.

Il ouvrit. C'était Katow.

— As-tu vu Tchen?

— Remords ambulant! grogna Hemmelrich.

— Quoi?

— Rien. Oui, je l'ai vu. Vers une heure, deux heures. Ça te regarde?

— J'ai 'bsolument besoin de le voir. Qu'est-ce qu'il a dit?

D'une autre pièce, un cri du gosse vint jusqu'à eux, suivi des confuses paroles de la mère qui s'efforçait de le calmer.

— Il est venu avec deux copains. L'un, c'est Souen. L'autre, connais pas. Un type à lunettes, comme tout le monde. L'air noble. Des serviettes sous le bras : tu comprends?

— C'est pour ça qu'il faut que je le retrouve, vois-tu bien.

— Il m'a demandé de rester là trois heures.

— Ah bon! Où est-il?

210

— Ta gueule! Écoute ce qu'on te dit. Il m'a demandé de rester là. Je n'ai pas marché. Tu entends?

Silence.

— Je t'ai dit que je n'avais pas marché.

— Où peut-il être allé?

— Il n'a rien dit. Comme toi. Le silence se répand, aujourd'hui...

Hemmelrich était debout au milieu de la pièce, le corps ramassé, le regard presque haineux. Katow dit calmement, sans le regarder :

— Tu t'engueules trop toi-même. Alors, tu cherches à te faire eng'ler pour pouvoir te d'fendre.

— Qu'est-ce que tu peux y comprendre? Et qu'est-ce que ça peut te foutre? Ne me regarde pas comme ça avec ta mèche en crête de poussin et tes mains ouvertes, comme Jésus-Christ, pour qu'on y mette des clous...

Sans fermer la main, Katow la posa sur l'épaule d'Hemmelrich.

— Ça va toujours mal, là-haut?

— Moins. Mais ça suffit comme ça. Pauvre môme!... Avec sa maigreur et sa grosse tête, il a l'air d'un lapin dépouillé... Laisse...

Le Belge se dégagea brutalement, s'arrêta, puis se dirigea vers l'extrémité de la pièce, d'un mouvement bizarrement puéril, comme s'il boudait.

— Et le pire, dit-il, ce n'est pas encore ça. Non, ne prends pas l'air d'un type qui a des démangeaisons, qui se tortille avec des airs gênés : je ne l'ai pas indiqué à la police, Tchen. Ça va. Pas encore, du moins...

Katow haussa les épaules avec tristesse.

— Tu ferais mieux de t'expliquer.

— Je voulais partir avec lui.

— Avec Tchen?

Katow était sûr que, maintenant, il ne le trouverait plus. Il parlait avec la voix calme et lasse des gens battus. Chang-Kaï-Shek ne revenait qu'à la nuit, et Tchen ne pouvait rien tenter avant.

Hemmelrich montra du pouce, par-dessus son épaule, la direction d'où était venu le cri de l'enfant :

— Et voilà. Voilà. Qu'est-ce que tu veux que je foute ?

— Attendre...

— Parce que le gosse mourra, pas ? Écoute bien : la moitié de la journée, je le souhaite. Et si ça vient, je souhaiterais qu'il reste, *qu'il ne meure pas*, même malade, même infirme...

— Je sais...

— Quoi ? dit Hemmelrich, spolié. Qu'est-ce que tu sais ? T'es même pas marié !

— J'ai été marié.

— J'aurais voulu voir ça. Avec ton allure... Non, c'est pas pour nous, tous ces bath petits coïts ambulants qu'on voit passer dans la rue...

Il sentit que Katow pensait à la femme qui veillait l'enfant, là-haut.

— Du dévouement, oui. Et tout ce qu'elle peut. Le reste, ce qu'elle n'a pas, elle, justement, c'est pour les riches. Quand je vois des gens qui ont l'air de s'aimer, j'ai envie de leur casser la gueule.

— Le dévouement, c'est beaucoup... La seule chose nécessaire est de ne pas être seul.

— Et c'est pour ça que tu restes ici, pas ? Pour m'aider.

— Oui.

— Par pitié ?

— Pas par pitié. Par...

Mais Katow ne trouvait pas le mot. Et peut-être n'existait-il pas. Il essaya de s'expliquer indirectement :

— J'ai connu ça, ou presque. Et aussi ton espèce de... rage... Comment veux-tu qu'on comprenne les choses autrement que par les souvenirs... C'est pour ça que tu ne me vexes pas.

Il s'était rapproché et parlait, la tête entre les épaules, de sa voix qui mangeait les syllabes, le regardant du coin de l'œil; tous deux, ainsi, têtes baissées, avaient l'air de se préparer à un combat au milieu des disques. Mais Katow savait qu'il était le plus fort, s'il ignorait comment. Peut-être était-ce sa voix, son calme, son amitié même qui agissaient?

— Un homme qui se fout de tout, s'il rencontre r'ellement le d'vouement, le sacrifice, un quelconque de ces trucs-là, il est perdu.

— Sans blague! Alors qu'est-ce qu'il fait?

— Du sadisme, répondit Katow, le regardant tranquillement.

Le grillon. Des pas, dans la rue, se perdaient peu à peu.

— Le sadisme avec les épingles, reprit-il, c'est rare; avec les paroles, c'est loin de l'être. Mais si la femme accepte 'bsolument, si elle est capable d'aller au-delà... J'ai connu un type qui a pris et joué l'argent que la sienne avait éc'nomisé pendant des années pour aller au san'torium. Question de vie ou de mort. Il l'a perdu. (Dans ces cas-là, on perd t'jours.) Il est revenu en morceaux, 'bsolument écrasé comme toi en ce moment. Elle l'a regardé s'approcher de son lit. Elle a tout de suite compris, vois-tu. Et puis, quoi? Elle a essayé de le consoler...

— Plus facile, dit lentement Hemmelrich, de consoler les autres que de se consoler soi-même...

Et, relevant soudain les yeux:

« C'était toi, le type?

— As-sez! » Katow frappa du poing le comptoir.

« Si c'était moi, je dirais : moi, et pas autre chose. »
Mais sa colère tomba aussitôt. « Je n'en ai pas fait
tant, et il n'est pas n'cessaire d'en faire tant... Si on
ne croit à rien, *surtout* parce qu'on ne croit à rien,
est obligé de croire aux qualités du cœur quand on
les rencontre, ça va de soi. Et c'est ce que tu fais.
Sans la femme et le gosse tu serais parti, j'en suis
sûr. Alors ?

— Et comme on n'existe que pour ces qualités
cardiaques, elles vous boulottent. Puisqu'il faut toujours être bouffé, autant elles... Mais tout ça c'est des
conneries. Il ne s'agit pas d'avoir raison. Je ne peux
pas supporter d'avoir foutu Tchen à la porte, et je
n'aurais pu supporter de le garder.

— Il ne faut demander aux cam'rades que ce qu'ils
peuvent faire. Je veux des cam'rades et pas des
saints. Pas confiance dans les saints...

— C'est vrai, que tu as accompagné volontairement les types aux mines de plomb ?

— J'étais au camp, dit Katow gêné : les mines ou
le camp, ça se vaut...

— Ça se vaut ! C'est pas vrai.

— Qu'est-ce que tu en sais ?

— C'est pas vrai ! Et tu aurais gardé Tchen.

— Je n'ai pas d'enfants...

— Il me semble que ça me serait moins... difficile,
même l'idée qu'on me le tuera, s'il n'était pas
malade... Moi, je suis bête. C'est vrai que je suis bête.
Et je ne suis peut-être même pas travailleur. Et
après ? Je me fais l'effet d'un bec de gaz sur quoi tout
ce qu'il y a de libre dans le monde vient pisser.

Il montra de nouveau l'étage d'un mouvement de
son visage plat, car l'enfant criait de nouveau. Katow
n'osait pas dire : « La mort va te délivrer. » C'était la
mort qui l'avait délivré, lui. Depuis qu'Hemmelrich

214

avait commencé de parler, le souvenir de sa femme était entre eux. Revenu de Sibérie sans espoir, battu, ses études de médecine brisées, devenu ouvrier d'usine et assuré qu'il mourrait avant de voir la révolution, il s'était tristement prouvé un reste d'existence en faisant souffrir une petite ouvrière qui l'aimait. Mais à peine avait-elle accepté les douleurs qu'il lui infligeait que, pris par ce qu'a de bouleversant la tendresse de l'être qui souffre pour celui qui le fait souffrir, il n'avait plus vécu que pour elle, continuant par habitude l'action révolutionnaire, mais y emportant l'obsession de la tendresse sans limites cachée au cœur de cette vague idiote : des heures il lui caressait les cheveux, et ils couchaient ensemble toute la journée. Elle était morte, et depuis... Cela, pourtant, était entre Hemmelrich et lui. Pas assez...

Par des paroles, il ne pouvait presque rien ; mais au-delà des paroles, il y avait ce qu'expriment des gestes, des regards, la seule présence. Il savait d'expérience que la pire souffrance est dans la solitude qui l'accompagne. L'exprimer aussi délivre ; mais peu de mots sont moins connus des hommes que ceux de leurs douleurs profondes. S'exprimer mal, ou mentir, donnerait à Hemmelrich un nouvel élan pour se mépriser : il souffrait surtout de lui-même. Katow le regarda sans fixer son regard, tristement — frappé une fois de plus de constater combien sont peu nombreux, et maladroits, les gestes de l'affection virile :

— Il faut que tu comprennes sans que je dise rien, dit-il. Il n'y a rien à dire.

Hemmelrich leva la main, la laissa retomber pesamment, comme s'il n'eût pu choisir qu'entre la détresse et l'absurdité de sa vie. Mais il restait en face de Katow, envahi.

« Bientôt, je pourrai repartir à la recherche de Tchen », pensait Katow.

6 heures.

— L'argent a été remis hier, dit Ferral au colonel, en uniforme cette fois. Où en sommes-nous ?

— Le gouverneur militaire a envoyé au général Chang-Kaï-Shek une très longue note pour demander ce qu'il devait faire en cas d'émeute.

— Il veut être couvert ?

Le colonel regarda Ferral par-dessus sa taie, répondit seulement : « Voici la traducti-on ».

Ferral lut la pièce.

— J'ai même la réponse, dit le colonel.

Il tendit une photo : au-dessus de la signature de Chang-Kaï-Shek, deux caractères.

— Ça veut dire ?

— *Fusillez.*

Ferral regarda, au mur, la carte de Shanghaï, avec de grandes taches rouges qui indiquaient les masses des ouvriers et des misérables — les mêmes. « Trois mille hommes de gardes syndicales, pensait-il, peut-être trois cent mille derrière ; mais oseront-ils bouger ? De l'autre côté, Chang-Kaï-Shek et l'armée... »

— Il va commencer par fusiller les chefs communistes avant toute émeute ? demanda-t-il.

— Certainement. Il n'y aura pas d'émeute : les communistes sont presque désarmés et Chang-Kaï-Shek a ses troupes. La 1re division est au front : c'était la seule dangereuse.

216

— Merci. Au revoir.

Ferral allait chez Valérie. Un boy[102] l'attendait à côté du chauffeur, un merle dans une grande cage dorée sur ses genoux. Valérie avait prié Ferral de lui faire ce cadeau. Dès que son auto fut en marche, il tira de sa poche une lettre et la relut. Ce qu'il craignait depuis un mois se produisait : ses crédits américains allaient être coupés.

Les commandes du Gouvernement Général de l'Indochine ne suffisaient plus à l'activité d'usines créées pour un marché qui devait s'étendre de mois en mois et qui diminuait de jour en jour : les entreprises industrielles du Consortium étaient déficitaires. Les cours des actions, maintenus à Paris par les banques de Ferral et les groupes financiers français qui leur étaient liés, et surtout par l'inflation, depuis la stabilisation du franc descendaient sans arrêt. Mais les banques du Consortium n'étaient fortes que des bénéfices de ses plantations — essentiellement, de ses sociétés de caoutchouc. Le plan Stevenson * avait porté de 16 cents à 112 le cours du caoutchouc. Ferral, producteur par ses hévéas d'Indochine, avait bénéficié de la hausse sans devoir restreindre sa production, puisque ses affaires n'étaient pas anglaises. Aussi les banques américaines, sachant d'expérience combien le plan coûtait à l'Amérique, principal consommateur, avaient-elles volontiers ouvert des crédits garantis par les plantations. Mais la production indigène des Indes Néerlandaises, la menace de plantations américaines aux Philippines, au Brésil, au Liberia, menaient mainte-

* Restriction de la production du caoutchouc dans tout l'Empire britannique (principal producteur du monde) destinée à relever le cours du caoutchouc, tombé alors au-dessous du prix de revient.

nant à l'effondrement les cours du caoutchouc; les banques américaines cessaient donc leurs crédits pour les mêmes raisons qu'elles les avaient accordés. Ferral était atteint à la fois par le krach de la seule matière première qui le soutînt — il s'était fait ouvrir des crédits, il avait spéculé, non sur la valeur de sa production mais sur celle des plantations mêmes, — par la stabilisation du franc qui faisait baisser tous ses titres (dont une quantité appartenait à ses banques résolues à contrôler le marché) et par la suppression de ses crédits américains. Et il n'ignorait pas que, dès que cette suppression serait connue, tous les margoulins de Paris et de New York prendraient position à la baisse sur ses titres; position trop sûre... Il ne pouvait être sauvé que pour des raisons morales; donc, que par le gouvernement français.

L'approche de la faillite apporte aux groupes financiers une conscience intense de la nation à laquelle ils appartiennent. Habitués à voir « dépouiller l'épargne », les gouvernements n'aiment pas à la voir dépouiller de son espoir: une épargne qui pense, avec le tenace espoir du joueur, retrouver quelque jour son argent perdu, est une épargne à demi consolée. Il était donc difficile à la France d'abandonner le Consortium, après la Banque Industrielle de Chine. Mais pour que Ferral pût lui demander aide, il fallait qu'il ne fût pas sans espoir: il fallait avant tout que le communisme fût écrasé en Chine. Chang-Kaï-Shek maître des provinces, c'était la construction du chemin de fer chinois: l'emprunt prévu était de trois milliards de francs-or, ce qui faisait beaucoup de millions de francs-papier. Certes, il ne recevait pas seul la commande du matériel, pas plus qu'aujourd'hui il ne défendait seul Chang-Kaï-

218

Shek; mais il serait du jeu. De plus, les banques américaines craignaient le triomphe du communisme chinois; sa chute modifierait leur politique. Français, Ferral disposait en Chine de privilèges : « Il n'était pas question que le Consortium ne participât pas à la construction du chemin de fer. » Pour tenir, il était fondé à demander au gouvernement une aide que celui-ci préférerait à un nouveau krach : si ses crédits étaient américains, ses dépôts et ses actions étaient français. Ses cartes ne pouvaient toutes gagner pendant une période de crise chinoise aiguë : mais, de même que le plan Stevenson avait assuré en son temps la vie du Consortium, de même la victoire du Kuomintang devait l'assurer aujourd'hui. La stabilisation du franc avait joué contre lui : la chute du communisme chinois jouerait pour lui...

Ne ferait-il toute sa vie qu'attendre au passage, pour profiter de leur force, ces poussées de l'économie mondiale qui commençaient comme des offrandes et finissaient comme des coups de tête dans le ventre ? Cette nuit, que ce fût dans la résistance, la victoire ou la défaite, il se sentait dépendant de toutes les forces du monde. Mais il y avait cette femme dont il ne dépendait pas, qui dépendrait tout à l'heure de lui : l'aveu de soumission de ce visage possédé, comme une main plaquée sur ses yeux lui cacherait les contraintes enchevêtrées sur lesquelles reposait sa vie. Il l'avait revue dans quelques salons (elle n'était revenue de Kyoto que depuis trois jours) retenu et irrité chaque fois de la coquetterie tendrement insolente par quoi elle stimulait son désir; elle avait accepté de le retrouver cette nuit. Dans son besoin illimité d'être préféré — on admire plus facilement, plus totalement, d'un sexe à l'autre, — si l'admiration devenait incertaine, il faisait appel à l'érotisme pour la raviver. Et ce qui en elle s'opposait à lui irritait le plus sa sensualité. Tout cela très trouble, car c'était de son besoin de s'imaginer à sa place dès qu'il commençait à toucher son corps qu'il tirait sa sensation aiguë de possession. Mais un corps conquis avait d'avance pour lui plus de goût qu'un corps livré, — plus de goût que tout autre corps.

Il quitta sa voiture et entra à l'*Astor*, suivi du boy qui portait sa cage au bout du bras avec dignité. Il y avait sur la terre des millions d'ombres : les femmes dont l'amour ne l'intéressait pas — et un adversaire vivant : la femme dont il voulait être aimé. Son orgueil appelait un orgueil ennemi comme le joueur passionné appelle un autre joueur pour le combattre, et non la paix. Du moins la partie était-elle ce soir bien engagée, puisqu'ils allaient d'abord coucher ensemble.

Dès le hall un employé européen s'approcha de lui.

— Madame Serge fait dire à monsieur Ferral qu'elle ne rentrera pas cette nuit, mais que ce monsieur lui expliquera.

Ferral, interloqué, regarda « ce monsieur », assis de dos, à côté d'un paravent. L'homme se retourna : le directeur d'une des banques anglaises, qui depuis un mois courtisait Valérie. À côté de lui, derrière le paravent, un boy tenait, non moins dignement que celui de Ferral, un merle dans une cage. L'Anglais se leva, ahuri, serra la main de Ferral, en lui disant :

— Vous devriez m'expliquer, monsieur...

Ils comprirent ensemble qu'ils étaient mystifiés. Ils se regardaient, au milieu des sourires sournois des boys et de la gravité, trop grande pour être naturelle, des employés blancs. C'était l'heure du cocktail, et tout Shanghaï était là. Ferral se sentait le plus ridicule : l'Anglais était presque un jeune homme.

Un mépris aussi intense que la colère qui l'inspirait compensa instantanément l'infériorité qui lui était imposée. Il se sentit entouré de la vraie bêtise humaine, celle qui colle, qui pèse aux épaules; les êtres qui le regardaient étaient les plus haïssables crétins de la terre. Pourtant, ignorant ce qu'ils savaient, il les supposait au courant de tout et se sentait, en face de leur ironie, écrasé par une paralysie toute tendue de haine.

— C'est pour un concours? demandait son boy à l'autre.

— Sais pas.

— Le mien, c'est un mâle.

— Oui. Le mien, une femelle.

— Ça doit être pour ça.

L'Anglais s'inclina devant Ferral, se dirigea vers le portier. Celui-ci lui remit une lettre. Il la lut, appela son boy, tira une carte de visite de son portefeuille, la fixa à la cage, dit au portier : « Pour Madame Serge » et sortit.

Ferral s'efforçait de réfléchir, de se défendre. Elle l'avait atteint à son point le plus sensible, comme si elle lui eût crevé les yeux pendant son sommeil : elle le niait. Ce qu'il pouvait penser, faire, vouloir, n'existait pas. Cette scène ridicule était, rien ne ferait qu'elle n'eût pas été. Lui seul existait dans un monde de fantômes, et c'était lui, précisément lui, qui était bafoué. Et par surcroît — car il ne pensait pas à une conséquence, mais à une succession de défaites, comme si la rage l'eût rendu masochiste — par surcroît, il ne coucherait pas avec elle. De plus en plus avide de se venger sur ce corps ironique, il restait là seul, en face de ces abrutis et de son boy indifférent, la cage au bout du bras. Cet oiseau était une constante insulte. Mais il fallait, avant tout, rester. Il commanda un cocktail et alluma une cigarette, puis demeura immobile, occupé à casser, dans la poche de son veston, l'allumette entre ses doigts. Son regard rencontra un couple. L'homme avait le charme que donne l'union des cheveux gris et d'un visage jeune ; la femme, gentille, un peu magazine, le regardait avec une reconnaissance amoureuse faite de tendresse ou de sensualité. « Elle l'aime, pensa Ferral avec envie. Et c'est sans doute quelque vague crétin, qui peut-être dépend d'une de mes affaires... » Il fit appeler le portier.

— Vous avez une lettre pour moi. Donnez-la.

Le portier, étonné mais toujours sérieux, tendit la lettre.

Savez-vous, cher, que les femmes persanes, lorsque la colère les prend, battent leurs maris avec leurs babouches[103] à clous ? Elles sont irresponsables. Et puis, n'est-ce pas, elles retournent ensuite à la vie ordinaire, celle où pleurer avec un homme ne vous engage pas, mais où coucher avec lui vous livre — croyez-vous ? — la vie où l'on « a » les femmes. Je ne suis pas une femme qu'on a, un corps imbécile auprès duquel vous trouvez votre plaisir en mentant comme aux enfants et aux malades. Vous savez beaucoup de choses, cher, mais peut-être mourrez-vous sans vous être aperçu qu'une femme est aussi un être humain. J'ai toujours rencontré (peut-être ne rencontrerai-je jamais que ceux-là, mais tant pis, vous ne pouvez savoir combien je dis tant pis !) des hommes qui m'ont trouvé du charme, qui se sont donné un mal si touchant pour mettre en valeur mes folies, mais qui savaient si bien rejoindre leurs amis dès qu'il s'agissait de vraies choses humaines (sauf naturellement pour être consolés). Mes caprices, il me les faut non seule-

222

ment pour vous plaire, mais même pour que vous m'entendiez quand je parle; ma charmante folie, sachez ce qu'elle vaut : elle ressemble à votre tendresse. Si la douleur avait pu naître de la prise que vous vouliez avoir sur moi, vous ne l'auriez même pas reconnue....

J'ai rencontré assez d'hommes pour savoir ce qu'il faut penser des passades : aucune chose n'est sans importance pour un homme dès qu'il y engage son orgueil, et le plaisir est un mot qui permet de l'assouvir plus vite et plus souvent. Je me refuse autant à être un corps que vous un carnet de chèques. Vous agissez avec moi comme les prostituées avec vous : « Parle, mais paie... »... Je suis aussi ce corps que vous voulez que je sois seulement; bon, bon... Il ne m'est pas toujours facile de me défendre contre l'idée qu'on a de moi. Votre présence me rapproche de mon corps avec irritation comme le printemps m'en rapproche avec joie. À propos de printemps, amusez-vous bien avec les oiseaux. Et tout de même, la prochaine fois laissez donc les interrupteurs d'électricité tranquilles.

V...

Il s'affirmait qu'il avait construit des routes, transformé un pays, arraché aux paillotes des champs les milliers de paysans nichés dans des huttes de tôle ondulée autour de ses usines, — comme les féodaux, comme les délégués d'empire; dans sa cage, le merle avait l'air de rigoler. La force de Ferral, sa lucidité, l'audace qui avait transformé l'Indochine et dont la lettre d'Amérique venait de lui faire sentir le poids écrasant, aboutissaient à cet oiseau ridicule comme l'univers entier, et qui se foutait incontestablement de lui. « Tant d'importance accordée à une femme. » Ce n'était pas de la femme qu'il s'agissait.

Elle n'était qu'un bandeau arraché : il s'était jeté de toute sa force contre les limites de sa volonté. Son excitation sexuelle devenue vaine nourrissait sa colère, le jetait dans l'hypnose étouffante où le ridicule appelle le sang. On ne se venge vite que sur les corps. Clappique lui avait raconté l'histoire sauvage d'un chef afghan dont la femme était revenue, violée par un chef voisin, avec la lettre : « Je te rends ta femme, elle n'est pas si bien qu'on le dit », et qui, ayant pris le violateur, l'avait attaché devant la femme nue pour lui arracher les yeux, en lui disant : « Tu l'as vue et méprisée, mais tu peux jurer que tu ne la verras plus jamais. » Il s'imagina dans la chambre de Valérie, elle attachée sur le lit, criant jusqu'aux sanglots si proches des cris de plaisir, ligotée, se tordant sous la possession de la souffrance, puisqu'elle ne le faisait pas sous une autre... Le portier attendait. « Il s'agit de rester impassible comme cet idiot, à qui j'ai pourtant envie de flanquer une paire de gifles ». L'idiot ne souriait pas le moins du monde. Ce serait pour plus tard. Ferral dit : « Je reviens dans un instant », ne paya pas son cocktail, laissa son chapeau et sortit.

— Chez le plus grand marchand d'oiseaux, dit-il au chauffeur.

C'était tout près. Mais le magasin était fermé.

— Dans ville chinoise, dit le chauffeur, y en avoir rue marchands d'oiseaux.

— Va.

Tandis que l'auto avançait, s'installait dans l'esprit de Ferral la confession, lue dans quelques bouquins de médecine, d'une femme affolée du désir d'être flagellée, prenant rendez-vous par lettre avec un inconnu et découvrant avec épouvante qu'elle voulait s'enfuir à l'instant même où, couchée sur le lit d'hôtel, l'homme armé du fouet paralysait totalement ses bras sous ses jupes relevées. Le visage était invisible, mais c'était celui de Valérie. S'arrêter au premier bordel chinois venu ? Non : aucune chair ne le délivrerait de l'orgueil sexuel bafoué qui le ravageait.

L'auto dut s'arrêter devant les barbelés. En face, la ville chinoise, très noire, fort peu sûre. Tant mieux. Ferral abandonna l'auto, fit passer son revolver dans la poche de son veston, espérant quelque attaque : on tue ce qu'on peut.

La rue des marchands d'animaux était endormie ; tranquillement, le boy frappa au premier volet, en criant « Acheteur » : les marchands craignaient les soldats. Cinq minutes après on ouvrait ; dans la magnifique ombre rousse des boutiques chinoises, autour d'une lanterne, quelques bonds étouffés de chats ou de singes puis des battements d'ailes annoncèrent le réveil des bêtes. Dans l'ombre, des taches allongées, d'un rose sourd : des perroquets attachés à des bâtons.

— Combien tous ces oiseaux ?

— Les oiseaux seulement ? Huit cents dollars.

C'était un petit marchand, qui ne possédait pas d'oiseaux rares. Ferral sortit son carnet de chèques, hésita : le marchand voudrait de l'argent. Le boy comprit. « C'est M. Ferral, dit-il ; l'auto est là-bas. » Le marchand sortit, vit les phares de l'auto, griffés par les barbelés.

— Ça va.

Cette confiance, preuve de son autorité, exaspérait Ferral ; sa force, évidente jusqu'à la connaissance de son nom par ce boutiquier, était absurde puisqu'il ne pouvait faire appel à elle. Pourtant l'orgueil, aidé par l'action dans laquelle il s'engageait et par l'air froid de la nuit, revenait à son aide : colère et imagination sadiques se désagrégeaient en écœurement, bien qu'il sût qu'il n'en avait pas fini avec elles.

— J'ai aussi un kangourou, dit le marchand.

Ferral haussa les épaules. Mais déjà un gosse, réveillé lui aussi, arrivait, le kangourou dans ses bras. C'était un animal de très petite taille, velu, qui regarda Ferral de ses yeux de biche épouvantée.

— Bon.

Nouveau chèque.

Ferral revint lentement vers l'auto. Il fallait avant tout que, si Valérie racontait l'histoire des cages — elle n'y manquerait pas — il suffit qu'il en racontât la fin pour échapper au ridicule. Marchand, gosse, boy apportaient les petites cages, les disposaient dans l'auto, retournaient en chercher d'autres ; enfin, derniers animaux, le kangourou et les perroquets, apportés dans des cageots ronds. Au-delà de la ville chinoise, quelques coups de feu. Très bien : plus on se battrait, mieux ça vaudrait. L'auto repartit, sous les yeux stupéfaits du poste.

A l'*Astor*, Ferral fit appeler le directeur.

— Veuillez monter avec moi dans la chambre de madame Serge. Elle est absente, et je veux lui faire une surprise.

Le directeur masqua son étonnement, et plus encore sa réprobation : l'*Astor* dépendait du Consortium. La seule présence d'un Blanc à qui parlait Ferral le dégageait de son univers humilié, l'aidait à revenir parmi « les autres » ; le marchand chinois et la nuit l'avaient laissé dans son obsession ; il n'en était pas totalement délivré maintenant, mais du moins ne le dominait-elle plus seule.

Cinq minutes plus tard, il faisait disposer les cages dans la chambre. Tous les objets précieux étaient rangés dans les armoires, dont l'une n'était pas fermée. Il prit, sur le lit, pour le lancer dans l'armoire, un pyjama de nuit étalé, mais à peine touchait-il la soie tiède qu'il lui sembla que cette tiédeur, à travers son bras, se communiquait à tout son corps et que l'étoffe qu'il étreignait avait recouvert exactement le sein : les robes, les pyjamas pendus dans l'armoire entrouverte, retenaient en eux quelque chose de plus sensuel peut-être que le corps même de Valérie. Il faillit déchirer ces vêtements encore saturés de présence. S'il eût pu emporter le pyjama, il l'eût fait. Il le lança enfin dans l'armoire, dont le boy ferma la porte. À l'instant même où le pyjama quittait sa main, la légende d'Hercule et d'Omphale envahit brusquement son imagination, — Hercule habillé en femme d'étoffes chiffonnables et tièdes comme celle-ci, humilié et satisfait de son humiliation. En vain il fit appel aux scènes sadiques qui tout à l'heure s'étaient imposées à lui : l'homme battu par Omphale[104] et par Déjanire[105] pesait sur toute sa pensée, la noyait dans une jouissance humiliée. Un pas s'approcha. Il toucha son revolver dans sa poche. Le pas s'affaiblit au-delà de la porte, la main de Ferral changea de poche et il tira nerveusement son mouchoir. Il fit détacher les perroquets, mais les oiseaux craintifs se réfugièrent dans les coins et dans les rideaux. Le kangourou avait sauté sur le lit et s'y tenait. Ferral éteignit la lampe principale, ne laissa que la veilleuse : roses, blancs, avec les magnifiques mouvements d'ailes courbes et parés des phénix de la Compagnie des Indes, les perroquets commençaient à voler, dans un bruit de vol grossier et inquiet.

Ces boîtes pleines de petits oiseaux agités, de travers sur tous les meubles, par terre, dans la cheminée, le gênaient. Il chercha en quoi, ne devina pas. Sortit. Rentra, comprit aussitôt : la chambre semblait dévastée. Échapperait-il à l'idiotie cette nuit ? Malgré lui, il avait laissé à l'image éclatante de sa colère.

« Ouvre les cages, dit-il au boy.

— La chambre sera salie, monsieur Ferral, dit le directeur.

— Madame Serge en changera. Vous m'enverrez la note.

— Des fleurs, monsieur Ferral ?

— Rien autre que des oiseaux. Et que personne n'entre ici, même pas les domestiques ».

La fenêtre était protégée contre les moustiques par une toile métallique. Les oiseaux ne s'enfuiraient pas. Le directeur ouvrit la croisée « pour que la chambre ne sentît pas la bête ».

Maintenant, sur les meubles et les rideaux, aux coins du plafond, les oiseaux des îles voletaient, mats dans cette faible lumière comme ceux des fresques chinoises. Il aurait offert par haine à Valérie son plus joli cadeau... Il éteignit, ralluma, éteignit, ralluma. Il employait pour cela l'interrupteur de la lampe du lit ; il se souvint de la dernière nuit passée chez lui avec Valérie. Il faillit arracher l'interrupteur pour qu'elle ne pût jamais s'en servir, — avec qui que ce fût. Mais il ne voulait laisser là aucune trace de colère.

— Emporte les cages vides, dit-il au boy. Fais-les brûler.

— Si madame Serge s'informe de qui a envoyé les oiseaux, demanda le directeur qui regardait Ferral avec admiration, faudra-t-il le lui dire ?

— Ne demandera pas. C'est signé.

Il sortit. Il fallait qu'il couchât avec une femme

cette nuit. Pourtant, il n'avait pas envie d'aller immédiatement au restaurant chinois. Qu'il fût assuré que des corps étaient à sa disposition lui suffisait, — provisoirement. Souvent, alors qu'un cauchemar l'éveillait en sursaut, il se sentait pris par le désir de reprendre le sommeil malgré le cauchemar qu'il y retrouverait, et, en même temps, par celui de s'en libérer en s'éveillant tout à fait; le sommeil c'était le cauchemar; mais c'était *lui*; le réveil, la paix, mais le monde. L'érotisme, cette nuit, c'était le cauchemar. Il se résolut enfin à s'en éveiller, et se fit conduire au Cercle français : parler, rétablir des rapports avec un être, ne fussent-ils que ceux d'une conversation, était le plus sûr réveil.

Le bar était plein : temps de troubles. Tout près de la baie entrouverte, une pèlerine beige de laine brute sur les épaules, seul et presque isolé, Gisors était assis devant un cocktail doux; Kyo avait téléphoné que tout allait bien et son père était venu chercher au bar les rumeurs du jour, souvent absurdes mais parfois significatives : elles ne l'étaient pas aujourd'hui. Ferral se dirigea vers lui parmi les saluts. Il connaissait la nature de ses cours, mais ne leur attachait pas d'importance; et il ignorait que Kyo fût actuellement à Shanghaï. Il jugeait bas d'interroger Martial sur des personnes, et le rôle de Kyo n'avait aucun caractère public.

Tous ces idiots qui le regardaient avec une timide réprobation croyaient qu'il était lié au vieillard par l'opium. Erreur. Ferral faisait semblant de fumer — une, deux pipes, toujours moins qu'il n'en eût fallu pour qu'il éprouvât l'action de l'opium — parce qu'il voyait dans l'atmosphère de la fumerie, dans la pipe qui passe d'une bouche à l'autre, un moyen d'action sur les femmes. Ayant horreur de la cour qu'il devait faire, de l'échange où il payait en importance donnée à une femme ce qu'elle lui donnait en plaisir, il se jetait sur tout ce qui l'en dispensait.

C'était un goût plus complexe qui l'avait poussé à venir quelquefois s'allonger, naguère, à Pékin, sur le bat-flanc[106] du vieux Gisors. Le plaisir du scandale, d'abord. Puis, il ne voulait pas être seulement le président du Consortium, il voulait être distinct de son action, — moyen de se croire supérieur à elle. Son goût presque agressif de l'art, de la pensée, du cynisme qu'il appelait lucidité, était une défense : Ferral ne venait ni des « familles » des grands établissements de crédit, ni du Mouvement Général des Fonds, ni de l'Inspection des Finances. La dynastie Ferral était trop liée à l'histoire de la République pour qu'on pût le considérer comme un margoulin ; mais il restait un amateur, quelle que fût son autorité. Trop habile pour tenter de combler le fossé qui l'entourait, il l'élargissait. La grande culture de Gisors, son intelligence toujours au service de son interlocuteur, son dédain des conventions, ses « points de vue » presque toujours singuliers, que Ferral ne se faisait pas faute de prendre à son compte lorsqu'il l'avait quitté, les rapprochaient plus que tout le reste ne les séparait ; avec Ferral, Gisors ne parlait politique que sur le plan de la philosophie. Ferral disait qu'il avait besoin de l'intelligence et, lorsqu'elle ne le heurtait pas, c'était vrai.

Il regarda autour de lui : au moment même où il s'assit, presque tous les regards se détournèrent. Ce soir, il eût volontiers épousé sa cuisinière, ne fût-ce que pour l'imposer à cette foule. Que tous ces idiots jugeassent ce qu'il faisait l'exaspérait ; moins il les verrait, mieux ça vaudrait : il proposa à Gisors de boire sur la terrasse, devant le jardin. Malgré la fraîcheur, les boys avaient porté dehors quelques tables.

— Pensez-vous qu'on puisse connaître — connaître — un être vivant? demanda-t-il à Gisors. Ils s'installaient auprès d'une petite lampe dont le halo se perdait dans la nuit qu'emplissait peu à peu la brume.

Gisors le regarda. « Il n'aurait pas le goût de la psychologie s'il pouvait imposer sa volonté », pensa-t-il.

— Une femme? demanda-t-il.

— Qu'importe?

— La pensée qui s'applique à élucider une femme a quelque chose d'érotique... Vouloir connaître une femme n'est-ce pas, c'est toujours une façon de la posséder ou de se venger d'elle...

Une petite poule, à la table voisine, disait à une autre : « On ne me la fait pas si facilement. Je vais te dire : c'est une femme qui est jalouse de mon chien. »

— Je crois, reprit Gisors, que le recours à l'esprit tente de compenser ceci : la connaissance d'un être est un sentiment négatif : le sentiment positif, la réalité, c'est l'angoisse d'être toujours étranger à ce qu'on aime.

— Aime-t-on jamais?

— Le temps fait disparaître parfois cette angoisse, le temps seul. On ne connaît jamais un être, mais on cesse parfois de sentir qu'on l'ignore (je pense à mon fils, n'est-ce pas, et aussi à... un autre garçon). Connaître par l'intelligence, c'est la tentation vaine de se passer du temps...

— La fonction de l'intelligence n'est pas de se passer des choses.

Gisors le regarda :

— Qu'entendez-vous par : l'intelligence?

— En général?

— Oui.

Ferral réfléchit.

— La possession des moyens de contraindre les choses ou les hommes.

Gisors sourit imperceptiblement. Chaque fois qu'il posait cette question, son interlocuteur, quel qu'il fût, répondait par le portrait de son désir, ou par l'image qu'il se faisait de lui-même. Mais le regard de Ferral devint soudain plus intense.

— Savez-vous quel était le supplice infligé pour l'offense de la femme au maître, ici, sous les premiers empires ? demanda-t-il.

— Eh bien, n'est-ce pas, il y en avait plusieurs. Le principal, semble-t-il, consistait à les attacher sur un radeau, mains et poignets coupés, yeux crevés, je crois, et à les...

Tout en parlant, Gisors remarquait l'attention croissante et, peut-être, la satisfaction avec laquelle Ferral l'écoutait.

— ... laisser descendre le long de ces interminables fleuves, jusqu'à ce qu'elles meurent de faim ou d'épuisement, leur amant attaché à côté d'elles sur le même radeau...

— Leur amant ?

Comment une telle distraction pouvait-elle se concilier avec cette attention, ce regard ? Gisors ne pouvait deviner que, dans l'esprit de Ferral, il n'y avait pas d'amant ; mais déjà celui-ci s'était repris.

— Le plus curieux, reprit-il, est que ces codes féroces semblent avoir été, jusqu'au IVe siècle, rédigés par des sages, humains et bons d'après ce que nous connaissons de leur vie privée...

Gisors regarda ce visage aigu aux yeux fermés, éclairé du dessous par la petite lampe, un effet de lumière accroché aux moustaches. Des coups de feu au loin. Combien de vies se décidaient dans la brume nocturne? Il regardait cette face âprement tendue sur quelque humiliation venue du fond du corps et de l'esprit, se défendant contre elle avec cette force dérisoire qu'est la rancune humaine; la haine des sexes était au-dessus d'elle, comme si, du sang qui continuait à couler sur cette terre pourtant gorgée, eussent dû renaître les plus vieilles haines.

De nouveaux coups de feu, très proches cette fois, firent trembler les verres sur la table.

Gisors avait l'habitude de ces coups de feu qui chaque jour venaient de la ville chinoise. Malgré le coup de téléphone de Kyo, ceux-ci, tout à coup, l'inquiétèrent. Il ignorait l'étendue du rôle politique joué par Ferral, mais ce rôle ne pouvait être exercé qu'au service de Chang-Kaï-Shek. Il jugea naturel d'être assis à côté de lui — il ne se trouvait jamais « compromis », même à l'égard de lui-même — mais il cessa de souhaiter lui venir en aide. De nouveaux coups de feu, plus éloignés.

— Que se passe-t-il? demanda-t-il.

— Je ne sais pas. Les chefs bleus et rouges ont fait ensemble une grande proclamation d'union. Ça a l'air de s'arranger.

« Il ment, pensa Gisors : il est au moins aussi bien renseigné que moi. »

— Rouges ou bleus, disait Ferral, les coolies n'en seront pas moins coolies; à moins qu'ils n'en soient morts. Ne trouvez-vous pas d'une stupidité caractéristique de l'espèce humaine qu'un homme qui n'a qu'une vie puisse la perdre pour une idée?

— Il est très rare qu'un homme puisse supporter, comment dirais-je? sa condition d'homme...

Il pensa à l'une des idées de Kyo : tout ce pour quoi les hommes acceptent de se faire tuer, au-delà de l'intérêt, tend plus ou moins confusément à justi-

233

fier cette condition en la fondant en dignité : christianisme pour l'esclavage, nation pour le citoyen, communisme pour l'ouvrier. Mais il n'avait pas envie de discuter des idées de Kyo avec Ferral. Il revint à celui-ci :

— Il faut toujours s'intoxiquer : ce pays à l'opium, l'Islam le haschisch, l'Occident la femme... Peut-être l'amour est-il surtout le moyen qu'emploie l'Occidental pour s'affranchir de sa condition d'homme...

Sous ses paroles, un contre-courant confus et caché de figures glissait : Tchen et le meurtre, Clappique et sa folie, Katow et la révolution, May et l'amour, lui-même et l'opium... Kyo seul, pour lui, résistait à ces domaines.

— Beaucoup moins de femmes se coucheraient, répondait Ferral, si elles pouvaient obtenir dans la position verticale les phrases d'admiration dont elles ont besoin et qui exigent le lit.

— Et combien d'hommes ?

— Mais l'homme peut et doit nier la femme : l'acte, l'acte seul justifie la vie et satisfait l'homme blanc. Que penserions-nous si l'on nous parlait d'un grand peintre qui ne fait pas de tableaux ? Un homme est la somme de ses actes, de ce qu'il a *fait*, de ce qu'il peut faire. Rien autre. Je ne suis pas ce que telle rencontre d'une femme ou d'un homme modèle de ma vie ; je suis mes routes, mes...

— Il fallait que les routes fussent faites.

Depuis les derniers coups de feu, Gisors était résolu à ne plus jouer le justificateur.

« Sinon par vous, n'est-ce pas, par un autre. C'est comme si un général disait : avec mes soldats, je puis mitrailler la ville. Mais, s'il était capable de la mitrailler, il ne serait pas général... D'ailleurs, les hommes sont peut-être indifférents au pouvoir... Ce qui les fascine dans cette idée, voyez-vous, ce n'est pas le pouvoir réel, c'est l'illusion du bon plaisir. Le pouvoir du roi, c'est de gouverner, n'est-ce pas? Mais, l'homme n'a pas envie de gouverner : il a envie de contraindre, vous l'avez dit. D'être plus qu'homme, dans un monde d'hommes. Échapper à la condition humaine, vous disais-je. Non pas puissant : tout-puissant. La maladie chimérique, dont la volonté de puissance n'est que la justification intellectuelle, c'est la volonté de déité : tout homme rêve d'être dieu.

Ce que disait Gisors troublait Ferral, mais son esprit n'était pas préparé à l'accueillir. Si le vieillard ne le justifiait pas, il ne le délivrait plus de son obsession :

— À votre avis, pourquoi les dieux ne possèdent-ils les mortelles que sous des formes humaines ou bestiales?

Ferral s'était levé.

— Vous avez besoin d'engager l'essentiel de vous-même pour en sentir plus violemment l'existence, dit Gisors sans le regarder.

Ferral ne devinait pas que la pénétration de Gisors venait de ce qu'il reconnaissait en ses interlocuteurs des fragments de sa propre personne, et qu'on eût fait son portrait le plus subtil en réunissant ses exemples de perspicacité.

— Un dieu peut posséder, continuait le vieillard avec un sourire entendu, mais il ne peut conquérir. L'idéal d'un dieu, n'est-ce pas, c'est de devenir homme en sachant qu'il retrouvera sa puissance; et le rêve de l'homme, de devenir dieu sans perdre sa personnalité...

Il fallait décidément coucher avec une femme. Ferral partit.

« Curieux cas de duperie à rallonges, pensait Gisors : dans l'ordre érotique, on dirait qu'il se conçoit, ce soir, comme le concevrait un petit bourgeois romanesque. » Lorsque peu après la guerre, Gisors était entré en contact avec les puissances économiques de Shanghaï, il n'avait pas été peu étonné de voir que l'idée qu'il se faisait du capitaliste ne correspondait à rien. Presque tous ceux qu'il rencontra alors avaient fixé leur vie sentimentale, sous une forme ou sous une autre, — et presque toujours sous celle du mariage : l'obsession qui fait le grand homme d'affaires, lorsqu'il n'est pas un interchangeable héritier, s'accommode mal de la dispersion érotique. « Le capitalisme moderne, expliquait-il à ses étudiants, est beaucoup plus volonté d'organisation que de puissance... »

Ferral, dans l'auto, pensait que ses rapports avec les femmes étaient toujours les mêmes, et absurdes. Peut-être avait-il aimé, autrefois. Autrefois. Quel psychologue ivre mort avait inventé d'appeler amour le sentiment qui maintenant empoisonnait sa vie ? L'amour est une obsession exaltée : les femmes l'obsédaient, oui — comme un désir de vengeance. Il fallait se faire juger chez les femmes, lui qui n'acceptait aucun jugement. La femme qui l'eût admiré dans le don d'elle-même, qu'il n'eût pas combattue, n'eût pas existé pour lui. Condamné aux coquettes ou aux putains. Il y avait les corps. Heureusement. Sinon... « Vous mourrez, cher, sans vous être douté qu'une femme est un être humain... » Pour elle, peut-être ; pas pour lui. Une femme, un être humain ! c'est un repos, un voyage, un ennemi...

Il prit au passage une courtisane chinoise dans

236

l'une des maisons de Nankin Road . une fille au visage gracieux et doux. À côté de lui dans l'auto, les mains sagement appuyées sur sa cithare, elle avait l'air d'une statuette Tang. Ils arrivèrent enfin chez lui. Il gravit les marches devant elle, son pas long d'ordinaire devenu pesant. « Allons dormir », pensait-il... Le sommeil, c'était la paix. Il avait vécu, combattu, créé ; sous toutes ces apparences, tout au fond, il retrouvait cette seule réalité, cette joie de s'abandonner soi-même, de laisser sur la grève, comme le corps d'un compagnon noyé, cet être, lui-même, dont il fallait chaque jour réinventer la vie. « Dormir, c'est la seule chose que j'aie toujours souhaitée, au fond, depuis tant d'années... »

Qu'attendre de mieux qu'un soporifique de la jeune femme dont les babouches, derrière lui, sonnaient à chaque pas sur une marche de l'escalier ? Ils entrèrent dans la fumerie : une petite pièce aux divans couverts de tapis de Mongolie, faite plus pour la sensualité que pour la rêverie. Aux murs, un grand lavis de la première période de Kama, une bannière tibétaine. La femme posa sa cithare sur un divan. Sur le plateau, les instruments anciens à manche de jade, ornés et peu pratiques, de celui qui ne les emploie pas. Elle tendit la main vers eux : il l'arrêta d'un geste. Un coup de feu éloigné fit trembler les aiguilles sur le plateau.

— Voulez-vous que je chante ?
— Pas maintenant.

Il regardait son corps, indiqué et caché à la fois par le fourreau de soie mauve dont elle était vêtue. Il la savait stupéfaite : il n'est pas d'usage de coucher avec une courtisane sans qu'elle ait chanté, causé, servi à table ou préparé des pipes. Pourquoi, sinon, ne pas s'adresser aux prostituées ?

— Vous ne voulez pas non plus fumer?

— Non. Déshabille-toi.

Il eut envie d'exiger qu'elle se mit tout à fait nue, mais elle eût refusé. Il n'avait laissé allumée qu'une veilleuse. « L'érotisme, pensa-t-il, c'est l'humiliation en soi ou chez l'autre, peut-être chez tous les deux. Une *idée*, de toute évidence... » Elle était d'ailleurs plus excitante ainsi, avec la collante chemise chinoise; mais à peine était-il excité, ou peut-être ne l'était-il que par la soumission de ce corps qui l'attendait, tandis qu'il ne bougeait pas. Son plaisir jaillissait de ce qu'il se mit à la place de l'autre, c'était clair : de l'autre contrainte : contrainte par lui. En somme il ne couchait jamais qu'avec lui-même, mais il ne pouvait y parvenir qu'à la condition de n'être pas seul. Il comprenait maintenant ce que Gisors n'avait que soupçonné : oui, sa volonté de puissance n'atteignait jamais son objet, ne vivait que de le renouveler; mais, n'eût-il de sa vie possédé une seule femme, il avait possédé, il posséderait à travers cette Chinoise qui l'attendait, la seule chose dont il fût avide : lui-même. Il lui fallait les yeux des autres pour se voir, les sens d'une autre pour se sentir. Il regarda la peinture tibétaine : sur un monde décoloré où erraient des voyageurs, deux squelettes exactement semblables s'étreignaient en transe.

Il s'approcha de la femme.

10 heures et demie.

« Pourvu que l'auto ne tarde plus », pensa Tchen. Dans l'obscurité complète, il n'eût pas été aussi sûr

238

de son coup, et les derniers réverbères allaient bientôt s'éteindre. La nuit désolée de la Chine des rizières et des marais avait gagné l'avenue presque abandonnée. Les lumières troubles des villes de brume qui passaient par les fentes des volets entrouverts, à travers les vitres bouchées, s'éteignaient une à une : les derniers reflets s'accrochaient aux rails mouillés, aux isolateurs du télégraphe ; ils s'affaiblissaient de minute en minute ; bientôt Tchen ne les vit plus que sur les pancartes verticales couvertes de caractères dorés. Cette nuit de brume était sa dernière nuit, et il en était satisfait. Il allait sauter avec la voiture, dans un éclair en boule qui illuminerait une seconde cette avenue hideuse et couvrirait un mur d'une gerbe de sang. La plus vieille légende chinoise s'imposa à lui : les hommes sont la vermine de la terre. Il fallait que le terrorisme devînt une mystique. Solitude, d'abord : que le terroriste décidât seul, exécutât seul ; toute la force de la police est dans la délation ; le meurtrier qui agit seul ne risque pas de se dénoncer lui-même. Solitude dernière, car il est difficile à celui qui vit hors du monde de ne pas rechercher les siens. Tchen connaissait les objections opposées au terrorisme : répression policière contre les ouvriers, appel au fascisme. La répression ne pourrait être plus violente, le fascisme plus évident. Et peut-être Kyo et lui ne pensaient-ils pas pour les mêmes hommes. Il ne s'agissait pas de maintenir dans leur classe, pour la délivrer, les meilleurs des hommes écrasés, mais de donner un sens à leur écrasement même : que chacun s'instituât responsable et juge de la vie d'un maître. Donner un sens immédiat à l'individu sans espoir et multiplier les attentats, non par une organisation, mais par une idée : faire renaître des martyrs. Peï, écrivant, serait

écouté parce que lui, Tchen, allait mourir : il savait
de quel poids pèse sur toute pensée le sang versé
pour elle. Tout ce qui n'était pas son geste résolu se
décomposait dans la nuit derrière laquelle restait
embusquée cette automobile qui arriverait bientôt.
La brume, nourrie par la fumée des navires, détruisait peu à peu au fond de l'avenue les trottoirs pas
encore videss : des passants affairés y marchaient
l'un derrière l'autre, se dépassant rarement, comme
si la guerre eût imposé à la ville un ordre tout-
puissant. Le silence général de leur marche rendait
leur agitation presque fantastique. Ils ne portaient
pas de paquets, d'éventaires, ne poussaient pas de
petites voitures ; cette nuit, il semblait que leur activité n'eût aucun but. Tchen regardait toutes ces
ombres qui coulaient sans bruit vers le fleuve, d'un
mouvement inexplicable et constant ; n'était-ce pas
le Destin même, cette force qui les poussait vers le
fond de l'avenue où l'arc allumé d'enseignes à peine
visibles devant les ténèbres du fleuve semblait les
portes mêmes de la mort ? Enfoncés en perspectives
troubles, les énormes caractères se perdaient dans ce
monde tragique et flou comme dans les siècles ; et,
de même que si elle fût venue, elle aussi, non de
l'état-major mais des temps bouddhiques, la trompe
militaire de l'auto de Chang-Kaï-Shek commença à
retentir sourdement au fond de la chaussée presque
déserte. Tchen serra la bombe sous son bras avec
reconnaissance. Les phares seuls sortaient de la
brume. Presque aussitôt, précédée de la Ford de
garde, la voiture entière en jaillit ; une fois de plus il
sembla à Tchen qu'elle avançait extraordinairement
vite. Trois pousses obstruèrent soudain la rue, et les
deux autos ralentirent. Il essaya de retrouver le
contrôle de sa respiration. Déjà l'embarras était dis-

persé. La Ford passa, l'auto arrivait : une grosse voiture américaine flanquée de deux policiers accrochés à ses marchepieds ; elle donnait une telle impression de force que Tchen sentit que, s'il n'avançait pas, s'il attendait, il s'en écarterait malgré lui. Il prit sa bombe par l'anse comme une bouteille de lait. L'auto du général était à cinq mètres, énorme. Il courut vers elle avec une joie d'extatique, se jeta dessus, les yeux fermés.

Il revint à lui quelques secondes plus tard : il n'avait ni senti ni entendu le craquement d'os qu'il attendait, il avait sombré dans un globe éblouissant. Plus de veste. De sa main droite il tenait un morceau de capot plein de boue ou de sang. À quelques mètres un amas de débris rouges, une surface de verre pilé où brillait un dernier reflet de lumière, des... déjà il ne distinguait plus rien : il prenait conscience de la douleur, qui fut en moins d'une seconde au-delà de la conscience. Il ne voyait plus clair. Il sentait pourtant que la place était encore déserte ; les policiers craignaient-ils une seconde bombe ? Il souffrait de toute sa chair, d'une souffrance pas même localisable : il n'était plus que souffrance. On s'approchait. Il se souvint qu'il devait prendre son revolver. Il tenta d'atteindre sa poche de pantalon. Plus de poche, plus de pantalon, plus de jambe : de la chair hachée. L'autre revolver, dans la poche de sa chemise. Le bouton avait sauté. Il saisit l'arme par le canon, la retourna sans savoir comment, tira d'instinct le cran d'arrêt avec son pouce. Il ouvrit enfin les yeux. Tout tournait, d'une façon lente et invincible, selon un très grand cercle, et pourtant rien n'existait que la douleur. Un policier était tout près. Tchen voulut demander si Chang-Kaï-Shek était mort, mais il voulait cela dans un autre monde; dans ce monde-ci, cette mort même lui était indifférente.

De toute sa force, le policier le retourna d'un coup de pied dans les côtes. Tchen hurla, tira en avant, au hasard, et la secousse rendit plus intense encore cette douleur qu'il croyait sans fond. Il allait s'évanouir ou mourir. Il fit le plus terrible effort de sa vie, parvint à introduire dans sa bouche le canon du revolver. Prévoyant la nouvelle secousse, plus douloureuse encore que la précédente, il ne bougeait plus. Un furieux coup de talon d'un autre policier crispa tous ses muscles : il tira sans s'en apercevoir.

CINQUIÈME PARTIE

11 heures 15.

À travers la brume, l'auto s'engagea dans la longue allée sablée qui conduisait à une maison de jeu. « J'ai le temps de monter, pensa Clappique, avant d'aller au *Black Cat*. » Il était résolu à ne pas manquer Kyo, à cause de l'argent qu'il attendait de lui, et parce qu'il allait peut-être, cette fois, non le prévenir mais le sauver. Il avait obtenu sans peine les renseignements que Kyo lui avait demandés : les indicateurs savaient qu'un mouvement des troupes spéciales de Chang-Kaï-Shek était prévu pour onze heures, et que tous les Comités communistes seraient entourés. Il ne s'agissait plus de dire : « La réaction est imminente », mais : « Ne passez ce soir à aucun Comité. » Il n'avait pas oublié que Kyo devait partir avant onze heures et demie. Il y avait donc cette nuit quelque réunion communiste, que Chang-Kaï-Shek entendait écraser. Ce que savaient les policiers était parfois faux, mais la coïncidence était trop évidente. Kyo prévenu pourrait faire remettre la réunion ou, s'il était trop tard, ne pas s'y rendre. « S'il me donne cent dollars, j'aurai peut-être assez d'argent : cent et les cent dix-sept acquis cet après-midi par des voies sympathiques et uniformément illégales, deux cent dix-sept... Mais peut-être n'aura-t-il rien : cette fois, il n'y a pas d'armes à la clef. Tâchons d'abord de nous débrouiller tout seul. » L'auto s'arrêta. Clappique, en smoking, donna deux dollars. Le chauffeur, nu-tête, le remercia d'un large sourire : la course coûtait un dollar.

— Cette libéralité est destinée à te permettre d'acheter un p'petit chapeau melon.

Et, l'index levé, annonciateur de vérité :

« Je dis : *melon*. »

Le chauffeur repartait.

« Car du point de vue plastique, qui est celui de tous les bons esprits — continuait Clappique planté au milieu du gravier — ce personnage exige un chapeau *melon*. »

L'auto était partie. Il ne s'adressait qu'à la nuit ; et, comme si elle lui eût répondu, le parfum des buis et des fusains mouillés monta du jardin. Ce parfum amer, c'était l'Europe. Le baron tâta sa poche droite, et au lieu de son portefeuille, sentit son revolver ; le portefeuille était dans la poche gauche. Il regarda les fenêtres non éclairées, à peine distinctes. « Réfléchissons... » Il savait qu'il s'efforçait seulement de prolonger cet instant où le jeu n'était pas encore engagé, où la fuite était encore possible. « Après-demain, s'il a plu, il y aura ici cette odeur : et je serai peut-être mort... Mort ? Que dis-je ? Folie ! Pas un mot : je suis immortel. » Il entra, monta au premier étage. Des bruits de jetons et la voix du croupier semblaient s'élever et redescendre avec des strates de fumée. Les boys dormaient ; mais les détectives russes de la police privée, les mains dans les poches de leur veston (la droite tendue par le Colt), adossés aux chambranles ou marchant avec nonchalance, ne dormaient pas, Clappique gagna le grand salon : dans une brume de tabac où brillaient confusément les rocailles du mur, des taches alternées — noir des smokings, blanc des épaules se penchaient sur la table verte.

— Hello Toto! crièrent des voix.

Le baron était souvent Toto, à Shanghaï. Il n'était pourtant venu là qu'à l'occasion, pour accompagner des amis ; il n'était pas joueur. Les bras ouverts, l'air du bon-père-qui-retrouve-avec-joie-ses-enfants :

— Bravo! Je suis ému de pouvoir me joindre à cette p'petite fête de famille...

Mais le croupier lança sa boule ; l'attention quitta Clappique. Ici, il perdait de sa valeur : ceux-ci n'avaient pas besoin d'être distraits. Leurs visages étaient tous fixés par le regard à cette boule, dans une discipline absolue.

Il possédait cent dix-sept dollars. Jouer sur les numéros eût été trop dangereux. Il avait choisi, d'avance, pair ou impair.

— Quelques sympathiques p'petits jetons, dit-il au distributeur.

— De combien?

— De vingt.

Il décida de jouer un jeton chaque fois ; toujours pair. Il lui fallait gagner au moins trois cents dollars.

Il misa. Le 5 sortit. Perdu. Ni importance, ni intérêt. Il misa de nouveau, pair toujours. Le 2. Gagné. De nouveau. Le 7 : perdu. Puis, le 9 : perdu. Le 4 : gagné. Le 3 : perdu. Le 7, le 1 : perdu. Il perdait quatre-vingts dollars. Il ne lui restait qu'un jeton.

Sa dernière mise.

Il la lança de la main droite ; il ne bougeait plus la

gauche, comme si l'immobilité de la boule eût fixé cette main liée à elle. Et pourtant, cette main le tirait vers lui-même. Il se souvint soudain : ce n'était pas la main qui le troublait, c'était la montre qu'il portait au poignet. Onze heures vingt-cinq. Il lui restait cinq minutes pour atteindre Kyo.

À l'avant-dernière mise, il avait été sûr de gagner; même s'il devait perdre, il ne pouvait perdre aussi vite. Il avait tort de ne pas attacher d'importance à sa première perte; elle était certainement de mauvais augure. Mais on gagne presque toujours sur la dernière mise; et impair venait de sortir trois fois de suite. Depuis son arrivée, pourtant, impair sortait plus souvent que pair, puisqu'il perdait... Changer, jouer impair? Mais quelque chose le poussait maintenant à demeurer passif, à subir : il lui sembla qu'il était venu pour cela. Tout geste eût été un sacrilège. Il laissa la mise sur pair.

Le croupier lança la boule. Elle partit mollement, comme toujours, sembla hésiter. Depuis le début, Clappique n'avait encore vu sortir ni rouge ni noire. Ces cases avaient maintenant les plus grandes chances. La boule continuait sa promenade. Que n'avait-il joué rouge? La boule allait moins vite. Elle s'arrêta sur le 2. Gagné.

Il fallait reporter les quarante dollars sur le 7, et jouer le numéro. C'était évident : désormais, il devait abandonner la bande[107]. Il posa ses deux jetons, et gagna. Quand le croupier poussa vers lui quatorze jetons, quand il les toucha, il découvrit avec stupéfaction qu'il pouvait gagner : ce n'était pas une imagination, une loterie fantastiques aux gagnants inconnus. Il lui sembla soudain que la banque lui devait de l'argent non parce qu'il avait misé sur le numéro gagnant, non parce qu'il avait d'abord

246

perdu ; mais de toute éternité, à cause de la fantaisie et de la liberté de son esprit ; — que cette boule mettait le hasard à son service pour payer toutes les dettes du sort. Pourtant, s'il jouait de nouveau un numéro, il perdait. Il laissa deux cents dollars sur impair, et perdit.

Révolté, il quitta la table un instant, et s'approcha de la fenêtre.

Dehors, la nuit. Sous les arbres, les feux rouges des lanternes arrière des autos. Malgré les vitres il entendit une grande confusion de voix, des rires, et tout à coup, sans en distinguer les paroles, une phrase dite sur le ton de la colère. Des passions... Tous ces êtres qui passaient dans la brume, de quelle vie imbécile et flasque vivaient-ils ? Pas même des ombres ; des voix dans la nuit. C'était dans cette salle que le sang affluait à la vie. Ceux qui ne jouaient pas n'étaient pas des hommes. Tout son passé n'était-il qu'une longue folie ? Il revint à la table.

Il misa soixante dollars sur pair, de nouveau. Cette boule dont le mouvement allait faiblir était un destin, et d'abord *son* destin. Il ne luttait pas contre une créature, mais contre une espèce de dieu, et ce dieu, en même temps, était lui-même. La boule repartit.

Il retrouva aussitôt le bouleversement passif qu'il cherchait : de nouveau, il lui sembla saisir sa vie, la suspendre à cette boule dérisoire. Grâce à elle, il assouvissait ensemble, pour la première fois, les deux Clappique qui le formaient, celui qui voulait vivre et celui qui voulait être détruit. Pourquoi regarder la montre ? Il rejetait Kyo dans un monde de songes ; il lui semblait nourrir cette boule, non plus d'enjeux, mais de sa propre vie — ne voyant pas Kyo, il perdait toute chance de retrouver de l'argent — et de celle d'un autre ; et que cet autre l'ignorât donnait

247

à la boule, dont les courbes s'amollissaient, la vie des conjonctions d'astres, des maladies mortelles, de tout ce à quoi les hommes croient leurs destinées suspendues. Qu'avait à voir avec l'argent cette boule qui hésitait au bord des trous comme un museau et par quoi il étreignait son propre destin, le seul moyen qu'il eût jamais trouvé de se posséder lui-même ! Gagner, non plus pour s'enfuir, mais pour rester, pour risquer davantage, pour que l'enjeu de sa liberté conquise rendît le geste plus absurde encore ! Appuyé sur l'avant-bras, ne regardant même plus la boule qui continuait son chemin de plus en plus lent, frémissant des muscles du mollet et des épaules, il découvrait le sens même du jeu, la frénésie de perdre.

5.

Presque tous perdaient ; la fumée emplit la salle en même temps qu'une détente désolée des nerfs et le bruit des jetons ramassés par le râteau. Clappique savait qu'il n'avait pas fini. Pourquoi conserver ses dix-sept dollars ? Il sortit le billet de dix et le remit sur pair.

Il était tellement assuré qu'il perdait qu'il n'avait pas joué tout — comme pour pouvoir se sentir perdre plus longtemps. Dès que la boule commença à hésiter, sa main droite la suivit, mais la gauche resta fixée à la table. Il comprenait maintenant la vie intense des instruments de jeu : cette boule n'était pas une boule comme une autre — comme celles dont on ne sert pas pour jouer ; l'hésitation même de son mouvement vivait : ce mouvement à la fois iné-luctable et mou tremblait ainsi parce que des vies lui étaient liées. Pendant qu'elle tournait, aucun joueur ne tirait sur sa cigarette allumée. La boule entra dans une alvéole rouge, en ressortit, erra encore, entra dans celui du 9. De sa main gauche posée sur la table, Clappique esquissa imperceptiblement le geste de l'en arracher. Il avait une fois de plus perdu.

Cinq dollars sur pair : le dernier jeton, de nouveau.

La boule lancée parcourait de grandes circonférences, pas encore vivante. La montre, pourtant, en détournait le regard de Clappique. Il ne la portait pas sur le poignet, mais dessous, là où l'on prend le pouls. Il posa sa main à plat sur la table et parvint à ne plus voir que la boule. Il découvrait que le jeu est un suicide sans mort ; il lui suffisait de poser là son argent, de regarder cette boule et d'attendre, comme s'il eût attendu après avoir avalé un poison ; poison sans cesse renouvelé, avec l'orgueil de le prendre. La boule s'arrêta sur le 4. Gagné.

Le gain lui fut presque indifférent. Pourtant, s'il eût perdu... Il gagna une fois encore, perdit une fois. Il lui restait de nouveau quarante dollars, mais il voulait retrouver le bouleversement du dernier enjeu. Les mises s'accumulaient sur le rouge qui n'était pas sorti depuis longtemps. Cette case, vers quoi convergeaient les regards de presque tous les joueurs, le fascinait lui aussi ; mais quitter pair lui semblait abandonner le combat. Il garda pair, misa les quarante dollars. Aucun enjeu, jamais, ne vaudrait celui-là : Kyo n'était peut-être pas encore parti : dans dix minutes, il ne pourrait sûrement plus le rattraper ; mais, maintenant, peut-être le pouvait-il encore. Maintenant, maintenant, il jouait ses derniers sous, sa vie, et celle d'un autre, surtout celle d'un autre. Il savait qu'il livrait Kyo ; c'était Kyo qui était enchaîné à cette boule, à cette table, et c'était lui. Clappique, qui était cette boule maîtresse de tous et de lui-même — de lui qui cependant la regardait, vivant comme il n'avait jamais vécu, hors de lui, épuisé par une honte vertigineuse.

Il sortit à une heure : le « cercle » fermait. Il lui restait vingt-quatre dollars. L'air du dehors l'apaisa comme celui d'une forêt. La brume était beaucoup plus faible qu'à onze heures. Peut-être avait-il plu : tout était mouillé. Bien qu'il ne vît dans la nuit ni les buis ni les fusains, il devinait leur feuillage sombre par leur odeur amère. « Il est rr-marquable, pensa-t-il, qu'on ait tellement dit que la sensation du joueur naît par l'espoir du gain ! C'est comme si on disait que les hommes se battent en duel pour devenir champions d'escrime... » Mais la sérénité de la nuit semblait avoir chassé avec le brouillard toutes les inquiétudes, toutes les douleurs des hommes. Pourtant, des salves, au loin. « On a recommencé à fusiller... »

Il quitta le jardin, s'efforçant de ne pas penser à Kyo, commença à marcher. Déjà les arbres étaient rares. Tout à coup, à travers ce qu'il restait de brume, apparut à la surface des choses la lumière mate de la lune. Clappique leva les yeux. Elle venait de surgir d'une grève déchirée de nuages morts et dérivait lentement dans un trou immense, sombre et transparent comme un lac avec ses profondeurs pleines d'étoiles. Sa lumière de plus en plus intense donnait à toutes ces maisons fermées, à l'abandon total de la ville, une vie extraterrestre comme si l'atmosphère de la lune fût venue s'installer dans ce grand silence soudain avec sa clarté. Pourtant, derrière ce décor d'astre mort, il y avait des hommes. Presque tous dormaient et la vie inquiétante du sommeil s'accordait à cet abandon de cité engloutie comme si elle eût été, elle aussi, la vie d'une autre planète. « Il y a dans *Les Mille et Une Nuits* des p'petites villes pleines de dormeurs, abandonnées depuis des siècles avec leurs mosquées sous la lune, des villes-au-désert-dormant... N'empêche que je vais peut-être crever. » La mort, sa mort même, n'était pas très vraie dans cette atmosphère si peu humaine qu'il s'y sentait intrus. Et ceux qui ne dormaient pas? « Il y a ceux qui lisent. Ceux qui se rongent. (Quelle belle expression!) Ceux qui font l'amour. » La vie future frémissait derrière tout ce silence. Humanité enragée, que rien ne pouvait délivrer d'elle-même! L'odeur des cadavres de la ville chinoise passa, avec le vent qui se levait à nouveau. Clappique dut faire effort pour respirer : l'angoisse revenait. Il supportait plus facilement l'idée de la mort que son odeur. Celle-ci prenait peu à peu possession de ce décor qui cachait la folie du monde sous un apaisement d'éternité, et, le vent soufflant toujours sans le moindre sifflement, la lune atteignit la grève opposée et tout retomba dans les ténèbres. « Comme un rêve... » Mais la terrible odeur le rejetait à la vie, à la nuit anxieuse où les réverbères tout à l'heure brouillés faisaient de grands ronds tremblotants sur les trottoirs où la pluie avait effacé les pas.

Où aller? Il hésitait. Il ne pourrait oublier Kyo s'il essayait de dormir. Il parcourut maintenant une rue de petits bars, bordels minuscules aux enseignes rédigées dans les langues de toutes les nations maritimes. Il entra dans le premier.

Il s'assit près de la vitre. Les trois servantes — une métisse, deux blanches — étaient assises avec des clients, dont l'un se préparait à partir. Clappique attendit, regarda au-dehors : rien, pas même un marin. Au loin, des coups de fusil. Il sursauta, exprès : une solide servante blonde, libérée, venait de s'asseoir à côté de lui. « Un Rubens[108], pensa-t-il, mais pas parfait : elle doit être de Jordaens[109]. Pas

251

un mot... » Il fit tourner son chapeau sur son index, à toute vitesse, le fit sauter, le rattrapa par les bords avec délicatesse et le posa sur les genoux de la femme.

— Prends soin, chère amie, de ce p'petit chapeau. C'est le seul à Shanghaï. De plus il est apprivoisé...

La femme s'épanouit : c'était un rigolo. Et la gaieté donna une vie soudaine à son visage, jusque-là figé.

— On boit, ou on monte ? demanda-t-elle.

— Les deux.

Elle apporta du schiedam[110]. « C'était une spécialité de la maison. »

— Sans blague ? demanda Clappique.

Elle haussa les épaules.

— Qu'est-ce que tu veux que ça me foute ?

— Tu as des ennuis ?

Elle le regarda. Avec les rigolos, il fallait se méfier. Pourtant il était seul, il n'avait personne à amuser ; et il ne semblait vraiment pas se moquer d'elle.

— Qu'est-ce que tu veux qu'on ait d'autre, dans une vie pareille.

— Tu fumes ?

— L'opium est trop cher. On peut se faire piquer, bien sûr, mais j'ai peur : avec leurs sales aiguilles on attrape des abcès et si on a des abcès, la maison vous fout dehors. Il y a dix femmes pour une place. Et pouis...

« Flamande », pensa-t-il... Il lui coupa la parole :

— On peut avoir de l'opium pas trop cher. Je paie celui-ci deux dollars septante-cinq.

— Tu es du Nord aussi ?

Il lui donna une boîte sans répondre. Elle lui était reconnaissante — de rencontrer un compatriote, et de ce don.

— C'est encore trop cher pour moi... Mais celui-là ne m'aura pas coûté cher. J'en mangerai cette nuit.

— Tu n'aimes pas fumer?

— Tu crois donc que j'ai une pipe? Qu'est-ce que tu t'imagines?

Elle sourit avec amertume, contente encore cependant. Mais la méfiance habituelle revint :

— Pourquoi tu me la donnes?

— Laisse... Ça me fait plaisir. J'ai été « du milieu »...

En effet, il n'avait pas l'air d'un miché[111]. Mais il n'était certainement plus « du milieu » depuis longtemps. (Il avait parfois besoin de s'inventer des biographies complètes, mais rarement.) Elle se rapprocha de lui, sur la banquette.

— Simplement, essaie d'être gentille : ce sera la dernière fois que je coucherai avec une femme...

— Pourquoi ça?

Elle était d'intelligence lente, mais non stupide.

— Tu veux te tuer?

Ce n'était pas le premier. Elle prit entre ses mains celle de Clappique posée sur la table et l'embrassa, d'un geste gauche et presque maternel.

— C'est dommage...

« Et tu veux monter? »

Elle avait entendu dire que ce désir venait parfois aux hommes, avant la mort. Mais elle n'osait pas se lever la première : elle eût cru rendre son suicide plus proche. Elle avait gardé sa main entre les siennes. Affalé sur la banquette, jambes croisées et bras collés au corps comme un insecte frileux, nez en avant, il la regardait de très loin, malgré le contact des corps. Bien qu'il eût à peine bu, il était ivre de ce mensonge, de cette chaleur, de l'univers fictif qu'il créait. Quand il disait qu'il se tuerait, il ne se croyait pas; mais, puisqu'elle le croyait, il entrait dans un monde où la vérité n'existait plus. Ce n'était ni vrai, ni faux, mais vécu. Et puisque n'existaient ni son passé qu'il venait d'inventer, ni le geste élémentaire et supposé si proche sur quoi se fondait son rapport avec cette femme, rien n'existait. Le monde avait cessé de peser sur lui. Délivré, il ne vivait plus que dans l'univers romanesque qu'il venait de créer, fort du lien qu'établit toute pitié humaine devant la mort. La sensation d'ivresse était telle que sa main trembla. La femme le sentit et crut que c'était d'angoisse.

— Il n'y a pas moyen... d'arranger ça?

— Non.

Le chapeau, posé sur le coin de la table, semblait le regarder avec ironie. Il l'envoya sur la banquette d'une chiquenaude.

— Histoire d'amour? demanda-t-elle encore.

Une salve crépita au loin. « Comme s'il n'y en avait pas assez qui mourront cette nuit », pensa-t-elle.

Il se leva sans avoir répondu. Elle crut que sa question appelait en lui des souvenirs. Malgré sa curiosité, elle eut envie de s'excuser, mais n'osa pas. Elle se leva aussi. Ils montèrent.

Quand il sortit — il ne se retournait pas, mais savait qu'elle le suivait du regard à travers la vitre — ni son esprit ni sa sensualité n'étaient assouvis. La brume était revenue. Après un quart d'heure de marche (l'air frais de la nuit ne le calmait pas), il s'arrêta devant un bar portugais. Les vitres n'en étaient pas dépolies. À l'écart des clients, une maigre brune aux yeux très grands, les mains sur les seins comme pour les protéger, contemplait la nuit. Clappique la regarda sans bouger. « Je suis comme les femmes qui ne savent pas ce qu'un nouvel amant tirera d'elles... Allons nous suicider avec celle-ci. »

Dans le chahut du *Black Cat*, Kyo et May avaient attendu.

Les cinq dernières minutes. Déjà ils eussent dû être partis. Que Clappique ne fût pas venu étonnait Kyo (il avait réuni pour lui presque deux cents dollars) mais non à l'extrême : chaque fois que Clappique agissait ainsi il se ressemblait à tel point qu'il ne surprenait qu'à demi ceux qui le connaissaient. Kyo l'avait tenu d'abord pour un extravagant assez pittoresque, mais il lui était reconnaissant de l'avoir averti, et se prenait peu à peu pour lui d'une sympathie réelle. Pourtant, il commençait à douter de la valeur du renseignement que le baron lui avait transmis, et ce rendez-vous manqué l'en faisait douter davantage.

Bien que le fox-trot ne fût pas terminé, un grand mouvement se fit vers un officier de Chang-Kaï-Shek qui venait d'entrer : des couples abandonnèrent la danse, s'approchèrent, et, bien que Kyo n'entendît rien, il devina qu'il s'agissait d'un événement capital. Déjà May se dirigeait vers le groupe : au *Black Cat*, une femme était suspecte de tout, donc de rien. Elle revint très vite.

— Une bombe a été lancée sur la voiture de Chang-Kaï-Shek, lui dit-elle à voix basse. Il n'était pas dans la voiture.

— Le meurtrier ? demanda Kyo.

Elle retourna vers le groupe, revint suivie d'un type qui voulait à toute force qu'elle dansât avec lui,

255

mais qui l'abandonna dès qu'il vit qu'elle n'était pas seule.

— Échappé, dit-elle

— Souhaitons-le...

Kyo savait combien ces informations, presque toujours, étaient inexactes. Mais il était peu probable que Chang-Kaï-Shek eût été tué : l'importance de cette mort-là eût été telle que l'officier ne l'eût pas ignorée. « Nous saurons au Comité militaire, dit Kyo. Allons-y tout de suite ».

Il souhaitait trop que Tchen se fût évadé pour en douter pleinement. Que Chang-Kaï-Shek fût encore à Shanghaï ou déjà parti pour Nankin, l'attentat manqué donnait une importance capitale à la réunion du Comité militaire. Pourtant, qu'en attendre ? Il avait transmis l'affirmation de Clappique, dans l'après-midi, à un Comité central sceptique et s'efforçant de l'être : le coup de force confirmait trop les thèses de Kyo pour que sa confirmation par lui ne perdît de sa valeur. D'ailleurs, le Comité jouait l'union, non la lutte : quelques jours plus tôt, le chef politique des rouges et l'un des chefs des bleus avaient prononcé à Shanghaï des discours touchants. Et l'échec de la prise de la concession japonaise par la foule, à Han-Kéou, commençait à montrer que les rouges étaient paralysés dans la Chine centrale même ; les troupes mandchoues marchaient sur Han-Kéou, qui devrait les combattre avant celles de Chang-Kaï-Shek... Kyo avançait dans le brouillard, May à son côté, sans parler. Si les communistes devaient lutter cette nuit, ils pourraient à peine se défendre. Leurs dernières armes livrées ou non, comment combattraient-ils, un contre dix, en désaccord avec les instructions du Parti communiste chinois, contre une armée qui leur opposerait ses corps de volontaires bourgeois armés à l'européenne et disposant de l'avantage de l'attaque ? Le mois dernier, toute la ville était pour l'armée révolutionnaire unie ; le dictateur avait représenté l'étranger, la ville était xénophobe ; l'immense petite bourgeoisie était démocrate, mais non communiste ; l'armée, cette fois, était là, menaçante, non en fuite vers Nankin ; Chang-Kaï-Shek n'était pas le bourreau de Février, mais un héros national, sauf chez les communistes. Tous contre la police, le mois dernier ; les communistes contre l'armée aujourd'hui. La ville serait neutre, plutôt favorable au général. À peine pourraient-ils défendre les quartiers ouvriers ; Chapeï, peut-être ? Et ensuite ?... Si Clappique s'était trompé, si la réaction tardait d'un mois, le Comité militaire, Kyo, Katow organiseraient deux cent mille hommes. Les nouveaux groupes de choc, formés de communistes convaincus, prenaient en main les Unions : mais un mois au moins serait nécessaire pour créer une organisation assez précise pour manœuvrer les masses.

Et la question des armes restait posée. Il faudrait savoir, non si deux ou trois mille fusils devraient être rendus, mais comment seraient armées les masses en cas de coup de force de Chang-Kaï-Shek. Tant qu'on discuterait, les hommes seraient désarmés. Et, si le Comité militaire, en tout état de cause, exigeait des armes, le Comité central, sachant que les thèses trotskistes[112] attaquaient l'union avec le Kuomintang, était épouvanté par toute attitude qui pût, à tort ou à raison, sembler liée à celle de l'Opposition russe.

Kyo commençait à voir dans la brume pas encore levée — qui l'obligeait à marcher sur le trottoir, de crainte des autos — la lumière trouble de la maison où se tenait le Comité militaire. Brume et nuit opaques : il dut allumer son briquet pour savoir l'heure. Il était de quelques minutes en retard. Résolu à se hâter, il passa le bras de May sous le sien ; elle se serra doucement contre lui. Après quelques pas, il sentit dans le corps de May un hoquet et une mollesse foudroyante. « May ! » Il trébucha, tomba à quatre pattes, et, à l'instant où il se relevait, reçut à toute volée un coup de matraque sur la nuque. Il retomba en avant sur elle, de tout son long.

Trois policiers sortis d'une maison rejoignaient celui qui avait frappé. Une auto vide était arrêtée un peu plus loin. Ils y hissèrent Kyo et partirent, commençant seulement à l'attacher après leur départ.

Lorsque May revint à elle (ce que Kyo avait pris pour un hoquet était un coup de matraque à la base des côtes) un piquet de soldats de Chang-Kaï-Shek gardait l'entrée du Comité militaire ; à cause de la brume, elle ne les aperçut que lorsqu'elle fut tout près d'eux. Elle continua à marcher dans la même direction (elle respirait avec peine, et souffrait du coup) et revint au plus vite à la maison de Gisors

Minuit.

Dès qu'il avait appris qu'une bombe avait été lancée contre Chang-Kaï-Shek, Hemmelrich avait couru aux nouvelles. On lui avait dit que le général était tué et le meurtrier en fuite ; mais, devant l'auto retournée, le capot arraché, il avait vu le cadavre de Tchen sur le trottoir, — petit et sanglant, tout mouillé déjà par la brume, — gardé par un soldat assis à côté et appris que le général ne se trouvait pas dans l'auto. Absurdement, il lui sembla que d'avoir refusé asile à Tchen était une des causes de sa mort ; il avait couru à la Permanence communiste de son quartier, désespéré, et passé là une heure à discuter vainement de l'attentat. Un camarade était entré.

— L'Union des filateurs, à Chapeï, vient d'être fermée par les soldats de Chang-Kaï-Shek.

— Les camarades n'ont pas résisté ?

— Tous ceux qui ont protesté ont été fusillés immédiatement. À Chapeï, on fusille aussi les militants ou on met le feu à leurs maisons... Le Gouvernement Municipal vient d'être dispersé. On ferme les Unions.

Pas d'instructions du Comité central. Les camarades mariés avaient filé aussitôt, pour faire fuir femmes et enfants.

Dès qu'Hemmelrich sortit, il entendit des salves ; il risquait d'être reconnu, mais il fallait avant tout emmener le gosse et la femme. Devant lui passèrent dans le brouillard deux autos blindées et des camions chargés de soldats de Chang-Kaï-Shek. Au loin, toujours des salves ; et d'autres, tout près.

Pas de soldats dans l'avenue des Deux-Républiques, ni dans la rue dont sa boutique faisait le coin. Non : *plus* de soldats. La porte du magasin était ouverte. Il y courut : partout, à terre, des morceaux de disques épars dans de grandes taches de sang. La boutique avait été « nettoyée » à la grenade, comme une tranchée. La femme était affaissée contre le comptoir, presque accroupie, la poitrine couleur de blessure. Dans un coin, un bras d'enfant, la main, ainsi isolée, paraissait encore plus petite

« Pourvu qu'ils soient morts ! » pensa Hemmelrich. Il avait peur surtout d'une agonie à laquelle il devrait assister, impuissant, bon seulement à souffrir, comme d'habitude — plus peur même que de ces casiers criblés de taches rouges et d'éclats. À travers sa semelle, il sentit le sol gluant. « Leur sang ». Il restait immobile, n'osant plus bouger, regardant, regardant... Il découvrit enfin le corps de l'enfant, près de la porte qui le cachait. Au loin, deux grenades éclatèrent. Hemmelrich respirait à peine dans l'odeur du sang répandu. « Il n'est pas question de les enterrer... » Il ferma la porte à clef, resta devant. « Si on vient et si on me reconnaît, je suis mort. » Mais il ne pouvait pas partir.

Il savait qu'il souffrait, mais un halo d'indifférence entourait sa douleur, de cette indifférence qui suit les maladies et les coups sur la tête. Nulle douleur ne l'eût surpris : en somme, le sort avait cette fois réussi contre lui un coup meilleur que les autres. La mort ne l'étonnait pas : elle valait bien la vie. La seule chose qui le bouleversât était de penser qu'il y avait eu derrière cette porte autant de souffrance qu'il y avait de sang. Pourtant, cette fois, la destinée avait mal joué : en lui arrachant tout ce qu'il possédait encore, elle le libérait. Il rentra, ferma la porte. Malgré son effondrement, cette sensation de coup de bâton à la base du cou, ses épaules sans force, il ne pouvait chasser de son attention la joie atroce, pesante, profonde, de la libération. Avec horreur et satisfaction, il la sentait gronder en lui comme un fleuve souterrain, s'approcher ; les cadavres étaient là, ses pieds qui collaient au sol étaient collés par leur sang, rien ne pouvait être plus dérisoire que ces assassinats — surtout celui de l'enfant malade : celui-là lui semblait encore plus innocent que la morte; — mais maintenant, il n'était plus impuissant. Maintenant, il pouvait tuer, lui aussi. Il lui était tout à coup révélé que la vie n'était pas le seul mode de contact entre les êtres, qu'elle n'était même pas le meilleur; qu'il les connaissait, les aimait, les possédait plus dans la vengeance que dans la vie. Il sentit une fois de plus ses semelles coller, et chancela : les muscles, eux, n'étaient pas aidés par la pensée. Mais une exaltation intense bouleversait son esprit, la plus puissante qu'il eût jamais connue; il s'abandonnait à cette effroyable ivresse avec un consentement entier. « On peut tuer avec amour. Avec amour, nom de Dieu ! » répéta-t-il frappant le comptoir du poing — contre l'univers peut-être... Il retira aussitôt sa main, la gorge serrée, à la limite du sanglot : le comptoir aussi était ensanglanté. Il regarda la tache déjà brune sur sa main qui tremblait, secouée comme par une crise de nerfs : de petites écailles s'en détachaient. Rire, pleurer, échapper à cette poitrine nouée, tordue... Rien ne remuait, et l'immense indifférence du monde s'établissait avec la lumière immobile sur les disques, sur les morts, sur le sang. La phrase « On arrachait les membres des condamnés avec des tenailles rougies » montait et descendait dans son cerveau; il ne la connaissait plus depuis l'école; mais il sentait qu'elle signifiait confusément qu'il devait partir, s'arracher lui aussi.

Enfin, sans qu'il sût comment, le départ devint possible. Il put sortir, commença à marcher dans une euphorie accablée qui recouvrait des remous de haine sans limites. À trente mètres, il s'arrêta. « J'ai laissé la porte ouverte sur eux. » Il revint sur ses pas. Au fur et à mesure qu'il s'approchait, il sentait les sanglots se former, se nouer plus bas que la gorge dans la poitrine, et rester là. Il ferma les yeux, tira sa porte. La serrure claqua : fermée. Il repartit : « Ça n'est pas fini, grogna-t-il en marchant. Ça commence. Ça commence... » Les épaules en avant, il avançait comme un haleur vers un pays confus dont il savait seulement qu'on y tuait, tirant des épaules et du cerveau le poids de tous ses morts qui, enfin ! ne l'empêchait plus d'avancer.

Les mains tremblantes, claquant des dents, emporté par sa terrible liberté, il revint en dix minutes à la Permanence. C'était une maison d'un seul étage. Derrière les fenêtres, des matelas étaient sans doute levés : malgré l'absence des persiennes, on ne voyait pas de rectangles lumineux dans le brouillard mais seulement des raies verticales. Le calme de la rue, presque une ruelle, était absolu, et ces raies lumineuses prenaient là l'intensité à la fois minime et aiguë des points d'ignition. Il sonna. La porte s'entrouvrit : on le connaissait. Derrière, quatre militants, le Mauser au poing, le regardèrent passer. Comme les sociétés d'insectes, le vaste couloir vivait d'une vie au sens confus mais au mouvement clair : tout venait de la cave : l'étage était mort. Isolés, deux ouvriers installaient au haut de l'escalier une mitrailleuse qui commandait le couloir. Elle ne brillait même pas, mais elle appelait l'attention comme le tabernacle dans une église. Des étudiants, des ouvriers couraient. Il passa devant des fascines de barbelés (à quoi ça pourrait-il servir ?) monta, contourna la mitrailleuse et atteignit le palier. Katow sortait d'un bureau, et le regarda interrogativement. Sans rien dire, il tendit sa main sanglante.

— Blessé ? Il y a des pansements en bas. Le gosse est caché ?

Hemmelrich ne pouvait pas parler. Il montrait opiniâtrement sa main, d'un air idiot. « C'est leur sang », pensait-il. Mais ça ne pouvait pas se dire.

— J'ai un couteau, dit-il enfin. Donne-moi un fusil.

— Il n'y a pas beaucoup de fusils.

— Des grenades.

Katow hésitait.

— Crois-tu que j'aie peur, bougre de con!

— D'scends : des grenades, il y en a dans les caisses. Pas beaucoup... Sais-tu où est Kyo?

— Pas vu. J'ai vu Tchen : il est mort.

— Je sais.

Hemmelrich descendit. Bras engagés jusqu'aux épaules des camarades fouillaient dans une caisse ouverte. La provision tirait donc à sa fin. Les hommes emmêlés s'agitaient dans la pleine lumière des lampes — il n'y avait pas de soupiraux, — et le volume de ces corps épais autour de la caisse, rencontré après les ombres qui filaient sous les ampoules voilées du corridor, le surprit comme si, devant la mort, ces hommes-ci eussent eu droit soudain à une vie plus intense que celle des autres. Il emplit ses poches, remonta. Les autres, les ombres, avaient achevé l'installation de la mitrailleuse et posé des barbelés derrière la porte, un peu en arrière pour qu'on pût l'ouvrir : les coups de sonnette se répétaient de minute en minute. Il regarda par le judas : la rue embrumée était toujours calme et vide : les camarades arrivaient, informes dans le brouillard comme des poissons dans l'eau trouble, sous la barre d'ombre que projetaient les toits. Il se retournait pour aller retrouver Katow : à la fois, deux coups de sonnette précipité, un coup de feu et le bruit d'une suffocation, puis, la chute d'un corps.

« Les voici! » crièrent à la fois plusieurs des gardiens de la porte. Le silence tomba sur le corridor, battu en sourdine par les voix et les bruits d'armes qui montaient de la cave. Les hommes gagnaient les postes de combat.

1 heure et demie.

Clappique, cuvant son mensonge comme d'autres leur ivresse, avançait dans le couloir de son hôtel chinois où les boys, affalés sur une table ronde au-dessous du tableau d'appel, crachotaient des grains de tournesol autour des crachoirs. Il savait qu'il ne dormirait pas. Il ouvrit mélancoliquement sa porte, jeta son veston sur l'exemplaire familier des *Contes d'Hoffmann*[113] et se versa du whisky. Il y avait quelque chose de changé dans cette chambre. Il s'efforça de n'y pas penser : l'absence inexplicable de certains objets eût été trop inquiétante. Il était parvenu à échapper à presque tout ce sur quoi les hommes fondent leur vie : amour, famille, travail : non à la peur. Elle surgissait en lui, comme une conscience aiguë de sa solitude ; pour la chasser il filait d'ordinaire au *Black Cat* le plus voisin. Impossible cette nuit : excédé, repu de mensonge et de fraternités provisoires... Il se vit dans la glace, s'approcha :

« Tout de même, mon bon, dit-il au Clappique du miroir, pourquoi filer, au fond ? Combien de temps tout ça va-t-il encore durer ? Tu as eu une femme : passons, oh ! passons ! Des maîtresses, de l'argent ; tu peux toujours y penser quand tu as besoin de fantômes pour se foutre de toi. Pas un mot ! Tu as des dons, comme on dit, de la fantaisie, toutes les qualités nécessaires à faire un parasite : tu pourras toujours être valet de chambre chez Ferral quand l'âge

264

t'aura amené à la perfection. Il y a aussi la profession de gentilhomme-clochard, la police et le suicide. Souteneur ? Encore la folie des grandeurs. Reste le suicide, te dis-je. Mais tu ne veux pas mourir. Tu ne veux pas mourir, p'petit salaud ! Regarde pourtant comme tu as une de ces belles gueules avec lesquelles on fait les morts... »

Il s'approcha encore, le nez touchant presque la glace ; il déforma son masque, bouche ouverte, par une grimace de gargouille ; et, comme si le masque lui eût répondu :

« Chacun ne peut pas être mort ? Évidemment : il faut de tout pour faire un monde. Bah, quand tu seras mort, tu iras au Paradis. Avec ça que le bon Dieu est une compagnie pour un type de ton genre... »

Il transforma son visage, bouche fermée et tirée vers le menton, yeux entrouverts, en samouraï de carnaval. Et aussitôt, comme si l'angoisse que les paroles ne suffisaient pas à traduire se fût exprimée directement dans toute sa puissance, il commença à grimacer, se transformant en singe, en idiot, en épouvanté, en type à fluxion[114], en tous les grotesques que peut exprimer un visage humain. Ça ne suffisait plus : il se servit de ses doigts, tirant sur les coins de ses yeux, agrandissant sa bouche pour la gueule de crapaud de l'homme-qui-rit[115], tirant ses oreilles. Cette débauche de grotesque dans la chambre solitaire, avec la brume de la nuit massée à la fenêtre, prenait le comique atroce de la folie. Il entendit son rire — un seul son de voix, le même que celui de sa mère ; et, découvrant soudain son visage, il recula et s'assit, haletant. Il y avait un bloc de papier blanc et un crayon sur le fauteuil. Il commença à s'écrire :

Tu finiras roi, mon vieux Toto, Roi : bien au chaud, dans un confortable asile de fous, grâce au delirium tremens ton seul ami, si tu continues à boire. Mais, en ce moment, es-tu saoul ou non ?... Toi, qui t'imagines si bien tant de choses, qu'attends-tu pour t'imaginer que tu es heureux ? Crois-tu...

On frappa.

Il dégringola dans le réel. Délivré mais ahuri. On frappa de nouveau.

— Entrez.

Manteau de laine, feutre noir, cheveux blancs : Gisors.

— Mais je... je..., bafouilla Clappique.

— Kyo vient d'être arrêté, dit Gisors. Vous connaissez König, n'est-ce pas ?

— Je... Mais je ne suis pour rien...

« Pourvu qu'il ne soit pas trop saoul », pensa Gisors.

— Vous connaissez König ? reprit-il.

— Oui, je je... le connais. Je lui ai... rendu service. Grand service.

— Pouvez-vous lui en demander un ?

— Pourquoi pas ? Mais lequel ?

— En tant que chef de la sûreté de Chang-Kaï-Shek, König peut faire remettre Kyo en liberté. Ou, du moins, l'empêcher d'être fusillé : c'est le plus urgent, n'est-ce pas.

— Enten... Entendu...

Il avait pourtant si peu de confiance en la reconnaissance de König, qu'il avait jugé inutile et peut-être imprudent d'aller le voir, même après les indications de Chpilewski. Il s'assit sur le lit, le nez vers le sol. Il n'osait pas parler. Le ton de la voix de Gisors lui montrait que celui-ci ne soupçonnait nullement sa responsabilité dans l'arrestation : Gisors voyait en lui l'ami qui était venu prévenir Kyo dans l'après-midi, non l'homme qui jouait à l'heure du rendez-vous. Mais Clappique ne pouvait s'en convaincre. Il n'osait le regarder, et ne se calmait pas. Gisors se demandait de quel drame ou de quelle extravagance il sortait, ne devinant pas que sa propre présence était une des causes de cette respiration haletante. Il semblait à Clappique que Gisors l'accusait :

— Vous savez, mon bon, que je ne suis pas... enfin pas si fou que ça : je, je...

Il ne pouvait cesser de bafouiller ; il lui semblait parfois que Gisors était le seul homme qui le comprît ; et parfois, qu'il le tenait pour un bouffon. Le vieillard le regardait sans rien dire.

— Je... Qu'est-ce que vous pensez de moi ?

Gisors avait plus envie de le prendre par les épaules, et de le mener chez König, que de causer avec lui ; mais un tel bouleversement paraissait sous l'ivresse qu'il lui attribuait, qu'il n'osa pas refuser d'entrer dans le jeu.

— Il y a ceux qui ont besoin d'écrire, ceux qui ont besoin de rêver, ceux qui ont besoin de parler... C'est la même chose. Le théâtre n'est pas sérieux, c'est la course de taureaux qui l'est ; mais les romans ne sont pas sérieux, c'est la mythomanie qui l'est.

Clappique se leva.

— Vous avez mal au bras ? demanda Gisors.

— Une courbature. Pas un mot...

Clappique venait de retourner maladroitement son bras pour cacher sa montre-bracelet au regard de Gisors, comme si l'eût trahi cette montre qui lui avait indiqué l'heure, à la maison de jeu.

— Quand irez-vous voir König ?

— Demain matin ?

— Pourquoi pas maintenant? La police ne dort pas la nuit, dit Gisors avec amertume, et tout peut arriver...

Clappique ne demandait pas mieux. Non par remords : de nouveau au jeu, il y fût de nouveau resté, — mais par compensation.

— Courons, mon bon...

Le changement qu'il avait constaté en entrant dans la chambre l'inquiéta de nouveau. Il regarda attentivement, fut stupéfait de ne pas l'avoir vu plus tôt : une de ses peintures taoïstes « à se faire des rêves » et ses deux plus belles statues avaient disparu. Sur la table, une lettre : l'écriture de Chpilewski. Il devina. Mais il n'osa lire la lettre. Chpilewski l'avait prévenu que Kyo était menacé : s'il avait l'imprudence de parler de lui, il ne pourrait se défendre de tout raconter. Il prit la lettre et la mit dans sa poche.

Dès qu'ils sortirent, ils rencontrèrent les autos blindées et les camions chargés de soldats.

Clappique n'avait pas tout à fait retrouvé son calme : pour cacher le trouble dont il ne pouvait encore se délivrer, il fit le fou, comme d'habitude.

— Je voudrais être enchanteur, envoyer au calife une licorne — une licorne, vous dis-je — qui apparaîtrait couleur de soleil, dans le palais, en criant : « Sache, calife, que la première sultane te trompe! Pas un mot! » Moi-même, en licorne, je serais épatant, avec mon nez! Et, bien entendu, ce ne serait pas vrai. On dirait que personne ne sait combien il est voluptueux de vivre aux yeux d'un être une autre vie que la sienne. D'une femme surtout...

— Quelle femme ne s'est donnée une fausse vie pour l'un au moins des hommes qui l'ont accostée dans la rue?

— Vous... croyez que tous les gens sont mytho-
manes?

Les paupières de Clappique papillotaient nerveusement; il marcha moins vite.

« Non, écoutez, dit-il, parlez-moi franchement :
pourquoi croyez-vous qu'ils ne le sont pas? »

Il sentait maintenant en lui une envie, bizarrement étrangère à lui-même mais très forte, de
demander à Gisors ce qu'il pensait du jeu; et pourtant, sûrement, s'il parlait du jeu il avouerait tout.
Allait-il parler? Le silence l'y eût contraint : par bonheur, Gisors répondit :

— Peut-être suis-je l'être le moins fait pour vous
répondre... L'opium n'enseigne qu'une chose, c'est
que, hors de la souffrance physique, il n'y a pas de
réel.

— La souffrance, oui... Et... la peur.

— La peur?

— Vous n'avez jamais peur, dans l'o... l'opium?

— Non. Pourquoi?

— Ah!...

À la vérité, Gisors pensait que si le monde était
sans réalité, les hommes, et ceux mêmes qui
s'opposent le plus au monde ont, eux, une réalité très
forte; et que Clappique, précisément, était un des
très rares êtres qui n'en eussent aucune. Et il l'éprouvait avec angoisse, car c'était entre ces mains de
brouillard qu'il remettait le destin de Kyo. Au-dessous des attitudes de tout homme est un fond qui
peut être touché, et penser à sa souffrance en laisse
pressentir la nature. La souffrance de Clappique
était indépendante de lui, comme celle d'un enfant :
il n'en était pas responsable; elle eût pu le détruire,
elle ne pouvait le modifier. Il pouvait cesser d'exister, disparaître dans un vice, dans une monomanie,

il ne pouvait devenir un homme. « Un cœur d'or, mais creux ». Gisors s'apercevait qu'au fond de Clappique n'étaient ni la douleur ni la solitude, comme chez les autres hommes, mais la sensation. Gisors jugeait parfois les êtres en supposant leur vieillesse : Clappique ne pouvait vieillir : l'âge ne le menait pas à l'expérience humaine mais à l'intoxication — érotisme ou drogue — où se conjugueraient enfin tous ses moyens d'ignorer la vie. « Peut-être, pensait le baron, si je lui racontais tout, trouverait-il tout normal... » On tirait maintenant partout dans la ville chinoise, Clappique pria Gisors de l'abandonner à la limite de la concession : König ne l'eût pas reçu. Gisors regarda disparaître dans la brume sa silhouette maigre et désordonnée.

La section spéciale de police de Chang-Kaï-Shek était installée dans une simple villa construite vers 1920 : style Bécon-les-Bruyères[116], mais fenêtres encadrées d'extravagants ornements portugais, jaunes et bleuâtres. Deux factionnaires et plus de plantons qu'il ne convenait ; tous les hommes armés ; c'était tout. Sur la fiche qu'un secrétaire lui tendait, Clappique écrivit « Toto », laissa en blanc le motif de la visite, et attendit. C'était la première fois qu'il se trouvait dans un lieu éclairé depuis qu'il avait quitté sa chambre : il tira de sa poche la lettre de Chpilewski :

Mon cher ami.

J'ai cédé à votre insistance. Mes scrupules étaient fondés, mais j'ai réfléchi : vous me permettrez ainsi de revenir à la tranquillité ; et les bénéfices que promet mon affaire, en ce moment, sont si importants et si assurés que je pourrai certainement, avant un an, vous offrir en remerciement des objets de même nature, et plus beaux. Le commerce de l'alimentation, en cette ville...

Suivaient quatre pages d'explications.

« Ça ne va pas mieux, pensa Clappique, pas mieux du tout... » Mais un factionnaire venait le chercher.

König l'attendait, assis sur son bureau, face à la porte. Trapu, brun, le nez de travers dans le visage carré, il vint à lui, serra sa main d'une façon rapide et vigoureuse qui les séparait plus qu'elle ne les rapprochait.

— Ça va? Bon. Je savais que je vous verrais aujourd'hui. J'ai été heureux de pouvoir vous être utile à mon tour.

— Vous êtes rredoutable, répondit Clappique bouffonnant à demi. Je me demande seulement s'il n'y a pas un malentendu : vous savez que je ne fais pas de politique...

— Il n'y a pas de malentendu.

« Il a la reconnaissance plutôt condescendante », pensa Clappique.

— Vous avez deux jours pour filer. Vous m'avez rendu service autrefois : aujourd'hui, je vous ai fait prévenir.

— Co... comment? C'est vous qui m'avez fait prévenir?

— Croyez-vous que Chpilewski aurait osé? Vous avez affaire à la Sûreté chinoise, mais ce ne sont plus les Chinois qui la dirigent. Trêve de balivernes.

Clappique commençait à admirer Chpilewski, mais non sans irritation.

— Enfin, reprit-il, puisque vous voulez bien vous souvenir de moi, permettez-moi de vous demander autre chose.

— Quoi?

Clappique n'avait plus grand espoir : chaque nouvelle réplique de König lui montrait que la camaraderie sur laquelle il comptait n'existait pas, ou n'existait plus. Si König l'avait fait prévenir, il ne lui devait plus rien. Ce fut plus par acquit de conscience que par espoir qu'il dit :

— Est-ce qu'on ne pourrait rien faire pour le jeune Gisors? Vous vous en foutez, je pense, de tout ça...

— Qu'est-ce qu'il est?

— Communiste, je crois.

— Pourquoi est-il communiste, d'abord, celui-là? Son père? Métis? Pas trouvé de place? Qu'un ouvrier soit communiste, c'est déjà idiot, mais lui! Enfin quoi?

— Ça ne se résume pas très facilement...

Clappique réfléchissait :

« Métis, peut-être... mais il aurait pu s'arranger : sa mère était japonaise. Il n'a pas essayé. Il dit quelque chose comme : par volonté de dignité...

— Par dignité!

Clappique fut stupéfait : König l'engueulait. Il n'attendait pas tant d'effet de ce mot. « Ai-je gaffé? » se demanda-t-il.

— Qu'est-ce que ça veut dire, d'abord? demanda König, l'index agité comme s'il eût continué à parler sans qu'on l'entendît. « Par dignité », répéta-t-il. Clappique ne pouvait se méprendre au ton de sa voix : c'était celui de la haine. Il était à droite de Clappique, et son nez oblique, qui semblait ainsi très busqué, accentuait fortement son visage.

— Dites donc, mon petit Toto, vous croyez à la dignité?

— Chez les autres...

272

— Oui?

Clappique se tut.

— Vous savez ce que les rouges faisaient aux officiers prisonniers?

Clappique se gardait toujours de répondre. Ça devenait sérieux. Et il sentait que cette phrase était une préparation, une aide que König se donnait à lui-même : il n'attendait pas de réponse.

— En Sibérie, j'étais interprète dans un camp de prisonniers. J'ai pu en sortir en servant dans l'armée blanche, chez Semenoff. Blancs, rouges, je m'en foutais : je voulais retourner en Allemagne. J'ai été pris par les rouges. J'étais à moitié mort de froid. Ils m'ont giflé à coups de poing, en m'appelant mon capitaine (j'étais lieutenant) jusqu'à ce que je tombe. Ils m'ont relevé. Je ne portais pas l'uniforme de Semenoff, aux petites têtes de mort : j'avais une étoile sur chaque épaulette.

Il s'arrêta. « Il pourrait refuser sans faire tant d'histoires », pensa Clappique. Haletante, pesante, la voix impliquait une nécessité qu'il cherchait pourtant à comprendre.

— Ils m'ont enfoncé un clou dans chaque épaule, à travers chaque étoile. Long comme un doigt. Écoutez bien, mon petit Toto.

Il le prit par le bras, les yeux fixés sur les siens, avec un regard trouble :

— J'ai pleuré comme une femme, comme un veau... J'ai pleuré devant eux. Vous comprenez, oui? Restons-en là. Personne n'y perdra rien.

À coup sûr il racontait cette histoire — ou se la racontait — chaque fois qu'il pouvait tuer, comme si ce récit eût pu gratter jusqu'au sang l'humiliation sans limites qui le torturait.

— Mon petit, il vaudrait mieux ne pas trop me

parler de dignité... Ma dignité, à moi, c'est de les tuer. Qu'est-ce que vous voulez que ça me foute, la Chine! Hein! La Chine, sans blague! Je ne suis dans le Kuomintang que pour pouvoir en faire tuer. Je ne revis comme autrefois, comme un homme, comme n'importe qui, comme le dernier des abrutis qui passent devant cette fenêtre, que quand on en tue. C'est comme les fumeurs avec leurs pipes. Vous veniez me demander sa peau? Vous m'auriez sauvé trois fois la vie...

Il parlait entre ses dents, mais sans bouger, les mains dans ses poches, ses cheveux en brosse secoués par les mots arrachés.

— Il y a l'oubli... dit Clappique à mi-voix.

— Il y a plus d'un an que je n'ai pas couché avec une femme! Ça vous suffit? Et...

Il s'arrêta net, reprit plus bas:

« Mais dites donc, mon petit Toto, le jeune Gisors, le jeune Gisors... Vous parliez de malentendu; vous voulez toujours savoir pourquoi vous êtes condamné? Je vais vous le dire. C'est bien vous qui avez traité l'affaire des fusils du *Shan-Tung*? Savez-vous à qui les fusils étaient destinés?

— On ne pose pas de questions dans ce métier, pas un mot!

Il approcha l'index de sa bouche, selon ses plus pures traditions. Il en fut aussitôt gêné.

— Aux communistes. Et comme vous y risquiez votre peau, on aurait pu vous le dire. Et c'était une escroquerie. Ils se sont servis de vous pour gagner du temps: la nuit même, ils ont pillé le bateau. Si je ne m'abuse, c'est votre protégé actuel qui vous a embarqué dans cette affaire?

Clappique faillit répondre. *J*'ai quand même touché ma commission ». Mais la révélation que son interlocuteur venait de lui faire mettait une telle satisfaction sur le visage de celui-ci, que le baron ne désirait plus que s'en aller. Bien que Kyo eût tenu ses promesses, il lui avait fait jouer sa vie sans le lui dire. L'eût-il jouée? Non. Kyo avait eu raison de lui préférer sa cause : lui aurait raison de se désintéresser de Kyo. D'autant plus qu'en vérité, il ne pouvait rien. Il haussa simplement l'épaule.

— Alors, j'ai quarante-huit heures pour filer?

— Oui. Vous n'insistez pas. Vous avez raison. Au revoir. »

« Il doit faire de telles confidences, d'habitude, à ceux qui vont mourir, pensait Clappique en descendant les marches de l'escalier : de toute façon, il vaut vraiment mieux que je file. » Il ne se délivrait pas du ton avec lequel König avait dit : « Pour vivre comme un homme, comme n'importe qui... » Il restait hébété par cette intoxication totale, que le sang seul assouvissait : il avait vu assez d'épaves des guerres civiles de Chine et de Sibérie pour savoir quelle négation du monde appelle l'humiliation intense; seuls, le sang opiniâtrement versé, la drogue et la névrose nourrissent de telles solitudes. Il comprenait maintenant pourquoi König avait aimé sa compagnie, n'ignorant pas combien, auprès de lui, s'affaiblissait toute réalité. Il marchait lentement, épouvanté de retrouver Gisors qui l'attendait de l'autre côté des barbelés. Que lui dire?... Trop tard : poussé par l'impatience, Gisors, venu à sa rencontre, venait de se dégager de la brume, à deux mètres de lui. Il le regardait avec l'intensité hagarde des fous. Clappique eut peur, s'arrêta. Gisors déjà le prenait par le bras :

— Rien à faire? demandait-il d'une voix triste, mais non altérée.

Sans parler, Clappique secoua négativement la tête.

— Allons. Je vais demander aide à un autre ami.

En voyant Clappique sortir de la brume, il avait eu la révélation de sa propre folie. Tout le dialogue qu'il avait imaginé entre eux, au retour du baron, était absurde : Clappique n'était ni un interprète ni un messager, c'était une carte. La carte jouée — perdue, le visage de Clappique le montrait — il fallait en chercher une autre. Gorgé d'angoisse, de détresse, il restait lucide au fond de sa désolation. Il avait songé à Ferral ; mais Ferral ; n'interviendrait pas dans un conflit de cet ordre.

König avait appelé un secrétaire :
— Demain, ici, le jeune Gisors.

5 heures.

Au-dessus des courts éclairs de coups de feu jaunâtres dans la fin de la nuit, Katow et Hemmelrich voyaient, des fenêtres du premier étage, le petit jour faire naître des reflets plombés sur les toits voisins, en même temps que le profil des maisons devenait net. Les cheveux en pluie, blêmes, chacun commençait de nouveau à distinguer le visage de l'autre, et savait ce qu'il pensait. Le dernier jour. Presque plus de munitions. Aucun mouvement populaire n'était venu à leur secours. Des salves, vers Chapeï : des camarades assiégés comme eux. Katow avait expliqué à Hemmelrich pourquoi ils étaient perdus : à un moment quelconque, les hommes de Chang-Kaï-

Shek apporteraient les canons de petit calibre dont disposait la garde du général; dès qu'un de ces canons pourrait être introduit dans la maison qui faisait face à la permanence, matelas et murs tomberaient comme à la foire. La mitrailleuse des communistes commandait encore la porte de cette maison; lorsqu'elle n'aurait plus de balles, elle cesserait de la commander. Ce qui n'allait plus tarder. Ils avaient tiré rageusement, poussés par une vengeance anticipée : condamnés, tuer était le seul sens qu'ils pussent donner à leurs dernières heures. Mais ils commençaient à être las de cela aussi. Les adversaires, abrités de mieux en mieux, n'apparaissaient plus que rarement. Il semblait que le combat s'affaiblît avec la nuit — et, absurdement, que ce jour naissant qui ne montrait pas une seule ombre ennemie apportât leur libération, comme la nuit avait apporté leur emprisonnement. Le reflet du jour, sur les toits, devenait gris pâle; au-dessus du combat arrêté, la lumière semblait aspirer de grands morceaux de nuit, ne laissant devant les maisons que des rectangles noirs. Les ombres se raccourcissaient peu à peu : les regarder permettait de ne pas songer aux hommes qui allaient mourir là. Elles se contractaient comme tous les jours avec leur mouvement éternel, d'une sauvage majesté aujourd'hui parce qu'ils ne le verraient plus jamais. Soudain, toutes les fenêtres en face s'éclairèrent, et les balles frappèrent autour de la porte en volée de cailloux : un des leurs avait passé un veston au bout d'un bâton. L'ennemi se contentait de l'affût.

— Onze, douze, treize, quatorze... dit Hemmelrich. Il comptait les cadavres, visibles maintenant dans la rue.

— Tout ça, c'est de la rig'lade, répondit Katow à

voix presque basse. Ils n'ont qu'à attendre. Le jour est pour eux.

Il n'y avait que cinq blessés couchés dans la pièce ; ils ne gémissaient pas : deux fumaient, en regardant le jour apparaître entre le mur et les matelas. Plus loin, Souen et un autre combattant gardaient la seconde fenêtre. Presque plus de salves. Les troupes de Chang-Kaï-Shek attendaient-elles partout ? Vainqueurs, le mois précédent, les communistes connaissaient leurs progrès heure par heure ; aujourd'hui ils ne savaient rien, pareils aux vaincus d'alors.

Comme pour confirmer ce que venait de dire Katow, la porte de la maison ennemie s'ouvrit (les deux couloirs étaient en face l'un de l'autre) ; aussitôt, le crépitement d'une mitrailleuse renseigna les communistes. « Elle est venue par les toits », pensa Katow.

— Par ici !

C'étaient ses mitrailleurs qui appelaient. Hemmelrich et lui sortirent en courant, et comprirent : la mitrailleuse ennemie, sans doute protégée par un blindage, tirait sans arrêt. Il n'y avait pas de communistes dans le couloir de la permanence, puisqu'il se trouvait sous le feu de leur propre mitrailleuse qui, des plus hautes marches de l'escalier, commandait en tir plongeant l'entrée de leurs adversaires. Mais le blindage, maintenant, protégeait ceux-ci. Il fallait pourtant, avant tout, maintenir le feu. Le pointeur était tombé sur le côté, tué sans doute ; c'était le servant qui avait crié. Il tirait balle par balle la bande engagée. Les balles faisaient sauter des morceaux de bois des marches, du plâtre du mur, et des sons sourds, dans des silences d'une rapidité inconnue, indiquaient que certaines entraient dans la chair du vivant ou du mort. Hemmelrich et Katow s'élancèrent. « Pas toi ! » hurla le Belge. D'un coup d'épaule il écarta Katow qui roula dans le couloir, et sauta à la place du pointeur. L'ennemi tirait maintenant un peu plus bas. Pas pour longtemps. « Y a-t-il encore des bandes ? » demanda Hemmelrich. Au lieu de répondre, le servant piqua une tête en avant, dévala tout l'escalier. Et Hemmelrich s'aperçut qu'il ne savait pas servir une mitrailleuse.

Il remonta d'un saut, se sentit touché faiblement à l'œil et au mollet. Dans le couloir, au-dessus de l'angle du tir ennemi, il s'arrêta : son œil n'avait été touché que par un morceau de plâtre détaché par une balle ; son mollet saignait — une autre balle, en surface. Déjà il était dans la chambre où Katow, arc-bouté, d'une main attirait à lui le matelas (non pour se protéger mais pour se cacher), et tenait de l'autre un paquet de grenades : seules les grenades, si elles éclataient tout près, pouvaient agir contre le blindage.

Il fallait les lancer par la fenêtre dans le couloir ennemi. Katow avait posé un autre paquet derrière lui : Hemmelrich le saisit et le lança en même temps que Katow par-dessus le matelas. Katow se retrouva par terre, fauché par les balles, comme s'il l'eût été par ses grenades : lorsque têtes et bras avaient dépassé le matelas, on avait tiré sur eux de toutes les fenêtres, — ce craquement d'allumettes, si proche, ne venait-il pas de ses jambes ? se demandait Hemmelrich, qui s'était baissé à temps. Les balles entraient toujours, mais le mur protégeait les deux hommes maintenant qu'ils étaient tombés : la fenêtre ne s'ouvrait qu'à soixante centimètres du parquet. Malgré les coups de fusils, Hemmelrich avait l'impression du silence, car les deux mitrailleuses s'étaient tues. Il avança sur les coudes vers

Katow, qui ne bougeait pas; il le tira par les épaules. Hors du champ de tir, tous deux se regardèrent en silence : malgré matelas et défenses qui masquaient la fenêtre, le grand jour maintenant envahissait la chambre. Katow s'évanouissait, la cuisse trouée d'une tache rouge qui s'agrandissait sur le carreau comme sur un buvard. Hemmelrich entendit encore Souen crier : « Le canon! » puis une détonation énorme et sourde, et, à l'instant où il levait la tête, un choc à la base du nez : il s'évanouit à son tour.

Hemmelrich revenait à lui, peu à peu, remontant des profondeurs vers cette surface de silence si étrange qu'il lui sembla qu'elle le ranimait : le canon ne tirait plus. Le mur était démoli obliquement. Par terre, couverts de plâtras et de débris, Katow et les autres, évanouis ou morts. Il avait très soif, et la fièvre. Sa blessure au mollet n'était pas grave. En rampant, il atteignit la porte, et dans le couloir se releva, lourdement, appuyé au mur. Sauf à la tête, où l'avait frappé un morceau détaché de la maçonnerie, sa douleur était diffuse; accroché à la rampe, il descendit, non l'escalier de la rue, où sans doute les ennemis attendaient toujours, mais celui de la cour. On ne tirait plus. Les murs du couloir d'entrée étaient creusés de niches, où se trouvaient naguère des tables. Il se blottit dans la première et regarda la cour.

À droite d'une maison qui semblait abandonnée (mais il était sûr qu'elle ne l'était pas), un hangar de tôle; au loin, une maison à cornes et une file de poteaux qui plongeaient, en se rapetissant, vers la campagne qu'il ne reverrait pas. Les barbelés emmêlés au travers de la porte rayaient en noir ce spectacle mort et le jour gris, comme les craquelures d'une faïence. Une ombre parut derrière, une espèce d'ours : un homme de face, le dos complètement courbé; il commença à s'accrocher aux fils de fer.

Hemmelrich n'avait plus de balles. Il regardait cette masse qui passait d'un fil à l'autre avant qu'il pût prévoir son geste (les fils étaient nets sur le jour mais sans perspective). Elle s'accrochait, retombait, s'accrochait à nouveau, énorme insecte. Hemmelrich s'approcha, le long du mur. Il était clair que l'homme allait passer; à ce moment, pourtant, empêtré, il essayait de se dégager des barbelés accrochés à ses vêtements, avec un étrange grognement, et il semblait à Hemmelrich que ce monstrueux insecte pût rester là à jamais, énorme et recroquevillé, suspendu sur ce jour gris. Mais la main se dressa nette et noire, ouverte, les doigts écartés, pour saisir un autre fil, et le corps reprit son mouvement.

C'était la fin. Derrière, la rue et la mitrailleuse. Làhaut, Katow et ses hommes, par terre. Cette maison déserte, en face, était certainement occupée, sans doute par des mitrailleurs qui, eux, avaient encore des balles. S'il sortait, les ennemis tireraient aux genoux, pour le faire prisonnier (il sentit tout à coup la fragilité de ces petits os, les rotules...). Du moins tuerait-il peut-être celui-là.

Le monstre composé d'ours, d'homme et d'araignée, continuait à se dépêtrer de ses fils. Au côté de sa masse noire, une ligne de lumière marquait l'arête de son pistolet. Hemmelrich se sentait au fond d'un trou, fasciné moins par cet être si lent qui s'approchait comme la mort même, que par tout ce qui le suivait, tout ce qui allait une fois de plus l'écraser ainsi qu'un couvercle de cercueil vissé sur un vivant; c'était tout ce qui avait étouffé sa vie de tous les jours, qui revenait là pour l'écraser d'un coup. « Ils m'ont pilonné pendant trente-sept ans, et maintenant ils vont me tuer. » Ce n'était pas seulement sa propre souffrance qui s'approchait, c'était celle de sa femme éventrée, de son gosse malade assassiné : tout se mêlait en un brouillard de soif, de fièvre et de haine. De nouveau, sans la regarder, il sentit la tache de sang de sa main gauche. Ni comme une brûlure, ni comme une gêne : simplement il savait qu'elle était là, et que l'homme allait enfin sortir de ses barbelés. Cet homme qui passait le premier, ce n'était pas pour de l'argent qu'il venait tuer ceux qui se traînaient là-haut, c'était pour une idée, pour une foi ; cette ombre arrêtée maintenant devant le barrage de fils de fer, Hemmelrich la haïssait jusque dans sa pensée : ce n'était pas assez que cette race d'heureux les assassinât, il fallait encore qu'elle crût avoir raison. La silhouette, corps maintenant redressé, était prodigieusement tendue sur la cour grise, sur les fils télégraphiques qui plongeaient dans la paix illimitée du matin de printemps pluvieux. D'une fenêtre, un cri d'appel s'éleva, auquel l'homme répondit ; sa réponse emplit le couloir, entoura Hemmelrich. La ligne de lumière du pistolet disparut, enfouie dans la gaine et remplacée par une barre plate, presque blanche dans cette obscurité : l'homme tirait sa baïonnette. Il n'était plus un homme, il était tout ce dont Hemmelrich avait souffert jusque-là. Dans ce couloir noir, avec ces mitrailleurs embusqués au-delà de la porte et cet ennemi qui s'approchait, le Belge devenait fou de haine, et il lui semblait que le sang des siens n'était plus une tache sur sa main, mais encore liquide et chaud. « Ils nous auront tous fait crever toute notre vie, mais celui-là l'essuiera, il l'essuiera... » L'homme approchait, pas à pas, la baïonnette en avant. Hemmelrich s'accroupit et vit aussitôt la silhouette grandir, le torse diminuer au-dessus de jambes fortes comme des pieux. À l'instant où la baïonnette arrivait au-dessus de sa tête, il se releva, s'accrocha de la main droite au cou de l'homme, serra. Sous le choc, la baïonnette était tombée. Ce cou était trop gros pour une seule main, le pouce et l'extrémité des doigts s'enfonçaient convulsivement dans la chair plus qu'ils n'arrêtaient la respiration, mais l'autre main était prise par la folie, frottée avec fureur sur le visage haletant. « Tu l'effaceras ! hurlait Hemmelrich. Tu l'effaceras ! » L'homme chancelait. D'instinct il s'accrocha au mur. Hemmelrich lui cogna la tête contre ce mur de toute sa force, se baissa une seconde ; le Chinois sentit un corps énorme qui entrait en lui, déchirait ses intestins : la baïonnette. Il ouvrit les deux mains, les ramena à son ventre avec un gémissement aigu, tomba, épaules en avant, entre les jambes d'Hem-melrich, puis se détendit d'un coup ; sur sa main ouverte, une goutte de sang tomba de la baïonnette, puis une autre. Comme si cette main de seconde en seconde tachée l'eût vengé, Hemmelrich osa enfin regarder la sienne, et comprit que la tache de sang s'y était effacée depuis des heures.

Et il découvrit qu'il n'allait peut-être pas mourir. Il déshabilla précipitamment l'officier, pris à la fois d'affection pour cet homme qui était venu lui appor-ter sa délivrance et de rage parce que les habits ne se dégageaient pas assez vite du corps, comme si celui-ci les eût retenus. Il secouait ce corps sauveur comme s'il lui eût fait danser la couverte [117]. Enfin, revêtu de son costume, il se montra à la fenêtre de la rue, le visage incliné caché par la visière de la cas-quette. Les ennemis, en face, ouvrirent leurs fenêtres en criant. « Il faut que je file avant qu'ils ne soient ici. » Il sortit du côté de la rue, tourna à gauche comme l'eût fait celui qu'il avait tué pour aller rejoindre son groupe.

— Des prisonniers ? crièrent les hommes aux fenêtres.

Il fit au hasard un geste vers ceux qu'il était censé rejoindre. Qu'on ne tirât pas sur lui était à la fois stupide et naturel. Il ne restait plus en lui d'étonnement. Il tourna encore à gauche et partit vers les concessions : elles étaient gardées, mais il connaissait toutes les maisons à double entrée de la rue des Deux-Républiques.

L'un après l'autre, les Kuomintang commençaient à sortir.

SIXIÈME PARTIE

10 heures.

Provisoire, dit le garde.

Kyo comprit qu'on l'incarcérait à la prison de droit commun.

Dès qu'il entra dans la prison, avant même de pouvoir regarder, il fut étourdi par l'épouvantable odeur : abattoir, exposition canine, excréments. La porte qu'il venait de franchir ouvrait sur un couloir semblable à celui qu'il quittait ; à droite et à gauche, sur toute la hauteur, d'énormes barreaux de bois. Dans les cages de bois, des hommes. Au milieu, le gardien assis devant une petite table, sur laquelle était posé un fouet : manche court, lanière plate large comme la main, épaisse d'un doigt — une arme.

— Reste là, enfant de cochon, dit-il.

L'homme, habitué à l'ombre, écrivait son signalement, Kyo souffrait encore de la tête, et l'immobilité lui donna la sensation qu'il allait s'évanouir, il s'adossa aux barreaux.

— Comment, comment, comment allez-vous ? cria-t-on derrière lui.

Voix troublante comme celle d'un perroquet, mais voix d'homme. Le lieu était trop sombre pour que Kyo distinguât un visage; il ne voyait que des doigts énormes crispés autour des barreaux pas très loin de son cou. Derrière, couchées sur un bat-flanc ou debout, grouillaient des ombres trop longues: des hommes, comme des vers.

— Ça pourrait aller mieux, répondit-il en s'écartant.

— Ferme ça, fils de tortue, si tu ne veux pas recevoir ma main sur la gueule, dit le gardien.

Kyo avait entendu plusieurs fois le mot « provisoire »; il savait donc qu'il ne demeurerait pas longtemps là. Il était résolu à ne pas entendre les insultes, à supporter tout ce qui pourrait être supporté; l'important était de sortir de là, de reprendre la lutte. Pourtant, il ressentait jusqu'à l'envie de vomir l'humiliation que ressent tout homme devant un homme dont il dépend: impuissant contre cette immonde ombre à fouet, — dépouillé de lui-même.

— Comment, comment, comment allez-vous? cria de nouveau la voix.

Le gardien ouvrit une porte, heureusement dans les barreaux de gauche: Kyo entra dans l'étable. Au fond, un long bat-flanc où était couché un seul homme. La porte se referma.

— Politique? demanda l'homme.

— Oui. Et vous?

— Non. Sous l'empire, j'étais mandarin... »

Kyo commençait à prendre l'habitude de l'obscurité. En effet, c'était un homme âgé, un vieux chat blanc presque sans nez, à la moustache pauvre et aux oreilles pointues.

— « ... Je vends des femmes. Quand ça va, je donne de l'argent à la police et elle me laisse en paix.

Quand ça ne va pas, elle croit que je garde l'argent et elle me jette en prison. Mais du moment que ça ne va pas, j'aime mieux être nourri en prison que mourir de faim en liberté...

— Ici !

— Vous savez, on s'habitue... Dehors ça ne va pas non plus très bien, quand on est vieux, comme moi, et faible...

— Comment n'êtes-vous pas avec les autres ?

— Je donne quelquefois de l'argent au greffier de l'entrée. Aussi, chaque fois que je viens ici, je suis au régime des « provisoires ».

Le gardien apportait la nourriture : il passa entre les barreaux deux petits bols emplis d'un magma couleur de boue, à la vapeur aussi fétide que l'atmosphère Il puisait dans une marmite avec une louche, lançait la bouillie compacte dans chaque petit bol où elle tombait avec un « ploc », et la passait ensuite aux prisonniers de l'autre cage, un à un.

— Pas la peine, dit une voix : c'est pour demain.

(Son exécution, dit le mandarin à Kyo.)

— Moi aussi, dit une autre voix. Alors, tu pourrais bien me donner le double de pâtée, quoi : moi, ça me donne faim.

— Tu veux mon poing sur la gueule ? demanda le gardien.

Un soldat entra, lui posa une question. Il passa dans la cage de droite, frappa mollement un corps :

— Il bouge, dit-il. Sans doute qu'il vit encore...

Le soldat partit.

Kyo regardait de toute son attention, tentait de voir auxquelles de ces ombres appartenaient ces voix si proches de la mort — comme lui peut-être. Impossible de distinguer : ces hommes mourraient avant d'avoir été pour lui autre chose que des voix.

— Vous ne mangez pas? lui demanda son compagnon.

— Non.

— Au début, c'est toujours comme ça...

Il prit le bol de Kyo. Le gardien entra, souffleta l'homme à toute volée et ressortit en emportant le bol, sans un mot.

— Pourquoi ne m'a-t-il pas touché? demanda Kyo à voix basse.

— J'étais seul coupable, mais ce n'est pas cela : vous êtes politique, provisoire, et vous êtes bien habillé. Il va essayer de tirer de l'argent de vous, ou des vôtres. Mais ça n'empêche pas... Attendez...

« L'argent me poursuit jusque dans cette tanière », pensa Kyo. Si conforme aux légendes, l'abjection du gardien ne lui semblait pas pleinement réelle; et, en même temps, elle lui semblait une immonde fatalité comme si le pouvoir eût suffi à changer presque tout homme en bête. Ces êtres obscurs qui grouillaient derrière les barreaux, inquiétants comme les crustacés et les insectes colossaux des rêves de son enfance, n'étaient pas davantage des hommes. Solitude et humiliation totales. « Attention », pensa-t-il, car, déjà, il se sentait plus faible. Il lui sembla que, s'il n'eût été maître de sa mort, il eût rencontré là l'épouvante. Il ouvrit la boucle de sa ceinture, et fit passer le cyanure dans sa poche.

— Comment, comment, comment allez-vous?

De nouveau la voix.

— Assez! crièrent ensemble les prisonniers de l'autre cage. Kyo était maintenant habitué à l'obscurité, et le nombre des voix ne l'étonna pas · il y avait plus de dix corps couchés sur le bat-flanc derrière les barreaux.

— Tu vas te taire? cria le gardien.

— Comment, comment, comment allez-vous?

Le gardien se leva.

— Blagueur ou forte tête? demanda Kyo à voix basse.

— Ni l'un ni l'autre, répondit le mandarin : fou.

— Mais pourquoi...

Kyo cessa de questionner : son voisin venait de se boucher les oreilles. Un cri aigu et rauque, souffrance et épouvante à la fois, emplit toute l'ombre : pendant que Kyo regardait le mandarin, le gardien était entré dans l'autre cage avec son fouet. La lanière claqua : et le même cri s'éleva de nouveau. Kyo n'osait se boucher les oreilles et attendait, accroché à deux barreaux, le cri terrible qui allait une fois de plus le parcourir jusqu'aux ongles.

— Assomme-le une bonne fois, dit une voix, qu'il nous foute la paix!

— Que ça finisse, dirent quatre ou cinq voix, qu'on dorme tranquille!

Le mandarin, ses mains bouchant toujours ses oreilles, se pencha vers Kyo :

— C'est la onzième fois qu'il le frappe depuis sept jours, paraît-il. Moi, je suis là depuis deux jours : c'est la quatrième fois. Et malgré tout, on entend un peu... Je ne peux pas fermer les yeux, voyez-vous : il me semble qu'en le regardant je lui viens en aide...

Kyo aussi regardait, presque sans rien voir... « Compassion ou cruauté? » se demanda-t-il avec épouvante. Ce qu'il y a de bas, et aussi de fascinable en chaque être était appelé là avec la plus sauvage véhémence, et Kyo se débattait de toute sa pensée contre l'ignominie humaine : il se souvint de l'effort qui lui avait toujours été nécessaire pour fuir les corps suppliciés vus par hasard : il lui fallait, littéralement, s'en arracher. Que des hommes pussent voir frapper un fou pas même méchant, sans doute vieux à en juger par la voix, et approuver ce supplice, appelait en lui la même terreur que les confidences de Tchen, la nuit de Han-Kéou : « les pieuvres... » Katow lui avait dit quel effort doit faire l'étudiant en médecine la première fois qu'un ventre ouvert devant lui laisse apparaître des organes vivants. C'était la même horreur paralysante, bien différente de la peur, une horreur toute-puissante avant même que l'esprit ne l'eût jugée, et d'autant plus bouleversante que Kyo éprouvait à en crever sa propre dépendance. Et cependant, ses yeux beaucoup moins habitués à l'obscurité que ceux de son compagnon, ne distinguaient que l'éclair du cuir, qui arrachait les hurlements comme un croc. Depuis le premier coup, il n'avait pas fait un geste : il restait accroché aux barreaux, les mains à hauteur du visage.

— Gardien ! cria-t-il.

— Tu en veux un coup ?

— J'ai à te parler.

— Oui ?

Tandis que le gardien refermait rageusement l'énorme verrou, les condamnés qu'il quittait se tordaient. Ils haïssaient les « politiques ».

— Vas-y ! Vas-y, gardien ! qu'on rigole.

L'homme était en face de Kyo, le corps coupé verticalement par un barreau. Son visage exprimait la plus abjecte colère, celle de l'imbécile qui croit son pouvoir contesté ; ses traits pourtant n'étaient pas bas : réguliers, anonymes...

— Écoute, dit Kyo.

Ils se regardaient dans les yeux, le gardien plus grand que Kyo dont il voyait les mains toujours crispées sur les barreaux, de chaque côté de la tête.

290

Avant que Kyo eût compris ce qui arrivait, il crut que sa main gauche éclatait : à toute volée, le fouet, tenu derrière le dos du gardien, était retombé. Kyo n'avait pu s'empêcher de crier.

— Très bien! hurlaient les prisonniers en face. Pas toujours aux mêmes!

Les deux mains de Kyo étaient retombées le long de son corps, prises d'une peur autonome, sans même qu'il s'en fût aperçu.

— Tu as encore quelque chose à dire? demanda le gardien.

Le fouet était maintenant entre eux.

Kyo serra les dents de toute sa force, et, par le même effort que s'il eût dû soulever un poids énorme, ne quittant pas des yeux le gardien, dirigea de nouveau ses mains vers les barreaux. Tandis qu'il les élevait lentement l'homme reculait imperceptiblement, pour prendre du champ. Le fouet claqua, sur les barreaux cette fois. Le réflexe avait été plus fort que Kyo : il avait retiré ses mains. Mais déjà il les ramenait, avec une tension exténuante des épaules, et le gardien comprenait à son regard que, cette fois, il ne les retirerait pas. Il lui cracha à la figure et leva lentement le fouet.

— Si tu... cesses de frapper le fou, dit Kyo, quand je sortirai je te... donnerai cinquante dollars.

Le gardien hésita.

— Bien, dit-il enfin.

Son regard s'écarta. Kyo fut délivré d'une telle tension qu'il crut s'évanouir. Sa main gauche était si douloureuse qu'il ne pouvait la fermer. Il l'avait élevée en même temps que l'autre à la hauteur de ses épaules, et elle restait là, tendue. Nouveaux éclats de rire.

— Tu me tends la main! demanda le gardien en rigolant aussi.

Il la lui serra. Kyo sentit que de sa vie il n'oublie-rait cette étreinte. Il retira sa main, tomba assis sur le bat-flanc. Le gardien hésita, se gratta la tête avec le manche du fouet, regagna sa table. Le fou sanglo-tait.

Des heures d'uniforme abjection. Enfin, des sol-dats vinrent chercher Kyo pour le conduire à la Police spéciale. Peut-être allait-il à la mort, et pour-tant il sortit avec une joie dont la violence le surprit : il lui semblait qu'il laissait là une part immonde de lui-même.

— Entrez !

Un des gardes chinois poussa Kyo par l'épaule, mais à peine ; dès qu'ils avaient affaire à des étran-gers (et pour un Chinois, Kyo était japonais ou euro-péen, mais certainement étranger) les gardes modé-raient la brutalité à laquelle ils se croyaient tenus. Sur un signe de König, ils restèrent dehors. Kyo avança vers le bureau, cachant dans sa poche sa main gauche tuméfiée, en regardant cet homme qui, lui aussi, cherchait ses yeux : visage anguleux rasé, nez de travers, cheveux en brosse. « Un homme qui va sans doute vous faire tuer ressemble décidément à n'importe quel autre. » König tendit la main vers son revolver posé sur la table : non, il prenait une boîte de cigarettes. Il la tendit à Kyo.

— Merci. Je ne fume pas.

— L'ordinaire de la prison est détestable, comme il convient. Voulez-vous déjeuner avec moi ?

Sur la table, du café, du lait, deux tasses, des tranches de pain.

— Du pain seulement. Merci.

König sourit :

— C'est la même cafetière pour vous et pour moi, vous savez...

Kyo resta debout (il n'y avait pas de siège) devant le bureau, mordant son pain comme un enfant. Après l'abjection de la prison, tout était pour lui d'une légèreté irréelle. Il savait que sa vie était en jeu, mais même mourir était simple. Il n'était pas impossible que cet homme fût courtois par indifférence : de race blanche, il avait peut-être été amené à ce métier par accident, ou par cupidité. Ce que souhaitait Kyo, qui n'éprouvait pour lui nulle sympathie mais eût aimé se détendre, se délivrer de la tension dont l'avait exténué la prison; il venait de découvrir combien être contraint à se réfugier tout entier en soi-même est épuisant.

Le téléphone sonna.

— Allô! dit König. Oui, Gisors, Kyoshi *. Parfaitement. Il est chez moi.

« On demande si vous êtes encore vivant, dit-il à Kyo.

— Pourquoi m'avez-vous fait venir?

— Je pense que nous allons nous entendre. »

Le téléphone, de nouveau.

— Allô! Non. J'étais justement en train de lui dire que nous nous entendrions certainement. Fusillé? Rappelez-moi.

Le regard de König n'avait pas quitté celui de Kyo.

— Qu'en pensez-vous? demanda-t-il en raccrochant le récepteur.

— Rien.

König baissa les yeux, les releva :

— Vous tenez à vivre?

— Ça dépend comment.

— On peut mourir aussi de diverses façons.

— On n'a pas le choix...

* Kyo est une abréviation.

— Vous croyez qu'on choisit toujours sa façon de vivre?

König pensait à lui-même. Kyo était résolu à ne rien céder d'essentiel, mais il ne désirait nullement l'irriter :

— Je ne sais pas.

— On m'a dit que vous êtes communiste par... comment, déjà? dignité. C'est vrai?

Kyo ne comprit pas d'abord. Tendu dans l'attente du téléphone, il se demandait à quoi tendait ce singulier interrogatoire. Enfin :

— Ça vous intéresse réellement? demanda-t-il.

— Plus que vous ne pouvez croire.

Il y avait de la menace dans le ton. Kyo répondit :

— Je pense que le communisme rendra la dignité possible pour ceux avec qui je combats. Ce qui est contre lui, en tout cas, les contraint à n'en pas avoir. Pourquoi m'avoir posé cette question, puisque vous n'écoutez pas ma réponse?

— Qu'appelez-vous la dignité? Ça ne veut rien dire!

Le téléphone sonna. « Ma vie? », pensa Kyo. König ne décrocha pas.

— Le contraire de l'humiliation, dit Kyo.

« Quand on vient d'où je viens, ça veut dire quelque chose. »

L'appel du téléphone sonnait. König posa la main sur l'appareil.

— Où sont cachées les armes? dit-il seulement.

— Vous pouvez laisser le téléphone. J'ai enfin compris.

Il pensait que l'appel était une pure mise en scène. Il se baissa rapidement : König avait failli lui jeter à la tête l'un des deux revolvers; mais il le reposa sur la table.

— J'ai mieux, dit-il. Quant au téléphone, vous verrez bientôt s'il est truqué, mon petit. Vous avez déjà vu torturer ?

Dans sa poche, Kyo essayait de serrer ses doigts tuméfiés. Le cyanure était dans cette poche gauche, et il craignait de le laisser tomber s'il devait le porter à sa bouche.

— Du moins ai-je vu des gens torturés. Pourquoi m'avez-vous demandé où sont les armes ? Vous le savez, ou le saurez. Alors ?

— Les communistes sont écrasés partout.

Kyo se taisait.

— Ils le sont. Réfléchissez bien : si vous travaillez pour nous, vous êtes sauvé, et personne ne le saura. Je vous fais évader...

« Il devrait bien commencer par là », pensa Kyo. La nervosité lui donnait de l'humour, bien qu'il n'en eût pas envie. Mais il savait que la police ne se contente pas de gages incertains. Pourtant, le marché le surprit comme si, d'être conventionnel, il eût cessé d'être proposable.

— Moi seul, reprit König, le saurais. Ça suffit...

Pourquoi, se demandait Kyo, cette complaisance sur le « Ça suffit » ?

— Je n'entrerai pas à votre service, dit-il d'une voix neutre.

— Attention : je peux vous coller au secret avec une dizaine d'innocents en leur disant que leur sort dépend de vous, qu'ils resteront en prison si vous ne parlez pas et qu'ils sont libres du choix de leurs moyens...

— Les bourreaux, c'est plus simple...

— Erreur. L'alternance des supplications et des cruautés est pire. Ne parlez pas de ce que vous ne connaissez pas — pas encore, du moins.

— Je viens de voir à peu près torturer un fou.

— Vous rendez-vous bien compte de ce que vous risquez ?

— Je sais.

König pensait que, malgré ce que lui disait Kyo, la menace qui pesait sur lui lui échappait. « Sa jeunesse l'aide », pensait-il. Deux heures plus tôt, il avait interrogé un tchékiste[118] prisonnier : après dix minutes il l'avait senti fraternel. Leur monde, à tous deux, n'était plus celui des hommes. Si Kyo échappait à la peur par manque d'imagination, patience...

— Vous ne vous demandez pas pourquoi je ne vous ai pas encore envoyé ce revolver à travers la figure ?

— Vous avez dit : « J'ai mieux... »

König sonna.

— Peut-être viendrai-je cette nuit vous demander ce que vous pensez de la dignité humaine.

« Au préau, série A », dit-il aux gardes qui entraient.

4 heures.

Clappique se mêla au mouvement qui poussait la foule des concessions vers les barbelés : dans l'avenue des Deux-Républiques le bourreau passait, son sabre courbe sur l'épaule, suivi de son escorte de mauséristes. Clappique se retourna aussitôt, s'enfonça dans la concession. Kyo arrêté, la défense communiste écrasée, nombre de sympathisants assassinés dans la ville européenne même... König lui avait donné jusqu'au soir : il ne serait pas protégé plus longtemps. Des coups de feu un peu partout. Portés par le vent, il lui semblait qu'ils s'approchaient de lui, et la mort avec eux. « Je ne veux pas mourir, disait-il entre ses dents, je ne veux pas mourir... » Il s'aperçut qu'il courait. Il arriva aux quais.

Pas de passeport, et plus assez d'argent pour prendre un billet.

Trois paquebots, dont un français. Clappique cessa de courir. Se cacher dans les canots de sauvetage recouverts d'une bâche tendue ? Il eût fallu monter à bord, et l'homme de coupée ne le laisserait pas passer. C'était idiot, d'ailleurs. Les soutes ? Idiot, idiot, idiot. Aller trouver le capitaine, d'autorité ? Il s'était tiré d'affaire ainsi dans sa vie ; mais cette fois le capitaine le croirait communiste et refuserait de l'embarquer. Le bateau partait dans deux heures : mauvais moment pour déranger le capitaine. Découvert à bord lorsque le bateau aurait pris la mer, il s'arrangerait, mais il fallait y monter.

Il se voyait caché dans quelque coin, blotti dans un tonneau ; mais la fantaisie, cette fois, ne le sauvait pas. Il lui semblait s'offrir, comme aux intercesseurs d'un dieu inconnu, à ces paquebots énormes, hérissés, chargés de destinées, indifférents à lui jusqu'à la haine. Il s'était arrêté devant le bateau français. Il regardait, fasciné par la passerelle, les hommes qui montaient et descendaient (dont aucun ne pensait à lui, ne devinait son angoisse et qu'il eût voulu tous tuer pour cela), qui montraient leur billet en passant la coupée. Fabriquer un faux billet ? Absurde.

Un moustique le piqua. Il le chassa, toucha sa joue : sa barbe commençait à pousser. Comme si toute toilette eût été propice aux départs, il décida d'aller se faire raser, mais sans s'éloigner du bateau.

Au-delà des hangars, parmi les bistrots et les marchands de curiosités, il vit la boutique d'un coiffeur chinois. Le propriétaire possédait aussi un café misérable, et ses deux commerces n'étaient séparés que par une natte tendue. Attendant son tour, Clappique s'assit à côté de la natte et continua à surveiller la coupée du paquebot. De l'autre côté, des gens parlaient :

— C'est le troisième, dit une voix d'homme.

— Avec le petit, aucun ne nous prendra. Si nous essayions dans un des hôtels riches, quand même?

C'était une femme qui répondait.

— Habillés comme nous sommes? Le type à galons nous foutra à la porte avant que nous ne la touchions.

— Là, les enfants ont le droit de crier!... Essayons encore, n'importe où.

— Dès que les propriétaires verront le gosse, ils refuseront. Il n'y a que les hôtels chinois qui puissent accepter, mais le gosse tombera malade, avec leur sale nourriture.

— Dans un hôtel européen pauvre, si on arrivait à passer le petit, quand on y serait, ils n'oseraient peut-être pas nous jeter dehors... En tout cas, on gagnerait toujours une nuit. Il faudrait empaqueter le petit, qu'ils croient que c'est du linge.

— Le linge ne crie pas.

— Avec le biberon dans la bouche, il ne criera pas...

— Peut-être. Je m'arrangerais avec le type, et tu viendrais après. Tu n'aurais à passer qu'une seconde devant lui.

Silence. Clappique regardait la coupée. Bruit de papier.

— Tu ne peux pas t'imaginer la peine que ça me

fait de le porter comme ça... J'ai l'impression que c'est de mauvais augure pour toute sa vie... Et j'ai peur que ça lui fasse mal...

Silence de nouveau. Étaient-ils partis ? Le client quittait son fauteuil ; le coiffeur fit signe à Clappique qui s'y installa, toujours sans quitter le paquebot de l'œil. L'échelle était vide, mais à peine le visage de Clappique était-il couvert de savon qu'un matelot monta, deux seaux neufs (qu'il venait peut-être d'acheter) à la main, des balais sur l'épaule. Clappique le suivait du regard, marche à marche : il se fût identifié à un chien, pourvu que le chien gravît cette échelle et partît. Le matelot passa devant l'homme de coupée sans rien dire.

Clappique paya en jetant les pièces sur le lavabo, arracha ses serviettes et sortit, la figure pleine de savon. Il savait où trouver des fripiers. On le regardait : après dix pas, il revint, se lava le visage, repartit.

Il trouva sans peine des bleus de marin chez le premier fripier venu. Il regagna au plus vite son hôtel, changea de vêtements. « Il faudrait aussi des balais, ou quelque chose comme ça. Acheter aux boys de vieux balais ? Absurde : pourquoi un matelot irait-il se balader à terre avec ses balais ? Pour avoir l'air plus beau ? Complètement idiot. S'il passait la coupée avec des balais, c'est qu'il venait de les acheter à terre. Ils devaient donc être neufs... Allons en acheter ».

Il entra dans le magasin avec son habituel air-Clappique. Devant le regard de dédain du vendeur anglais, il s'écria : « Dans mes bras ! », mit les balais sur son épaule, se retourna en faisant tomber une lampe de cuivre, et sortit.

« Dans mes bras », malgré son extravagance

volontaire, exprimait ce qu'il éprouvait : jusque-là, il avait joué une comédie inquiète, par acquit de conscience et par peur, mais sans échapper à l'idée inavouée qu'il échouerait; le dédain du vendeur, — bien que Clappique négligeant son costume n'eût pas pris l'attitude d'un marin, — lui prouvait qu'il pouvait réussir. Balais sur l'épaule, il marchait vers le paquebot, regardant au passage tous les yeux pour trouver en eux la confirmation de son nouvel état. Comme lorsqu'il s'était arrêté devant la coupée, il était stupéfait d'éprouver combien sa destinée était indifférente aux êtres, combien elle n'existait que pour lui : les voyageurs, tout à l'heure, montaient sans regarder cet homme qui restait sur le quai, peut-être pour y être tué; les passants, maintenant, regardaient avec indifférence ce marin; nul ne sortait de la foule pour s'étonner ou le reconnaître : pas même un visage intrigué... Non qu'une fausse vie fût faite pour le surprendre, mais cette fois elle lui était imposée, et sa vraie vie en dépendait peut-être. Il avait soif. Il s'arrêta à un bar chinois, posa ses balais. Dès qu'il but, il comprit qu'il n'avait nullement soif, qu'il avait voulu tenter une épreuve de plus. La façon dont le patron lui rendit la monnaie suffit à le renseigner. Depuis qu'il avait changé de costume, les regards, autour de lui, n'étaient plus les mêmes. L'habituel interlocuteur de sa mythomanie était devenu foule.

En même temps, — instinct de défense ou plaisir — l'acceptation générale de son nouvel état civil ɪenvahissait lui-même. Il rencontrait, tout à coup, par accident, la réussite la plus éclatante de sa vie. Non, les hommes n'existaient pas, puisqu'il suffit d'un costume pour échapper à soi-même, pour trouver une autre vie dans les yeux des autres. C'était, en profondeur, le même dépaysement, le même bonheur qui l'avaient saisi la première fois qu'il était entré dans la foule chinoise. « Dire que faire une histoire, en français, ça veut dire l'écrire, et non la vivre ! » Ses balais portés comme des fusils, il gravit la passerelle, passa, les jambes molles, devant l'homme de coupée, et se trouva sur la coursive. Il fila vers l'avant parmi les passagers de pont, posa ses balais sur un rouleau de cordages. Il ne risquait plus rien avant la première escale. Il était pourtant loin de la tranquillité. Un passager de pont, Russe à la tête en fève, s'approcha de lui :

— Vous êtes du bord ?

Et sans attendre la réponse :

— La vie est agréable, à bord ?

— Ça, mon gars, tu peux pas t'en faire une idée. Le Français aime voyager, c'est un fait : pas un mot. Les officiers sont emmerdants, mais pas plus que les patrons, et on dort mal (j'aime pas les hamacs : question de goût) mais on mange bien. Et on voit des choses. Quand j'étais en Amérique du Sud, les missionnaires avaient fait apprendre par cœur aux sauvages, pendant des jours et des jours, des p'petits cantiques en latin. L'évêque arrive, le missionnaire bat la mesure : silence, les sauvages sont paralysés de respect. Mais pas un mot ! le cantique s'amène tout seul, les perroquets de la forêt, mon b'bon, qui n'ont entendu que lui, le chantent avec recueillement... Et pense que j'ai rencontré au large des Célèbes[119], il y a dix ans, des caravelles arabes à la dérive, sculptées comme des noix de coco et pleines de pestiférés morts avec leurs bras qui pendaient comme ça le long du bastingage sous une trombe de mouettes... Parfaitement...

— C'est de la chance. Je voyage depuis sept ans, et je n'ai rien vu comme ça.

— Il faut introduire les moyens de l'art dans la vie, mon b'bon, non pour en faire de l'art, ah! bon Dieu non! mais pour en faire davantage de la vie. Pas un mot!

Il lui tapa sur le ventre et se détourna prudemment : une auto qu'il connaissait s'arrêtait au bas de la passerelle : Ferral rentrait en France.

Un garçon commença à parcourir le pont de première classe, en agitant la cloche du départ. Chaque coup résonnait dans la poitrine de Clappique.

« L'Europe, pensa-t-il; la fête est finie. Maintenant, l'Europe. » Il semblait qu'elle vînt au-devant de lui avec la cloche qui se rapprochait, non plus comme celle d'une délivrance, mais comme celle d'une prison. Sans la menace de mort, il fût redescendu.

— Le bar des troisièmes est ouvert? demanda-t-il au Russe.

— Depuis une heure. Tout le monde peut y aller jusqu'à ce que nous soyons en mer.

Clappique le prit sous le bras :

— Allons nous saouler...

6 heures.

Dans la grande salle — ancien préau d'école — deux cents blessés communistes attendaient qu'on vînt les achever. Appuyé sur un coude, Katow, parmi les derniers amenés, regardait. Tous étaient allongés sur le sol. Beaucoup gémissaient, d'une façon extraordinairement régulière; quelques-uns fumaient comme l'avaient fait ceux de la Permanence, et les ramages de fumée se perdaient jusqu'au plafond, déjà obscur malgré les grandes fenêtres européennes, assombries par le soir et le brouillard du dehors. Il semblait très élevé, au-dessus de tous ces hommes couchés. Bien que le jour n'eût pas encore disparu, l'atmosphère était une atmosphère nocturne. « Est-ce à cause des blessures, se demandait Katow, ou parce que nous sommes tous couchés, comme dans une gare ? C'est une gare. Nous en partirons pour nulle part, et voilà... »

Quatre factionnaires chinois marchaient de long en large au milieu des blessés, baïonnette au canon, et leurs baïonnettes reflétaient étrangement le jour sans force, nettes et droites au-dessus de tous ces corps informes. Dehors, au fond de la brume, des lumières jaunâtres — des becs de gaz sans doute — semblaient aussi veiller sur eux ; comme s'il fût venu d'elles (parce qu'il venait, lui aussi, du fond de la brume) un sifflement monta, domina murmures et gémissements : celui d'une locomotive ; ils étaient près de la gare de Chapeï. Il y avait dans cette vaste salle quelque chose d'atrocement tendu, qui n'était pas l'attente de la mort. Katow fut renseigné par sa propre gorge : c'était la soif — et la faim. Adossé au mur, il regardait de gauche à droite : beaucoup de têtes connues, car un grand nombre de blessés étaient des combattants des *tchons*. Tout le long de l'un des côtés étroits de la salle, un espace libre, de trois mètres de large, était réservé. « Pourquoi les blessés restent-ils les uns sur les autres, demanda-t-il à haute voix, au lieu d'aller là-bas ? » Il était parmi les derniers apportés. Appuyé au mur, il se leva ; bien que ses blessures le fissent souffrir, il lui sembla qu'il pourrait se tenir debout ; mais il s'arrêta, encore courbé : sans qu'un seul mot eût été prononcé il sen-

303

tit autour de lui une épouvante si saisissante qu'il en fut immobilisé. Dans les regards ? À peine les distinguait-il. Dans les attitudes ? Toutes étaient d'abord des attitudes de blessés, qui souffraient pour leur propre compte. Pourtant, de quelque façon qu'elle fût transmise, l'épouvante était là — pas la peur, la terreur, celle des bêtes, des hommes seuls devant l'inhumain. Katow, sans cesser de s'appuyer au mur, enjamba le corps de son voisin.

— Tu es fou ? demanda une voix au ras du sol.

— Pourquoi ?

Question et commandement à la fois. Mais nul ne répondait. Et un des gardiens, à cinq mètres, au lieu de le rejeter à terre, le regardait avec stupéfaction.

— Pourquoi ? demanda-t-il de nouveau, plus rudement.

— Il ne sait pas, dit une autre voix, toujours au ras du sol, et en même temps, une autre plus basse : « Ça viendra... »

Il avait posé très haut sa seconde question. L'hésitation de cette foule avait quelque chose de terrible, en soi, et aussi parce que presque tous ces hommes le connaissaient : la menace suspendue à ce mur pesait à la fois sur tous, et particulièrement sur lui.

— Recouche-toi, dit un des blessés.

Pourquoi aucun d'entre eux ne l'appelait-il par son nom ? Et pourquoi le gardien n'intervenait-il pas ? Il l'avait vu rabattre d'un coup de crosse, tout à l'heure, un blessé qui avait voulu changer de place... Il s'approcha de son dernier interlocuteur, s'étendit près de lui.

— On met là ceux qui vont être torturés, dit l'homme à voix basse.

Tous le savaient, mais ils n'avaient pas osé le dire, soit qu'ils eussent peur d'en parler, soit qu'aucun n'osât *lui* en parler, à lui. Une voix avait dit : « Ça viendra... »

La porte s'ouvrit. Des soldats entraient avec des falots, entourant des brancardiers qui firent rouler des blessés, comme des paquets, tout près de Katow. La nuit venait, elle montait du sol où les gémissements se croisaient comme des rats, mêlés à une épouvantable odeur : la plupart des hommes ne pouvaient bouger. La porte se referma.

Du temps passa. Rien que le pas des sentinelles et la dernière clarté des baïonnettes au-dessus des mille bruits de la douleur. Soudain, comme si l'obscurité eût rendu le brouillard plus épais, de très loin, le sifflet de la locomotive retentit, plus assourdi. L'un des nouveaux arrivés, couché sur le ventre, crispa ses mains sur ses oreilles, et hurla. Les autres ne criaient pas, mais de nouveau la terreur était là, au ras du sol.

L'homme releva la tête, se dressa sur les coudes.

— Crapules, hurla-t-il, assassins !

Une des sentinelles s'avança, et d'un coup de pied dans les côtes, le retourna. Il se tut. La sentinelle s'éloigna. Le blessé commença à bredouiller. Il faisait maintenant trop sombre pour que Katow pût distinguer son regard, mais il entendait sa voix, il sentait qu'il allait articuler. En effet « ... ne fusillent pas, ils les foutent vivants dans la chaudière de la locomotive, disait-il. Et maintenant, voilà qu'ils sifflent... » La sentinelle revenait. Silence, sauf la douleur.

La porte s'ouvrit de nouveau. Encore des baïonnettes, éclairées maintenant de bas en haut par le fanal, mais pas de blessés. Un officier kuomintang entra seul. Bien qu'il ne vît plus que la masse des corps, Katow sentit que chaque homme se raidissait.

L'officier, là-bas, sans volume, ombre que le fanal éclairait mal contre la fin du jour, donnait des ordres à une sentinelle. Elle s'approcha, chercha Katow, le trouva. Sans le toucher, sans rien dire, avec respect, elle lui fit seulement signe de se lever. Il y parvint avec peine, face à la porte, là-bas, où l'officier continuait à donner des ordres. Le soldat, fusil d'un bras, fanal de l'autre, se plaça à sa gauche. À sa droite, il n'y avait que l'espace libre et le mur blanc. Le soldat montra l'espace, du fusil. Katow sourit amèrement, avec un orgueil désespéré. Mais personne ne voyait son visage : la sentinelle, exprès, ne le regardait pas, et tous ceux des blessés qui n'étaient pas en train de mourir, soulevés sur une jambe, sur un bras, sur le menton, suivaient du regard son ombre pas encore très noire qui grandissait sur le mur des torturés.

L'officier sortit. La porte demeura ouverte.

Les sentinelles présentèrent les armes : un civil entra. « Section A », cria du dehors une voix sur quoi la porte fut refermée. Une des sentinelles accompagna le civil vers le mur, sans cesser de grommeler ; tout près, Katow, stupéfait, reconnut Kyo. Comme il n'était pas blessé, les sentinelles, en le voyant arriver entre deux officiers, l'avaient pris pour l'un des conseillers étrangers de Chang-Kaï-Shek ; reconnaissant maintenant leur méprise, elles l'engueulaient de loin. Il se coucha dans l'ombre, à côté de Katow.

— T'sais ce qui nous attend ? demanda celui-ci.

— On a pris soin de m'en avertir, je m'en fous : j'ai mon cyanure. Tu as le tien ?

— Oui.

— Tu es blessé ?

— Aux jambes. Je peux marcher.

— Tu es là depuis longtemps ?

— Non. Quand as-tu été pris?

— Hier soir. Moyen de filer, ici?

— Rien à faire. Presque tous sont gravement blessés. Dehors, des soldats partout. Et tu as vu les mitrailleuses devant la porte?

— Oui. Où as-tu été pris?

Tous deux avaient besoin d'échapper à cette veillée funèbre, de parler, de parler : Katow, de la prise de la Permanence; Kyo, de la prison, de l'entretien avec König, de ce qu'il avait appris depuis; avant même la prison provisoire, il avait su que May n'était pas arrêtée.

Katow était couché sur le côté, tout près de lui, séparé par toute l'étendue de la souffrance : bouche entrouverte, lèvres gonflées sous son nez jovial, les yeux presque fermés, mais relié à lui par l'amitié absolue, sans réticences et sans examen, que donne seule la mort : vie condamnée échouée contre la sienne dans l'ombre pleine de menaces et de blessures, parmi tous ces frères dans l'ordre mendiant de la Révolution[120]; chacun de ces hommes avait rageusement saisi au passage la seule grandeur qui pût être la sienne.

Les gardes amenèrent trois Chinois. Séparés de la foule des blessés, mais aussi des hommes du mur. Ils avaient été arrêtés avant le combat, vaguement jugés, et attendaient d'être fusillés.

— Katow! appela l'un d'eux.

C'était Lou-You-Shuen, l'associé d'Hemmelrich.

— Quoi?

— Sais-tu si on fusille loin d'ici, ou près?

— Je ne sais pas. On n'entend pas, en tout cas.

Une voix dit, un peu plus loin :

— Paraît que l'exécuteur, après, vous barbote vos dents en or.

Et une autre :

— Je m'en fous : j'en ai pas.

Les trois Chinois fumaient des cigarettes, bouffée après bouffée, opiniâtrement.

— Vous avez plusieurs boîtes d'allumettes ? demanda un blessé, un peu plus loin.

— Oui.

— Envoyez-en une.

Lou envoya la sienne.

— Je voudrais bien que quelqu'un pût dire à mon fils, que je suis mort avec courage », dit-il à mi-voix. Et, un peu plus bas encore : « Ça n'est pas facile de mourir ».

Katow découvrit en lui une sourde joie : pas de femme, pas d'enfants.

La porte s'ouvrit.

— Envoies-en un ! cria la sentinelle.

Les trois hommes se serraient l'un contre l'autre.

— Alors, quoi, dit le garde, décidez-vous...

Il ne choisissait pas. Soudain, l'un des deux Chinois inconnus fit un pas en avant, jeta sa cigarette à peine brûlée, en alluma une autre après avoir cassé deux allumettes et partit d'un pas pressé vers la porte en boutonnant, une à une, toutes les boutonnières de son veston. La porte se referma.

Un blessé ramassait les morceaux d'allumettes tombés. Ses voisins et lui avaient brisé en menus fragments celles de la boîte donnée par Lou-You-Shuen, et jouaient à la courte paille. Après moins de cinq minutes, la porte se rouvrit :

— Un autre !

Lou et son compagnon avancèrent ensemble, se tenant par le bras. Lou récitait d'une voix haute et sans timbre la mort du héros d'une pièce fameuse; mais la vieille communauté chinoise était bien détruite : nul ne l'écoutait.

— Lequel ? demanda le soldat.

Ils ne répondaient pas.

— Ça va venir, oui !

D'un coup de crosse il les sépara : Lou était plus près de lui que l'autre : il le prit par l'épaule.

Lou dégagea son épaule, avança. Son compagnon revint à sa place et se coucha.

Kyo sentit combien il serait plus difficile à celui-là de mourir qu'à ceux qui l'avaient précédé : lui, restait seul. Aussi courageux que Lou, puisqu'il avait avancé avec lui. Mais maintenant sa façon d'être couché par terre, en chien de fusil, les bras serrés autour du corps, criait la peur. En effet, quand le garde le toucha, il fut pris d'une crise nerveuse. Deux soldats le saisirent, l'un par les pieds, l'autre par la tête et l'emportèrent.

Allongé sur le dos, les bras ramenés sur la poitrine, Kyo ferma les yeux : c'était précisément la position des morts. Il s'imagina, allongé, immobile, les yeux fermés, le visage apaisé par la sérénité que dispense la mort pendant un jour à presque tous les cadavres, comme si devait être exprimée la dignité même des plus misérables. Il avait beaucoup vu mourir, et, aidé par son éducation japonaise, il avait toujours pensé qu'il est beau de mourir de sa mort, d'une mort qui ressemble à sa vie. Et mourir est passivité, mais se tuer est acte. Dès qu'on viendrait chercher le premier des leurs, il se tuerait en pleine conscience. Il se souvint, — le cœur arrêté — des disques de phonographe. Temps où l'espoir conservait un sens ! Il ne reverrait pas May, et la seule douleur à laquelle il fût vulnérable était sa douleur à elle, comme si sa propre mort eût été une faute. « Le remords de mourir », pensa-t-il avec une ironie crispée. Rien de semblable à l'égard de son père qui lui avait toujours donné l'impression, non de faiblesse, mais de force. Depuis plus d'un an, May l'avait délivré de toute solitude, sinon de toute amertume. La lancinante fuite dans la tendresse des corps noués pour la première fois jaillissait, hélas! dès qu'il pensait à elle, déjà séparé des vivants... « Il faut maintenant qu'elle m'oublie... » Le lui écrire, il ne l'eût que meurtrie et attachée à lui davantage. « Et c'est lui dire d'en aimer un autre. » Ô prison, lieu où s'arrête le temps, — qui continue ailleurs... Non! C'était dans ce préau séparé de tous par les mitrailleuses, que la révolution, quel que fût son sort, quel que fût le lieu de sa résurrection, aurait reçu le coup de grâce; partout où les hommes travaillent dans la peine, dans l'absurdité, dans l'humiliation, on pensait à des condamnés semblables à ceux-là comme les croyants prient; et, dans la ville, on commençait à aimer ces mourants comme s'ils eussent été déjà des morts... Entre tout ce que cette dernière nuit couvrait de la terre, ce lieu de râles était sans doute le plus lourd d'amour viril. Gémir avec cette foule couchée, rejoindre jusque dans son murmure de plaintes cette souffrance sacrifiée... Et une rumeur inentendue prolongeait jusqu'au fond de la nuit ce chuchotement de la douleur: ainsi qu'Hemmelrich, presque tous ces hommes avaient des enfants. Pourtant, la fatalité acceptée par eux montait avec leur bourdonnement de blessés comme la paix du soir, recouvrait Kyo, ses yeux fermés, ses mains croisées sur son corps abandonné, avec une majesté de chant funèbre. Il aurait combattu pour ce qui, de son temps, aurait été chargé du sens le plus fort et du plus grand espoir; il mourrait parmi ceux avec qui il aurait voulu vivre; il mourrait, comme chacun de ces hommes couchés, pour avoir donné un sens à sa vie. Qu'eût valu une vie pour laquelle il n'eût pas accepté de mourir ? Il est facile de mourir quand on ne meurt pas seul. Mort saturée de ce chevrotement fraternel, assemblée de vaincus où des multitudes reconnaîtraient leurs martyrs, légende sanglante dont se font les légendes dorées[121] ! Comment, déjà regardé par la mort, ne pas entendre ce murmure de sacrifice humain qui lui criait que le cœur viril des hommes est un refuge à morts qui vaut bien l'esprit ?

Il tenait maintenant le cyanure dans sa main. Il s'était souvent demandé s'il mourrait facilement. Il savait que, s'il décidait de se tuer, il se tuerait ; mais, connaissant la sauvage indifférence avec quoi la vie nous démasque à nous-mêmes, il n'avait pas été sans inquiétude sur l'instant où la mort écraserait sa pensée de toute sa pesée sans retour.

Non, mourir pouvait être un acte exalté, la suprême expression d'une vie à quoi cette mort ressemblait tant ; et c'était échapper à ces deux soldats qui s'approchaient en hésitant. Il écrasa le poison entre ses dents comme il eût commandé, entendit encore Katow l'interroger avec angoisse et le toucher, et, au moment où il voulait se raccrocher à lui, suffoquant, il sentit toutes ses forces le dépasser, écartelées au-delà de lui-même contre une toute-puissante convulsion.

Les soldats venaient chercher dans la foule deux prisonniers qui ne pouvaient se lever. Sans doute d'être brûlé vif donnait-il droit à des honneurs spéciaux, quoique limités : transportés sur un seul brancard, l'un sur l'autre ou presque, ils furent déversés à la gauche de Katow : Kyo mort était couché à sa droite. Dans l'espace vide qui les séparait de ceux qui n'étaient condamnés qu'à mort, les soldats s'accroupirent auprès de leur fanal. Peu à peu têtes et regards retombèrent dans la nuit, ne revinrent plus que rarement à cette lumière qui au fond de la salle marquait la place des condamnés.

Katow, depuis la mort de Kyo, — qui avait haleté une minute au moins — se sentait rejeté à une solitude d'autant plus forte et douloureuse qu'il était entouré des siens. Le Chinois qu'il avait fallu emporter pour le tuer, secoué par la crise de nerfs, l'obsédait. Et pourtant il trouvait dans cet abandon total la sensation du repos, comme si, depuis des années, il eût attendu cela; repos rencontré, retrouvé, aux pires instants de sa vie. Où avait-il lu : « Ce n'étaient pas les découvertes, mais les souffrances des explorateurs que j'enviais, qui m'attiraient... » Comme pour répondre à sa pensée, pour la troisième fois le sifflet lointain parvint jusqu'à la salle. Ses deux voisins de gauche sursautèrent. Des Chinois très jeunes : l'un était Souen, qu'il ne connaissait que pour avoir combattu avec lui à la Permanence; le second, inconnu. (Ce n'était pas Peï.) Pourquoi n'étaient-ils pas avec les autres?

— Organisation de groupes de combat? demanda-t-il.

— Attentat contre Chang-Kaï-Shek, répondit Souen.

— Avec Tchen?

— Non. Il a voulu lancer sa bombe tout seul. Chang n'était pas dans la voiture. Moi, j'attendais l'auto beaucoup plus loin. J'ai été pris avec la bombe.

La voix qui répondait était si étranglée que Katow regarda attentivement les deux visages : les jeunes gens pleuraient, sans un sanglot. « Y a pas grand-chose à faire avec la parole », pensa Katow. Souen voulut bouger l'épaule et grimaça de douleur — il était blessé aussi au bras.

— Brûlé, dit-il. Être brûlé vif. Les yeux aussi, les yeux, tu comprends...

Son camarade sanglotait maintenant.

— On peut l'être par accident, dit Katow.

Il semblait qu'ils parlassent, non l'un à l'autre, mais à quelque troisième personne invisible.

— Ce n'est pas la même chose.

— Non : c'est moins bien.

— Les yeux aussi, répétait Souen d'une voix plus basse, les yeux aussi... Chacun des doigts, et le ventre, le ventre...

— Tais-toi ! dit l'autre d'une voix de sourd.

Il eût voulu crier mais ne pouvait plus. Il crispa ses mains tout près des blessures de Souen, dont les muscles se contractèrent.

« La dignité humaine », murmura Katow, qui pensait à l'entrevue de Kyo avec König. Aucun des condamnés ne parlait plus. Au-delà du fanal, dans l'ombre maintenant complète, toujours la rumeur des blessures... Il se rapprocha encore de Souen et de son compagnon. L'un des gardes contait aux autres une histoire : têtes réunies, ils se trouvèrent entre le fanal et les condamnés : ceux-ci ne se voyaient même plus. Malgré la rumeur, malgré tous ces hommes qui avaient combattu comme lui, Katow était seul, seul entre le corps de son ami mort et ses deux compagnons épouvantés, seul entre ce mur et ce sifflet perdu dans la nuit. Mais un homme pouvait être plus fort que cette solitude et même, peut-être, que ce sifflet atroce : la peur luttait en lui contre la plus terrible tentation de sa vie. Il ouvrit à son tour la boucle de sa ceinture. Enfin :

— Hé là, dit-il à voix très basse. Souen, pose ta main sur ma poitrine, et prends dès que je la toucherai : je vais vous donner mon cyanure. Il n'y en a a'bsolument que pour deux.

Il avait renoncé à tout, sauf à dire qu'il n'y en avait que pour deux. Couché sur le côté, il brisa le cyanure en deux. Les gardes masquaient la lumière, qui les entourait d'une auréole trouble; mais n'allaient-ils pas bouger? Impossible de voir quoi que ce fût; ce don de plus que sa vie, Katow le faisait à cette main chaude qui reposait sur lui, pas même à des corps, pas même à des voix. Elle se crispa comme un animal, se sépara de lui aussitôt. Il attendit, tout le corps tendu. Et soudain, il entendit l'une des deux voix :

— C'est perdu. Tombé.

Voix à peine altérée par l'angoisse, comme si une telle catastrophe n'eût pas été possible, comme si tout eût dû s'arranger. Pour Katow aussi, c'était impossible. Une colère sans limites montait en lui mais retombait, combattue par cette impossibilité. Et pourtant! Avoir donné *cela* pour que cet idiot le perdît!

— Quand? demanda-t-il.

— Avant mon corps. Pas pu tenir quand Souen l'a passé : je suis aussi blessé à la main.

— Il a fait tomber les deux, dit Souen.

Sans doute cherchaient-ils entre eux. Ils cherchèrent ensuite entre Katow et Souen, sur qui l'autre était probablement presque couché, car Katow, sans rien voir, sentait près de lui la masse de deux corps. Il cherchait lui aussi, s'efforçant de vaincre sa nervosité, de poser sa main à plat, de dix centimètres en dix centimètres, partout où il pouvait atteindre. Leurs mains frôlaient la sienne. Et tout à coup une des deux la prit, la serra, la conserva.

— Même si nous ne trouvons rien... dit une des voix.

Katow, lui aussi, serrait la main, à la limite des

314

larmes, pris par cette pauvre fraternité sans visage, presque sans vraie voix (tous les chuchotements se ressemblent) qui lui était donnée dans cette obscurité contre le plus grand don qu'il eût jamais fait, et qui était peut-être fait en vain. Bien que Souen continuât à chercher, les deux mains restaient unies. L'étreinte devint soudain crispation :

— Voilà.

Ô résurrection !... Mais :

— Tu es sûr que ce ne sont pas des cailloux ? demanda l'autre.

Il y avait beaucoup de morceaux de plâtre par terre.

— Donne ! dit Katow.

Du bout des doigts, il reconnut les formes

Il les rendit — les rendit — serra plus fort la main qui cherchait à nouveau la sienne, et attendit, tremblant des épaules, claquant des dents. « Pourvu que le cyanure ne soit pas décomposé, malgré le papier d'argent », pensa-t-il. La main qu'il tenait tordit soudain la sienne, et, comme s'il eût communiqué par elle avec le corps perdu dans l'obscurité, il sentit que celui-ci se tendait. Il enviait cette suffocation convulsive. Presque en même temps, l'autre : un cri étranglé auquel nul ne prit garde. Puis, rien.

Katow se sentit abandonné. Il se retourna sur le ventre et attendit. Le tremblement de ses épaules ne cessait pas.

Au milieu de la nuit, l'officier revint. Dans un chahut d'armes heurtées, six soldats s'approchèrent des condamnés. Tous les prisonniers s'étaient réveillés. Le nouveau fanal, lui aussi, ne montrait que de longues formes confuses — des tombes dans la terre retournée, déjà — et quelques reflets sur des yeux. Katow était parvenu à se dresser. Celui qui comman-

315

dait l'escorte prit le bras de Kyo, en sentit la raideur, saisit aussitôt Souen ; celui-là aussi était raide. Une rumeur se propageait, des premiers rangs des prisonniers aux derniers. Le chef d'escorte prit par le pied une jambe du premier, puis du second : elles retombèrent, raides. Il appela l'officier. Celui-ci fit les mêmes gestes. Parmi les prisonniers, la rumeur grossissait. L'officier regarda Katow :

— Morts ?

Pourquoi répondre ?

— Isolez les six prisonniers les plus proches !

— Inutile, répondit Katow : c'est moi qui leur ai donné le cyanure.

L'officier hésita :

— Et vous ? demanda-t-il enfin.

— Il n'y en avait que pour deux, répondit Katow avec une joie profonde.

« Je vais recevoir un coup de crosse dans la figure », pensa-t-il.

La rumeur des prisonniers était devenue presque une clameur.

— Marchons, dit seulement l'officier.

Katow n'oubliait pas qu'il avait été déjà condamné à mort, qu'il avait vu les mitrailleuses braquées sur lui, les avait entendues tirer... « Dès que je serai dehors, je vais essayer d'en étrangler un, et de laisser mes mains assez longtemps serrées pour qu'ils soient obligés de me tuer. Ils me brûleront, mais mort. » À l'instant même, un des soldats le prit à bras-le-corps, tandis qu'un autre ramenait ses mains derrière son dos et les attachait. « Les petits auront eu de la veine, pensa-t-il. Allons ! supposons que je sois mort dans un incendie. » Il commença à marcher. Le silence retomba, comme une trappe, malgré les gémissements. Comme naguère sur le mur blanc, le fanal projeta l'ombre maintenant très noire de Katow sur les grandes fenêtres nocturnes; il marchait pesamment, d'une jambe sur l'autre, arrêté par ses blessures; lorsque son balancement se rapprochait du fanal, la silhouette de sa tête se perdait au plafond. Toute l'obscurité de la salle était vivante, et le suivait du regard pas à pas. Le silence était devenu tel que le sol résonnait chaque fois qu'il le touchait lourdement du pied; toutes les têtes, battant de haut en bas, suivaient le rythme de sa marche, avec amour, avec effroi, avec résignation, comme si, malgré les mouvements semblables, chacun se fût dévoilé en suivant ce départ cahotant. Tous restèrent la tête levée : la porte se refermait.

Un bruit de respirations profondes, le même que celui du sommeil, commença à monter du sol : respirant par le nez, les mâchoires collées par l'angoisse, immobiles maintenant, tous ceux qui n'étaient pas encore morts attendaient le sifflet.

Le lendemain.

Depuis plus de cinq minutes, Gisors regardait sa pipe. Devant lui, la lampe allumée, « ça n'engage à rien », la petite boîte à opium ouverte, les aiguilles nettoyées. Dehors, la nuit : dans la pièce, la lumière de la petite lampe et un grand rectangle clair, la porte ouverte de la chambre voisine où on avait apporté le corps de Kyo. Le préau avait été vidé pour de nouveaux condamnés, et nul ne s'était opposé à ce que les corps jetés dehors fussent enlevés. Celui de Katow n'avait pas été retrouvé. May avait rap-

317

porté celui de Kyo, avec les précautions qu'elle eût prises pour un très grand blessé. Il était là, allongé, non pas serein, comme Kyo, avant de se tuer, avait pensé qu'il deviendrait, mais convulsé par l'asphyxie, déjà autre chose qu'un homme. May le peignait avant la toilette funèbre, parlant par la pensée à la dernière présence de ce visage avec d'affreux mots maternels qu'elle n'osait prononcer de peur de les entendre elle-même. « Mon amour », murmurait-elle, comme elle eût dit « ma chair », sachant bien que c'était quelque chose d'elle-même, non d'étranger, qui lui était arraché; « ma vie... » Elle s'aperçut que c'était à un mort qu'elle disait cela. Mais elle était depuis longtemps au-delà des larmes.

« Toute douleur qui n'aide personne est absurde », pensait Gisors hypnotisé par la lampe, réfugié dans cette fascination. « La paix est là. La paix. » Mais il n'osait pas avancer la main. Il ne croyait à aucune survie, n'avait aucun respect des morts; mais il n'osait pas avancer la main.

Elle s'approcha de lui. Bouche molle, chavirée dans ce visage au regard perdu... Elle lui posa doucement les doigts sur le poignet.

— Venez, dit-elle d'une voix inquiète, presque basse. Il me semble qu'il s'est un peu réchauffé...

Il chercha les yeux de ce visage si douloureux, mais nullement égaré. Elle le regardait sans trouble, moins avec espoir qu'avec prière. Les effets du poison sont toujours incertains; et elle était médecin. Il se leva, la suivit, se défendant contre un espoir si fort qu'il lui semblait que s'il s'abandonnait à lui il ne pourrait résister à ce qu'il lui fût retiré. Il toucha le front bleuâtre de Kyo, ce front qui ne porterait jamais de rides : il était froid, du froid sans équivoque de la mort. Il n'osait retirer ses doigts, retrouver le regard de May, et il laissait le sien fixé sur la main ouverte de Kyo, où déjà des lignes commençaient à s'effacer...

— Non, dit-il, retournant à la détresse. Il ne l'avait pas quittée. Il s'aperçut qu'il n'avait pas cru May.

— Tans pis..., répondit-elle seulement.

Elle le regarda partir dans la pièce voisine, hésitant. À quoi pensait-il ? Tant que Kyo était là, toute pensée lui était due. Cette mort attendait d'elle quelque chose, une réponse qu'elle ignorait mais qui n'en existait pas moins. Ô chance abjecte des autres, avec leurs prières, leurs fleurs funèbres ! Une réponse au-delà de l'angoisse qui arrachait à ses mains les caresses maternelles qu'aucun enfant n'avait reçues d'elle, de l'épouvantable appel qui fait parler aux morts par les formes les plus tendres de la vie. Cette bouche qui lui avait dit hier : « J'ai cru que tu étais morte », ne parlerait plus jamais ; ce n'était pas avec ce qui restait ici de vie dérisoire, un corps, c'était avec la mort même qu'il fallait entrer en communion. Elle restait là, immobile, arrachant de ses souvenirs tant d'agonies contemplées avec résignation, toute tendue de passivité dans le vain accueil qu'elle offrait sauvagement au néant.

Gisors s'était allongé de nouveau sur le divan. « Et, plus tard, je devrai me réveiller... » Combien de temps chaque matin lui apporterait-il de nouveau cette mort ? La pipe était là : la paix. Avancer la main, préparer la boulette : après un quart d'heure, penser à la mort même avec une indulgence sans limites, comme à quelque paralytique qui lui eût voulu du mal : elle cesserait de pouvoir l'atteindre ; elle perdrait toute prise et glisserait doucement dans la sérénité universelle. La libération était là, tout près. Nulle aide ne peut être donnée aux morts.

Pourquoi souffrir davantage? La douleur est-elle une offrande à l'amour, ou à la peur?... Il n'osait toujours pas toucher le plateau, et l'angoisse lui serrait la gorge en même temps que le désir et les sanglots refoulés. Au hasard, il saisit la première brochure venue (il ne touchait jamais aux livres de Kyo, mais il savait qu'il ne la lirait pas). C'était un numéro de *la Politique de Pékin* tombé là lorsqu'on avait apporté le corps et où se trouvait le discours pour lequel Gisors avait été chassé de l'Université. En marge, de l'écriture de Kyo : « Ce discours est le discours de *mon père.* » Jamais il ne lui avait dit même qu'il l'approuvât. Gisors referma la brochure avec douceur et regarda son espoir mort.

Il ouvrit la porte, lança l'opium dans la nuit et revint s'asseoir, épaules basses, attendant l'aube, attendant que se réduisît au silence, à force de s'user dans son dialogue avec elle-même, sa douleur... Malgré la souffrance qui entrouvrait sa bouche, qui changeait en visage ahuri son masque grave, il ne perdait pas tout contrôle. Cette nuit, sa vie allait changer : la force de la pensée n'est pas grande contre la métamorphose à quoi la mort peut contraindre un homme. Il était désormais rejeté à lui-même. Le monde n'avait plus de sens, n'existait plus : l'immobilité sans retour, là, à côté de ce corps qui l'avait relié à l'univers, était comme un suicide de Dieu. Il n'avait attendu de Kyo ni réussite, ni même bonheur; mais que le monde fût sans Kyo... « Je suis rejeté hors du temps »; l'enfant était la soumission au temps, à la coulée des choses; sans doute, au plus profond, Gisors était-il espoir comme il était angoisse, espoir de rien, attente, et fallait-il que son amour fût écrasé pour qu'il découvrît cela. Et pourtant! tout ce qui le détruisait trouvait en lui un accueil avide : « Il y a quelque chose de beau à être mort », pensa-t-il. Il sentait trembler en lui la souffrance fondamentale, non celle qui vient des êtres ou des choses mais celle qui sourd de l'homme même et à quoi s'efforce de nous arracher la vie ; il pouvait lui échapper, mais seulement en cessant de penser à elle ; et il y plongeait de plus en plus, comme si cette contemplation épouvantée eût été la seule voix que pût entendre la mort, comme si cette souffrance d'être homme dont il s'imprégnait jusqu'au fond du cœur eût été la seule oraison que pût entendre le corps de son fils tué.

SEPTIÈME PARTIE

Paris, juillet.

Ferral, s'éventant avec le journal où le Consortium était le plus violemment attaqué, arriva le dernier dans le cabinet d'attente du ministre des Finances : en groupes, attendaient le directeur adjoint du Mouvement Général des Fonds — le frère de Ferral était sagement tombé malade la semaine précédente —, le représentant de la Banque de France, celui de la principale banque d'affaires française, et ceux des établissements de crédit. Ferral les connaissait tous : un Fils, un Gendre, et d'anciens fonctionnaires de l'Inspection des Finances et du Mouvement Général des Fonds; le lien entre l'État et les Établissements était trop étroit pour que ceux-ci n'eussent pas avantage à s'attacher des fonctionnaires qui trouvaient auprès de leurs anciens collègues un accueil favorable. Ferral remarqua leur surprise : il eût été d'usage qu'il arrivât avant eux; ne le voyant pas là, ils avaient pensé qu'il n'était pas convoqué. Qu'il se permît de venir le dernier les surprenait. Tout les séparait : ce qu'il pensait d'eux, ce qu'ils pensaient de lui, leurs façons de s'habiller. Deux races.

Ils furent introduits presque aussitôt.

Ferral connaissait peu le ministre. Cette expression de visage d'un autre temps venait-elle de ses cheveux blancs, épais comme ceux des perruques de la Régence? Ce fin visage aux yeux clairs, ce sourire si accueillant — vieux parlementaire — s'accordaient à la légende de courtoisie du ministre; légende parallèle à celle de sa brusquerie, lorsque le piquait une mouche napoléonienne. Ferral, tandis que chacun prenait place, songeait à une anecdote fameuse : le ministre, alors ministre des Affaires étrangères, secouant par les basques de sa jaquette l'envoyé de la France au Maroc, et, la couture du dos de la jaquette éclatée soudain, sonnant : « Apportez une de mes jaquettes pour Monsieur! » puis sonnant à nouveau au moment où disparaissait l'huissier : « La plus vieille! Il n'en mérite pas une autre! » Son visage eût été fort séduisant sans un regard qui semblait nier ce que promettait la bouche : blessé par accident, un de ses yeux était de verre.

Ils s'étaient assis : le directeur du Mouvement Général des Fonds à la droite du ministre, Ferral à sa gauche; les représentants, au fond du bureau, sur un canapé.

— Vous savez, messieurs, dit le ministre, pourquoi je vous ai convoqués. Vous avez sans doute examiné la question. Je laisse à M. Ferral le soin de vous la résumer et de vous présenter son point de vue.

Les représentants attendirent patiemment que Ferral, selon la coutume, leur racontât des blagues.

— Messieurs, dit Ferral, il est d'usage, dans un entretien comme celui-ci, de présenter des bilans optimistes. Vous avez sous les yeux le rapport de l'Inspection des Finances. La situation du Consortium, pratiquement, est plus mauvaise que ne le laisse supposer ce rapport. Je ne vous soumets ni postes gonflés, ni créances incertaines. Le passif du Consortium, vous le connaissez, de toute évidence; je désire attirer votre attention sur deux points de l'actif que ne peut indiquer aucun bilan, et au nom de quoi votre aide est demandée.

« Le premier est que le Consortium représente la seule œuvre française de cet ordre en Extrême-Orient. Même déficitaire, même à la veille de la faillite, sa structure demeurerait intacte. Son réseau d'agents, ses postes d'achat ou de vente à l'intérieur de la Chine, les liens établis entre ses acheteurs chinois et ses sociétés de production indochinoises, tout cela *est* et peut être maintenu. Je n'exagère pas en disant que, pour la moitié des marchands du Yang-Tsé, la France c'est le Consortium, comme le Japon c'est le concern[122] Mitsubishi; notre organisation, vous le savez, peut être comparée en étendue à celle de la Standard Oil. Or la Révolution chinoise ne sera pas éternelle.

« Second point . grâce aux liens qui unissent le Consortium à une grande partie du commerce chinois, j'ai participé de la façon la plus efficace à la prise du pouvoir par le général Chang-Kaï-Shek. Il est dès maintenant acquis que la part de la construction des Chemins de fer chinois promise à la France par les traités sera confiée au Consortium. Vous en connaissez l'importance. C'est sur cet élément que je vous demande de vous fonder pour accorder au Consortium l'aide qu'il sollicite de vous; c'est à cause de sa présence qu'il me paraît défendable de souhaiter que ne disparaisse pas d'Asie la seule organisation puissante qui y représente notre pays — dût-elle sortir des mains qui l'ont fondée. »

Les représentants examinaient soigneusement le

bilan, qu'ils connaissaient d'ailleurs et qui ne leur enseignait plus rien : chacun attendait que le ministre parlât.

— Il n'est pas seulement de l'intérêt de l'État, dit celui-ci, mais aussi de celui des Établissements, que le crédit ne soit pas atteint. La chute d'organismes aussi importants que la Banque Industrielle de Chine, que le Consortium, ne peut être que fâcheuse pour tous...

Il parlait avec nonchalance, appuyé au dossier de son fauteuil, le regard perdu, tapotant du bout de son crayon le buvard placé devant lui. Les représentants attendaient que son attitude devînt plus précise.

— Voulez-vous me permettre, monsieur le Ministre, dit le représentant de la Banque de France, de vous soumettre un avis un peu différent ? Je suis seul ici à ne pas représenter un établissement de crédit, donc impartial. Pendant quelques mois, les krachs font diminuer les dépôts, c'est vrai ; mais, après six mois, les sommes retirées rentrent automatiquement, et précisément dans les principaux établissements, qui présentent le plus de garanties. Peut-être la chute du Consortium, loin d'être préjudiciable aux établissements que représentent ces messieurs, leur serait-elle, au contraire, favorable...

— À ceci près qu'il est toujours imprudent de jouer avec le crédit : quinze faillites de banques de province ne seraient pas profitables aux Établissements, ne serait-ce qu'en raison des mesures politiques qu'elles appelleraient.

« Tout ça est parler pour ne rien dire, pensa Ferral, sinon que la Banque de France a peur d'être engagée elle-même et de devoir payer si les établissements paient. » Silence. Le regard interrogateur du ministre rencontra celui de l'un des représentants : visage de lieutenant de hussards, regard appuyé prêt à la réprimande, voix nette :

— Contrairement à ce que nous rencontrons d'ordinaire dans des entretiens semblables à celui qui nous réunit, je dois dire que je suis un peu moins pessimiste que M. Ferral sur l'ensemble des postes du bilan qui nous est soumis. La situation des banques du groupe est désastreuse, il est vrai ; mais certaines sociétés peuvent être défendues, même sous leur forme actuelle.

— C'est l'ensemble d'une œuvre que je vous demande de maintenir, dit Ferral. Si le Consortium est détruit, ses affaires perdent tout sens pour la France.

— Par contre, dit un autre représentant au visage mince et fin. M. Ferral me semble optimiste, malgré tout, quant à l'actif principal du Consortium. L'emprunt n'est pas encore émis.

Il regardait en parlant le revers du veston de Ferral ; celui-ci, intrigué, suivit son regard, et finit par comprendre : seul, il n'était pas décoré. Exprès. Son interlocuteur, lui, était commandeur[123], et regardait avec hostilité cette boutonnière dédaigneuse. Ferral n'avait jamais attendu de considération que de sa force.

— Vous savez qu'il sera émis, dit-il ; émis et couvert. Cela regarde les banques américaines et non leurs clients qui prendront ce qu'on leur fera prendre.

— Supposons-le. L'emprunt couvert, qui nous dit que les chemins de fer seront construits ?

— Mais, dit Ferral avec un peu d'étonnement (son interlocuteur ne pouvait ignorer ce qu'il allait répondre), il n'est pas question que la plus grande partie des fonds soit versée au gouvernement chinois. Ils iront directement des banques américaines aux entreprises chargées de la fabrication du matériel, de toute évidence. Sinon, croyez-vous que les Américains placeraient l'emprunt ?

— Certes. Mais Chang-Kaï-Shek peut être tué ou battu; si le bolchevisme renaît, l'emprunt ne sera pas émis. Pour ma part, je ne crois pas que Chang-Kaï-Shek se maintienne au pouvoir. Nos informations donnent sa chute imminente.

— Les communistes sont écrasés partout, répondit Ferral. Borodine vient de quitter Han-Kéou et rentre à Moscou.

— Les communistes, sans doute, mais non point le communisme. La Chine ne redeviendra jamais ce qu'elle était, et, après le triomphe de Chang-Kaï-Shek, de nouvelles vagues communistes sont à craindre...

— Mon avis est qu'il sera encore au pouvoir dans dix ans; mais il n'est aucune affaire qui ne comporte aucun risque.

(N'écoutez, pensait-il, que votre courage, qui ne vous dit jamais rien. Et la Turquie, quand elle ne vous remboursait pas un sou et achetait avec votre argent les canons de la guerre? Vous n'aurez pas fait seuls une seule grande affaire. Quand vous avez fini vos coucheries avec l'État, vous prenez votre lâcheté pour de la sagesse, et croyez qu'il suffit d'être manchot pour devenir la Vénus de Milo, ce qui est excessif.)

— Si Chang-Kaï-Shek se maintient au gouvernement, dit d'une voix douce un représentant jeune, aux cheveux frisés, la Chine va recouvrer son autonomie douanière. Qui nous dit que, même en accordant à M. Ferral tout ce qu'il suppose, son activité en Chine ne perde pas toute valeur le jour où il suffira de lois chinoises pour la réduire à néant? Plusieurs réponses peuvent être faites à cela, je le sais...

— Plusieurs, dit Ferral.

— Il n'en reste pas moins, répondit le représentant au visage d'officier, que cette affaire est incertaine, ou, en admettant même qu'elle n'implique aucun risque, il reste qu'elle implique un crédit à long terme, et à la vérité, une participation à la vie d'une affaire... Nous savons tous que M. Germain faillit conduire à la ruine le Crédit Lyonnais pour s'être intéressé aux Couleurs d'Aniline, une des meilleures affaires françaises cependant. Notre fonction n'est pas de participer à des affaires, mais de prêter de l'argent sur des garanties, et à court terme. Hors de là, la parole n'est plus à nous, elle est aux banques d'affaires.

Silence, de nouveau. Long silence.

Ferral réfléchissait aux raisons pour lesquelles le ministre n'intervenait pas. Tous, et lui-même, parlaient une langue conventionnelle et ornée comme les formules rituelles d'Asie : il n'était d'ailleurs pas question que tout ça ne fût passablement chinois. Que les garanties du Consortium fussent insuffisantes, c'était bien évident; sinon, se fût-il trouvé là? Depuis la guerre, les pertes subies par l'épargne française (comme disent les journaux de chantage, pensait-il : l'irritation lui donnait de la verve) qui avait souscrit les actions ou obligations des affaires commerciales recommandées par les Établissements et les grandes banques d'affaires, étaient d'environ 40 milliards — sensiblement plus que le traité de Francfort[124]. Une mauvaise affaire payait une plus forte commission qu'une bonne, et voilà tout. Mais encore fallait-il que cette mauvaise affaire fût présentée aux Établissements par un *des leurs*. Ils ne paieraient pas, sauf si le ministre intervenait formellement, parce que Ferral n'était pas des leurs. Pas marié : histoire de femmes. Soupçonné de fumer l'opium. Il avait dédaigné la Légion d'honneur. Trop d'orgueil pour être, soit conformiste, soit hypocrite. Peut-être le grand individualisme ne pouvait-il se développer pleinement que sur un fumier d'hypocrisie : Borgia n'était pas pape par hasard... Ce n'était pas à la fin du XVIIIe siècle, parmi les révolutionnaires ivres de vertu, que se promenaient les grands individualistes, mais à la Renaissance, dans une structure sociale qui était la chrétienté, de toute évidence...

— Monsieur le Ministre, dit le plus âgé des délégués, mangeant à la fois des syllabes et sa courte moustache, blanche comme ses cheveux ondulés, que nous soyons disposés à venir en aide à l'État ça va de soi. Entendu. Vous le savez.

Il retira son lorgnon, et les gestes de ses mains aux doigts légèrement écartés devinrent des gestes d'aveugle.

« Mais enfin, tout de même, il faudrait savoir dans quelle mesure ! Je ne dis pas que chacun de nous ne puisse intervenir pour 5 millions. Bon.

Le ministre haussa imperceptiblement les épaules.

« Mais ce n'est pas ce dont il s'agit, puisque le Consortium doit rembourser au minimum 250 millions de dépôts. Alors quoi ? Si l'État pense qu'un krach de cette importance est fâcheux, il peut trouver lui-même des fonds ; pour sauver les déposants français et les déposants annamites, la Banque de France et le Gouvernement général de l'Indochine sont tout de même plus désignés que nous, qui avons aussi nos déposants et nos actionnaires. Chacun de nous est ici au nom de son établissement...

(Étant bien entendu, pensait Ferral, que si le ministre faisait nettement entendre qu'il exige que le Consortium soit renfloué, il n'y aurait plus ni déposants, ni actionnaires.)

« ... Lequel d'entre nous peut affirmer que ses actionnaires approuveraient un prêt qui n'est destiné qu'à maintenir un établissement chancelant ? Ce que pensent ces actionnaires, monsieur le Ministre, — et pas eux seulement — nous le savons fort bien : c'est que le marché doit être assaini, que des affaires qui ne sont pas viables doivent sauter ; que les maintenir artificiellement est le plus mauvais service à rendre à tous. Que devient l'efficacité de la concurrence, qui fait la vie du commerce français, si les affaires condamnées sont automatiquement maintenues ?

(Mon ami, pensa Ferral, ton Établissement a exigé de l'État, le mois dernier, un relèvement de tarifs douaniers de 32 % : pour faciliter, sans doute, la libre concurrence.)

« ... Alors ? Notre métier est de prêter de l'argent sur garantie, comme il a été dit très justement. Les garanties que nous propose M. Ferral... vous avez entendu M. Ferral, lui-même. L'État veut-il se substituer ici à M. Ferral, et nous donner les garanties contre lesquelles nous accorderons au Consortium les fonds dont il a besoin ? En un mot, l'État fait-il sans compensation appel à notre dévouement ou nous demande-t-il — lui et non M. Ferral — de faciliter une opération de trésorerie, même à long terme ? Dans le premier cas, n'est-ce pas, notre dévouement lui est acquis, mais enfin il faut tenir compte de nos actionnaires ; dans le second, quelles garanties nous offre-t-il ? »

Langage chiffré complet, pensait Ferral. Si nous n'étions pas en train de jouer une comédie, le ministre répondrait : « Je goûte le comique du mot dévouement. L'essentiel de vos bénéfices vient de vos rapports avec l'État. Vous vivez de commissions, fonction de l'importance de votre établissement, et non d'un travail ni d'une efficacité. L'État vous a donné cette année cent millions, sous une forme ou une autre ; il vous en reprend vingt, bénissez son nom et rompez. » Mais il n'y avait aucun danger. Le ministre prit dans un tiroir de son bureau une boîte de caramels mous, et la tendit à la ronde. Chacun en mangea un, sauf Ferral. Ils avaient maintenant ce que voulaient les délégués des Établissements : payer puisqu'il était impossible de quitter ce cabinet sans accorder quelque chose au ministre, mais payer le moins possible. Quant à celui-ci... Ferral attendait, assuré qu'il était en train de penser : « Qu'est-ce que Choiseul [125] eût semblé faire à ma place ? » Semblé : le ministre ne demandait pas aux grands de la royauté des leçons de volonté, mais de maintien ou d'ironie.

— M. Le directeur adjoint du Mouvement Général des Fonds, dit-il en frappant la table à petits coups de crayon, vous dira comme moi que je ne puis vous donner ces garanties sans un vote du Parlement. Je vous ai réunis, messieurs, parce que la question que nous débattons intéresse le prestige de la France ; croyez-vous que ce soit une façon de le défendre que de porter cette question devant l'opinion publique ?

— Chans dloute, chans dloute, mais pelmettez, monfieur le miniftle...

Silence, les représentants, mastiquant leurs caramels, fuyaient dans un air méditatif l'accent auvergnat dont ils se sentaient tout à coup menacés s'ils ouvraient la bouche. Le ministre les regardait sans sourire, l'un après l'autre, et Ferral, qui le voyait de profil du côté de son œil de verre, le regardait comme un grand ara blanc, immobile et amer parmi les oiseaux.

— Je vois donc, messieurs, reprit le ministre, que nous sommes d'accord sur ce point. De quelque façon que nous envisagions ce problème, il est nécessaire que les dépôts soient remboursés. Le Gouvernement général de l'Indochine participerait au renflouement du Consortium pour un cinquième. Quelle pourrait être votre part ?

Maintenant, chacun se réfugiait dans son caramel. « Petit plaisir, se dit Ferral. Il a envie de se distraire, mais le résultat eût été le même sans caramels... » Il connaissait la valeur de l'argument avancé par le ministre. C'était son frère qui avait répondu à ceux qui demandaient au Mouvement Général des Fonds une conversion sans vote du Parlement : « Pourquoi ne donnerais-je pas ensuite d'autorité deux cents millions à ma petite amie ? »

Silence. Plus long encore que les précédents. Les représentants chuchotaient entre eux.

— Monsieur le Ministre, dit Ferral, si les affaires saines du Consortium sont, d'une façon ou d'une autre, reprises ; si les dépôts doivent être, en tout état de cause, remboursés, ne croyez-vous pas qu'il y ait lieu de souhaiter un effort plus grand, mais dont le maintien du Consortium ne soit pas exclu ? L'existence d'un organisme français aussi étendu n'a-t-elle pas aux yeux de l'État une importance égale à celle de quelques centaines de millions de dépôts.

— Cinq millions n'est pas un chiffre sérieux, messieurs, dit le ministre. Dois-je faire appel d'une façon plus pressante au dévouement dont vous avez parlé ? Je sais que vous tenez, que vos Conseils tiennent, à éviter le contrôle des banques par l'État. Croyez-vous que la chute d'affaires comme le Consortium ne pousse pas l'opinion publique à exiger ce contrôle d'une façon qui pourrait devenir impérieuse, et, peut-être, urgente ?

De plus en plus chinois, pensait Ferral. Ceci veut dire uniquement : « Cessez de me proposer des cinq millions ridicules. » Le contrôle des banques est une menace absurde lorsqu'elle est faite par un gouvernement dont la politique est à l'opposé de mesures de ce genre. Et le ministre n'a pas plus envie d'y recourir réellement que celui des représentants qui tient dans son jeu l'agence Havas n'a envie de mener une campagne de presse contre le ministre. L'État ne peut pas plus jouer sérieusement contre les banques qu'elles contre lui. Toutes les complicités : personnel commun, intérêts, psychologie. Lutte entre chefs de service d'une même maison, et dont la maison vit, d'ailleurs. Mais mal. Comme naguère à l'*Astor*, il ne se sauvait que par la nécessité de ne pas faiblir et de ne montrer aucune colère. Mais il était battu : ayant fait de l'efficacité sa valeur essentielle, rien ne compensait qu'il se trouvât en face de ces hommes dont il avait toujours méprisé la personne et les méthodes dans cette position humiliée. Il était plus faible qu'eux, et, par là, dans son système même, tout ce qu'il pensait était vain.

— Monsieur le Ministre, dit le délégué le plus âgé, nous tenons à montrer une fois de plus à l'État notre bonne volonté; mais, s'il n'y a pas de garanties, nous ne pouvons, à l'égard de nos actionnaires, envisager un crédit consortial plus élevé que le montant des dépôts à rembourser, et garanti par la reprise que nous ferions des affaires saines du groupe. Dieu sait que nous ne tenons pas à cette reprise, que nous la ferons par respect de l'intérêt supérieur de l'État...

Ce personnage, pensait Ferral, est vraiment inouï, avec son air de professeur retraité transformé en Œdipe aveugle. Et tous les abrutis, la France même, qui viennent demander des conseils à ses directeurs d'agences, et à qui sont jetés les fonds d'État en peau de chagrin lorsqu'il faut construire des chemins de fer stratégiques en Russie, en Pologne, au pôle Nord! Depuis la guerre, cette brochette assise sur le canapé a coûté à l'épargne française, rien qu'en fonds d'État, dix-huit milliards. Très bien : comme il le disait il y a

334

dix ans : « Tout homme qui demande des conseils pour placer sa fortune à une personne qu'il ne connaît pas intimement est justement ruiné. » Dix-huit milliards. Sans parler des quarante milliards d'affaires commerciales. Ni de moi.

— Monsieur Damiral ? dit le ministre.

— Je ne puis que m'associer, monsieur le Ministre, aux paroles que vous venez d'entendre. Comme M. de Morelles, je ne puis engager l'établissement que je représente sans les garanties dont il a parlé. Je ne saurais le faire sans manquer aux principes et aux traditions qui ont fait de cet établissement un des plus puissants de l'Europe, principes et traditions souvent attaqués, mais qui lui permettent d'apporter son dévouement à l'État quand celui-ci fait appel à lui comme il l'a fait il y a cinq mois, comme il le fait aujourd'hui, comme il le fera peut-être demain. C'est la fréquence de ces appels, monsieur le Ministre, et la résolution que nous avons prise de les entendre, qui me contraignent à demander les garanties que ces principes et ces traditions exigent que nous assurions à nos déposants, et grâce auxquelles, — je me suis permis de vous le dire, monsieur le Ministre, — nous sommes à votre disposition. Sans doute pourrons-nous disposer de vingt millions.

Les représentants se regardaient avec consternation : les dépôts seraient remboursés. Ferral comprenait maintenant ce qu'avait voulu le ministre : donner satisfaction à son frère sans s'engager ; faire rembourser les dépôts ; faire payer les Établissements, mais le moins possible ; pouvoir rédiger un communiqué satisfaisant. Le marchandage continuait. Le Consortium serait détruit ; mais peu importait au ministre son anéantissement si les dépôts étaient remboursés. Les Établissements acquerraient la garantie qu'ils avaient demandée (ils perdraient néanmoins, mais peu). Quelques affaires, maintenues, deviendraient des filiales des Établissements ; quant au reste... Tous les événements de Shanghaï allaient se dissoudre là dans un non-sens total. Il eût préféré se sentir dépouillé, voir vivante hors de ses mains son œuvre conquise ou volée. Mais le ministre ne verrait que la peur qu'il avait de la Chambre ; il ne déchirerait pas de jaquette aujourd'hui. À sa place, Ferral eût commencé par se charger d'un Consortium assaini qu'il eût ensuite maintenu à tout prix. Quant aux Établissements, il avait toujours affirmé leur incurable frousse. Il se souvint avec orgueil du mot d'un de ses adversaires : « Ferral veut toujours qu'une banque soit une maison de jeu. »

Le téléphone sonna, tout près. L'un des attachés entra :

— Monsieur le Ministre, monsieur le Président du Conseil.

— Dites que les choses s'arrangent très bien... Non, j'y vais.

Il sortit, revint un instant après, interrogea du regard le délégué de la principale banque d'affaires française, la seule qui fût représentée là. Moustaches droites, parallèles à son binocle, calvitie, fatigue. Il n'avait pas encore dit un mot.

— Le maintien du Consortium ne nous intéresse en aucune façon, dit-il lentement. La participation à la construction des chemins de fer est assurée à la France par les traités. Si le Consortium tombe, une autre affaire se formera ou se développera, et prendra sa succession...

— Et cette nouvelle société, dit Ferral, au lieu d'avoir industrialisé l'Indochine, distribuera des dividendes. Mais, comme elle n'aura rien fait pour Chang-

Kaï-Shek, elle se trouvera dans la situation où vous seriez aujourd'hui si vous n'aviez jamais rien fait pour l'État ; et les traités seront tournés par une quelconque société américaine ou britannique à paravent français, de toute évidence. À qui vous prêterez, d'ailleurs, l'argent que vous me refusez. Nous avons créé le Consortium parce que les banques françaises d'Asie faisaient une telle politique de garanties qu'elles auraient fini par prêter aux Anglais pour ne pas prêter aux Chinois. Nous avons suivi une politique du risque, c'est...

— Je n'osais pas le dire.

— ... clair. Il est normal que nous en recueillions les conséquences. L'épargne sera protégée (il sourit d'un seul côté de la bouche) jusqu'à cinquante-huit milliards de perte, et non cinquante-huit milliards et quelques centaines de millions. Voyons donc ensemble, messieurs, si vous le voulez bien, comment le Consortium cessera d'exister.

Kobé[126].

Dans toute la lumière du printemps, May, trop pauvre pour louer une voiture, montait vers la maison de Kama. Si les bagages de Gisors étaient lourds, il faudrait emprunter quelque argent au vieux peintre pour rejoindre le bateau. En quittant Shanghaï, Gisors lui avait dit qu'il se réfugiait chez Kama ; en arrivant, il lui avait envoyé son adresse. Depuis, rien. Pas même lorsqu'elle lui avait fait savoir qu'il était nommé professeur à l'institut Sun-Yat-Sen de Moscou. Crainte de la police japonaise ?

Elle lisait en marchant une lettre de Peï qui lui avait été remise à l'arrivée du bateau à Kobé, lorsqu'elle avait fait viser son passeport. Elle avait pu donner asile au jeune disciple de Tchen, après la mort de celui-ci, dans la villa où elle s'était réfugiée.

... J'ai vu hier Hemmelrich, qui pense à vous. Il est monteur à l'usine d'électricité. Il m'a dit : « C'est la première fois de ma vie que je travaille en sachant pourquoi, et non en attendant patiemment de crever... » Dites à Gisors que nous l'attendons. Depuis que je suis ici, je pense au cours où il disait : « Une civilisation se transforme, lorsque son élément le plus douloureux — l'humiliation chez l'esclave, le travail chez l'ouvrier moderne — devient tout à coup une valeur, lorsqu'il ne s'agit plus d'échapper à cette humiliation, mais d'en attendre son salut, d'échapper à ce travail, mais d'y trouver sa raison d'être. Il faut que l'usine, qui n'est encore qu'une espèce d'église des catacombes, devienne ce que fut la cathédrale et que les hommes y voient, au lieu des dieux, la force humaine en lutte contre la Terre... »

Oui : sans doute les hommes ne valaient-ils que par ce qu'ils avaient transformé. La Révolution venait de passer par une terrible maladie, mais elle n'était pas morte. Et c'était Kyo et les siens, vivants ou non, vaincus ou non, qui l'avaient mise au monde.

Je vais repartir en Chine comme agitateur. Rien n'est fini là-bas. Peut-être nous y retrouverons-nous ensemble : on me dit que votre demande est acceptée...

Pas un mot de Tchen.
Elle était loin de juger ce qu'il écrivait sans impor-

tance; mais que tout cela lui semblait intellectuel, — comme lui avait semblé ravagé de l'intellectualité fanatique de l'adolescence tout ce qu'il lui avait rapporté de Tchen! Un morceau de journal découpé tomba de la lettre pliée; elle le ramassa :

Le travail doit devenir l'arme principale du combat des classes. Le plan d'industrialisation le plus important du monde est actuellement à l'étude : il s'agit de transformer en cinq ans toute l'U.R.S.S., d'en faire une des premières puissances industrielles d'Europe, puis de rattraper et de dépasser l'Amérique. Cette entreprise gigantesque...

Gisors l'attendait, debout dans l'encadrement de la porte. En kimono. Pas de bagages dans le couloir.

— Avez-vous reçu mes lettres? demanda-t-elle en entrant dans une pièce nue, nattes et papier, dont les panneaux tirés découvraient la baie tout entière.

— Oui.

— Dépêchons-nous : le bateau repart dans deux heures.

— Je ne partirai pas, May.

Elle le regarda. « Inutile d'interroger, pensa-t-elle; il s'expliquera. » Mais ce fut lui qui interrogea :

— Qu'allez-vous faire?

— Essayer de servir dans les sections d'agitatrices. C'est presque arrangé, paraît-il. Je serai à Vladivostok[127] après-demain, et je partirai aussitôt pour Moscou. Si ça ne s'arrange pas, je servirai comme médecin en Sibérie. Mais je suis si lasse de soigner!... Vivre toujours avec des malades, quand ce n'est pas pour un combat, il y faut une sorte de grâce d'état, et il n'y a plus en moi de grâce d'aucune sorte. Et puis, maintenant, il m'est presque intolérable de voir mourir...

Enfin, s'il faut le faire... C'est encore une façon de venger Kyo.

— On ne se venge plus à mon âge...

En effet, quelque chose en lui était changé. Il était lointain, séparé, comme si une partie seulement de lui-même se fût trouvée dans la pièce avec elle. Il s'allongea par terre : il n'y avait pas de sièges. Elle se coucha aussi, à côté d'un plateau à opium.

— Qu'allez-vous faire vous-même ? demanda-t-elle.

Il haussa l'épaule avec indifférence :

— Grâce à Kama, je suis ici professeur libre d'histoire de l'art occidental... Je reviens à mon premier métier, vous voyez...

Elle cherchait ses yeux, stupéfaite.

— Même maintenant, dit-elle, alors que nous sommes politiquement battus, que nos hôpitaux sont fermés, des groupes clandestins se reforment dans toutes les provinces. Les nôtres n'oublieront plus qu'ils souffrent à cause d'autres hommes, et non de leurs vies antérieures. Vous disiez : « Ils se sont éveillés en sursaut d'un sommeil de trente siècles dont ils ne se rendormiront pas. » Vous disiez aussi que ceux qui ont donné conscience de leur révolte à trois cents millions de misérables n'étaient pas des ombres comme les hommes qui passent, — même battus, même suppliciés, même morts...

Elle se tut un instant :

— Ils sont morts, maintenant, reprit-elle.

— Je le pense toujours, May. C'est autre chose. La mort de Kyo, ce n'est pas seulement la douleur, pas seulement le changement, c'est... une métamorphose. Je n'ai jamais aimé beaucoup le monde : c'était Kyo qui me rattachait aux hommes, c'était par lui qu'ils existaient pour moi... Je ne désire pas aller à Moscou. J'y enseignerais misérablement. Le marxisme a cessé de vivre en moi. Aux yeux de Kyo c'était une volonté, n'est-ce pas? mais aux miens c'est une fatalité, et je m'accordais à lui parce que mon angoisse de la mort s'accordait à la fatalité. Il n'y a presque plus d'angoisse en moi, May; depuis que Kyo est mort, il m'est indifférent de mourir. Je suis à la fois délivré (délivré!...) de la mort et de la vie. Qu'irais-je faire là-bas?

— Changer à nouveau, peut-être.

— Je n'ai pas d'autre fils à perdre.

Il n'avait guère de goût pour les femmes à demi viriles. Elle ne l'atteignait que par l'amour qu'il lui prêtait pour Kyo, par celui que Kyo avait éprouvé pour elle. Encore que cet amour intellectuel et ravagé, dans la mesure où il le devinait, lui fût tout étranger. Lui avait aimé une Japonaise parce qu'il aimait la tendresse, parce que l'amour à ses yeux n'était pas un conflit mais la contemplation confiante d'un visage aimé, l'incarnation de la plus sereine musique, — une poignante douceur. Il approcha de lui le plateau à opium, prépara une pipe. Sans rien dire, elle lui montra du doigt l'un des coteaux proches : attachés par l'épaule, une centaine de coolies y tiraient quelque poids très lourd et qu'on ne voyait pas, avec le geste millénaire des esclaves.

— Oui, dit-il, oui.

« Pourtant, reprit-il après un instant, prenez garde : ceux-ci sont prêts à se faire tuer pour le Japon.

— Combien de temps encore?

— Plus longtemps que je ne vivrai. »

Gisors avait fumé sa pipe d'un trait. Il rouvrit les yeux :

— On peut tromper la vie longtemps, mais elle finit toujours par faire de nous ce pour quoi nous sommes faits. Tout vieillard est un aveu, allez, et si tant de vieillesses sont vides, c'est que tant d'hommes l'étaient et le cachaient. Mais cela même est sans importance. Il faudrait que les hommes pussent savoir qu'il n'y a pas de réel, qu'il est des mondes de contemplation — avec ou sans opium — où tout est vain...

— Où l'on contemple quoi ?

— Peut-être pas autre chose que cette vanité... C'est beaucoup.

Kyo avait dit à May : « L'opium joue un grand rôle dans la vie de mon père, mais je me demande parfois s'il la détermine ou s'il justifie certaines forces qui l'inquiètent lui-même... »

— Si Tchen, reprit Gisors, avait vécu hors de la Révolution, songez qu'il eût sans doute oublié ses meurtres. Oublié...

— Les autres ne les ont pas oubliés ; il y a eu deux attentats terroristes depuis sa mort. Je ne l'ai pas connu : il ne supportait pas les femmes ; mais je crois qu'il n'aurait pas vécu hors de la Révolution même un an. Il n'y a pas de dignité qui ne se fonde sur la douleur.

À peine l'avait-il écoutée.

— Oublié... reprit-il. Depuis que Kyo est mort, j'ai découvert la musique. La musique seule peut parler de la mort. J'écoute Kama, maintenant, dès qu'il joue. Et pourtant, sans effort de ma part (il parlait pour lui-même autant qu'à May), de quoi me souviens-je encore ? Mes désirs et mon angoisse, le poids même de ma destinée, ma vie, n'est-ce pas...

(Mais pendant que vous vous délivrez de votre vie, pensait-elle, d'autres Katow brûlent dans les chaudières, d'autres Kyo...)

Le regard de Gisors, comme s'il eût suivi son geste d'oubli, se perdit au-dehors : au-delà de la route, les mille bruits de travail du port semblaient repartir avec

342

les vagues vers la mer radieuse. Ils répondaient à l'éblouissement du printemps japonais par tout l'effort des hommes, par les navires, les élévateurs, les autos, la foule active. May pensait à la lettre de Peï : c'était dans le travail à poigne de guerre déchaîné sur toute la terre russe, dans la volonté d'une multitude pour qui ce travail s'était fait vie, qu'étaient réfugiés ses morts. Le ciel rayonnait dans les trous des pins comme le soleil; le vent qui inclinait mollement les branches glissa sur leurs corps étendus. Il sembla à Gisors que ce vent passait à travers lui comme un fleuve, comme le Temps même, et, pour la première fois, l'idée que s'écoulait en lui le temps qui le rapprochait de la mort ne le sépara pas du monde mais l'y relia dans un accord serein. Il regardait l'enchevêtrement des grues au bord de la ville, les paquebots et les barques sur la mer, les taches humaines sur la route. « Tous souffrent, songea-t-il, et chacun souffre parce qu'il pense. Tout au fond, l'esprit ne pense l'homme que dans l'éternel, et la conscience de la vie ne peut être qu'angoisse. Il ne faut pas penser la vie avec l'esprit, mais avec l'opium. Que de souffrances éparses dans cette lumière disparaîtraient, si disparaissait la pensée... » Libéré de tout, même d'être homme, il caressait avec reconnaissance le tuyau de sa pipe, contemplant l'agitation de tous ces êtres inconnus qui marchaient vers la mort dans l'éblouissant soleil, chacun choyant au plus secret de soi-même son parasite meurtrier. « Tout homme est fou, pensa-t-il encore, mais qu'est une destinée humaine sinon une vie d'efforts pour unir ce fou et l'univers... » Il revit Ferral, éclairé par la lampe basse sur la nuit pleine de brume, écoutant : « Tout homme rêve d'être dieu... »

Cinquante sirènes à la fois envahirent l'air : ce jour

était veille de fête, et le travail cessait. Avant tout changement du port, des hommes minuscules gagnèrent, comme des éclaireurs, la route droite qui menait à la ville, et bientôt la foule la couvrit, lointaine et noire, dans un vacarme de klaxons : patrons et ouvriers quittaient ensemble le travail. Elle venait comme à l'assaut, avec le grand mouvement inquiet de toute foule contemplée à distance. Gisors avait vu la fuite des animaux vers les sources, à la tombée de la nuit un, quelques-uns, tous, précipités vers l'eau par une force tombée avec les ténèbres; dans son souvenir, l'opium donnait à leur ruée cosmique une sauvage harmonie, alors que les hommes perdus dans le lointain vacarme de leurs socques lui semblaient tous tous, séparés de l'univers dont le cœur battant quelque part là-haut dans la lumière palpitante les prenait et les rejetait à la solitude, comme les grains d'une moisson inconnue. Légers, très élevés, les nuages passaient au-dessus des pins sombres et se résorbaient peu à peu dans le ciel; et il lui sembla qu'un de leurs groupes, celui-là précisément, exprimait les hommes qu'il avait connus ou aimés, et qui étaient morts. L'humanité était épaisse et lourde, lourde de chair, de sang, de souffrance, éternellement collée à elle-même comme tout ce qui meurt; mais même le sang, même la chair, même la douleur, même la mort se résorbaient là-haut dans la lumière comme la musique dans la nuit silencieuse : il pensa à celle de Kama, et la douleur humaine lui sembla monter et se perdre comme le chant même de la terre; sur la paix frémissante et cachée en lui comme son cœur, la douleur possédée refermait lentement ses bras inhumains.

— Vous fumez beaucoup? répéta-t-elle.

Elle l'avait demandé déjà, mais il ne l'avait pas entendue. Le regard de Gisors revint dans la chambre :

— Croyez-vous que je ne devine pas ce que vous pensez, et croyez-vous que je ne le sache pas mieux que vous ? Croyez-vous même qu'il ne me serait pas facile de vous demander de quel droit vous me jugez ?

Le regard s'arrêta sur elle :

— N'avez-vous aucun désir d'un enfant ?

Elle ne répondit pas : ce désir toujours passionné lui semblait maintenant une trahison. Mais elle contemplait avec épouvante ce visage serein. Il lui revenait en vérité du fond de la mort, étranger comme l'un des cadavres des fosses communes. Dans la répression abattue sur la Chine épuisée, dans l'angoisse ou l'espoir de la foule, l'action de Kyo demeurait incrustée comme les inscriptions des empires primitifs dans les gorges des fleuves. Mais même la vieille Chine que ces quelques hommes avaient jetée sans retour aux ténèbres avec un grondement d'avalanche n'était pas plus effacée du monde que le sens de la vie de Kyo du visage de son père. Il reprit :

— La seule chose que j'aimais m'a été arrachée, n'est-ce pas, et vous voulez que je reste le même. Croyez-vous que mon amour n'ait pas valu le vôtre, à vous dont la vie n'a même pas changé ?

— Comme ne change pas le corps d'un vivant qui devient un mort...

Il lui prit la main :

— Vous connaissez la phrase : « Il faut neuf mois pour faire un homme, et un seul jour pour le tuer. » Nous l'avons su autant qu'on peut le savoir l'un et l'autre... May, écoutez : il ne faut pas neuf mois, il faut soixante ans pour faire un homme, soixante ans de sacrifices, de volonté, de... de tant de choses ! Et quand cet homme est fait, quand il n'y a plus en lui rien de l'enfance, ni de l'adolescence, quand, vraiment, il est un homme, il n'est plus bon qu'à mourir.

Elle le regardait, atterrée ; lui regardait de nouveau les nuages :

— J'ai aimé Kyo comme peu d'hommes aiment leurs enfants, vous savez...

Il tenait toujours sa main : il l'amena à lui, la prit entre les siennes :

— Écoutez-moi : il faut aimer les vivants et non les morts.

— Je ne vais pas là-bas pour aimer.

Il contemplait la baie magnifique, saturée de soleil. Elle avait retiré sa main.

— Sur le chemin de la vengeance, ma petite May, on rencontre la vie...

— Ce n'est pas une raison pour l'appeler.

Elle se leva, lui rendit sa main en signe d'adieu. Mais il lui prit le visage entre les paumes et l'embrassa. Kyo l'avait embrassée ainsi, le dernier jour, exactement ainsi, et jamais depuis des mains n'avaient pris sa tête.

— Je ne pleure plus guère, maintenant, dit-elle, avec un orgueil amer.

NOTES

Les notes suivantes éclairent les difficultés qu'un bon diction-
naire usuel ne résout pas toujours.

1 *(épigraphe). Eddy du Perron* : grand ami d'André Malraux.

2 *(p. 9). Embarras de voitures (vx)* : embouteillage.

3 *(p. 11). Swing* : terme de boxe emprunté à l'anglais : coup de
poing donné en ramenant le bras de l'extérieur vers l'intérieur.

4 *(p. 14). Le fleuve* : le Houang-Pou, affluent du Yang-Tsé Kiang.

5 *(p. 14). Son dictateur militaire* : en mars 1927, le terme désigne
soit le général Sun Chuang-Fang (l'ordonnateur de la grande
répression des émeutes de février 1927 vient tout juste de se retirer), soit son successeur, le général Bi Shucheng, homme de main
d'un puissant « seigneur de la guerre » régnant au Nord, sur la
Mandchourie et la région de Pékin.

6 *(p. 14). Commerces d'Occident* : les entreprises capitalistes
étrangères (françaises et anglaises surtout), qui surexploitaient les
populations indigènes (p. 24), avaient obtenu des privilèges
commerciaux abusifs. Les concessions, voilà le premier « ennemi »
(p. 24) aux yeux de Kyo et des insurgés.

7 *(p. 15). Mah-jong* : jeu chinois, apparenté aux dominos.

8 *(p. 16). L'avenue des Deux-Républiques* : la République française et la République chinoise (décrétée par Sun Yat-sen en
1911); avenue circulaire qui sépare la concession française de la
vieille ville chinoise.

9 *(p. 19). Les troupes révolutionnaires* : le terme désigne les
troupes du Kuomintang, aux ordres du général Chang-Kaï-Shek.

10 *(p. 20). Le comité central* : du Parti communiste chinois qui
siège à Han-Kéou.

11 *(p. 20). Odessa* : en 1905, à Odessa, ville et port de la mer
Noire, eurent lieu des révoltes, férocement réprimées, contre le

régime tsariste. Cf. le célèbre film de S.M. Eisenstein, *Le cuirassé Potemkine* (1925).

12 *(p. 25). Shan-Tung* : province de la Chine orientale.

13 *(p. 26). Tchapéï et Pootung* : quartiers industriels et ouvriers situés à la périphérie de Shanghaï.

14 *(p. 27). Les gardes-blancs* : soldats russes émigrés (après la révolution de 1917 en Russie, les « Russes blancs » désignent les partisans du régime tsariste, ceux qui s'opposent aux bolcheviks, aux « rouges ») servant dans les « troupes gouvernementales », à la solde des « seigneurs de la guerre », des « Nordistes ».

15 *(p. 28). Tirailleurs annamites* : vietnamiens (de *Annam*, l'ancien nom du Viêt-nam).

16 *(p. 28). Sergent de la coloniale* : sergent des troupes françaises qui servaient outre-mer.

17 *(p. 28). « Les troupes de huit nations... »* En raison de l'agitation révolutionnaire et des troubles persistants, des renforts armés assuraient la sécurité des concessions qui, effectivement, ne furent jamais menacées par l'insurrection. Les « huit nations » auxquelles il est fait allusion ici sont la Grande-Bretagne, la France, les États-Unis, le Japon, la Hollande, la Belgique, l'Italie et l'Espagne.

18 *(p. 29). La promenade du bourreau* : la répression des émeutes de février fut brutale, atroce ; pour terroriser la population, les suspects étaient décapités publiquement, et leurs têtes promenées dans les rues au bout de piques, sur des assiettes, ou exposées dans des cages.

19 *(p. 29). Talapoins* : prêtres bouddhistes du Siam (ancien nom de la Thaïlande).

20 *(p. 30). Style Pieds-Nickelés* : célèbres personnages de bandes dessinées imaginés par L. Forton en 1908 (dessinateur français à qui l'on doit également la création de *Bibi Fricotin*, 1924) ; l'un des Pieds-Nickelés porte un carré d'étoffe noire sur l'œil.

21 *(p. 30). La dynastie Leang* : dynastie qui régna sur la Chine du Sud au VIᵉ siècle.

22 *(p. 31). Thou-Fou* (712-770) : célèbre poète chinois.

23 *(p. 33). Turlupins (vx)* : auteurs de farces de mauvais goût, mauvais plaisants.

24 *(p. 33). Une auberge à la Gogol* : une auberge telle qu'on en peut trouver la description dans les œuvres de N. Gogol (1809-1852), romancier et dramaturge russe.

25 *(p. 34). Croquants, fleurets, arquebuses, machines à rouet, rapières, colichemardes.* Dans tout ce passage parodique, Clappique use de termes archaïques. *Croquants* : paysans ; *fleurets* : épées à lame de section carrée ; *arquebuses* : anciennes armes à feu dont le coup partait à l'aide d'une mèche ou d'un *rouet* (petite roue d'acier qui, frottée contre un silex, produisait des étincelles), terme qui, par contagion, entraîne le néologisme suivant : *machines à rouet*

(dans le contexte, arme mise à feu à l'aide d'un rouet); *rapières* : épées longues et effilées; *colichemardes* : épées.

26 *(p. 34). Avecque* : ancienne forme graphique de la préposition « avec ».

27 *(p. 34). Attila* (v. 395-453) : célèbre chef des Huns qui dévastèrent l'Europe. À noter que la présence d'Attila dans les « délires » alcoolisés de Clappique n'est nullement fortuite : s'il faut l'en croire, c'est de la patrie de sa mère (p. 32) en effet, c'est-à-dire de la Hongrie, qu'Attila et les Huns, peuples asiatiques installés dans la cuvette danubienne au début du Ve siècle, partirent pour « envahir » l'Occident chrétien.

28 *(p. 36). Gratter (fam.)* : prendre de vitesse, griller, devancer un concurrent.

29 *(p. 39). Nagan* : marque d'armes russes. *Mauser* : marque d'armes allemandes.

30 *(p. 42). Photophore* : coupe décorative destinée à recevoir une veilleuse ou une bougie.

31 *(p. 42). Cyprin* : poisson de la famille de la carpe : *cyprin doré* : poisson rouge des aquariums.

32 *(p. 44). Des peintures Song* : de la dynastie Song (960-1279).

33 *(p. 44). Des phénix bleu Chardin* : le phénix est un oiseau fabuleux qui, selon la légende, pouvait renaître de ses cendres; Chardin (1699-1779), peintre français, célèbre pour ses natures mortes; le *bleu Chardin* est une couleur composée, proche du bleu pervenche.

34 *(p. 44). La dynastie Weï* : dynastie qui régna de 386 à 557.

35 *(p. 45). Tchang-Tso-Lin* : l'un des « seigneurs de la guerre » qui tient le nord de la Chine.

36 *(p. 49). Palanquin* : sorte de chaise ou de litière portée à bras d'hommes (parfois à dos de chameau ou d'éléphant), en usage dans les pays orientaux.

37 *(p. 50). Heidelberg* : ville d'Allemagne, célèbre pour son université.

38 *(p. 50). Lapinovitch* : emploi du suffixe russe signifiant *fils de* : lapin *fils de lapin.*

39 *(p. 50).* « *Ô ma chère guerrière...* » : Shakespeare, *Othello* (II, 1).

40 *(p. 50). Les troupes blanches* : troupes gouvernementales, opposées aux « bleus » (le Kuomintang; cf. p. 98, 116) et aux « rouges » (les communistes; cf. p. 113, 116, 233, 256).

41 *(p. 57). Fantômas* : personnage mystérieux, multipliant déguisements et identités, illustrissime héros d'un roman policier écrit par M. Allain (1885-1969) et P. Souvestre (1874-1914), publié en feuilleton de 1911 à 1914, porté à l'écran par L. Feuillade en 1913-1914 (la série des *Fantômas* comprend cinq films qui, comme le roman, connurent un succès prodigieux), et encensé par les surréalistes.

42 *(p. 60)*. *La Compagnie des Indes* : célèbre compagnie financière et commerciale à laquelle fut confiée l'exploitation des territoires français en Inde.

43 *(p. 61)*. *François d'Assise* (1181-1226) : célèbre saint italien, fondateur de l'ordre des Franciscains. Selon la légende, saint François, qui avait le don de parler aux animaux, passait pour apaiser les animaux les plus féroces.

44 *(p. 63)*. *Templier* : chevalier de l'ordre du Temple, ordre religieux et militaire fondé à Jérusalem lors des croisades, pour protéger les pèlerins en route vers la Terre sainte.

45 *(p. 67)*. *Kalgan* : ville au nord-ouest de Pékin, attaquée par les troupes blanches en 1921.

46 *(p. 67)*. *Collège luthérien* : où l'on dispense l'enseignement de Luther (1483-1546), théologien allemand à l'origine de la Réforme, du protestantisme.

47 *(p. 67)*. *Saint Augustin* (354-430) : évêque africain et Père de l'Église ; sa doctrine postulait l'incapacité de l'homme à mériter son salut sans l'aide de la grâce divine, seule « efficace ».

48 *(p. 67)*. *Confucianiste* : adepte de la doctrine de Confucius (v. 555-v. 479), célèbre philosophe chinois.

49 *(p. 69)*. *Tientsin* : ville et port de Chine, importante cité industrielle et commerciale au sud-est de Pékin.

50 *(p. 69)*. *Coolies-pousse* : tireur de pousse ; mot composé de *coolie* (travailleur, porteur chinois ou hindou) et de *pousse-pousse* (ou *pousse*) : voiture légère tirée par un homme.

51 *(p. 69)*. *Swatéou* : port industriel au nord de Canton, investi par l'armée nationaliste en 1925.

52 *(p. 75)*. *Lithuanie* : l'une des trois républiques baltes, lesquelles s'opposèrent vigoureusement à l'instauration du régime soviétique après la révolution d'octobre 1917.

53 *(p. 79)*. *Macao* : colonie portugaise en Chine du Sud, près de Hong-Kong.

54 *(p. 79)*. *Touques* : récipients métalliques de fer-blanc.

55 *(p. 81)*. *La seule Voisin* : à l'époque, automobile française de luxe (du nom de son constructeur).

56 *(p. 82)*. *Charrettes de Pékin* : petites charrettes à deux roues.

57 *(p. 82)*. *Capitaines d'industrie* (terme péjoratif) : chefs d'entreprise.

58 *(p. 84)*. *Traités* : allusion aux « traités inégaux » (traité de Nankin, 1842 ; traités de Tientsin, 1864...) imposés à la Chine par la force (« guerres de l'Opium »), et très favorables aux intérêts commerciaux occidentaux.

59 *(p. 84)*. *Comme l'Angleterre l'avait fait à Han-Kéou* : dans cette ville, en janvier 1927, la foule ayant envahi la concession britannique, la Grande-Bretagne avait finalement accepté que la concession retombât sous la juridiction chinoise.

60 *(p. 85)*. *Jaurès* (1859-1914), *Briand* (1862-1932) : célèbres hommes politiques français.

61 *(p. 87)*. *Renan* (1823-1892) : écrivain français.

62 *(p. 87)*. *Berthelot* (1827-1907) : chimiste et homme politique français.

63 *(p. 87)*. *Poincaré* (1860-1934) fut élu ministre en 1893, *Barthou* (1862-1934) en 1894.

64 *(p. 87)*. *Les douanes* : les douanes chinoises étaient alors contrôlées par les Occidentaux qui, sur les sommes perçues, prélevaient un pourcentage (fixé par les « traités ») ; le reste était reversé au gouvernement chinois. Chang-Kaï-Shek vainqueur, c'est à lui que reviendra l'argent des douanes (cf. p. 116, 132).

65 *(p. 88)*. *Minerve* : guerrière déesse de la sagesse.

66 *(p. 89)*. *Empereurs Tang* : dynastie chinoise qui régna de 618 à 907.

67 *(p. 89)*. *Indochine* : nom donné aux pays de l'Indochine (la Cochinchine, le royaume d'Annam, le Tonkin, le Cambodge, le Laos) colonisés par la France à la fin du XIXe siècle.

68 *(p. 90)*. *Mouvement Général des Fonds* : service du ministère des Finances.

69 *(p. 90)*. *Gouvernement Général de l'Indochine* : autorité légale, organe exécutif de la France dans la colonie.

70 *(p. 91)*. *Agence Havas* : importante agence française d'informations.

71 *(p. 92)*. *La grève de Hong-Kong* : en juin 1925. Cf. *Les conquérants*.

72 *(p. 96)*. *Mauseristes* : policiers armés d'un Mauser (cf. *supra*, note 29).

73 *(p. 103)*. *Un ancien cadet de Whampoo* : un élève officier de l'académie militaire de Whampoo (près de Canton), créée en 1924 (avec l'aide de fonds russes) pour former les cadres militaires de l'armée nationaliste révolutionnaire.

74 *(p. 111)*. *Des Picasso de la période rose* : des tableaux de la jeunesse (1904-1906) de Picasso (1881-1973).

75 *(p. 111)*. *Fragonard* (1732-1806), célèbre peintre de scènes galantes et libertines.

76 *(p. 111)*. *Une Kwannyn* : divinité bouddhique.

77 *(p. 112)*. *Les Soviets* : Conseils de délégués ouvriers et soldats lors de la révolution de 1917.

78 *(p. 114)*. *Ghildes* (ou *guildes*) : associations professionnelles, destinées à faire bénéficier leurs adhérents (en l'occurrence, les marchands) de conditions commerciales particulières.

79 *(p. 115)*. *Unions paysannes, Unions ouvrières* (p. 138) : syndicats.

80 *(p. 122)*. *Mont-de-Piété* : établissement de prêt sur gages.

81 *(p. 126)*. *Défilés* : dans le sens militaire du terme, abrités de la ligne de tir.

82 *(p. 127)*. *Partis pour Nankin* : l'armée du Kuomintang s'empara de Nankin (ville située à l'est de Shanghaï, sur le Yang-Tsé Kiang) le 23 mars, et c'est cette ville que Chang-Kaï-Shek choisit pour capitale de la Chine (de 1927 à 1949).

83 *(p. 130)*. *Tchéka* : police politique créée par Lénine pour juger les contre-révolutionnaires; la Tchéka, disposant de ses propres tribunaux d'exception, faisait effectivement « sa » loi.

84 *(p. 131)*. *Les mencheviks* : membres du parti social-démocrate russe, partisans de réformes politiques modérées, adversaires politiques des bolcheviks, plus intransigeants.

85 *(p. 139)*. *Borodine* : personnage historique, délégué de l'Internationale communiste. Cf. *Les conquérants*.

86 *(p. 142)*. *La lutte contre les trotskistes*. Quelques explications sont ici nécessaires pour éclairer les enjeux politiques du dialogue entre Vologuine et Kyo. La mort de Lénine en 1924 exacerbe l'opposition entre Staline et Trotski. Staline, soutenant la thèse de l'« édification du socialisme dans un seul pays », impose au Komintern (l'Internationale communiste) ses propres vues tactiques, à moyen et à long terme : ordre est donné aux partis communistes de s'entendre, « provisoirement » (p. 129, 149), avec les partis « bourgeois », plus modérés, pour « gagner du temps » (p. 142-143), par « opportunisme » (p. 150), en attendant que s'inverse le rapport des forces et que triomphe le prolétariat : dans le roman, Vologuine est le scrupuleux porte-parole de cette « ligne » officielle. Trotski, partisan de la « révolution permanente », prône au contraire l'extension immédiate du mouvement révolutionnaire dans tous les pays. Le conflit entre les deux hommes tourne à l'avantage de Staline qui élimine impitoyablement les opposants et durcit la « discipline du Parti » (p. 142) : et c'est précisément en 1927 (le 14 novembre), que Trotski est exclu du parti communiste russe avant d'être déporté, expulsé d'U.R.S.S. (en 1929), et assassiné en 1940 par un agent stalinien.

87 *(p. 143)*. *Armée de fer* : armée d'élite.

88 *(p. 143)*. *Feng-Yu-Shiang* : « seigneur de la guerre » dominant les territoires à l'ouest de Pékin, qui avait fait alliance avec Chang-Kaï-Shek.

89 *(p. 144)*. *Jacquerie* : *vx*. révolte paysanne. Dans la bouche du discipliné Vologuine, le terme, très péjoratif, signifie : révolte anarchique, irresponsable, vouée à l'échec parce que non encadrée par le Parti et séparée du mouvement ouvrier urbain. Ce mot daté souligne combien l'Internationale n'a d'yeux que pour le marteau (les métallurgistes, les ouvriers, le prolétariat industriel), non pour la faucille : le monde rural est souverainement ignoré et méprisé : « Le paysan suit toujours, dit Vologuine. Ou l'ouvrier, ou le bourgeois. Mais il suit. »

90 *(p. 146)*. *Youdenitch* : général qui commandait les troupes

blanches pendant la guerre civile russe et qui, parvenu aux abords de Leningrad (Petrograd) en 1919, dut se retirer devant l'Armée rouge.

91 *(p. 147). Gallen* : général à la tête des conseilleurs militaires soviétiques auprès du Kuomintang.

92 *(p. 157). Trente-six bêtes* : jeu chinois.

93 *(p. 157). Le Chaux-de-Fonds* : ville suisse.

94 *(p. 160). Comme que comme* : expression suisse signifiant « quoi qu'il arrive ».

95 *(p. 160). Chang-Cha* : ville située au sud de Han-Kéou, capitale de la province du Hu-nan.

96 *(p. 166). Sumatra* : la plus grande des îles de l'Indonésie, très longtemps colonie hollandaise.

97 *(p. 166). Tulipistes* : amoureux, amateur de tulipes (*néologisme* de Clappique).

98 *(p. 166). Baïonnette à dévissoir* : arme non répertoriée, autre « fantaisie » linguistique de Clappique, en verve.

99 *(p. 175). Le Houpé* (Hou-Peï) : province du centre de la Chine, alors effectivement très « agitée » puisque la capitale de cette province n'est autre que la grande métropole de Wu-han (réunion de trois villes, dont Han-Kéou).

100 *(p. 193). Quelques sols* : quelques sous (*sol* est un archaïsme, l'ancienne graphie de *sou*).

101 *(p. 197). Shamisen* : instrument de musique japonais traditionnel, à trois cordes.

102 *(p. 217). Un boy* : dans ce contexte, jeune domestique indigène au service des Blancs, des colons.

103 *(p. 222). Babouches* (mot d'origine persane) : pantoufles de cuir, servant de chaussures dans les pays de l'Islam.

104 *(p. 227). Omphale* : reine de Lydie qui, selon la légende, obligea Hercule à porter des robes de femme et à filer la laine à ses pieds.

105 *(p. 227). Déjanire* : princesse légendaire qui, par jalousie, provoqua la mort d'Hercule, son époux.

106 *(p. 230). Bat-flanc* : ici, comme plus loin dans le roman (p. 286), ce mot semble désigner non pas une séparation, mais un plancher sur lequel on s'étend (signification qui n'est attestée que dans ce roman).

107 *(p. 246). Jouer le numéro... abandonner la bande* : à la roulette, miser sur *la bande* (les cases à l'extérieur, au bord de la table), c'est multiplier ses chances (pair ou impair), mais ne pouvoir gagner qu'une somme égale à la mise ; « jouer le numéro », c'est réduire ses chances, mais multiplier d'autant les gains (ici sept fois la mise : quatorze jetons pour deux jetons posés sur le numéro gagnant).

108 *(p. 251). Rubens* (1577-1640) : peintre flamand dont les peintures témoignent d'un goût certain pour les femmes « solides », aux formes généreuses.

109 *(p. 251). Jordaens* (1593-1678) : ce peintre flamand, qui fut un temps le collaborateur de Rubens, et qui aimait également peindre des femmes plantureuses, n'a pas, si l'on en croit le verdict de la postérité, le talent de Rubens : de là le jugement « éclairé » de Clappique, expert ès arts.

110 *(p. 252). Schiedam (étym. : genièvre de Schiedam,* du nom d'une ville néerlandaise) : genièvre, eau-de-vie de grain, surtout consommée aux Pays-Bas, en Belgique et dans le nord de la France.

111 *(p. 253). Miché* (ou *micheton*) : *arg.* Un cave, un niais, un homme facile à duper.

112 *(p. 257). Les thèses trotskistes* : en refusant de collaborer avec le Kuomintang, bon gré mal gré Kyo et les siens épousent « objectivement » la ligne trotskiste, hostile aux « instructions de l'Internationale » (cf. *supra,* la note 86, ainsi que les dialogues entre Vologuine et Kyo, entre Possoz et Kyo).

113 *(p. 264). Contes d'Hoffmann* : Hoffmann (1776-1822), écrivain allemand, auteur de contes fantastiques.

114 *(p. 265). En type à fluxion* : dont la joue est déformée, enflée par un abcès dentaire.

115 *(p. 265). L'homme-qui-rit* : allusion au roman de V. Hugo, *L'homme qui rit* (1869).

116 *(p. 270). Bécon-les-Bruyères* : petite ville de la banlieue parisienne anonyme, sans cachet.

117 *(p. 283). Danser la couverte* : *couverte* désigne familièrement une couverture; *faire danser la couverte à quelqu'un,* c'est le faire sauter en l'air au moyen d'une couverture.

118 *(p. 296). Un tchékiste* : membre de la Tchéka (cf. *supra,* note 83).

119 *(p. 301). Célèbes* : archipel de l'Indonésie.

120 *(p. 307). L'ordre mendiant de la Révolution* : les *ordres* mendiants sont des ordres qui faisaient profession de ne vivre que de l'aumône.

121 *(p. 311). Les légendes dorées* : allusion à la *Légende dorée,* du dominicain Jacques de Voragine (v. 1228-1230-1298), très célèbre recueil contant la vie des saints.

122 *(p. 325). Concern* : terme anglais qui signifie « affaire », « entreprise »; ici, synonyme de « consortium ».

123 *(p. 327). Commandeur* : de la Légion d'honneur (grade au-dessus de celui d'officier).

124 *(p. 329). Le traité de Francfort* : traité (mai 1871) qui mit fin à la guerre franco-allemande de 1870; la France, vaincue, dut s'engager à verser au vainqueur une indemnité de cinq milliards de francs-or.

125 *(p. 332). Choiseul* (1719-1785) : habile diplomate, ministre de longue durée sous Louis XV.

126 *(p. 337)*. *Kobé* : ville industrielle, grand port japonais, sur la baie d'Osaka.

127 *(p. 339)*. *Vladivostok* : ville et port russe de Sibérie extrême-orientale, sur la mer du Japon.

DOSSIER

par Yves Ansel

Ce dossier pédagogique, qui s'adresse à la classe tout entière, professeur et élèves, n'est pas un commentaire continu et dogmatique de l'œuvre. Des informations et des analyses (en caractères maigres) y alternent avec des invitations à la réflexion et des consignes (en caractères gras) pour des travaux écrits ou oraux, individuels ou collectifs. Dans les deux sections principales — « Aspects du récit » et « Thématique » — l'analyse peut laisser une place plus grande à l'initiative et à la recherche du lecteur

Pour faciliter l'élaboration des exposés oraux ou la rédaction des travaux écrits (cf. la dernière section « Divers »), on trouvera en marge les repères suivants :

 qui renvoie aux sujets concernant les personnages ;

 qui renvoie aux sujets concernant l'art du roman

1. CONTEXTES

Repères chronologiques ▪ Genèse ▪ La trilogie asiatique ▪ Contexte historique

Repères chronologiques

(Jusqu'à la parution de *La condition humaine*, en 1933)

1901 Naissance à Paris, le 3 novembre, d'André Malraux.

1905 Ses parents se séparent. Installation à Bondy. C'est là qu'André Malraux passera toute son enfance (jusqu'en 1920), entre sa mère, sa grand-mère et une tante qui tient une épicerie.

1915 Entre à l'école supérieure de la rue de Turbigo — le futur lycée Turgot —, se passionne pour la littérature contemporaine, les lettres étrangères, fréquente assidûment les bouquinistes, les expositions, le théâtre, les concerts et les cinémas.

1918 N'est pas admis au lycée Condorcet. Abandonne ses études secondaires, renonce à passer son baccalauréat.

1920 Premiers articles consacrés à la poésie contemporaine. Hante toujours les bouquinistes, gagne sa vie en revendant à des libraires des livres rares qu'il a su découvrir. Dilettante et dandy.

1921 Publication de *Lunes en papier*. Rencontre et épouse Clara Goldschmidt. Clara est riche. Le couple voyage beaucoup.

1922 En Allemagne, A. Malraux découvre les films expressionnistes allemands qu'il envisagera de distribuer en France.

> *Sans aucunement chercher à expliquer l'œuvre par l'homme, ces quelques éléments biographiques n'en sont pas moins très significatifs. A. Malraux n'a pas*

suivi d'études classiques, ses romans ne sont ni encombrés par les références à l'Antiquité gréco-latine ni marqués par l'académique tradition de la narration suivie (il cultive l'art de l'ellipse, escamote les temps morts, ne garde que les temps forts). Ses premiers essais le montrent de plain-pied avec le Paris des années vingt, d'abord intéressé par l'art de son temps, par la littérature la plus immédiate (la poésie cubiste), et, plus particulièrement, par le septième art auquel l'écrivain empruntera beaucoup : incontestablement, La condition humaine *doit infiniment plus à la fréquentation des salles obscures qu'à la lecture de Balzac. « La voiture démarra à une allure de film » (p. 43) : quel symbole que cette seule comparaison désinvolte ! Et quel autre écrivain pour l'oser en 1930, quand le cinéma n'est pas encore une référence usuelle, banalisée ?*

Instinctivement, Malraux est de son siècle.

1923 Effondrement des valeurs boursières sur lesquelles repose la fortune du couple. Le futur ministre de la Culture, qui n'envisage aucunement de « se mettre à travailler » pour vivre, ne projette alors rien moins que d'aller dérober quelques statues cambodgiennes afin de les revendre aux États-Unis. L'expédition romanesque finit mal : les pierres détachées du temple de Bantéaï-Srey ne passent pas inaperçues ; à Phnom Penh, les bagages des aventuriers sont inspectés, et A. Malraux, inculpé pour vol de statues, est assigné à résidence.

1924 Soutenu par de nombreux intellectuels français, A. Malraux gagne son procès en appel : un an avec sursis. Retour en France.

De cette rocambolesque aventure, l'écrivain tirera un scénario, les grandes lignes narratives de la première partie de La voie royale.

A-t-il quelque argent, Malraux part, largue les amarres, fait des tours du monde. Et globe-trotter il demeurera toujours. Dès Les conquérants *il réussit la fusion de l'aventure et de la littérature que tant d'autres écrivains se contenteront de rêver. Spontanément, Malraux rompt avec les huis clos du roman d'analyse riche de ses seuls « caractères » indéfiniment décortiqués, délaisse la psychologie de personnages amoureusement penchés sur leurs frileux états d'âme sédentaires. Ses romans sont des appels d'air, ses récits des voyages, ses héros des arpenteurs de l'idéal, des hommes de réflexion et d'action qui embrassent et empoignent l'Histoire, synthèse exceptionnelle qui devait fasciner toute une génération (voir l'autobiographie de S. de Beauvoir,* La force de l'âge*), dont Albert Camus, qui considéra toujours Malraux comme son modèle (prix Nobel de littérature en 1957, l'auteur de* La peste *estimait avoir en quelque sorte « usurpé » une récompense revenant de droit à l'auteur de* La condition humaine*).*

1925 André Malraux repart pour l'Indochine. À Saïgon, avec Paul Monin, il fonde un journal militant, *L'Indochine*, qui dénonce les méfaits de la colonisation, les injustices dont souffre la population annamite. En butte aux tracasseries et à la pression de l'administration coloniale, le journal survivra peu (quarante-neuf numéros). En décembre, le couple Malraux quitte Saïgon.

1926 Publication de *La tentation de l'Occident* (essai épistolaire qui interroge et relativise les valeurs de la civilisation européenne).

1928 Publication des *Conquérants* (récit qui traite de la grève historique de Canton en 1925), et du *Royaume-Farfelu*.

1930 Publication de *La voie royale* (roman d'aventures inspiré par la malheureuse expédition de 1923).

1931-1932 Voyages autour du monde : la Perse, l'Afghanistan, l'U.R.S.S., l'Inde, la Birmanie, la Chine (Canton, Shanghaï, Pékin), le Japon, les États-Unis. Rédaction itinérante de *La condition humaine*.

1933 Parution, en avril, de *La condition humaine* (prix Goncourt en décembre). Hitler accède au pouvoir en Allemagne. Malraux sera désormais de tous les combats contre le nazisme et le fascisme, ce dont témoignera exemplairement, en 1936-1937, son engagement auprès des républicains espagnols.

Genèse

● Pour ce qui est de l'élaboration du roman, en l'absence de tout autre document probant, force est de s'en remettre aux propres déclarations de l'auteur qui, dans une note jointe au manuscrit, se borne à préciser : « Ce manuscrit, le seul de *La condition humaine*, a été écrit en Chine, au Japon, aux États-Unis, à Paris, à Peira-Cava [Alpes-Maritimes], à Paris, de septembre 1931 à mai 1933 » (A. Malraux, *Œuvres complètes*, I, Gallimard, Pléiade, 1989, p. 1301).

● En 1931, l'écrivain fit un voyage autour du monde ; le couple Malraux passa effectivement par Canton, Shanghaï et Pékin. Que l'origine du roman ait coïncidé avec une très fugitive vision de la Chine cette année-là, pourquoi en douter ? Ce qu'il y a de certain en revanche — les différents états du manuscrit en témoignent éloquemment —, c'est que *La condition humaine* fut un roman souvent retouché, très travaillé ; ce n'est donc pas sans quelque bonne raison que le romancier, à la suite de la note reproduite ci-dessus, pouvait ajouter : « *La condition humaine* est, à l'heure actuelle — 11 décembre 1933 — celui de mes ouvrages auquel je tiens le plus » (*ibid.*, p. 1301)

La postérité en a jugé de même...

La trilogie asiatique

● Les trois premiers romans de Malraux ont pour **cadre l'Extrême-Orient** : le terrain de manœuvre des *Conquérants* (1928) est une ville chinoise, Canton ; les héros de *La voie royale* (1930) — ce titre désigne « la route qui reliait Angkor et les lacs au bassin de la Ménam » — traversent l'Indochine française (aux confus confins du Cambodge, du Laos et du royaume de Siam) ; *La condition humaine* (1933) conte l'insurrection armée des communistes à Shanghaï en 1927.

Dans les années trente, la Chine était au bout du monde et de la mer (cf. *L'amant* de M. Duras) Seuls les paquebots (cf. la fuite de Clappique et le retour de Ferral dans la métropole) assuraient une liaison régulière (près de deux mois de traversée) entre l'Europe et ces pays de l'extrême là-bas. En ces temps-là, l'Asie était encore, pour une large part, un continent mystérieux fascinant (cf. *Tintin et le lotus bleu*, 1936), un **ailleurs** totalement lointain, et Malraux aurait pu, dans la lignée des romans exotiques d'un P. Loti, mettre l'accent sur des us et coutumes surprenants, détailler des curiosités dépaysantes. Il n'en est rien. Bien au contraire, l'auteur de *La condition humaine* **se refuse délibérément à faire la part belle au documentaire pittoresque** (impitoyablement censuré dans les manuscrits), comme le prouve d'ailleurs le très petit nombre de mots (« coolie-pousse », « palanquin », par exemple) qui, dans *La condition humaine*, relèvent strictement de la « couleur locale » (voir notes, p. 347-355).

Le cadre importe donc assez peu. Par ailleurs, même si les deux premiers romans héritent largement de la thématique et des procédés du **roman d'aventures**, ce sont d'abord des **romans d'aventuriers**. Comme devait le souligner l'auteur lui-même, *Les conquérants*, roman immergé dans l'Histoire, et donc inévitablement daté, « surnage » néanmoins pour avoir « montré un type de héros en qui s'unissent l'aptitude à l'action, la culture et la lucidité » (postface aux *Conquérants*, 1948, dans *Œuvres complètes, op. cit.*, p. 271).

● Qu'est-ce qu'un « conquérant » ? C'est un homme d'action, courageux, volontaire, sans grandes illusions, qui, selon le mot de Garine (« l'homme » des *Conquérants*), recherche « l'emploi le plus efficace de sa force ». Et ce n'est pas un hasard si les premiers héros de Malraux sont des Européens **empêchés et déracinés, tentés par l'Orient** dans la mesure où ces pays éloignés (depuis longtemps guignés par l'Occident cependant) offrent aux condottieres, aux hommes forts, trop à l'étroit dans le cadre des réglementations des pays « civilisés », d'excellents terrains de chasse hors la loi propres à satisfaire leur volonté de puissance.

366

Même si le troisième roman de Malraux marque une rupture visible, *La condition humaine* n'est pas séparable des récits précédents. **Ferral continue d'incarner ces aventuriers sans autre foi que leur loi et leur moi**, ces « grands individualistes » (p. 330) avides d'imprimer leur action sur l'Histoire : l'amant humilié par Valérie (p. 217 et suiv.) tente de se rassurer en se rappelant qu'il est une autorité, un nom (p. 225), un homme puissant (un « de ceux à travers qui se jouait le sort de Shanghaï », p. 118), en faisant le détail de son action, de son œuvre : « Il s'affirmait qu'il avait construit des routes, transformé un pays... » (p. 223). Cette **volonté de marquer le monde**, voire d'en infléchir le cours, Kyo et ses frères d'armes la reçoivent **également** en partage : tout comme les person- nages qui hantent *Les conquérants* ou *La voie royale*, les organisateurs de l'insurrection armée de Shanghaï en 1927 sont des hommes d'action courageux, cultivés (Kyo cite Shakespeare, p. 50 ; Katow a lu Proust, p. 312) ; ce qui les différencie d'un Garine, c'est qu'ils ne se servent pas, eux, de la révolution pour assouvir leurs rancunes ou leurs passions, mais qu'ils la servent : Kyo, Katow, Souen vivent et meurent non pour eux-mêmes, mais pour rendre leur « dignité » à tous ceux qui sont exploités, humiliés, niés.

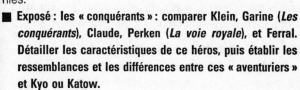

■ **Exposé : les « conquérants » : comparer Klein, Garine (*Les conquérants*), Claude, Perken (*La voie royale*), et Ferral. Détailler les caractéristiques de ce héros, puis établir les ressemblances et les différences entre ces « aventuriers » et Kyo ou Katow.**

■ **Motifs et thèmes du roman d'aventures dans *La condition humaine*.**

Contexte historique

● **Shanghaï.**

Shanghaï, important port de mer situé sur le fleuve Houang-Pou, fut dès 1842 (traité de Nankin) ouvert aux commerçants étrangers. Par la force, les Occidentaux se sont adjugé la gestion des douanes, et ont obtenu l'octroi de zones « concédées » par les autorités chinoises, non justiciables des lois du pays (raison pour laquelle Kyo se sent plus en sécurité dans ces lieux protégés qui bénéficient du privilège de l'exterritorialité) : les concessions. C'est ainsi qu'à Shanghaï, à côté de la vieille ville chinoise se sont développées une concession française et une concession internationale.

Dans les années vingt, Shanghaï, principal port de commerce européen en Chine, refuge des « émigrés de tous pays » (p. 63), est une métropole extrêmement cosmopolite (très nombreuses sont les nationalités qui se côtoient dans *La condition humaine*) où coexistent une population ouvrière surexploitée (« un demi-million d'hommes », « le peuple de l'ulcère, de la scoliose, de la famine », p. 24), une grande bourgeoisie chinoise financière et commerciale qui entend bien reprendre à son compte les exorbitants privilèges accordés aux capitalistes étrangers (p. 114 et suiv.), et des Occidentaux avant tout soucieux de leurs propres intérêts (Ferral, p. 89-91).

● **Forces et partis en présence.**

À la fin du XIXᵉ siècle, le Sud se révolte contre la dynastie mandchoue qui règne au Nord (Pékin) et les puissances occidentales. En 1911, un intellectuel progressiste, Sun Yat-sen, fonde le Kuomintang (parti nationaliste); la révolte s'organise et la dynastie mand-choue est rapidement renversée (abdication de l'empe-reur en 1912). En 1921, un gouvernement national est ins-tauré à Canton, mais faute de moyens suffisants pour reconquérir le Nord, Sun Yat-sen ne parvient pas à fonder une république chinoise unie.

En 1921, fondation à Shanghaï du parti communiste chinois, qui adhère au Komintern, l'Internationale com-muniste fondée par Lénine en 1919 dans le but d'organi-ser le mouvement révolutionnaire mondial. Pour des rai-sons tactiques, le Komintern impose au parti communiste chinois la collaboration avec le Kuomintang afin de lutter plus efficacement contre l'ennemi commun : les capita-listes étrangers et les dictateurs — les « seigneurs de la guerre » — qui dominent toute la Chine du Nord.

À la mort de Sun Yat-sen en 1925, Chang-Kaï-Shek prend la tête du Kuomintang. La Chine du Sud est reconquise. Han-Kéou, la ville la plus industrielle du centre de la Chine, tombe aux mains des révolutionnaires en septembre 1926. En décembre, un gouvernement de gauche où officient des conseillers soviétiques (dont Borodine) s'installe dans cette ville, mais le véritable pou-voir appartient à l'armée de Chang-Kaï-Shek, lequel, de plus en plus hostile aux communistes, a établi son quar-tier général à Nanchang, près de Shanghaï.

● **Shanghaï, 1927.**

C'est dans ce contexte qu'éclate la révolte de février 1927. Persuadé que l'armée nationaliste, postée à moins de cent kilomètres de la ville, interviendrait pour soutenir leur mouvement, le parti communiste chinois déclenche une grève générale, accompagnée d'une insurrection armée. Les insurgés s'emparent de certains quartiers, mais Chang-Kaï-Shek ne bouge pas ; les révolutionnaires sont vaincus par le nombre et les forces armées du général « nordiste » Sun Chuang-Fang, qui domine alors la ville (le roman fera de fréquentes allusions aux « émeutes » et aux « suppliciés » de février. Cf. p. 25, 29, 40, 107...).

Le parti communiste cependant ne désarme pas ; Chou En-laï (un des « modèles » de Kyo ?) et Liu Shao-chi reconstruisent l'opposition, organisent une nouvelle grève insurrectionnelle, **le 21 mars 1927** (date qui marque l'incipit de *La condition humaine*). Les « rouges », remarquablement organisés, s'emparent de la ville ; les troupes nordistes, vaincues, se retirent ; au soir du 22 mars, sur le terrain, les communistes sont vainqueurs... Mais « là-bas », le gouvernement de Han-Kéou, s'obstinant à maintenir coûte que coûte la « ligne de l'Internationale » — « laisser [...] le pouvoir à la bourgeoisie. Provisoirement » (p. 129) —, à préserver l'alliance avec le Kuomintang, a déjà condamné Kyo et les siens (cf. p. 129-130, ainsi que toute la troisième partie du roman). Chang-Kaï-Shek, arrivé à Shanghaï le 26 mars, obtient des milieux d'affaires chinois (épouvantés par les « rouges » et rassurés par les propos modérés, par l'attitude conciliante du général, décidé à en finir avec les communistes) des aides financières importantes, tout en bénéficiant également de l'appui des autorités étrangères pour procéder à l'élimination de l'extrême gauche. Abandonnés par Han-Kéou, ne disposant plus d'aucune autorité légale (le gouvernement municipal de Shanghaï est dominé par l'aile droite du Kuomintang ; cf. p. 127), les communistes sont finalement physiquement éliminés : **le 12 avril**, les milices ouvrières sont désarmées, non sans de violents combats (trois cents morts); les dirigeants sont arrêtés et exécutés (cinquième et sixième partie du roman).

● **Épilogue historique.**

C'est seulement le 21 avril que le Komintern reconnaîtra officiellement la trahison du général Chang-Kaï-Shek, mais la rupture effective entre le Parti communiste chinois et le Kuomintang ne sera consommée qu'en juillet 1927 (voir l'allusion au départ de Borodine, p. 328).

Après avoir trouvé refuge dans son village natal, à quelque trois mille kilomètres de Shanghaï, au cœur d'une Chine rurale, Mao Tsé-toung, l'un des rares dirigeants du Parti communiste chinois ayant échappé à l'impitoyable répression de 1927, décidera de reprendre le combat en s'appuyant non plus sur les ouvriers, les métallurgistes, les cheminots, etc., qui forment les militants et les troupes de base dans *La condition humaine* (bataillons minoritaires, peu représentatifs de l'ensemble de la population chinoise, p. 256-257), mais sur les masses paysannes. Le début d'une autre longue histoire...

2. ASPECTS DU RÉCIT

Titre ▪ Temporalité ▪ Points de vue narratifs ▪ Espaces et lieux ▪ Quelques pistes pour l'étude des personnages ▪ Quelques pistes pour l'étude de l'écriture

Titre

● Voici comment, dans *Les voix du silence* (1951), Malraux lui-même devait expliquer *a posteriori* le titre de son œuvre : « Nous savons que l'homme ne prend pas conscience de lui-même comme il prend conscience du monde ; et que chacun est pour soi-même un monstre de rêves. J'ai conté jadis l'aventure d'un homme qui ne reconnaît pas sa voix qu'on vient d'enregistrer, parce qu'il l'entend pour la première fois à travers ses oreilles et non plus à travers la gorge ; et parce que notre gorge seule nous transmet notre voix intérieure, j'ai appelé ce livre *La condition humaine*. » Que l'homme ne puisse ni s'entendre ni se voir du dehors, que de surcroît il soit fondamentalement « séparé » des autres qu'il ne peut jamais connaître (p. 55-56, 156, 231), tel est, pour l'auteur, le sens premier du titre.

● Ce n'est pas la seule interprétation. Ce titre renvoie également à un très célèbre fragment des *Pensées* de Pascal : « Qu'on s'imagine un nombre d'hommes dans les chaînes, et tous condamnés à la mort, dont les uns étant chaque jour égorgés à la vue des autres, ceux qui restent voient leur propre condition dans celle de leurs semblables, et, se regardant les uns et les autres avec douleur et sans espérance, attendent à leur tour. C'est l'image de la condition des hommes. » Cette « image » de la « condition des hommes » est d'autant plus frappante qu'elle sera très précisément illustrée dans le roman, lorsque Kyo, Katow, Souen et leurs camarades attendent d'être brûlés vifs dans la chaudière d'une locomotive (p. 302-317).

● La formulation la plus proche du titre, nous la retrouvons toutefois dans la bouche de Gisors : « Il est très rare qu'un homme puisse supporter [...] sa condition d'homme » (p. 233), dans un contexte qui, lui, fait référence aux fragments qui, dans les *Pensées*, traitent du « divertissement ».

> *Parce que l'homme ne peut sans angoisse songer à son essentielle misère, parce que l'inactivité absolue l'obligerait à penser à sa « condition faible et mortelle », l'homme ne peut « demeurer en repos dans une chambre » : il s'agite et constamment recherche « le bruit », « le remuement », « le trouble », multiplie les activités qui le distraient, qui l'empêchent de « penser à lui », à son triste sort. Ces « diverses agitations » (la chasse, « le jeu et la conversation des femmes, la guerre, les grands emplois », etc.), Pascal les nomme « divertissement ».*

Reprenant à son compte cette vision pascalienne du monde, Gisors pense que la condition de l'homme n'est supportable qu'à la condition de se fuir, de « toujours s'intoxiquer » (p. 234).

■ **Étudier les diverses formes prises par l'angoisse de la mort et le « divertissement » dans le roman.**

Quoi qu'il en soit de ces diverses interprétations, ce qu'affiche **d'abord** un tel titre, c'est la portée générale, métaphysique du récit : le contexte historique, les problèmes auxquels sont confrontés les insurgés de Shanghaï en 1927 n'épuisent pas la signification d'un roman dont le sujet véritable est « la condition » de **tous** les hommes.

Temporalité

● L'ordre du récit respecte la **chronologie**. Le temps cependant n'est pas inscrit de la même manière dans la troisième et la septième partie, les seules qui soient géographiquement distantes de Shanghaï. En effet, alors que dates et heures sont explicitement signifiées, en marge du texte, dans tous les épisodes ayant lieu à Shanghaï, les indications de temps, diluées dans le corps du récit, sont beaucoup plus vagues lorsque l'action se déplace, quitte la ville, unité de lieu de la tragédie.

■ **Pourquoi une telle différence dans la notation du temps ? Et quelle signification accorder à cette exceptionnelle mise en relief (plus journalistique que romanesque) des indications temporelles dans toutes les parties se déroulant à Shanghaï ?**

● Dans le détail, le traitement du temps (objet des méditations finales de Gisors, p. 342 et suiv.) obéit à une **volonté délibérée de ramasser la durée** : les préparatifs de l'insurrection (première partie), le combat (deuxième partie) et le dénouement du drame (quatrième, cinquième et sixième partie), tout se joue en quelques jours seulement.

❱ La première partie dure le temps d'une nuit : le **21 mars 1927** (de *minuit et demi* à l'aube).

❱ La seconde partie couvre la grève générale et l'insurrection du **22 mars** (de *11 heures du matin* à la nuit, p. 125), jusqu'à la victoire complète (dernières salves du train blindé) des insurgés sur le terrain, *le lendemain, 4 heures* (de l'après-midi, p. 126).

❱ Toute la troisième partie à Han-Kéou, datée du **29 mars**, se déroule la nuit : Kyo arrive le soir (p. 137-139) et les « discussions » politiques sont inséparables de la nuit qui « monte » (p. 141), de « l'ombre » (p. 157, 159) omniprésente.

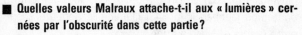

■ **Quelles valeurs Malraux attache-t-il aux « lumières » cernées par l'obscurité dans cette partie ?**

❱ Entre la troisième et la quatrième partie, il y a une ellipse de quelques jours. Kyo a mis « six jours » pour remonter le fleuve jusqu'à Han-Kéou (p. 137) et, après avoir entendu le verdict sans appel de Borodine et de Possoz, il n'a qu'une hâte : « partir » (p. 161) pour retrouver les siens. Il est de retour à Shanghaï dès les premiers jours du mois d'avril pour organiser la résistance, action qui sera brièvement évoquée, mais un peu plus tard dans le récit (p. 201). Le romancier choisit de reprendre le fil de la narration le **11 avril**, à *midi et demi* (p. 165), soit **quelques heures seulement avant** l'attaque des permanences et l'arrestation des dirigeants communistes (voir « Contexte historique »). Ainsi se trouve concentrée la

375

temporalité du **dénouement tragique** : l'élimination des « rouges » est, dans le roman, extrêmement rapide. Le temps se resserre, le récit épouse le film des événements pratiquement heure par heure, sans aucune rupture entre la quatrième partie (le **11 avril**, de *midi et demi* à *10 heures et demie*), la cinquième (le même jour, la nuit tombée, *11 heures 15, 11 heures 30, minuit*, et, sans que soit signalée la date fatale, le 12 avril, de *1 heure et demie du matin* à « la fin de la nuit », *5 heures*) et la sixième (*10 heures, 4 heures, 6 heures*, et la mort de Katow « au milieu de la nuit » ; *le lendemain*, Kyo mort entre Gisors et May : « Dehors, la nuit », p. 317).

▶ Autre ellipse, de quelques mois cette fois, entre la sixième et la septième partie : la fin de l'empire Ferral est décidée à Paris, en *juillet* ; contrastant avec le « printemps pluvieux » (p. 282) de l'insurrection, « l'éblouissement du printemps japonais » (p. 343) illumine la dernière scène entre Gisors et May, à Kobé

■ **Importance et significations des heures, des horloges (cf. p. 128, 160) et des montres dans le roman ?**

● Ce que révèle également cette chronologie, c'est la part essentielle prise par l'ombre, l'obscurité, la nuit. Compte tenu du fait que, dans le roman, le jour se lève vers 5 heures du matin (cf. p. 79, 276) et que le soir tombe vers 18 heures (cf. p. 119, 302), l'**alternance** entre les épisodes diurnes et les épisodes nocturnes se répartit ainsi :

	I	II	III	IV	V	VI	VII
Nuit	p. 9-80	p. 119-125	p. 137-163	p. 216-242	p. 243-276	p. 285-292* p. 302-321	
Jour		p. 81-119 p. 126-135		p. 165-216	p. 276-284	p. 292-302	p. 323-337** p. 337-346

L'heure indiquée par le romancier est 10 heures *(du matin), mais Kyo, dans sa prison, se retrouve littéralement très à « l'ombre », terme qui n'apparaît pas moins de cinq fois en quelques pages (p. 285-292), et que redoublent « obscurité » (3 fois), « obscurs » et « sombre » (1 fois). Autant d'indices qui autorisent à placer cet épisode ténébreux dans l'orbite des scènes « nocturnes ».*

** *Aucune notation, aucun détail qui permette de préciser l'heure à laquelle se déroule la réunion qui scelle la mort du Consortium Franco-Asiatique de Ferral; il est toutefois peu probable qu'une telle assemblée d'officiels, présidée par un ministre, se déroule la nuit.*

De toute évidence, **la nuit l'emporte largement sur la lumière**, et le jour ne domine vraiment que dans la seconde partie qui voit la victoire des insurgés. Et encore convient-il de noter que le 22 mars, le ciel est « bas » et « gris » (p. 95, 98, 126); le soleil fait une timide, tardive et très « provisoire » (p. 129) apparition *le lendemain*, lors du siège du train blindé (p. 129, 131). Mais très vite, l'obscurité, la brume et les ténèbres cernent les irréductibles « rouges ».

- Détailler et dégager la fonction symbolique de cette montée de la nuit et du brouillard dans le destin des insurgés.
- Montrer que, dans les deux passages consacrés aux prisonniers (p. 285-292 ; 302-317), l'ombre est associée à l'abjection, à la « part immonde » (p. 292) de l'homme.
- Seule l'extrême fin du roman (à Kobé) est « saturée de soleil » (p. 346 ; comparer avec la nuit du 21 mars, « nuit saturée d'eau », p. 28). Comment comprendre, dans ce roman noir, l'intrusion de toute cette lumière ? Et dans quelle mesure cette débauche de clarté oriente-t-elle implicitement le sens de l'épilogue ?

Points de vue narratifs

● Dans *La condition humaine*, sans rien perdre des privilèges que s'arroge le narrateur omniscient, l'auteur a cependant très souvent choisi de ne donner des faits que la vision qu'en pouvait prendre l'un des protagonistes.

 ▶ **Le point de vue omniscient** : comme Balzac ou Zola, Malraux s'octroie l'exorbitant privilège de sonder les « profondeurs » psychologiques de ses personnages, de pénétrer leurs pensées les plus secrètes : c'est ainsi que le lecteur prend connaissance des réflexions de Tchen avant le meurtre (p. 9-14), des souffrances jalouses de Kyo (p. 51-56), des méditations de Gisors (p. 66-74), des souvenirs douloureux qui s'imposent à Katow lorsque le combat est imminent (p. 75-76), du déchiffrage (en pensée et entre parenthèses) par Ferral des discours officiels mensongers (p 328 et suiv.), etc.
- Le narrateur omniscient entre peu, très peu, dans la

conscience de certains personnages essentiels. Lesquels, et pourquoi?

▶ **Le point de vue subjectif des personnages** : tout en ne refusant pas les facilités offertes au narrateur omniscient, Malraux s'est toutefois efforcé de raconter de nombreux épisodes en respectant assez strictement le point de vue des acteurs « en situation ». Par exemple, des combats de rues qui se déroulent le 22 mars, le lecteur ne voit et ne sait que ce peut en voir et en savoir Tchen puisque c'est au travers du « champ de vision » (p. 98) de celui-ci que se trouve narrée la conquête de la ville par les insurgés.

■ Dégager le rôle et la fonction de ces « restrictions de champ » dans la relation de deux assauts qui se répondent : l'attaque des postes de police par « Tchen et son groupe » (p. 92-110), et l'attaque des permanences communistes par les « bleus » (siège vu de l'intérieur, à travers le regard d'Hemmelrich, p. 276-284).

● Ce choix délibéré d'épouser la vision des personnages engage bien évidemment le sens du roman.

▶ Dans le cadre de la lutte historique engagée à Shanghaï, les **angles morts** inséparables du « champ de vision » de chacun des différents personnages mettent en relief cette évidence qu'il n'existe aucune vue surplombante (hors situation) d'un conflit, que la maîtrise du cours des événements historiques est une illusion à perdre (ce dont devra convenir amèrement Ferral). Fabrice ne voit rien à Waterloo (*La Chartreuse de Parme*), Tchen ne voit qu'une partie du combat : les murs les toits, la fumée arrêtent son regard, « l'empêch[ent] de voir » (p. 99), et son point de vue n'est qu'un point de vue (ni Kyo ni Vologuine, et l'un et l'autre pour des raisons différentes, ne partagent sa vision des choses); Ferral, l'homme puissant, ne peut que subir et enregistrer d'abord l'organisation, la force, la détermination d'opposants qu'il ne connaît pas (p. 119).

■ **Kyo est de tous les révolutionnaires le chef le mieux informé (p. 44), mais nombreuses aussi sont ses ignorances. Lesquelles? Montrer que, dans *La condition humaine*, la vision partielle et partiale des personnages traduit une certaine vision, relativement pessimiste, de l'Histoire.**

▶ Cela étant, **la question et la distribution des points de vue** — Qui voit? Qui est vu? Dans une séquence mettant en scène plusieurs personnages, quel est le regard dominant, qui le romancier choisit-il de privilégier? Etc. — livrent des informations et des significations essentielles, comme le montre ce simple tableau :

Première partie 21 mars	Point de vue dominant	Deuxième partie 22 mars	Point de vue dominant
Minuit et demi	Tchen	*11 heures du matin*	Ferral
Une heure du matin	Tchen, puis, dans l'ordre : Kyo, Katow, Kyo	*1 heure après-midi*	Tchen

4 heures du matin	Gisors	5 heures	Ferral
4 heures et demie du matin	Katow (et Kyo, p. 80)	le lendemain, 4 heures	Kyo (Tchen et Katow)

Les insurgés ont le **monopole** de l'action et de la vision **avant** le combat (première partie); dès que celui-ci est engagé, ils **perdent** textuellement le **contrôle total** des opérations : la répartition des points de vue est **égale** entre les adversaires (deuxième partie). Plus significatif encore : la victoire des insurgés sert aussi, et **contradictoirement**, les desseins du Président de la Chambre de Commerce française qui profite habilement des nouvelles transmises par le téléphone pour faire pression sur Liou-Ti-Yu (p. 114 et suiv.); les informations (« La gare du Sud est tombée », « Les ponts sont pris », « Les casernes sont bloquées »...), inquiétantes pour son interlocuteur, sont le meilleur argument de Ferral pour contraindre la bourgeoisie chinoise à aider financièrement Chang-Kaï-Shek; et c'est ainsi que « les progrès de l'insurrection » (p. 110) génèrent la réaction, fomentent leur propre défaite future...

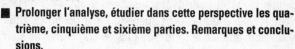
Prolonger l'analyse, étudier dans cette perspective les quatrième, cinquième et sixième parties. Remarques et conclusions.

▶ Ferral ne connaît pas Valérie (p. 120), Kyo, qui ne reconnaît pas sa propre voix (p. 21, 32, 47), ne connaît pas May (p. 54 et suiv.), Gisors ignore qui est son fils (p. 67-69, 320), etc. La **conscience de chaque homme**

381

est imperméable, aussi murée que le train blindé dont Kyo, Katow et Tchen suivent l'agonie **du dehors** : impossible de partager les angoisses des prisonniers de cet immense cercueil sur rail — seul Katow, parce qu'il a des « souvenirs », peut, en partie seulement « imaginer » leur sort (p. 134)

■ S'il est vrai qu'« une technique romanesque renvoie toujours à la métaphysique du romancier » (J.-P. Sartre, *Situations I*, Gallimard, 1947), établir comment les bornes imposées aux « champs de vision » des personnages sont remarquablement accordées au thème majeur de la solitude, de l'incommunicabilité entre les êtres humains.

Espaces et lieux

● Cinq parties (I, II, IV, V, VI) ont pour cadre Shanghaï; la troisième partie se déroule à Han-Kéou, la septième et dernière à Paris et à Kobé.

◗ **Han-Kéou** : port et ville industrielle aux mains des communistes, Han-Kéou occupe dans la tragédie de 1927 la place traditionnellement dévolue aux **dieux lointains** qui décident, tout « là-haut », du sort des hommes. Pour Ferral et la bourgeoise chinoise, **là** est la puissance, le danger (p. 119); pour Kyo et les siens aussi, « il y a Han-Kéou », ville à laquelle est suspendu leur destin (p. 128). Mais alors que sur le terrain de **l'ici** les communistes sont victorieux, les nouvelles qui parviennent de « là-bas » sont peu rassurantes. Le « gouvernement de Han-Kéou » a donné l'ordre de rendre les armes (p. 131-132); les « rouges » se sentent trahis, « volés » (p. 129) : « Peut-être l'ennemi était-il plus près d'eux, chez eux » (p. 129).

Kyo, en un voyage plus rituel que réaliste (rien ne justifie vraiment le déplacement « physique » du chef de
l'insurrection qui, par téléphone, aurait pu se voir infliger
exactement la même leçon de discipline), va « remonter »
jusqu'au pouvoir, ou, plus exactement, jusqu'à un porte-
parole de l'Internationale (il ne rencontre pas Borodine
mais seulement Vologuine, un intermédiaire patenté, un
représentant zélé et gras « tassé dans son fauteuil »),
pour apprendre la condamnation sans appel de sa position. Enchaînements, relais et tribulations du destin historique : Kyo et ses camarades « dépendent » du « gouvernement de Han-Kéou », lequel dépend d'un autre
« là-bas », de Moscou. Long, très long, trop long est le
chemin de Moscou à Shanghaï (p. 142).

▶ **Paris** : c'est là qu'est décidée la mise à mort de
« l'œuvre » (p. 327, 336) de Ferral, « conquérant » dont
les affaires sont très tributaires de l'État français (p. 89-91,
217-219).

■ **Montrer que, dans le sort réservé à l'action de Ferral en
Chine, Paris joue sensiblement le même rôle que Han-Kéou
pour Kyo.**

▶ **Kobé** : ce port, cette ville industrielle du Japon **surgit**
comme un lieu totalement arbitraire. Alors que Paris et
Han-Kéou sont dans la ligne du récit, aucune amorce,
aucune nécessité romanesque ne motive l'apparition de
cette cité sous le soleil, **totalement** extérieure aux événements.

■ **Quelle vous semble avoir été l'intention du romancier en
choisissant une ville sans lien avec le drame qui s'est
déroulé à Shangaï?**

● Outre Shanghaï et Han-Kéou, quelques autres villes sont évoquées dans le roman : Nankin (p. 27), Canton, Tientsin, Swatéou (p. 69), Hong Kong (p. 91), Chang-Cha (p. 160)... Ce sont toutes des villes industrielles et des ports (cf. *notes*, p. 347 et suiv.).

■ **Quel est le sens historique et politique (voir la formation et l'action de Kyo, p. 69-70) de l'évocation de tous ces noms ?**

● Le roman achevé, quelle idée nous faisons-nous de **Shanghaï** ? Persistent l'image vague d'une ville surpeuplée au ciel brouillé, aux ruelles et aux impasses mouillées, l'image d'un port actif continûment habité par le cri des sirènes (c'est le bruit de fond du roman, p. 13, 14, 24, 28, 31... L'absence de sirènes à Han-Kéou souligne la mort du port, p. 157), ainsi que celle d'un important nœud ferroviaire (gares et trains sont de cruciaux enjeux stratégiques), et, surtout, l'image d'une ville divisée : d'un côté, la ville chinoise commerçante et les quartiers industriels misérables (Tchapéï et Pootung, p. 24-26) ; de l'autre, séparés par des armes (p. 16), des barrières, des barbelés et des passeports (p. 24-25, 28), « les concessions, les quartiers riches » (p. 24).

▶ Les notations réalistes, les clichés exotiques (p. 82, 138, 225, 226) sont très rares, et Malraux ne se soucie guère de nous livrer le « plan » (p. 24-25) de la ville. Dans cette nébuleuse urbaine, un seul point de repère stable et récurrent : l'avenue des Deux-Républiques, **frontière** entre deux mondes contrastés, la vieille ville chinoise et la concession française. Les autres rues, indifférenciées, n'ont pas de nom (une seule exception : Nankin Road, dans la concession internationale, p. 237).

384

■ Quelles interprétations donneriez-vous de cette relative abstraction de la ville ?

■ La ville de Shanghaï, décor de roman noir.

■ « La ville est ce qu'il y a de plus social au monde, l'emblème même de la société. » Dans quelle mesure le roman illustre-t-il cette réflexion de Garine dans *Les conquérants* ?

■ Petites boutiques et « grands hôtels » (p. 84) pullulent dans *La condition humaine*. Dégager la valeur sociologique et symbolique de ces lieux, significatifs de deux univers nettement séparés.

■ Ferral et Kyo habitent une « maison » (p. 44, 92) dans la concession française ; Hemmelrich loge au-dessus d'un « magasin pouilleux » dans la ville chinoise (p. 17). On ne sait où habitent Tchen et Katow. Quel peut être le sens de ce « manque » d'informations ?

▶ Constamment, les personnages passent du **lieu ouvert** qu'est la rue **aux lieux clos** que sont les boutiques, les maisons ou les hôtels, comme en témoigne idéalement le début du roman : Tchen assassine un trafiquant d'armes dans un hôtel situé dans la concession française (p. 9-16) ; il sort, prend un taxi jusqu'aux limites de la concession, puis pénètre à pied dans la ville chinoise (p. 16-17). Là, il entre dans un magasin de disques où se trouvent ses camarades Kyo, Katow, Hemmelrich. Le compte rendu de sa mission achevé, il ressort (p. 20). Peu de temps après, Kyo et Katow sortent à leur tour, puis se séparent. Kyo rentre dans la concession française, prend un taxi pour se rendre au *Black Cat*, où il trouve Clappique. Les deux hommes sortent, « l'affaire » est traitée dehors. Katow pendant ce temps, après avoir marché dix minutes, se rend dans un *tchon*, une chambre où l'on prépare l'insurrection (p. 38-42). Il rassure, conseille, puis repart, et attend Kyo dans une ruelle de « la cité chinoise » ; tous deux reprennent leur marche (p. 42) avant d'entrer dans une boutique de « marchands de poissons » (p. 42-43). Renseignements pris, ils ressortent, reprennent leur marche. « Encore l'avenue des Deux-Républiques. Taxi » (p. 43). Kyo rentre chez lui (p. 44). Longues scènes d'intérieur avec Gisors et May (p. 44-57) avant que Kyo ne règle Clappique dans le jardin (p. 56-57) et ne reparte avec Katow, « une fois de plus » (p. 58).

■ Poursuivre l'analyse. Remarques et conclusions.

■ Intérieur/extérieur. Dégager l'aspect cinématographique de la construction de ces séquences narratives.

Quelques pistes pour l'étude des personnages

● Dans ce roman foisonnant se déroulant en Chine, on ne peut que constater l'**absence de protagonistes chinois**. Si Kyo et ses camarades luttent pour « donner à chacun de ces hommes que la famine, en ce moment, faisait mourir comme une peste lente, la possession de sa propre dignité » (p. 70), ces hommes surexploités (p. 24-26) demeurent à l'arrière-plan du récit (significativement, le narrateur ne leur accorde d'ailleurs jamais le droit d'être « le » point de vue de telle ou telle séquence), l'« invisible foule » chinoise (p. 26) demeure « invisible ». Dans *La condition humaine*, **tous** les cadres de l'insurrection sont « russes ou européens » (voir les propos de Martial, p. 113).

386

■ Faire le relevé de tous les Chinois qui apparaissent dans le roman. Montrer qu'il ne s'agit que de comparses, de simples figurants. Comment peut-on expliquer ce parti pris du romancier ?

■ Établir la carte d'identité (nom, prénom, nationalité, ascendants) des principaux personnages. Conclusions.

■ Historiquement, en 1927, l'insurrection fut organisée par des cadres chinois (dont Chou En-laï, Liu Shao-chi et Mao Tsé-toung). Pourquoi ceux-ci sont-ils donc absents du roman ?

● *La condition humaine* n'est pas le roman d'un individu, le conflit ne tourne pas au combat des chefs (Kyo et Ferral ne se retrouvent jamais face à face !). C'est que **le conflit oppose des groupes**, des « puissances ».

■ Quelles sont les « puissances » derrière Ferral ? derrière Kyo ? Que symbolisent-elles ?

Reste que le roman, nécessairement, **isole et privilégie** quelques **figures emblématiques** dans l'un et l'autre camp et que les rapports de forces, les **enjeux politiques** permettent, très schématiquement (mais il est bien d'autres axes de lecture possibles) de **classer les principaux personnages en trois groupes essentiels**.

◗ **Les opposants à l'insurrection** : Ferral, Martial et König.

Ferral : il est de la « race » (p. 323) des hommes orgueilleux et dominateurs (p. 85) qui « savent agir » (p. 90) et faire agir (p. 85, 89-90). Ambitieux, avide de « reprendre le jeu politique » (« là était le pouvoir », p. 91), Ferral « vise la France », et Paris (p. 89-91). Or, « le développement d'affaires aussi vastes [que le Consortium]

387

était inséparable des gouvernements » (p. 89), et le
« conquérant » qui « n'avait jamais attendu de considération que de sa force » (p. 327) se retrouve « vulnérable »
(p. 89), « dépendant » de « forces économiques » (p. 118-
119) et politiques (p. 89-91, 119, 217-219) qui le condui-
ront à prononcer lui-même le verdict fatal (p. 337).

■ **Ferral, qui ferait volontiers fusiller les insurgés (p. 119),
contribue à la mort de Kyo. En dépit de ce rôle répulsif
(dans un roman d'aventures, Ferral remplirait le rôle du
« méchant » de service), le personnage est loin d'être
« noir ». Visiblement, le romancier lui accorde une certaine
estime. Dans quels passages? À quoi peut-on attribuer
cette bienveillance de l'auteur?**

■ **Montrer comment les impératifs du marché et le jeu des
« puissances », la mondialisation des problèmes (qu'ils
soient politiques ou économiques) marquent la fin des
aventuriers, des « grands individualistes » (p. 330).**

■ **Tout distingue *a priori* Ferral et Kyo. Pourtant, dans leur
« domaine » (p. 47) respectif, ceux-ci se trouvent confrontés
aux mêmes « contraintes enchevêtrées » (p. 219). Étudier
dans le détail les corrélations (faire un sort particulier au
verbe « dépendre ») qui « rapprochent » textuellement le
président de la Chambre de Commerce française et le chef
des insurgés.**

■ **Importance, valeur et fonction de l'érotisme dans la vie privée de Ferral.**

Martial (p. 82-88, 110-114) : comme Vologuine, ce
directeur de la police française a tout du subalterne qui ne
sait rien, ne décide de rien, et qui se flatte de comprendre
une situation qu'il ne sait lire.

■ **Montrer que, dans les deux scènes où il apparaît, Martial** sert surtout de faire-valoir à la force, à la lucidité, à la supériorité de Ferral.

König (p. 271-276, 292-296) : à la différence d'un Martial, fonctionnaire qui se contente de faire assez indifféremment le métier pour lequel on le paie, le chef de la sûreté de Chang-Kaï-Shek a des comptes personnels à régler avec les communistes. Comme Hemmelrich, König a la haine de ses humiliations subies (p. 273-274), et, tout comme Tchen, il est hanté par le meurtre qui donne sens à sa vie (p. 273-274).

■ Entre König et Kyo, l'interrogatoire est « singulier » (p. 294). Pourquoi ? Qu'est-ce que le lecteur comprend que ne comprend pas Kyo ?

■ « "Qu'appelez-vous la dignité ? — Le contraire de l'humiliation", dit Kyo » (p. 294). Dans quelle mesure cette repartie illustre-t-elle le combat des révolutionnaires ?

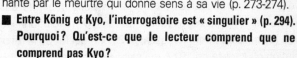

▶ **Le groupe des insurgés** : Kyo, Katow, Tchen, May, Hemmelrich.

Kyo : l'homme indispensable, l'organisateur de l'insurrection (p. 44) est un personnage relativement abstrait (son visage seul nous est connu, p. 17-18, 53). De la « race » des chefs, convaincu que les idées doivent non « être pensées, mais vécues », Kyo a choisi l'action (p. 69), et délibérément décidé de mettre son courage, sa lucidité, son savoir et son intelligence au service des « siens », de tous ceux qui n'ont rien et ne sont rien (p. 69-70, 233-234). Il mourra comme il a vécu : avec « dignité » (p. 309-311).

■ « Pourquoi est-il communiste, d'abord, celui-là [Kyo] ? » se demande König (p. 272). Le roman répond-il à cette question ? Si oui, comment ? Si non, pourquoi ?

■ Étudier comment, tant dans sa vie privée que dans son activité de militant révolutionnaire, Kyo se veut être un héros cornélien, totalement « maître » de ses actes, de ses « pensées haineuses ou basses » (p. 53), de sa vie.

■ Montrer que, dans *La condition humaine*, Kyo, incarnation d'un nouveau type de héros, apparaît *également* comme l'héritier d'une longue lignée de preux, comme le chevalier sans peur et sans reproche des temps modernes.

Katow : le grand frère d'armes (en 1905, Katow est étudiant en médecine ; en 1927, il a donc quarante ans environ). « Par les souvenirs » (p. 213), ce révolutionnaire de la première heure (Odessa, p. 20, 41) qui fut de la révolution d'Octobre en 1917, qui sait ce qu'est la mort (p. 19) pour l'avoir regardée en face déjà (p. 75-76), qui a déjà connu le bagne et déjà fait montre de son sens de la fraternité révolutionnaire (p. 41, 214), « comprend » — mieux que Kyo, héros trop lisse, trop parfait — les angoisses de Tchen (p. 20), la terreur des soldats prisonniers du train blindé (p. 135), ou encore la haine impuissante d'Hemmelrich (p. 210 et suiv.).

■ Comparer la mort de Kyo (p. 309-311) et la mort de Katow (p. 311-317) ; montrer que leur mort leur ressemble.

■ Relativement décrit, Katow est pour le lecteur un personnage nettement plus vivant et plus « visible » que Kyo. Le montrer. Au nombre des caractérisations de Katow, il y a son « allure », sa « démarche ». Katow est un homme qui « se lève » et qui « marche », qui veut mourir debout (p. 315-317). Quel sens donner à ces détails ?

Tchen : il lutte pour les mêmes raisons que Kyo (p. 171), sans accepter cependant les lenteurs du temps, les temporisations stratégiques de la *realpolitik* (p. 127-130). Fasciné par le meurtre — geste rituel instantané et radical —, mystique livré à l'extase de « l'instant » (p. 153-155), « avide de donner un sens immédiat à l'individu sans espoir » (p. 239), Tchen décide de tuer Chang-Kaï-Shek *sitôt* après avoir pris connaissance des atermoiements et des compromissions légitimées par la ligne de l'Internationale.

■ **Montrer dans le détail comment le roman associe Tchen et la nuit (p. 16, 153-155, 238-242), et analyser la portée symbolique de cette conjonction.**

■ **La « première éducation de Tchen » est longuement évoquée (p. 67-69). Dans le roman, c'est le seul personnage qui ait droit à cette longue plongée dans le passé. Comment peut-on l'expliquer ? Dans quelle mesure cette remontée dans le temps permet-elle de rendre compte de la psychologie du Tchen terroriste ?**

■ **Sur le plan politique, qu'est-ce qui oppose Kyo, Tchen, Vologuine et Gisors ? Comment cette opposition traduit-elle *aussi* un rapport spécifique au temps ?**

May : la militante (cf. ses premières paroles, p. 49) ; elle épouse sans réserves le point de vue de Kyo qu'elle tient absolument à accompagner jusqu'au bout dans sa lutte.

■ **Lors de leur première discussion (p. 49 et suiv.), May fait observer à Kyo que ce qu'il dit est une « idée masculine » (p. 51), que ses propos sont des « idées d'homme » (p. 54). Quelles idées « féminines », voire féministes, May défend-elle dans ce combat pour la dignité où les femmes apparaissent oubliées, bien maltraitées (p. 200) ?**

Hemmelrich : le type même de l'homme ligoté, « empoisonné » par une « vie atroce » (p. 184) qui voit dans l'action révolutionnaire le moyen de libérer sa haine, de briser ses chaînes. Quoiqu'il soit européen, Hemmelrich, associé à un Chinois (cf. l'enseigne du magasin de disques : *Lou-You-Shuen et Hemmelrich, phonos*, p. 17), marié à une Chinoise (p. 183-186), misérablement logé dans la ville chinoise et sans autre espoir que d'attendre de « crever » (p. 184-185, 338), **incarne** tous ceux que le roman ne fait qu'évoquer (l'« invisible foule », p. 26 ; « la foule écrasante des coolies, p. 60), **tous « les damnés de la terre »**.

■ **Analyser dans cette perspective la portée symbolique de la biographie (p. 183-186), de la « délivrance » (p. 283) et du testament (p. 338) de ce personnage.**

❱ **Les personnages en marge du conflit** : Gisors, Clappique, Valérie et Kama.

Gisors : bien qu'ayant « formé le meilleur des cadres révolutionnaires de la Chine du Nord », le père de Kyo « ne particip[e] pas à l'action » (p. 45) ; si sa pensée ne cherche plus qu'« à justifier l'action de son fils » (p. 70), le fait est qu'il ambitionne bien moins de transformer le monde que de s'en délivrer. Et ce n'est pas un hasard si, pas plus que Clappique, ce personnage **au-dessus de la mêlée** n'apparaît pas dans la seconde partie du roman : le vieux Gisors a déserté le combat, s'est éloigné du marxisme qu'il a professé (p. 71), et quête désormais la sérénité dans l'intoxication par l'opium, l'art et la contemplation (p. 73-74). Très logiquement, après la mort de Kyo, il reviendra à son « premier métier » : « professeur [...] d'histoire de l'art occidental » (p. 340).

■ **Étudier les relations entre Gisors et son fils Kyo.**

■ **Gisors, Clappique, Kama, et la tentation de l'art.**

Clappique : original, marginal, le fantaisiste baron de

Clappique apparaît quelque peu **déplacé** dans l'univers sérieux, grave, de *La condition humaine*. Personnage qui s'est imposé au romancier, personnage « surgi » (l'expression est de Malraux), Clappique n'est pas absolument nécessaire à l'intrigue ; sans feu ni lieu, intermédiaire irresponsable (il ne sait pas ce qu'il fait quand il accepte la proposition de Kyo ; cf. p. 274), il n'est pas même coupable de la mort de Kyo (le baron n'eût-il pas joué, Kyo aurait quand même été arrêté puisque celui-ci n'avait guère « l'intention de filer », p. 198).

■ Cela étant, pourquoi l'auteur accorde-t-il tant de pages à ce « bouffon », « parasite » (p. 264-265) excentrique au beau milieu de personnages rivalisant d'héroïsme et de grandeur ? Comment expliquer un tel traitement de faveur ? Quelles fonctions essentielles remplit donc ce « mythomane » ?

■ Clappique a toujours « l'air déguisé » (p. 30). Il n'est pas le seul : nombreux sont les déguisements dans le roman. Dresser l'inventaire de tous les « costumes », déterminer leurs fonctions et significations.

Valérie, Kama : à mille lieues de l'arène politique, Valérie parce qu'elle vit à des années-lumière de l'univers des coolies, des ouvriers, des cheminots et des dockers, dans le « pays des merveilles » des nantis (argent et mondanités, palaces et voyages), Kama parce qu'il vit ailleurs, dans le monde serein de l'art (p. 194-197).

Quelques pistes pour l'étude de l'écriture

L'attaque du roman donne le ton de l'œuvre. Sans aucun préambule, le lecteur est brutalement jeté dans la conscience d'un personnage sur le point de tuer un « corps » qui dort. Il est assez évident que, dans *La condition humaine*, l'auteur ne néglige ni les thèmes **ni les « tics » d'écriture** du roman policier, d'aventures ou d'action

● **Ellipse.**

L'une des règles premières de ce genre de récits, c'est l'élimination des longues périodes, le recours à l'ellipse, aux phrases minimales, nominales : « à gauche, tout rond Lou-You-Shuen; la tête de boxeur crevé d'Hemmelrich, tondu, nez cassé, épaules creusées » (p. 17); « Boulevards déserts, ombres de petits marchands, leur boutique en forme de balance sur l'épaule... » (p. 28); « Ils sortirent, reprirent leur marche. Encore l'avenue des Deux-Républiques. Taxi. La voiture démarra à une allure de film » (p. 43).

■ **De telles phrases ne sont pas rares dans *La condition humaine*. Repérer et isoler ce type de phrases dans deux ou trois séquences contrastées du roman. Dans quels passages les trouve-t-on essentiellement, et pourquoi ? Quels effets visent-elles ?**

● **Description.**

Dans un roman de Balzac, la description suspend le récit; les lieux sont observés par un narrateur omniscient qui prend le temps de détailler le décor qui sert de cadre au récit. Rien de tel chez Malraux. Dans *La condition humaine*, soit les descriptions sont très sommaires (cf. la maison de Gisors, p. 44, le studio de Ferral, p. 110, ou encore la salle de bar du petit hôtel Grosvenor, expédiée en... cinq mots : « noyer poli, bouteilles, nickel, drapeaux », p. 165), soit elles sont prises en charge par le regard d'un acteur (cf. « Points de vue narratifs »).

■ Étudier comment les descriptions relativement longues sont intégrées au récit (« narrativisées ») dans *La condition humaine*, et comment elles contribuent indirectement à caractériser les personnages (le peuple chinois de Kyo n'est certes pas celui que voit Ferral !).

■ Travail d'équipe : relever les passages descriptifs, noter leur répartition, les comptabiliser, sans omettre de les rapporter au point de vue qui les organise, et ce de façon à établir assez précisément combien de « descriptions » (évaluées en pages ou en lignes) dépendent de Tchen, de Kyo, de Gisors, etc. Résultats et conclusions d'un tel bilan (extrêmement éclairant).

● Dialogue.

Dans un roman où les mots sont aussi des armes, les dialogues visent à l'efficacité. Si Clappique soliloque et bavarde sans retenue (p. 30 et suiv.), les révolutionnaires sont plutôt laconiques (p. 17 et suiv.), et le roman oppose le verbe bref des « rouges » aux discours tortueux et verbeux de leurs adversaires.

■ Étudier les échanges de paroles, leur longueur, leur distribution, leurs fonctions dans le roman. Quels sont les personnages les plus loquaces, les plus taciturnes ? En quoi le rapport à la parole est-il révélateur de la personnalité des différents protagonistes ?

■ Dans *La condition humaine*, rares sont les dialogues « purs », réduits aux seuls propos échangés (cf. p. 38-40) ; le plus souvent, les répliques sont entrecoupées de passages

narratifs (parfois très longs; cf. p. 50 et suiv.). Étudier, éva-
luer et expliquer cette insertion du récit dans les parties
dialoguées.

3. THÉMATIQUE

Fatalité et volonté ▪ Solitude et fraternité ▪ Prisons et prisonniers ▪ Humiliés et offensés ▪ Visages et images de femmes

Fatalité et volonté

Comme le suggère le titre, tous les personnages de ce roman engagés dans une action historique datée et localisée (Shanghaï, mars 1927) sont la proie de problèmes éternels, métaphysiques (la solitude, la mort, le destin, l'indifférence du ciel, etc.).

● La **mort** est la concrétisation première, récurrente et incontournable, de la misère et de la fragilité humaines. De ce point de vue, la célèbre ouverture du roman — le meurtre par Tchen d'un « corps » endormi — donne la clé (au sens musical du terme) du récit : **l'homme est d'abord une « chair » faible, « vulnérable »** (le roman redonne au mot son sens étymologique), et lorsqu'il frappe cette « chair d'homme », Tchen entre dans le royaume des ombres tentaculaires pour n'en plus jamais ressortir : sa propre mort (p. 238-242) ne fera que sceller l'obscur pacte noué dès les premières pages. Mais le suicide fascine également Clappique, Gisors, et l'**hécatombe finale** est là qui souligne la **banalité** des meurtres et des morts.

■ Formes et figures de la mort dans *La condition humaine.*

■ L'homme est « vulnérable », infiniment « fragile » (cf. la réflexion d'Hemmelrich, p. 281), souvent mutilé. Faire

l'inventaire des stigmates (König, Katow) et des blessures (reçues ou infligées) dans le roman. Qu'en conclure?

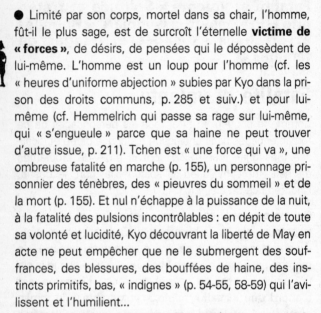

● Limité par son corps, mortel dans sa chair, l'homme, fût-il le plus sage, est de surcroît l'éternelle **victime de « forces »**, de désirs, de pensées qui le dépossèdent de lui-même. L'homme est un loup pour l'homme (cf. les « heures d'uniforme abjection » subies par Kyo dans la prison des droits communs, p. 285 et suiv.) et pour lui-même (cf. Hemmelrich qui passe sa rage sur lui-même, qui « s'engueule » parce que sa haine ne peut trouver d'autre issue, p. 211). Tchen est « une force qui va », une ombreuse fatalité en marche (p. 155), un personnage prisonnier des ténèbres, des « pieuvres du sommeil » et de la mort (p. 155). Et nul n'échappe à la puissance de la nuit, à la fatalité des pulsions incontrôlables : en dépit de toute sa volonté et lucidité, Kyo découvrant la liberté de May en acte ne peut empêcher que ne le submergent des souffrances, des blessures, des bouffées de haine, des instincts primitifs, bas, « indignes » (p. 54-55, 58-59) qui l'avilissent et l'humilient...

■ **Relever dans la biographie des personnages essentiels tous les éléments qui trahissent l'empire, la fatalité des incontrôlables « forces » nocturnes, « immondes ».**

● « J'ai appris aussi qu'une vie ne vaut rien, mais que rien ne vaut une vie », déclare Garine dans *Les conquérants*. Propos auquel Kyo, Katow, Tchen et tous les insurgés souscrivent « absolument ». À la vision antique et pascalienne de la destinée (notre sort commun est réglé « là-haut ») s'oppose le point de vue moderne des révolutionnaires : **l'homme est le destin de l'homme**, il n'y a pas la condition humaine, mais des conditions humaines, et le scandale des scandales n'est peut-être pas tant que l'homme doive « fatalement » mourir, mais que certains meurent bien plus tôt que d'autres, et ce non par décret de dieux lointains (et irresponsables ou indifférents), mais parce que **la mort travaille le social**. De fait, « le peuple de l'ulcère, de la scoliose, de la famine » (p. 24) a, statistiquement, une espérance de vie **socialement** courte : « Les hommes de son groupe attendaient. C'étaient des ouvriers des filatures, vêtus de toile bleue. [...] Tous rasés, tous maigres, — tous vigoureux : avant Tchen, la mort avait fait sa sélection » (p. 92-93). La situation du coolie, des ouvriers et ouvrières des filatures « dépend » d'autres hommes, de « puissances » terrestres, non célestes, et le sens de l'action de Kyo et de ses camarades d'armes est tout entier dans la volonté de **faire passer la « volonté », la « dignité », et donc la « liberté », avant la « fatalité »** (p. 143). Ainsi que le souligne May dans l'épilogue, **ci-gît le testament** véritable des martyrs de février et de mars 1927 à Shanghaï. Kyo, Katow et les leurs sont morts en **hommes libres écrasés par des « fatalités économiques »** (p. 150), politiques et historiques, mais ils ont à jamais prouvé que **l'homme peut infléchir le cours du monde**, un destin (p. 49, 120) qui relève en partie de l'homme : « Les nôtres n'oublieront plus qu'ils souffrent à cause d'autres hommes, et non de leurs vies antérieures » (p. 340)...

■ Montrer que la lutte des révolutionnaires est un « anti-destin ».

■ Étudier l'épilogue. Analyser dans le détail comment May, qui continue la lutte, et Gisors, qui prône une sereine

399

morale du « détachement », qui se réfugie dans la contemplation de l'intemporel et jette le doute sur l'efficacité de
toute action, illustrent les deux faces du destin mobilisées
dans le roman. À quel personnage Malraux donne-t-il
l'avantage? Pourquoi? Est-ce équitable? Et que pensez-
vous du parti pris de l'auteur?

Solitude et fraternité

Que l'homme soit fondamentalement seul, c'est une idée
qu'imposent les premières pages du roman à travers la
vision du monde de Tchen que le meurtre sépare des
hommes (p. 12), voue à une « terrible solitude » (p. 18).
Ayant lié son sort à tous ceux qui souffrent (p. 171), Tchen

est solidaire de ses camarades « ouvriers », mais « pas
assez » (p. 107) : « Il [Kyo] était des leurs » (p. 70), « Il
[Tchen] n'était pas des leurs » (p. 93). Les terroristes font
« partie d'un groupe » (p. 156), Tchen non : l'attaque avec
Souen et Pei ayant échoué (p. 170-182), il agira (p. 192) et
mourra seul (p. 238-242).

■ Cette conscience de la solitude affecte plus ou moins tous
les protagonistes. Relever les passages qui relèvent de ce
thème, et observer leur attribution : quels sont les personnages fortement marqués par la solitude, quels sont ceux
que la solitude n'atteint pas, ou pratiquement pas? Quels
enseignements peut-on tirer d'une telle distribution du
thème?

La solitude cependant n'est pas une fatalité : même si
la jalousie fait momentanément de May une inconnue
(p. 56), même si les autres hommes ne le connaissent
que dans ses actes (p. 58-59), Kyo lutte pour les « siens »

(p. 70) ; il ne meurt pas seul, mais « parmi ceux avec qui il aurait voulu vivre » (p. 310). Au nombre des communistes qui attendent la mort dans le préau se trouve Souen qu'habite le même sens de la fraternité : « Je ne veux pas faire la Chine, dit Souen, je veux faire les miens avec ou sans elle. Les pauvres. C'est pour eux que j'accepte de mourir, de tuer. Pour eux seulement... » (p. 187).

■ **Faire l'inventaire des passages qui traduisent ce sens de la fraternité. Étudier plus particulièrement le personnage de Katow qui se montre « plus fort que la solitude » (p. 313).**

Prisons et prisonniers

● Les insurgés vivent et meurent à Shanghaï, cité **unité de lieu de la tragédie**. La mort est dans les rues (comme le laitier fait sa tournée, p. 80, le bourreau s'y promène tous les matins, p. 29 ; cf. également, p. 296-297), la haine et la violence couvent : cette **grande ville** divisée et sous les armes (des barbelés, des automitrailleuses et les « troupes de huit nations » protègent les concessions, p. 16, 28) est la **grande geôle** (rester à Shanghaï, c'est mourir, p. 198) qui englobe toutes les autres « petites » prisons du roman. C'est ainsi que dans la seconde partie, à la voiture de Ferral « encastrée dans le mouvement de la foule chinoise » (p. 82), cernée (des « désespoirs ahuris [...] venaient battre les vitres de son auto ! », p. 89), puis arrêtée (p. 91), fait symboliquement écho le train blindé, « immobile, mort » (p. 126), « armure prisonnière » (p. 135), imposant tombeau de soldats incarcérés dans une vaste « camisole de force » (*ibid.*).

■ Dégager le caractère symbolique de ces deux « armures » arrêtées.

■ Montrer dans le détail comment peu à peu les lieux clos enferment progressivement les héros, jusqu'à l'incarcération finale.

● La prison matérielle (celle où l'on jette Kyo, p. 285-292, le préau A, p. 302-317) n'est que l'une des multiples formes prises par l'emprisonnement. **En soi**, l'homme séparé de son semblable, isolé dans son individualité (p. 125), incapable de sortir de lui-même (p. 58-59) est un « monstre » enfermé dans sa solitude et sa folie égocentrique (p. 58). **Socialement**, « **la prison c'est les autres** » : l'auto close de Ferral ferme l'avenir du coolie. L'homme réduit à l'impuissance, l'homme « ligoté », « *ficelé* » (l'un des très rares termes en italiques dans le corps de la narration, p. 100), voilà ce que ne peuvent supporter Tchen, Kyo, Katow, Souen et tous les « rouges » qui combattent pour « déchaîner » (Tchen ne peut pas ne pas couper les cordes du prisonnier, p. 100) pour libérer les leurs.

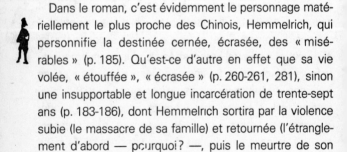

Dans le roman, c'est évidemment le personnage matériellement le plus proche des Chinois, Hemmelrich, qui personnifie la destinée cernée, écrasée, des « misérables » (p. 185). Qu'est-ce d'autre en effet que sa vie volée, « étouffée », « écrasée » (p. 260-261, 281), sinon une insupportable et longue incarcération de trente-sept ans (p. 183-186), dont Hemmelrich sortira par la violence subie (le massacre de sa famille) et retournée (l'étranglement d'abord — pourquoi? —, puis le meurtre de son ennemi) contre ses agresseurs sans nom?

- ■ Étude d'un thème : prison et visages de la prison dans *La condition humaine*.
- ■ « Sortir, sortir ! » (pensées de Tchen pris au piège dans le poste de garde, p. 101). Étudier les différents moyens auxquels ont recours les principaux personnages pour « sortir », pour échapper à leurs conditionnements, à leurs « dépendances » (sociologiques, historiques, politiques, psychologiques, humaines, etc.).

Humiliés et offensés

L'homme de Malraux n'est pas un saint. Il n'est aucun des personnages essentiels de *La condition humaine* qui ne vérifie cette « pensée » de Pascal : « Il ne faut pas que l'homme croie qu'il est égal aux bêtes ni aux anges, ni qu'il ignore l'un et l'autre ; mais qu'il sache l'un et l'autre. » À Katow, le plus humain des hommes, revient le droit d'énoncer l'une des phrases les plus « profondes » du roman : « Je veux des cam'rades et pas des saints. Pas confiance dans les saints... » (p. 214). Déjà, dans *Les conquérants*, Garine faisait cette prière sacrilège : « Bon Dieu, Seigneur ! délivrez-nous des saints ! » C'est que Katow, ce Christ recrucifié (cf. les propos d'Hemmelrich, p. 211, ainsi que l'aura religieuse qui entoure les martyrs de la révolution, p. 309-317), a fait souffrir, a humilié « une petite ouvrière qui l'aimait » (p. 215).

L'**humiliation** - - le contraire de la « dignité » pour Kyo (p. 294) —, tous les personnages de ce roman l'ont connue ou la connaissent. Ferral humilie Valérie (p 124-125) qui l'humilie en retour (p. 217 et suiv.). König est incapable d'oublier et de dépasser « l'humiliation sans

403

limites qui le torturait » (p. 273). Kyo même n'échappe pas à la règle : l'infidélité de May l'humilie doublement, et dans son orgueil de mâle (p. 54-56) et dans l'emprise de sentiments qu'il « se méprise d'éprouver » (p. 53). De plus, ce héros idéal, très éloigné de la bête (cf. ce qui l'oppose à Tchen, p. 152-156), bien proche de l'ange (il finit par dompter son ressentiment, p. 209-210), est peut être devenu révolutionnaire pour laver le mépris attaché à sa situation : « Métis, hors-caste, dédaigné des Blancs et plus encore des Blanches... » (p. 70). D'ailleurs, ne va-t-il pas jusqu'à soupçonner que l'adultère de May a quelque rapport avec sa filiation (p. 53-55).

■ **Relever les diverses humiliations subies par les personnages. Montrer comment, dans le roman, l'ange et la bête, la victime et le bourreau sont étroitement solidaires.**

■ **Importance et rôle de la haine dans le roman.**

Visages et images de femmes

Roman d'hommes, roman de la « fraternité virile », *La condition humaine* accorde relativement peu de place aux femmes, réparties en trois groupes essentiels.

● **Les femmes chinoises** : pratiquement inexistantes, très indirectement convoquées dans le récit par le biais des propos de May (p. 49, 200), du vieux Chinois réactionnaire (p. 59-60) ou du mandarin qui « vend des femmes » (p. 286). Les femmes révolutionnaires n'existent apparemment qu'aux yeux de May (p. 50), le texte ne mettant en scène aucune militante. Quant aux ouvrières, elles paraissent le temps d'un regard (qui plus est, celui de Ferral !) . « L'auto dépassa un groupe de femmes, réunies sous la bannière *"Droit de s'asseoir pour les ouvrières"*. L'arsenal même était vide... » (p. 81).

■ Montrer que la femme d'Hemmelrich, en tout point la digne épouse d'un mari spolié de sa propre vie, incarne exemplairement la condition de la femme chinoise niée, vendue (p. 286), exploitée (p. 81), soumise à l'homme (p. 59-60), maltraitée (p. 200), etc.

■ Étudier très précisément la manière dont nous est présentée cette femme, littérale « ombre chinoise ».

● **Les prostituées** : nombreuses et importantes tant dans la vie chinoise (p. 59-60, 112-113) et l'imaginaire collectif (cf. l'explication symptomatique de l'antiquaire, p. 178 : si Tchen achète une « tête de renard », c'est forcément pour « quelque serveuse ou fausse geisha ») que dans la vie et les pratiques des hommes. L'ordre d'entrée en scène des femmes se passe d'ailleurs de commentaires : 1) « la dancing-girl en rouge » (p. 15) ayant frappé l'œil d'un client « un peu saoul » ; 2) l'allusion (via la conscience de Tchen qui « ne support[e] pas les femmes », p. 342) à « une maison de prostitution » (p. 18-19) ; 3) « la femme qui gémit là-haut » (Hemmelrich parlant de sa femme, p. 22) ; 4) enfin, les premières paroles de femmes « en chair et en os », celles de deux « danseuses professionnelles » et prostituées du *Black Cat* (p. 29-35). May n'arrive qu'ensuite (p. 49)...

■ Rôle et fonction des danseuses, courtisanes et prostituées dans le roman. Étudier plus particulièrement les relations qu'entretiennent Tchen, Ferral et Clappique avec toutes les « femmes vénales ».

● **Les femmes européennes** : May et Valérie.

▶ **May** : instruite, courageuse et militante, May apparaît de prime abord (cf. p. 49 et suiv.) comme le modèle même de la femme libérée, en tout point l'égale et l'écho de Kyo. La fin du roman révèle toutefois un autre visage de la femme, plus traditionnel.

■ Portrait, rôle et fonction de May.

■ May et Kyo : militantisme, amour et fidélité.

■ Montrer précisément que dans toutes les scènes où May apparaît, l'homme (l'époux ou le père, Kyo ou Gisors) garde le monopole du point de vue. Remarques et conclusions.

■ Dans ce roman violent où la lutte est première, et générale (conflit entre l'ange et la bête au cœur même de l'homme, conflit entre les hommes, entre les classes sociales, entre les hommes et les femmes, etc.), étudier la place et le rôle accordés à la tendresse.

▶ **Valérie** : cette « grande couturière riche » (p. 120), libre et libertine (dans le sens qu'avait ce dernier mot au XVIIIᵉ siècle ; sa lettre à Ferral est dans le ton des *Liaisons dangereuses*), présente une seconde image de la femme moderne, indépendante, s'offrant le luxe de battre les hommes fussent-ils aussi machistes que Ferral, à leur propre jeu.

■ Comparer les portraits de May et de Valérie. Quel sens donner à ces deux descriptions contrastées ?

■ Comparer les relations entre Kyo et May, et les relations entre Valérie et Ferral : que traduisent, que symbolisent les différences observées ?

4. DIVERS

Roman et cinéma ■ Roman et théâtre ■ Sujets de travail écrit ■ Conseils de lecture

Roman et cinéma

André Malraux a toujours entretenu avec le cinéma un rapport privilégié et passionné. Très jeune, il apprécie le septième art et sa passion est telle qu'après avoir pris connaissance des films expressionnistes allemands, il envisagera un temps de promouvoir leur diffusion en France (cf. « Repères chronologiques »). En 1936, il s'engage auprès des républicains espagnols, combat relaté dans *L'espoir* (1937), roman dont il fera lui-même un remarquable film (*Sierra de Teruel*). C'est dire si ce romancier était loin de partager les préventions des écrivains qui crient à la trahison dès qu'une œuvre est portée à l'écran. En 1934, alors qu'il se trouve à Moscou, Malraux procède à un découpage de *La condition humaine* en vue d'en tirer un film. Le réalisateur devait être le grand maître du montage, Eisenstein lui-même (*La grève, Le cuirassé Potemkine, Octobre*), mais à cause du contexte politique — Eisenstein était alors en liberté très surveillée ; en outre, les « thèses trotskistes » du roman ne pouvaient que fortement déplaire à Staline — le projet n'eut pas de suite.

Reste cependant le texte du « scénario » (qui couvre l'ensemble du roman) écrit par Malraux (et reproduit dans A. Malraux, *Œuvres complètes, op. cit.*, p. 1295-1300).

■ **Exposé.** Comparer attentivement le scénario et le roman. Quels sont les ajouts (rares)? À quelles fins? Quelles sont les scènes amputées (nombreuses)? Pourquoi?

■ Montrer que le travail de Malraux, accentuant encore les moments forts, écartant « systématiquement » la « partie philosophique » (p. 1300), etc., accuse le caractère *déjà* cinématographique du roman dans le même temps qu'il révèle une conscience aiguë de la spécificité du cinéma.

Roman et théâtre

En 1954, *La condition humaine* fut adaptée par Thierry Maulnier et mise en scène par Marcelle Tassencourt. A. Malraux écrivit la scène finale, reproduite dans l'édition de la Pléiade (*op. cit.*, p. 768-771).

■ Comparer globalement le texte du roman et le texte de l'adaptation théâtrale, qui amalgame deux passages distincts dans le récit de 1933 (p. 317-321, 337-346).

La part faite aux altérations, aux distorsions, aux changements qu'entraîne **nécessairement** le passage à la scène, une simple lecture révèle que l'auteur a *aussi* délibérément modifié l'éclairage du texte écrit, a nettement infléchi le sens de l'épilogue.

■ Étudier plus particulièrement la métamorphose de May, désormais infiniment plus « veuve » habitée par la douleur que militante ayant gardé la foi révolutionnaire. Dans quelle mesure cette transformation lève-t-elle certaines ambiguïtés présentes dans le roman (lesquelles?), dans quelle mesure trahit-elle le combat de Kyo et des siens?

■ Quelle « morale de l'histoire » (celle de 1933, celle de 1954) préférez-vous, et pourquoi?

Sujets de travail écrit

◆ En 1934, A. Malraux, pour caractériser certains récits modernes, usait de l'expression « littérature de montage ». Comment cette formule peut-elle s'appliquer à l'art de Malraux dans *La condition humaine*?

◆ Étudier les techniques et les fonctions de la description des « espaces infinis » (la nuit, « le ciel par-dessus les toits ») et du « monde » dans ce roman urbain qu'est *La condition humaine*.

◆ « Je les [les livres de Malraux] rouvre souvent et c'est toujours pour y puiser belles raisons d'aimer la vie ; et raisons de préférer à la vie le renoncement à la vie : l'anoblissement de la vie dans l'offre et le sacrifice. Tandis que tant d'autres aujourd'hui s'ingénient à déprécier l'humanité, Malraux spontanément la magnifie et je pense que les jeunes lui en gardent, comme je fais, reconnaissance » (A. Gide, 1945). Dans quelle mesure les personnages de *La condition humaine* permettent-ils de souscrire à ce jugement ?

◆ Gide à Malraux : « Il n'y a pas d'imbéciles dans vos livres. » Commenter et discuter.

Conseils de lecture

◆ Lire les deux autres romans du cycle asiatique : *Les conquérants* (Livre de Poche, n° 61) et *La voie royale* (Livre de Poche, n° 86).

◆ Les romans de Malraux ont marqué toute la génération

des écrivains de l'entre-deux-guerres. Lire ou relire *La peste* d'A. Camus (Folio, n° 42), récit qui conte une autre lutte héroïque et collective contre le destin historique.

Pour en savoir davantage :

◆ Sur la vie de Malraux, la biographie qui fait autorité est celle de Jean Lacouture, *André Malraux. Une vie dans le siècle* (Seuil, 1973).

◆ Pour une étude plus approfondie des romans de Malraux, se reporter à l'édition de référence (qui comprend introductions, variantes, annexes, notices, éclaircissements, commentaires, etc.), A. Malraux, *Œuvres complètes*, I, Gallimard, Pléiade, 1989.

◆ On pourra lire, dans la collection « Foliothèque » (n° 12), l'ouvrage d'Alain Meyer consacré à *La condition humaine* (Gallimard, 1991).

DU MÊME AUTEUR

Aux Éditions Grasset

LA TENTATION DE L'OCCIDENT
LES CONQUÉRANTS
LA VOIE ROYALE

Composition Euronumérique.
Impression Bussière Camedan Imprimeries
à Saint-Amand (Cher), le 29 mars 2000.
Dépôt légal : mars 2000.
1ᵉʳ dépôt légal dans la collection : juin 1996.
Numéro d'imprimeur : 001658/1.
ISBN 2-07-040065-4./Imprimé en France.